소설의 고독

소설의 고독

정홍수 평론집

창비

왜 띄엄띄엄이나마 이런 글쓰기에 매달렸던 것일까. 비평적 글쓰기에 대한 뚜렷한 자의식이나 준비도 없는 마당 아니었나. 창작에는 미치지 못한 아둔한 자기표현의 욕망을 그렇게라도 다스리고 싶었던 것일까.

생각해보면 오랫동안 소설읽기는 내게 실생활의 어떤 결여를 보상하는 정신적 허영의 계기였던 것 같다. 그 허영이 종내 소설에 대한 글쓰기에까지 나를 부추겼다고 해도 그리 틀린 말은 아니리라. 그렇긴 해도 좋은 소설과 문학은 그런 허영에 대한 반성의 계기 또한 언제나 한주먹씩 되돌려주었다. 돌아서면 잊어버리기 일쑤였지만 말이다. 조금이라도 더 나은 인간이 될 수 있으리라는 착각은 지금도 좋은 소설과 문학 앞으로 나를 이끄는 뿌리치기 힘든 미망이다.

한 친구가 내 글을 두고 '엎어진다'는 표현을 쓴 적이 있다. 나도 대강 그 정도려니 막연히 짐작 못한 것은 아니지만, 막상 말을 듣고 보니 딱 그랬다. 작품(작가인지도 모르겠다) 앞에 지레 엎드려 감탄을 표하기에 바쁜, 비평 미달의 어설픈 독후감에 그보다 더 어울리는 명명은 없지 싶었다. 명색이 비평적 글쓰기라면 대상과의 거리 확보가 필수적인 과제 아닌

가. '자세히 읽기'는 또다른 차원의 문제일 것이다. 다만 그 말의 함의가 오로지 부정적이기만 한 것이 아님은 나도 안다. 애정을 가지고 작품을 읽어내려고 애쓰는 태도 정도로 좋게 받아들일 수도 있지 않을까.

그리고 그렇게 받아들일 수도 있다면, 그런 글쓰기에도 나름의 생각이 아예 없는 것도 아니리라. 이 책에 '소설의 고독'이라고 주제넘는 제목을 붙이기도 했거니와, 여기서 '고독'이란 표현은 독일의 문예이론가 발터 벤야민이 소설가와 이야기꾼을 구분하면서 썼던 널리 알려진 대목에서 빌려온 것이다. 근대사회의 소설가란 공동체의 온기 속에 살던 전통적 이야기꾼과 달리 어느 누구한테서도 도움을 받을 수 없으며, 자신 또한 누구한테도 도움을 줄 수 없는 처지에서 글을 쓴다는 이야기 말이다. 이 경우 실제 개별 소설가들의 상황이 그러한지 여부는 그다지 중요한 문제가 아닐 것이다. 벤야민은 근대를 살아가는 소설가의 조건을 하나의 이념형으로 묘사한 것일 테니까. 그런데 벤야민의 원의를 정확히는 알지 못하는 대로, 이 대목은 내 가슴을 쳤다. 가만히 생각해보면, 거기 내가 소설을 읽는 근거 하나가 있어 보여서 그랬던 것은 아닐까. 만일 소설의 고독이란 게 있다면, 그건 소설을 쓰는 사람의 몫이기도 하겠지만 무엇보다 소설이 마주하고 있는 세계 전체의 문제가 아니겠는가. 소설을 읽고 소설에 대해 쓰는 일이 그 고독을 사이에 둔 도달불능의 도약이라면, 얼마든지 작품과 작가를 향해 뛰어들듯 '엎어질' 수 있는 일인지도 모르지 않겠는가. 매번 제대로 그랬던 것은 아니겠지만, 희미하게나마 그 고독을 의식하면서 읽고 쓰려고는 했다. 그러니까 내가 엎어졌던 대상은 주변에서 알고 있듯 술 따위의 속된 현물이 아니었다. 제법 고상한 무엇이었음을 이참에 밝혀둔다. 그 고상함을 자신들의 뜻과는 무관하게 제공해주었던 작가들에게 고마움을 전한다.

하긴 마시기도 많이 마셨다. 평생 비평을 당신의 삶으로 살아오신 선생님은 글을 쓰다 모르는 대목이 나오면 작가들에게 달려가서 물어보았다고 하셨다. 현장비평이란 그렇게 쓰는 거라고. 나는 마시기만 했다. 아주 가끔 '읽어봤다'고 전화를 주신다. 얼마나 답답하셨을까.

이십년 남짓 출판사 편집자로 일해왔다. 원고를 나누고 순서를 잡아 배열하는 일은 기본 중의 기본이다. 그런데 이번에 내 원고를 모아놓고 보니 도무지 길이 안 보였다. 소설집 해설이 가장 많았다. 그걸 2부쯤으로 잡고 가운데 놓았다. 나머지는 계간평과 월평 그리고 그밖의 평문들이었다. 계간평과 『창작과비평』 특집에 썼던 글 한 편을 붙여 1부로 놓았다. 비교적 최근에 쓴 글들이다. 할 수 없이 나머지 글들은 3부로 갔다. 사정이 이러한데도 창비 분들은 이 대책없는 글들을 책으로 묶어주셨다. 깊이 감사드린다. 글을 쓸 수 있도록 지면을 주셨던 출판사 분들과 문예지 편집자 분들께도 빚을 갚을 길이 있었으면 좋겠다. 노모랑 가족들에게는 차마 입이 안 떨어진다.

2008년 6월

정홍수

제3부 그리고 삶은 계속된다

제1부

소설의 고통

세계문학의 지평에서 생각하는 한국문학의 보편성

1. 보편의 공간

2006년 노벨문학상을 수상한 터키 작가 오르한 파묵(Orhan Pamuk)의 길지 않은 장편 『하얀 성』(문학동네 2006, 원작은 1985년)에는 문학의 보편적 공감의 원천을 되새기게 하는 인상적인 대목이 나온다. 『하얀 성』은 17세기 오스만투르크제국을 무대로 서양의 과학적 광명을 갈구하는 오스만 사람 '호자'와 터키 함대에 포로로 잡혀 노예 신세가 된 이딸리아 청년 '나' 사이의 수십년에 걸친 인생 교환의 서사를 담고 있다. 이 소설에서 동서문명의 거울게임이나 정체성의 혼종적 역전은 그것 자체로 만만찮은 독서의 즐거움을 선사한다. 그러나 그러고 말기에는 서사의 표면을 넘어서는 아이러니의 진폭이 자못 크다. 소개하려는 대목이 그러하다.

줄곧 이딸리아인 노예 '나'의 시점에서 전개되던 소설은, 폴란드 원정 길에서 '나'와 호자가 서로의 인생을 바꾸게 되면서, 에필로그격인 마지막 11장에 이르면 '나'가 이딸리아로 사라진 호자 대신 호자의 삶을 살며 호자의 이름으로 지금까지의 이야기를 추억과 상상 속에서 기술하고 있었던 것으로 드러난다. 작가는 『하얀 성』의 이야기가, 자신의 전작 『고요한 집』(1983)에 등장하는 역사가 파룩 다르분오울르가 1982년 터키 게브제군(郡)의 문서보관소에서 발견한 필사본을 현대 터키어로 옮겨놓은 것이라고 파룩의 이름으로 소설 모두(冒頭)에 서문을 붙여 이중의 허구화 장치를 마련해놓았다. 그러니까 이 필사본의 진짜 저자가 누구인지 묻는 모호한 퍼즐게임부터가 정체성의 혼종적 교환이라는 『하얀 성』의 심각한 주제의식에 닿아 있으면서 풍성한 소설적 흥미의 토대를 이루고 있음은 물론이다. 아마도 탈식민주의가 즐겨 문제삼는 정체성 테마에 대한 전범적 작품의 한 예라 해도 무방하지 싶다.

그런데 이 현란하기까지 한 이야기의 마지막에 작가가 꺼내드는 카드는 동서양을 사이에 둔 기이한 운명극에 어울릴 뜻밖의 반전이라든가 있을 법한 인간적 회한에 대한 클라이맥스적 강조가 아니다. 혹은 '나는 왜 나인가' 하는, 근대가 자랑하는 철학적 질문에 포스트모던풍 소설이 내놓기 쉬운 언어의 연쇄와 미끄러짐으로 이루어진 또다른 미로의 제시도 아니다. 소설은 이딸리아인 '나' 혹은 오스만인 호자 '나'가 기억하는 어린 시절 고향집의 평화를 다시 상상하며 끝난다. "탁자 위에 놓여 있는 자개 쟁반에는 복숭아와 체리가 있었다. 탁자 뒤에는 골풀로 짠 긴 의자가 있었고, 그 의자 위에는 초록색 창틀과 같은 색 새털 쿠션들이 놓여 있었다. 곧 일흔살이 될 나는 그곳에 앉아 있었다. 그 뒤로 우물가에 앉은 참새와 올리브나무 그리고 체리나무들이 보이고, 이것들 뒤에 있는 호두나무의 높은 가지에는 긴 끈으로 묶은 그네 하나가 희미한 바람에 살랑살랑 흔들리고 있었다."(246~47면) 고향집 뒤편 정원을 향해 나 있는 창문으로 보이는 이 풍경은 포로로 잡힌 이딸리아인 노예 '나'가 자신을 신임하던 파샤로부터 목숨을 건 개종 압력을 받는 순간 떠올린 것이기도 하다.(44면) 호메로스의 『오디쎄이아』를 군이 거론하지 않더라도 귀환의 서사가 주는 문학적 감동의 자리는 넓고 유구하다. 그래서이기도 하겠지만 소설 『하얀 성』이 기나긴 정체성의 모험 끝에 영원히 도달하지 못할 귀환의 지점으로 유년의 고향집 풍경을 다시 상상할 때, 독자는 '나'와 '호자'라는 분열된 주체가 회복하려는 조화로운 전체성의 어떤 그림자를 깊은 문학적 울림 속에서 경험하게 된다. 그것은 동서양의 우열이나 지배-피지배를 둘러싼 담론, 근대적 주체의 철학, 주인-노예의 변증법이 들려주는 세계의 복잡다단한 이해 너머에 조용히 남겨져 있는 인간 진실의 수수한 측면이기도 하다. 그리고 보면 프란츠 카프카(Franz Kafka)의 『성』에서 측량기사 K에게 현실적 미궁이자 도무지 그 실체를 드러내지 않는 접근 불가능한 세계의 심연으로 남는 성(城)처럼, 파묵이 그려낸 '하얀 성'은 서양문명의 흉내에서 벗어날 수 없었던 호자의 발명품을 조롱하는 난공불락의 성이면서 종국에는 돌아갈 수 없는 낙원의 시간에 대한 끝없는 향수 속에 인간 운명의 고단한 모험들을 배치하는 도달 불가능한 지점의 알레고리로 성공적으로 남았다고 할 수 있겠다.

그런데 17세기 오스만투르크의 세계는 지금-이곳에서 얼마나 멀고 낯선가. 책 뒤에 붙인 '작가의 말'을 보면 오스만의 후예인 파묵 역시 그 세계 속으로 들어가기 위해 수다한 자료를 섭렵했음을 알 수 있다. '작가의 말'을 조금 더 읽어보면 가족사 삼대의 이야기를 통해 20세기 터키인의 삶을 그려낸 작가의 첫 소설 『제브뎃씨와 아들들』(1982)이 발표되자 이 작품에 '역사'소설이라는 이름이 따라다녔고 평단의 일각에서는 "중요한 일상의 문제에서 도피하기 위해 역사에 몰입한다"는 비판이 있었던 모양이다. 흥미롭게도 이러한 비판에 대해 작가는 "『고요한 집』을 집필한 후, 내 눈앞에 역사적 상상이 들끓기 시작하자 이러한 의견이 맞다는 생각이 들었다"(252면)고 하면서 "어느날 궁전에서 부름을 받고 한밤중에 푸른빛이 도는 거리를 걷고 있는 한 예언자"(250면)에 대한 희미한 구상에서 출발한 『하얀 성』의 '역사' 속으로 들어가기 위해 "과학과 천문학 서적에 즐거이 파묻혔다"(252면)고 밝히고 있다. '도피'라는 비판을 수긍하고 역사적 상상의 세계로 기꺼이 향하는 작가의 태도에서 자신의 문학에 대한 역설적 자신감을 읽기는 어렵지 않다.

터키문학의 문외한으로서 구체적인 논평은 불가한 처지지만, 번역으로나마 『하얀 성』을 읽어본 소회를 말한다면 작가는 터키의 '중요한 일상의 문제'로부터 '도피'한 게 아니라 그것을 좀더 넓은 지평에서 사유하고 상상할 수 있는 새로운 문학적 표현을 찾아낸 것이 아닌가 싶다. 이 경우 역사소설이라는 외양은 당연히 '도피'와는 무관할 것이다. 오히려 서사의 진행 도중 필사본의 회고와 기술이 시작되는 싯점과 상황을 거듭 환기시키는 메타소설적 시선을 통해 진행중인 이야기가 사실과 상상의 경계를 넘나들며 구성되고 있음을 드러내는 장치를 비롯, 『하얀 성』은 소설의 역사가 그간 성취해낸 창의적 기법들을 적절히 구사하며 역사소설이라는 장을 현대적인 주제와 문제의식을 표현하는 새로운 문학의 영토로 쇄신하고 있다고 하는 게 옳을 것이다. 낯설고 먼 오스만투르크의 이야기가 2000년대 한국 땅에서 보편의 공간을 열고 있다면 바로 그 때문이리라.

2. 세계문학이라는 타자

물론 세계문학과의 관련 속에서 한국문학의 창조적 활력을 생각해보고자 할 때 지금 이야기한 보편의 공간은 전혀 만만한 논의의 출발점이 아니다. 오르한 파묵의 소설 한편을 예로 삼아보기도 했지만 정작 '보편의 공간'이 어떻게 열리는가 하는 문제는 난문 중의 난문이다. 당장 그 보편은 한국문학이라는 주체의 자리에서 검토되지 않으면 안될 텐데, 그때 보편은 말 그대로 자명한 것일 수 있는가. 세계문학이라는 호명이 대개는 서양 주도의 문학 장(場)을 일컫는 현실에서 그것은 서양 근대의 제국주의적 비전을 어떤 차원에서든 내면화하고 있다고 보는 것이 옳을 것이다.

16

두루 알다시피 한국문학은 서양 근대가 이미 상당한 수준으로 완성해놓은 '문학'이라는 심미적 제도에 뒤늦게, 그것도 자기 의지와 자기 현실의 숙성 없이 뛰어든 형국이었다. 자기표현과 세계이해의 장치로서 한국인이 오랫동안 가다듬어온 고유한 '문학'의 전통은 이 과정에서 심각한 정체와 단절을 겪어야 했다. 자생적 변화와 발전의 싹들은 뒤틀리고 억눌렸다. 제국주의의 이해가 충돌하는 가운데 식민지, 분단과 전쟁, 개발독재의 암운이 쉴새없이 몰아닥친 지난 세기 한국인의 착잡한 역사는 당연히 현대 한국문학의 발생과 전개에도 그 파행적 어둠을 강하게 남겼다.

　그러나 역사나 문학에서나 그 과정이 마냥 수동적인 것이 아니었음도 우리는 익히 안다. 가령 일제강점기 한국의 시인, 작가 들은 식민지체제가 근대 서구문명의 값싼 외관과 함께 들여다놓은 기만적이고 불구적인 근대적 개인의 공간에서일망정, 한편에서는 '궁핍한 시대'의 민족 현실을 구체적이고 직접적인 세목 속에서 비판적으로 천착하며 문학을 통한 현실 응전의 계기를 모색했고, 다른 한편에서는 소외와 무기력에 찌든 지식 청년들의 삽화를 통해 식민지 현실과 겹쳐 막 도래한 현대적 삶의 비참한 국면을 표현했다. 민족어와 토착어의 세련에 궁구한 일군의 노력도 지속되었다. 제국주의 정치선전에 몸을 실은 문학의 타락도 있었지만, 심각한 식민지적 제약 속에서도 한국인의 자기표현과 세계이해는 전체적으로 문학을 통해 확장되었고, 이 과정은 '그들의 문학'이 한국인의 인식과 성찰의 공간으로 뿌리를 내리는 시간이기도 했다.

　돌이켜 생각해보면 강압적 개방의 역사와 함께 이 땅에 들어온 서양의 문학은 초대받지 않은 손님이자 낯선 타자였으되 근대적 자아의 신천지가 당장 열릴 듯한 강렬한 유혹이었을 것이다. 그 유혹 앞에 선 한국문학의 초라한 출발은 다 아는 대로, 서양문학의 이입사에서 한국보다 앞섰던 일본문학의 직접적 학습이나 일본문학을 매개로 한 서양문학의 번안적 학습이었고, 소장 일본 유학파들이 주축이 된 동인지 중심의 허약한 문단

제도였다. 여기에 조선어학회사건(1942.10.1)부터 해방까지 한국어가 조선총독부의 직접적인 통제 속에 들어간 '이중어글쓰기 공간'(김윤식)의 암흑기를 한 예로 생각해보더라도, 한국문학이 압도적인 식민지의 강제와 서양문학의 박래적 유혹 속에서도 좌초하지 않고 부족한 대로 근대적인 자기형성과 발전의 모태를 이루어낸 일은, 그만한 주체의 고투가 있었던 것이지만, 기적 같다는 생각도 든다.

그러나 식민지의 직접적인 속박에서 벗어난 뒤에도 현대 한국문학의 전개는 일일이 언급하기 힘들 정도로 수다한 현실적 시련과 결핍의 조건들과 뒤엉켜야 했다. 전후 최초의 한글세대이자 4·19세대 비평가로 뚜렷한 비평적 자의식을 견지했던 김현이 1960년대 후반에 발표한 짧은 산문에서 프랑스문학에 거짓 동화되었던 자신의 청년기를 반성하며 "나는 프랑스문학을 공부하는 학생이 아니라 프랑스문학을 피부로 느낀다고 믿은 정신의 불구자였다"(「한 외국문학도의 고백」, 『상상력과 인간』, 일지사 1973)고 썼을 때 이 착잡한 자기비판은 식민지 시기는 물론 20세기 현대 한국문학 전체가 원죄처럼 감당해야 했던 어떤 불구적 상황을 더없이 아프게 건드린다. 비단 문학에만 국한되지 않는 한국인의 이러한 뿌리뽑힌 정신성의 풍경은 가령 최인훈(崔仁勳) 소설의 지적인 풍속 비판 같은 데서 뛰어난 문학적 표현들을 얻고 있기도 하지만, 식민지 해방 이후에도 전쟁의 폐허와 함께 또다른 식민의 세상에서 살아야 했던 한국인의 역사 현실을 엄혹하게 환기한다. 이른바 냉전 이데올로기와 함께 미국 주도의 자본주의 씨스템이 전쟁과 분단으로 폐허 위에 선 한국인의 삶 전(全)부면을 급속도로 뒤흔들었던 것이다.

그런데 전통의 죽음과 새것의 압도적 위세 사이에서 정신의 불구성을 가장 아프게 앓았던 세대로부터 한국문학의 주체성이 단절을 딛고 다시 형성되기 시작했다는 점도 우리는 기억해야 한다. 방금 비평가 김현의 경우를 언급했거니와, 독립된 국가에서 한글로 교육받고 자라난 최초의 한

글세대의 등장이 그것이다. 이들이 성장기에 일본이라는 매개와 구속 없이 마주친 서양문학의 인력(引力)은 어느 면 자신의 정체를 잃을 만큼 강렬했으되 그렇다고 하더라도 그것은 식민지의 상황과는 비교할 수 없는 자유로운 정신의 공기 아래에서였다. 유년기에 일본식 교육을 받아야 했던 전후세대의 어색한 한글문장에 각인된 혼돈의 조건으로부터 이들은 일단 자유로웠다. 여기에 자유의 열망이 극적으로 구현된 4·19의 역사적 체험이 그 좌절을 포함해서 이들 세대의 집단적 기억이 된 사건은 특별한 중요성을 지닌다. 4·19의 역사 체험은 『광장』(1960)을 비롯한 여러 뛰어난 문학작품의 산출에도 직접적으로 기여했지만 순수-참여논쟁이 문학적으로 심화되는 구체적인 계기가 되면서 민족 현실과의 깊은 관련이든 꿈과 자율성의 측면이든 한국문학의 정체성과 주체성을 창조적으로 모색하는 토대가 되었던 것이다. 그리고 그것은 동시에 서양문학 혹은 세계문학에 대한 좀더 자각적이고 주체적인 대응이 싹트는 과정이기도 했다.

그러니까 길지 않은 현대 한국문학의 역사에서 세계문학이 주체의 자각적 시련 속에 본격적으로 대타적 인식의 지평에 들어오기 시작한 것은 4·19세대 혹은 한글세대의 문학적 출현과 함께였다고 해야 할 것이다. 물론 전후세대를 비롯한 앞 시기 한국문학의 빈곤에 쉽게 절망한 이들 세대가 서양문학의 인력에 급격히 흡수되었다가 그 속에서 자기모순에 부딪히고 다시 한국인의 현실과 한국문학의 주체성으로 돌아오는 과정이 두루 명료했을 리는 없겠다. 다만 이 복잡하게 뒤엉킨 전회(轉回)의 시간에 한국문학 주체들의 아픈 각성 말고도 서양문학의 만만찮은 두께와 세련된 보편성이 긍정적으로 기여했을 가능성은 인정해야 할지도 모르겠다.

그러나 단순히 서양문학에 대한 주체적 시각의 확보 차원을 넘어 괴테나 맑스적 의미의 세계문학 개념을 한국문학과의 열린 관계에서 적극적으로 의식하고 그것을 실천적 문학담론으로 만들어낸 것은 70년대의 민족문학론이었다. 60년대 후반부터 본격적으로 제기되기 시작하여 시민문학론, 리얼리즘론, 농민문학론, 민중문학론, 제3세계문학론 등으로 여러차례 분화와 종합을 거듭하며 위기에 처한 민족 현실에 대한 정당한 문학적 대응을 강조해온 민족문학론의 강점은 도덕적 정열에 바탕한 문학과 현실의 통합적 인식이었다. 그런만큼 거기에는 당연히 현실에 대한 객관적이고 전체적인 파악을 위한 노력이 전제되어 있었다. 알다시피 괴테의 세계문학 구상은 19세기 초반 유럽중심의 세계교역이 확대되는 자본주의의 일정한 발달단계에 유념한 것이고, 맑스의 경우는 좀더 적극적으로 자본주의 세계시장의 무한팽창을 이야기하면서 "일국적 편향성과 편협성"을 넘어서는 세계문학의 요구를 긴박한 것으로 제시한 바 있다. 말할 것도 없이 이때의 세계문학은 개별 민족국가의 뛰어난 문학작품들이 비교 소통되고, 그 과정에서 선별된 작품들이 인류적 유산으로 집성되고 정전화하는 장(場)을 일컫는 통상적 의미의 세계문학과는 다른 개념이다. 자본주의 세계시장의 확산을 비판적으로 바라보는 안목에서라면 최고의 문학적 성취를 얻기 위해서라도 개별 민족국가의 테두리를 넘어서서 인류의 삶을 전체적으로 파악하고 표현하는 세계문학의 공간을 새로이 상상하고 구축하자는 문학적 연대의 촉구가 거기에는 담겨 있었던 것이다.

돌아보면 민족문학론이 대다수 민족 구성원들의 삶이 심각한 위협 속에 놓여 있던 70년대 한국사회 제(諸)모순의 뿌리를 분단에서 찾았을 때, 그것이 한반도 내부의 정치경제적 역학에 국한되는 사안이 아닌 이상 세계적 시야의 확보는 불가결한 것이었다. 아니, 더 정확히 순서를 짚는다면, 그런 시야의 확보가 분단 현실의 극복을 이야기하고 민족문학론을 제기한 동력이었다고 해야 옳겠다. 그러한 민족문학론의 전개가 한반도를 포함한 제3세계의 뒤처지고 억압된 현실에서 오히려 서양 근대가 몰각하고 배제해온 인류사적 과업의 수행 가능성을 본 제3세계문학론에 이르면

20

서, 세계문학은 이제 한국문학이 자신의 성취를 나누고 그 속에서 새로운 인류사적 비전을 탐구하고 실현하는 주체적인 공간으로 열리게 되었다. 동시에 제3세계문학론은 그동안 외면받아온 비서구문학, 구체적으로는 아시아·아프리카·중남미 문학을 서양중심 세계문학의 질서와 가치를 해체하고 재구성할 수 있는 중요하고 관건적인 역량으로 부상시켰던 것이다.

이후 80년대를 지나며 세계질서의 급변과 함께 제3세계문학론은 민족문학론 내부에서도 자기조정을 거치게 되지만, 지금이라면 다소 거창하게도 느껴지는 문제의식이 당시로선 절박한 호흡 속에서 제기되었던 점을 잊을 이유는 없겠다. 오히려 국가간 무한경쟁을 포함하여 자본주의 단일시장이 돌이키기 힘든 하나의 세계체제로 굳어가고 있는 이즈음, 문학이 참다운 인간적 가치를 옹호하고 조화로운 삶을 모색하는 몇 남지 않은 거점임을 되새길수록 서양 근대에 대한 근본적 방향 전환의 대안으로 제기되었던 제3세계문학론의 문제의식은 새롭게 음미될 가능성이 높아 보인다. 가령 한동안 널리 읽힌 중남미문학의 성취도 그러하지만, 최근 새롭게 조명받고 있는 중국, 베트남, 팔레스타인 등의 작품들을 후일담적 향수의 시선에서 탈피하여 한국문학의 현재와 소통시키고 세계문학의 새로운 가치로 활성화하는 일만 해도 제3세계문학론의 기본적 문제의식으로부터 도움받을 게 많지 싶다.

그런데 다 아는 대로 80년대말 이후 한국문학의 현장은 많은 변화를 겪는다. 그 변화의 역사적·사회적 배경에 대해서는 말을 아껴도 되리라. 그리고 그 변화 자체에 대해서도, 80년대 문학과 90년대 문학을 나누는 이분법적 사고를 두고 많은 비판이 있었고, 현실과 대결하는 개인의 내면 공간에 대한 기본적 신뢰나 세계인식의 구도에서 두 시기 문학이 본질적으로 쌍생아라는 지적도 여러차례 제기되었다. 그런만큼 별다른 첨언이 불필요한 대목이긴 해도, 80년대 한국문학의 중요한 흐름이었던 현실변

혁의 상상력이 일정한 좌절을 겪고, 문학의 정치성과 거대담론에 대한 반발이 새로운 문학적 상상력을 추동하는 가운데 정작 현실의 정치성은 더 교묘한 형태로 한국인의 생활세계를 빠른 속도로 포위하기 시작했다는 점은 새삼 확인해두는 게 좋겠다.

돌아보면 90년대 문학이 한국인의 생활세계를 개개인의 복잡한 욕망을 통해 좀더 세밀하게 들여다보고 문학적 리얼리티에 대한 다양한 진입로를 여는 동안, 한때 대결과 극복의 지평 위에 있던 현실은 어느 순간 불가항력의 거부할 수 없는 괴물이 되어 있었다. 그것은 인간적 가치의 옹호나 조화로운 삶을 위한 개별적인 노력을 무의미한 것으로 만드는 거대한 전체였다. 가령 비평가 도정일(都正一)은 그 현실을 '시장 전체주의'라고 부른다. "90년대 이후 세계시장체제는 그것 아닌 다른 대안체제의 성립 불가능성을 세계의 전면적 현실로 규정하고 다른 체제의 미래적 가능성을 상상하는 일조차 봉쇄한다는 점에서 미증유의 일차원적 '단일' 체제이다. 이 체제의 일차원성을 정확히 포착하는 데는 '시장 전체주의'라는 기술이 더 적절하다. 시장 전체주의는 다양성과 차이를 존중하고 탈중심, 자유와 평등, 자율과 자발성, 관용 등의 가치를 실현한다는 자기제시의 방식을 갖고 있다. 그러나 세계시장체제의 이 자기재현은 기만적이다. 왜냐하면 그 체제하에서 삶의 모든 방식들, 사회적 활동과 단위 들을 조직하는 것은 시장논리라는 단일 논리이며, 그 체제하에서 시간과 공간을 조직하고 경험과 가치 들을 지배하는 것은 시장가치라는 단일 가치이기 때문이다."(「서사적 상상력을 재가동하기」, 『경계를 넘어 글쓰기』, 민음사 2001) 2001년에 제출된 이 비통한 현실진단에서 수사적 과장을 발견하기 어렵다는 것은 괴로운 일이다. 물론 이 진단은 근본적인 만큼 추상성이 높다고도 할 수 있을 것이다. 실제 한국인의 현실은 1997년 외환위기 이후 지난 10년간을 보더라도 단지 악화일로였다고만 할 수는 없다. 민주화 이후 민주주의의 위기를 우려하는 목소리도 높지만 사회 전반의 민주주의는 확대

되어왔으며 분단체제의 흔들림을 이야기할 정도로 남북관계의 진전도 뚜렷하다. 대안적 삶을 모색하는 작은 시도들도 활발하다. 그러나 굳이 물신적 가치의 일방통행과 사회적 양극화의 절망적 심화를 말할 것도 없이, 생활세계의 실감에서 무한경쟁의 신자유주의 앞에 선 개개인의 무력감과 불안은 나날이 증폭되고 있는 게 부인할 수 없는 현실의 이면이다. 우리는 다시 앞의 현실진단으로 돌아갈 수밖에 없다.

그리고 이런 맥락에서라면 괴테와 맑스적 의미의 세계문학 기획은 오늘의 현실에서 오히려 더 절실성을 얻는다고 할 수 있다. 부정적인 의미에서이긴 하나 서구, 비서구를 망라한 전지구적인 보편적 삶의 조건이 자본의 힘으로 완수된 셈이기 때문이다. 물론 한국문학은 한국의 현실에 나타나는 그 부정적 보편의 조건과 싸우면서 세계문학의 기획과 연결될 수밖에 없다. 그리고 이 경우 제3세계문학론을 넘어, 세계체제와의 연관 속에서 한반도의 분단체제 극복을 이야기하는 민족문학론의 진전된 인식은 좀더 체계적인 시각에서 세계문학과 한국문학의 소통과 연대를 실질적으로 구상하는 유력한 근거가 될 수 있을 것이다.

3. 한국문학의 보편성

그렇긴 해도 세계문학과 관련된 이런 시각은 아무래도 큰 틀의 구상이 될 수밖에 없다. 지금 우리가 겪고 있는 세계화의 부정적 양상이 미증유의 것이고 거기에 대한 일상의 불안과 위기의식이 특별히 심각하다고 하더라도, 그것은 결국 현실의 큰 테두리를 규정하는 이야기다. 구체적 양상은 시대마다 다를지언정 문학이 큰 테두리에서 그러한 현실의 부정적 규정력을 의식하지 않은 적은 없다. 우리는 다만 동시대의 문제의식과 실감 속에서, 거기에 좀더 전체적이고 진전된 역사 이해가 수반되고 있기는 한 것이겠지만, 인간의 조화로운 삶과 문학의 존재기반을 위협하는 사태와 언제나 그렇듯 직면하고 있을 뿐이다. 21세기 한국문학의 현장에 세계문학의 문제의식을 생산적으로 개입시키는 일이 쉽지 않은 것은 그 때문이다. 더군다나 그것은 문학적 주제나 소재 차원의 문제도 아니다. 가령 어떤 작품에 외환위기 이후 한국의 젊은이들에게 닥친 궁핍한 현실이 핍진하게 그려져 있다는 점을 들어 신자유주의의 전지구적 확산을 반영하는 시대적 보편성을 이야기할 수는 있겠지만, 그로부터 더 진전된 의미 있는 논의를 끌어내기는 어렵다. 혹은 자본주의 세계체제의 부정적 양상을 좀더 날카롭게 의식하면서 한계를 드러낸 서구적 상상력을 넘어 새로운 문학적 상상력을 촉구하는 차원이라고 하더라도, 결국은 비슷한 이야기가 된다. 그것은 우리가 일반적으로 최량의 한국문학에 기대하는 지점과 별반 다르지 않기 때문이다. 세계문학 논의의 일정한 추상성을 곱씹게 되는 대목이다.

이런 어려움 탓인지는 모르겠으나, 한국문학의 현장에서 제기되는 세계문학 관련 논의는 '한국문학의 세계화'를 이야기하는 실질적인 차원에 많이 집중되는 것 같다. 그런데 이 경우 자연스러운 수순으로 제기되는 한국문학의 경쟁력 문제는 조금 비판적으로 살펴보아야 하지 않을까 싶다. 가령 최근 『창작과비평』(2007년 여름호)의 장편소설 특집에서 한국문학의 보편성을 새롭게 인식하려는 적극적인 사례로 인용되기도 했지만 (진정석 「한국의 장편, 단절의 감각을 넘어서」), 김영하(金英夏)는 세계무대에서 한국문학의 경쟁력을 고민하면서 '보편적인 문제를 다루어야 하고, 번역에 견딜 수 있는 작품을 써야 한다'는 생각을 밝힌 바 있다. 맥락을 보면 여기서 말하는 '보편적인 문제'는 동시대 서구인들이 공감할 수 있는 소설적 테마를 가리키는 듯하다. 그리고 번역을 견디는 작품이란 말도 문장이나 상상력에서 서구적 합리성이 기준이 되어야 한다는 뜻이겠다. 그런데 이런 의미라면 미국이나 유럽의 출판시장에서 대중의 호응과 공감을 끌어낼 수 있을지는 모르겠으되, 세계화의 부정적 양상에 저항하며 기존의 서양문학이 도달하지 못한 새로운 상상력과 가치를 세계문학의 성취로 등재하고 소통시키는 일과는 멀어질 수밖에 없을 것이다. 물론 작품 외적인 발언과 분리하여 작가의 작품들을 같은 맥락에서 검토해보는 일은 별개의 과제이겠고, 세계무대로 한국문학의 활동영역을 넓히려는 재능있는 작가의 의욕이 폄훼될 이유도 전혀 없다. 하지만 '경쟁력'이라는 잣대가 등장하는 순간, 한국문학이 서양 주도의 세계질서와 함께 형성되어온 세계문학의 낡은 보편성을 비판적으로 성찰할 근거는 상당부분 사라질 수밖에 없다.

비슷한 맥락의 이야기는 오랫동안 한국문학의 해외번역에 종사해온 현장의 목소리로도 전해진다. "우아한 문체, 다양한 서술리듬, 해석의 모호함, 여러 서술자들의 목소리, 글쓰기 전략에서의 복합성 등은 모두 시로서의 소설이 갖는 근본적인 특성들인데, 한국 작가들의 작품에는 너무나 부족한 것이다."(안선재 Brother Anthony 「외국독자들은 한국문학을 어떻게 읽을까」, 『창비주간논평』) 한국문학, 특히 한국소설의 세계무대 진출이 부진할 수밖에 없는 이유를 적시한 대목인데, 착잡한 발언이다. 무엇보다 최근 한국소설의 구체적 성과들을 대조해가며 이 글의 비판을 반박할 수도 있을 것이다. 그러나 문제는 이 비판이 서양 근대의 특정한 소설미학을 움직일 수 없는 전제로 삼고 있다는 점이다. 그렇게 해서 그것이 한국소설의 결여로 지적되고 경쟁력 촉구의 도구가 되는 한, 한국문학은 옴짝달싹할 수 없는 진화론의 구도에 갇힐 수밖에 없다. 리얼리즘이든 모더니즘이든 서양 근대문학의 두께와 역량은 위대한 창작자들의 몫인 동시에 세계사의 흐름에서 서양 근대가 가진 총체적인 힘으로부터 나온 것이다. 그런만큼 그 성취의 수용은 비판적 역사 이해를 불가피하게 한다. 동시에 서양 근대문학의 압도적인 영향력 아래에서 시작된 현대 한국문학이 한국인의 자기표현과 세계이해의 도구로 전용될 수 있었던 것은 근원적으로 문학이 인간과 세계 전체에 열려 있는 보편적인 성찰의 형식이기 때문일 것이다. 그리고 문학은 그 성찰의 공간에서 끊임없는 자기비판과 자기부정의 역사를 열어왔다. 한국문학의 주체성이 있다면 그것은 고정된 실체가 아니라 그 비판과 부정의 역사 속에서 유동하는 무엇일 것이다. 당연히 한국문학의 창조적인 보편성은 그 유동하는 지평에서 사유되지 않으면 안된다. 그렇지 않을 때 한국문학은 다시 한번 서양문학의 고정된 중심을 향한 욕망의 우울한 경주와 마주칠 수밖에 없지 않겠는가.

어쨌거나 한국문학의 보편성을 창조적으로 확대하는 일은 딱히 세계문학의 지평에서 생각하지 않더라도 언제나 쉽지 않은 과제로 남아 있다. 한 예로 최근 한국문학의 보편성에 대해서는 "한국문학 자체의 고유한 역사적 경험과 통찰에서 출발하되 경계를 뛰어넘는 가치와 자질을 발굴하고 그것을 일반화하는 보편성, 비유컨대 '우리 안의 보편성'일 것이다"(진정석, 앞의 글)라는 분명한 요구가 제출되기도 했지만, 그것이 그리 간단한 일이 아님은 물론이다. 무엇보다 그 보편성은 구체적인 작품의 성과로 표현되지 않으면 안된다. 『손님』『심청, 연꽃의 길』『바리데기』로 이어지는 최근 황석영(黃晳暎)의 소설적 행보는 이런 점에서 여러모로 뜻깊다. 작가가 여러차례 밝혔듯이 이 3부작은 무엇보다 기존의 리얼리즘 형식에 대한 뚜렷한 반성에서 출발한 기획이다. "과거의 리얼리즘 형식은 보다 과감하게 보다 풍부하게 해체하여 재구성해야 한다. (…) 삶이 산문에 의하여 그대로 재현되는 것이 아니라면, 삶의 흐름에 가깝게 산문을 회복할 수는 없을까 하는 것이 나의 형식에 관한 고민이다."('작가의 말', 『손님』) 그리고 이 고민은 '진지노귀굿' '심청전' '바리데기 무가'라는 우리 고유의 전통적 서사형식을 거기 담긴 재래의 정신적 흔적과 함께 현대소설의 새 틀로 뒤바꾸는 3부작의 출간으로 이어졌다. 물론 이 3부작이 서사형식의 재창조에만 머문 것은 아니다. 작가는 북녘땅에 틈입한 외래 모더니티의 참상(『손님』), 근대 이행기 동아시아 민중의 수난(『심청, 연꽃의 길』), 이산과 대립이 격화되는 세계화의 파괴적 그늘(『바리데기』) 등 긴박한 현실의 문제를 한반도의 테두리를 넘어서는 큼직한 시야로 그 형식 속에 녹여냈다. 그 문학적 성취의 세목에 대한 이론이야 있을 수 있으되, 크게 보아 세계문학의 지평이든 그렇지 않든 한국문학의 보편성을 창조적으로 고민하는 차원에서 이만한 야심찬 기획을 찾기는 어렵지 않을까.

그런데 한국문학의 보편성을 더 궁구하기 위해서라도 황석영의 창조적 실험에는 좀더 면밀한 읽기가 두루 뒤따라야 할 것 같다. 그것은 한국문학의 보편성을 새롭게 고민할 때 정작 우리 안에서 작동하는 보편성의 척도를 그 기원에서 탐문하고 회의하는 과정을 수고스러운 댓가로 지불해야 하기 때문에도 더 그렇다. 가령 최근작 『바리데기』의 다분히 의도적으로 보이는 소설적 성김을 우리는 어떻게 이해해야 하는가. 『바리데기』를 읽으며 우리는 통상의 소설문법이 요구하는, 인물의 꼼꼼한 성격화 과정에 작가가 그다지 집착하지 않는다는 느낌을 받는다. 인물들은 복잡한 현실을 반영하는 유기적 구성 속에서 등장하거나 배치되기보다 주인공 바리의 수난의 항적(航跡)을 중심으로, 그 구심력의 요구에 편하게 이끌리고 있는 것으로 보인다. 소설의 시야와 상상력을 활달하게 개방하는 데 기여하며, 그 자체 이 소설의 중요한 형식이기도 한 주인공 바리의 영매적 능력이 서사의 긴장과 충돌하는 지점에 대해서도 작가는 관대하다. 적어도 『바리데기』는 서구 근대소설의 중요한 규범이랄 수 있는 전체적 합리성과 유기적 짜임을 어느 수준에서는 무시하거나 건너뛰고 있다고 해도 무방할 것이다. 작가는 이에 대해 시적인 이미지와 서사의 결합을 뜻하는 '시적 서사'의 뚜렷한 미학적 의도를 피력한 바 있다. 말할 것도 없이 그 미학적 의도는 '과거의 리얼리즘 형식을 과감하고 풍부하게 해체·재구성하고 삶의 흐름에 가깝게 산문을 회복하려는' 작가의 오랜 고민의 연장선에 있다. 물론 우리는 여기서 '시적 서사'가 소설 전체를 통어하는 일관된 조직원리로 충분히 스며 있는지 물어볼 수 있을 것이다. 그리고 거기에 일정한 유보가 없는 것도 아니다. 그러나 실제 근대적 소설규범과 불화하는 몇가지 문제를 무시하고 보면 『바리데기』는 한 탈북소녀의 수난과 그녀의 영매적 시선을 통해 오늘의 세계가 처한 파괴적 참상을 그 구원의 질문과 함께 감동적으로 압축해 제시하고 있다. 예컨대 할머니나 강아지 칠성이와 나누는 바리의 마음의 대화는 소설적 진실의 차원에서도 자연스럽고 훼손된 단순성의 세계를 기꺼이 상상하게 만든다. 서구적 판타지의 냄새가 없는 환상의 시원한 개방도 통쾌하다. '시적 서사'의 일정한 몫이겠지만 군더더기 없는 담백한 문장에 실린 서사의 리듬은 바리의 수난과 곡절에 적절히 호응한다.

정리하자면 이렇다. 『바리데기』를 읽는 즐거움에 다른 한편의 낯섦과 불편함이 뒤섞이는 것은 한국문학의 보편성을 창조적으로 열어가는 일이 상당기간 유동상태에 있을 수밖에 없다는 시금석적 지표는 아닌가. 한국문학이 서양문학의 보편성을 비판적으로 의식하고 그것에 길항하지 않은 것은 아니지만, 그 보편성은 동시에 한국문학 안에서 완강한 내면화의 길을 걸어왔다. 그리고 그것은 한국인의 삶이 근대의 경험 속으로 급속도로 편입되고, 전지구적 자본주의 세계체제에 포섭되어온 역사적 시간을 고스란히 반영한다. 그 근대의 시간 안에서 창조적 배반의 상상력은 어떻게 가능한가. 그리고 그것은 어떤 미학적 형식을 통해 가능한가. 세계문학의 지평에서 한국문학의 보편성을 생각할 때, 우리는 다시 이런 원론적 질문들 앞으로 돌아온다.

— 『창작과비평』 2007년 겨울호

'이후'의 시간과 소설의 고독

1. 고독을 감싸는 자연의 리듬

「제비를 기르다」(『제비를 기르다』, 창비 2007)는 윤대녕(尹大寧)의 인장이 너무도 뚜렷한 작품이다. 우선 시원 회귀의 꿈을 부르는 은어의 자리에는 매년 음력 삼월 삼짇날 찾아왔다 9월 9일이면 강남으로 돌아가는 제비의 항해지도가 놓여 있다. 하면서 예사로운 철새의 생태로부터 인간 영혼의 지리지를 세련되게 전경화(前景化)하는 작가 특유의 상상력과 장인적 솜씨는 일견 시대착오가 아닌가 싶게 낡아 보이는 '여자의 일생' 이야기를 자연스러운 소설의 리듬으로 감싼다. 삼월 삼짇날 아침에 태어나 평생 제비를 그리워하며 운명처럼 고독을 앓던 강화도 여인, 소설화자 '나'의 어머니가 그 주인공인데, 매년 첫눈 내릴 무렵의 불가사의한 출분처럼 이해받기 힘든 그녀의 일생이란 제비에 대한 그리움을 통해 너무도 일찍 '영원의 나라'를 보아버린 자의 자기처벌의 시간이었던 것. 이 설명할 수 없는 세계를 강화도 드넓은 가능포 들판에 세워둔 채, 소설은 윤대녕의 저 유려한 연애담의 세계로 달려간다. 물론 이 두 세계는 원환처럼 맞물려 있으며, 그 원환은 닮고 반복되는 운명의 형식으로 소설에서 드러난다. 왜 그렇지 않겠는가. 어머니가 어린 화자에게 들려준 말, "여자는 영원의 나라를 왕래하는 철새 같은 존재"라는 주문이 절대적으로 전제되어 있는 바에야.

그 맞물린 원환의 모습은 구체적으로 어떠한가. 어머니를 한편에 두고 두명의 여자가 등장한다. 이문희와 서문희. 작가의 장편 『미란』(문학과지성사 2001)이 두명의 미란(지명까지 포함하면 셋) 사이의 이야기인 것과 흡사하다. 하긴 누구나 언젠가 한번은 알 수 없는 그리움에 영혼을 놓아버릴 운명들이라면 씨는 다를지언정 이름이 같다고 무엇이 이상하랴. 게다가 우연의 개시는 윤대녕의 인물들이 합리와 계산 가능성으로 틀지어진 지금의 세계를 벗어나는 거의 유일한 출구가 아니던가. 이문희는 화자의 고향인 강화 읍내 시장통의 작부집 여인. 어머니로 인해 또다른 고독병을 앓던 아버지의 여자들 가운데 한명이었으며, 어린 화자에게 여자의 분 냄새를 알게 한 인물. 서문희는 소설화자가 군에서 제대하던 날 서울행 버스에서 '우연히' 말문을 트게 된 여대생. 남자친구를 면회왔다가 헛걸음하고 돌아가는 길이었다. 이 우연이며 운명적인 만남으로부터 20년에 걸쳐 펼쳐지는 두 사람의 긴 인연담과 서문희의 곡절 많은 인생살이를 마음의 흐름을 좇아 세월을 잇고 건너뛰며 요약해내는 윤대녕의 솜씨는 가히 천의무봉에 가깝다. 사실상 서문희의 '여자의 일생'인 셈이다.

그런데 서문희는 어쩌다 "영혼을 잃어버리고"는 두 남자 사이에서 방황하고 두번이나 이혼하면서 평탄치 못한 삶을 살 수밖에 없었는가. 자신의 말처럼 강화도 가능포 들판에 몰려와 있던 제비떼를 보았기 때문일까. 그러니까 그 순간 서문희도 화자의 어머니처럼 저 먼 강남에 있다는 영원의 나라를 보아버린 것이고, 이제 전처럼 살아간다는 것은 불가능하게 된 것일까. 이 질문에 긍정과 부정의 두 가지 대답이 모두 가능하다는 점에 「제비를 기르다」의 소설적 힘이 있다고 나는 생각한다. 무슨 이야기인가.

서문희와 소설화자의 만남과 사랑의 실랑이는 냉정하게 들여다보면 장삼이사의 사람들이 겪는 행로와 그다지 다르지 않다. 첫사랑을 찾아간 결혼이 실패하고 나이 서른에 "한물간 시골 술집의 작부"처럼 변한 서문희와 5년 만에 마주한 화자가 "우리는 춘천발 서울행 버스에 함께 타지 말았어야 했고 학교로 찾아가지도 말았어야 했고 (…) 또 그랬더라도 거리를 두고 조금씩 알아가면서 가까워졌어야 했는데 처음부터 모든 걸 한꺼번에 빼앗겠다고 달려들었지. 무책임하고 이기적으로 말야" 하고 사랑의 미숙을 유치하게 자책할 때, 이 연애담의 실상은 오히려 확연해진다. 누구나 부딪치는 곤경에 불과했던 것. 그러지 않으려면 "영원의 나라에서 생을 거듭하지 말고 그냥 오래 머무"는 방법밖에 없을 테니까. 두 사람이 제비가 돌아간다는 강남, 그러니까 태국으로 동반 여행을 떠나 기나긴 사랑을 나누고 온통 금박으로 뒤덮인 왓 찰룽 사원의 지붕 위에 몰려와 있는 한무리의 황홀한 제비떼를 보았다고 해서 사정이 달라지는 것은 아니다. 한갓 철새의 생태에 불과한 제비의 항로와는 무관하게 진행되는 현실의 구속이 있는 법. 작가는 제비 신앙의 사제격인 "어머니의 예언"을 짐짓 심각하게 말하기도 하지만, 두 사람의 헤어짐과 서문희의 결혼이 파탄에 이르게 된 과정의 비속함은 또 그것대로 보여주는 걸 잊지 않는다. 요컨대 작가는 초월적 지평과 비속한 일상 사이의 거리 혹은 아이러니를 충분히 의식하고 있다. 가령 "진흙 같은 고독" "가마솥 뚜껑이 열린 것처럼 하늘이 공허해 보였다" "썩어가는 감자처럼 마음이 점차 병들어가고 있었다" "오징어 먹물 같은 어둠속" "단지 우물에 빠져 외치는 소리에 불과했던 것이다" "그야말로 가관이었다" 등등의 부러 다듬지 않은 것처럼 보이는 말들이 불쑥불쑥 소설의 기본 어조를 조롱하는 듯한 지점도 이 거리와 무관하지 않을 것이다. 중간중간 연극투의 대화가 자아내는 묘한 소격효과도 덧붙여 언급할 수 있을 것이다. 하면서도, 이 모두는 제비에서 비롯된 이야기일 수밖에 없다는 것을 소설은 도저히 부인할 수 없게 감동적으로 보여준다.

그후 문희는 학교를 그만두고 아이가 일곱살이 될 때까지 내게 연락을 해오지 않았다. 그러다 올해 4월 25일 오후에 내게 전화를 걸어, 작년에 복구공사가 끝난 청계천에 그제야 처음 구경을 나갔다가 제비떼를 보았노라고 했다. 그해 강화도 저녁 들판에서 보았던 것만큼이나 많은 제비들이 청계천 하늘에 몰려와 있었다고 했다. 문희의 목소리는 어느덧 흐름의 끝에 다다른 강물처럼 잠잠해져 있었다. 그 강물 속의 돌들도 더이상 울부짖는 기척이 없었다. (87~88면)

춘천발 서울행 버스에서 문희를 만난 지 20년이 흐른 뒤다. 첫 결혼이 실패한 뒤 강원도 대관령 아래 성산에서 "바윗돌이 물속에서 굴러가는 소리를" 이명(耳鳴)으로 들으며 술집 작부처럼 주저앉아 있던 때로부터도 15년이 흘렀다. 그새 문희는 두번 더 결혼했고, 세번째 결혼 때는 태국의 푸껫으로 신혼여행을 떠났다고 했다. 푸껫에서는 제비를 보았을까. "흐름의 끝에 다다른 강물처럼 잠잠해"진 목소리란 어떤 것일까. 알 수 없지만 그것이 시간의 힘으로 도달한 지점이란 점만은 뚜렷하게 느낄 수 있다. 20년 전 문희와 함께 찾았던 강화 시장통 술집 '문희'의 문 앞에서 그녀는 문을 두드리는 화자를 다급한 목소리로 제지하며 "마치 늙음의 문 앞에 서 있는 여자처럼 떨고 있"지 않았던가. 이제 그녀도 그 문으로 들어서고 있는 것일까. 이 막막한 삶의 풍경에 호응해줄 수 있는 것으로 청계천 하늘을 물들인 제비떼의 귀환만한 것이 달리 있으랴. 강남 갔던 제비 백 마리 중 돌아오는 것은 겨우 다섯 마리뿐이며, 새끼의 귀환 확률은 1퍼센트에 불과하다는 것. 그렇다면 나머지 제비들은? "일부는 생을 다해 죽고, 그 나머지 제비들은 또다른 곳으로." 화자의 기억에 의하면 서울 하늘에 제비가 돌아온 것은 30년 만의 일이었다. 이른바 자연의 질서다. 이런저런 굴곡과 함께 진행되는 인간사의 잡답(雜沓)도 어느 수준에서는 이 질서와 만날 수밖에 없다. 문희의 방황이 강화도 가능포 들판의 제비떼와 무관하지 않다면 이 지점에서 그러하리라.

윤대녕의 「제비를 기르다」는 제비떼의 그것처럼 순환하고 반복되는 시간의 원무 속에 있다. 여대생 문희가 작부집 늙은 문희가 되고, 이 둘은 고향 강화에서 죽음을 기다리고 있는 어머니의 일생에 다시 포개진다. 해서는, 셋이 하나가 되는 '여자의 일생'. 그런데 그이들은 과연 영원의 나라를 왕래하는 철새들일까. 어쩌면 이 모두는 소설화자 '나'의 고독이 빚어낸 환각은 아닐 것인가. 작부집 늙은 문희의 품에 안겨 울음을 쏟아낸 뒤, 스르르 잠이 들었던 화자가 깨어났을 때의 상황은 다분히 암시적이다. 소설의 마지막 대목. "그리고 어찌 된 일인지 어두운 방 안에는 나 혼자뿐이었다." 환각에 대한 자각이 아니라면 굳이 '어찌 된 일인지'란 표현을 쓸 필요가 있었을까. 제비를 기른 것도 제비를 기린 것도 그러고 보면 '나'였던 셈이다.

2. 시간을 거스른 고독의 귀환

고독은 발견되는 것인가. 은희경(殷熙耕)의 「고독의 발견」(『아름다움이 나를 멸시한다』, 창비 2007)은 그렇다고 말한다. 그런데 그 대답의 소설적 무게는 단연 발견의 형식에 있다. 소설의 주인공이자 화자인 '나'는 서른여덟살 먹은 고시생. 고지식하게 모범생의 길만을 밟아오면서 공부 외에는 할 줄 아는 게 없는 처지가 되었고, 그렇게 시작한 고시생활이 길어지면서 이제는 가족도 기대를 접어가는 상황. 10년 넘게 사귄 여자친구도 화자의 고지식함에 질려 떠나버렸다. 작가는 의식과 무의식의 차원 모두를 끌어들여 이 인물의 자의식이 마침내 고독의 기원에 이르는 순간으로 소설을, 아니 시간을 접고 또 접어간다. 이른바 발견의 형식이다.

시간을 접는다고 했거니와, 이 소설에는 두 가지 시간축이 있다. 화자 '나'의 서른여덟살 생일날 오후 어느 찻집에서 흘러가는 시간과 여자친구 S의 생일날 저녁 두 사람이 함께했던 패밀리 레스토랑에서 흘러가는 시간. 1부터 8까지 장(章)처럼 번호가 붙어 있는 이 소설에서 1부터 7까지가 앞의 시간축이고 뒤의 시간축은 소설의 마지막이기도 한 8 하나뿐이다. 여자친구와는 헤어진 상황이므로 후자가 선행하는 시간임은 분명하다. 그러니까 쉽게는, 난쟁이처럼 키가 작은 여자 종업원의 어깨에 기대 흐느끼는 악기 연주자의 모습에 자신의 모습을 겹쳐 보았던 소설의 마지막 8의 상황이 앞서 있었고, 그 뒤 자신의 생일날 혼자 찻집에 앉아 과거 대학시절 같이 하숙하던 동료의 방문을 받는 꿈을 꾸는 것으로 1에서 7의 서사를 정리하면 될 것이다. 요컨대 화자의 무의식에 강렬하게 남아 있던 키 작은 여자 종업원이 꿈의 '잠재 내용'이라면 화자가 W시에서 만나게 되는 난쟁이 여자는 '꿈 작업'이 가해져 변형된 꿈의 '발현 내용'으로 보면 되지 않겠는가. 그러나 당연하게도 이 소설은 그런 쉬운 해석으로는 해소되지 않는 형식을 품고 있다. 그것은 검은 코트 남자의 등장과 이어지는 W시 방문, 그리고 외면하고 있던 과거 진실과의 대면이 이어지는 앞의 시간이 화자의 꿈인 듯하면서도, 동시에 시간상으로 그 이전에 일어났던 소설의 마지막 장의 사건에 소급적으로 개입해 그 사건을 다시 써나가는 듯한 효과를 불러일으킨다는 점이다. 무슨 말인가.

소설화자 '나'에게 '몸을 가볍게 만드는 일'은 융통성없이 "지겹도록 하나의 삶을 살아온" 자신의 인생에서 탄식의 주문(呪文)처럼 찾아낸 유일한 처방이었다. 그러나 자아를 여러개로 나누는 분신술(분신술 혹은 자아연기술은 은희경 소설의 주요 모티프이기도 하다. 이로부터 소설쓰기에 대한 작가의 자의식을 음미하는 일은 또다른 즐거움일 수 있겠다)을 통해 하나의 자아에 가해지는 현실의 중압을 이겨보려 했던 난쟁이 여자의 놀이가 안타까운 공상일 수밖에 없듯이, 현실에서 그런 주문이 실현될 수는 없는 노릇이다. 성격이나 심리의 차원에서 이루어지는 자아연기술의 하나로 이 주문을 본다 해도 그런 일이 쉬울 이치가 없다. 그러기에 강가의 바위 위에 앉아 있던 난쟁이 여자가 "거짓말!" "다 거짓말이에요" (그러니까, 고지식하기 짝이 없던 화자가 처음으로 거짓말을 한 것인가?) 하고 말하면서 깔깔거리는 웃음소리와 함께 허공으로 날아오르고, 뒤이어 '나' 역시 그녀의 치맛자락을 붙들고 떠오르는 장면이 꿈/현실의 경계와 무관하게 그 불가능의 역설로 감동을 자아내는 것일 터이다. 그리고 이 순간 화자는 "몸을 가볍게 만드는 연구가 드디어 완성되었어" 하고 중얼거린다. 그런데 이 '완성'이 없었다면 소설 결말부의 "나로부터 나누어진 내 몸의 일부가 가볍게 허공을 날아올라 악기 연주자에게 옮겨가"는 일이 가능했을까. 원래는 레스토랑에 앉아 키 작은 여자의 어깨에 머리를 기댄 채 흐느끼는 남자를 보는 장면만이 있지 않았을까. 그후 꿈이든 환각이든 강가에서의 그 날아오름이 완성되면서 레스토랑의 그 장면은 뒤늦게 숨어 있던 지점을 드러냈다고 보는 게 합당한 읽기가 아닐까. 적어도 이 소설은 시간을 거스르는 그런 독법의 여지를 열어놓고 있는 것은 아닌가. 두개의 시간축이 서로를 향해 접혀들어가는 듯한 느낌을 준다고 말할 수 있는 것도 그래서다. 그리고 그 둘의 접힘이 마침내 만나는 곳이란 미래를 품고 과거로 가득 찬 생생한 현재, 시간의 주름이 어느 방향으로도 삶의 유로와 만나는 진정한 기원의 지점이 아닐까. 그 생생한 현재의 풍경은 이렇다. 소설의 마지막이다.

난쟁이 여자의 옆자리에 가서 앉은 나는 여자의 어깨에 얼굴을 파묻고 흐느끼기 시작했다. 미안해. 나는 계속해서 중얼거렸다. 미안해, 난 쓸모없는 놈이야. 미안해. 눈물은 쉽게 그칠 것 같지 않았다. (75면)

몸을 나누어 공중으로 날아오르는 오랜 염원이 이루어진 순간, 화자는 자책하고 고백하며 울고 있다. 그는 이제 어디로 갈 것인가. 아마도 그는 그날로부터 얼마 뒤 여자친구와 헤어지게 될 것이다. 그리고 자신의 생일날 어느 찻집에 홀로 앉아 이월의 햇살을 느끼며 「사람들은 모두가 낯선 존재다」라는 도어즈의 노래를 듣고 있을 것이다. 그러다 꿈결인 듯, 검은 코트를 입은 낯선 사내의 방문을 받고 자신을 지칭하는 것 같은 K라는 모호한 인물의 15년 전 대학시절 이야기를 듣게 될 것이다. 그리고 한달쯤 뒤에는 그 낯선 사내의 권유에 따라 W시로 가서 옛날 하숙집 여주인이 운영했다는 비어 있는 여관에 묵고 난쟁이 여자를 만나 자신의 몸을 여러개로 나누는 분신술의 공상에 대해 듣게 될 것이다. 밤늦게 여자가 일하는 레스토랑으로 찾아와서는 여자의 어깨에 얼굴을 파묻고 "미안해, 난 쓸모없는 놈이야"라고 중얼거리며 흐느끼던 기타 연주자에 대해서도 듣게 될 것이다. 다음날 두 사람은 배를 타고 들어가는 절이 있다는 강가로 갈 것이다. 그 절은 화자가 15년 전 하숙집 동료들과 함께 놀러 왔던 곳. 배를 타고 가다 강물 속으로 뛰어들기도 했다. 그러나 도착해 보니 기억과는 달리 그곳은 섬이 아니다. 절터만 남아 있을 뿐, 절도 원래부터 없었다고 한다. 꿈을 꾸고 있는 것일까. 기억 전체가 잘못된 것일까. 그는 거기서 고백하게 될 것이다. 하숙생들은 모두 자신을 싫어했으며, 그들이 자신을 강물 속으로 떠밀어 빠뜨렸다는 것을. 그리고 바위 위에서 두 발을 흔들고 있던 난쟁이 여자는 허공으로 날아오르고, 그도 그녀의 프릴 달린 원피스자락을 붙들고 함께 떠오르게 될 것이다. 드디어 몸을 가볍게 만드는 연구가 완성되었다고 중얼거리며. 그리고 다시 여자친구 S의 생일날이 과거로부터 도착할 것이다. 프릴 달린 스커트를 입고 짧은 두 발을 허공에서 대롱거리고 있던 키 작은 여자와 그녀의 어깨에 얼굴을 묻고 흐느끼는 지친 악사와 함께.

결론을 맺자. 화자인 '나'는 자신이 그것을 해야 할 시간과 공간에서 고백하고 울지 못했다. 그 시간과 공간은 지나가버렸다. 그러나 그는 그 이후의 시간으로 가서 고백의 시간과 공간을 찾아내고, 그 순간 과거는 다시 도착한다. 이 두번째 반복에서 그는 마침내 고백하고 울 수 있게 된다. 이제 그가 얼굴을 파묻은 곳은 난쟁이 여자의 어깨이되, 동시에 떠나간 S의 어깨다. 시간은 그렇게 접히고 만나면서 옛 지도 속의 W시처럼 "검은 구멍"이자 중심, 원점에 뒤늦게 "닳고 해어져서" 이른다. 그 구멍은 고독의 기원이며, 원점이다. 고독은 치유되거나 메워지는 게 아니라 그렇게 다만 '발견'될 뿐이다. 은희경의 이번 소설은 돌이킬 수 없는 시간을 돌이키면서 그 점을 아프게 환기한다.

3. 혼자 건너는 강

이혜경(李惠敬)의 「한갓되이 풀잎만」(『세계의 문학』 2006년 가을호)은 가곡 「동심초」의 한구절을 소설의 제목으로 삼고 있다. 「동심초」는 당나라 여류시인 설도(薛濤)의 오언절구 「춘망사(春望詞)」 가운데 3연을 개사해 만든 노래로 알려져 있다. 그러니까 소설 제목은 "무어라 맘과 맘은 맺지 못하고(不結同心人) / 한갓되이 풀잎만 맺으려는고(空結同心草)" 하는 가사를 자연스럽게 불러낸다. 왜 마음과 마음은 하나로 맺어지지 못하는가. 이제 우리는 윤대녕, 은희경의 소설과는 또다른 지점에서 산다는 것의 "그 고독한 행사"(윤대녕)와 맞닥뜨린 셈이다.

소설의 주인공 김기혜의 직업은 속기사다. 몰래 녹음된 테이프를 의뢰인들로부터 건네받아 녹취록을 만드는 게 그녀의 주된 업무다. 대부분 상습적인 가정폭력 현장이나 간통 현장 등을 담고 있는 그 녹취록은 이혼 법정의 증거물로 제출될 것이다. 한때 사랑의 서약으로 맺어졌던 부부들은 녹취록의 세상에서 서로에 대해 가장 야비한 폭력을 행사하고 가장 야비한 말들을 쏟아낸다. 그 말들을 다시 듣고 기록하는 직업속기사 김기혜의 자리에서 보면 말은 절대 공기중에 흩어지는 게 아니다. 입밖에 나오는 순간 새롭게 살아난 말은 듣는 이의 가슴에 "때로는 못으로 박혀 파상풍을 일으키기도 한다."

소설은 가슴에 그런 못이 박혀 있는 사람들의 이야기다. 엄마의 가출과 이어진 아버지의 죽음으로 어렵게 고등학교를 마치고 컴퓨터학원에서 경리로 일하던 김기혜에게 명문 공대를 나온 학원강사 M이 나타난다. 거절해야 할 일이라는 걸 알았지만 "거울에도 비치지 않는 그녀의 허기"를 알아내고 건넨 M의 도넛은 너무 달콤했다. 순식간에 M은 그녀의 영혼을 가득 채워버렸다. 아마도 그 순간 그녀는 가장 순수한 의미에서 영혼의 자발성에 도달했던 것인지도 모른다. 그러나 식초나 락스로도 지워지지 않는 냄새가 있는 법. 그녀는 결혼 혹은 연애 시장의 형편없는 약자에 불과했다. M의 배신도 감당하기 힘들었지만 "그냥 외로운 처지인 그녀가 안돼 보여서 친절하게 대한 것뿐"이라던 M의 목소리는 그녀의 가슴에 대못으로 박혔다. 긴 유폐 끝에 그녀가 택한 속기사란 직업은 배신과 거짓으로 가득 찬 세상의 하수구에 익숙해지는 시간이었을 것이다.

그런데 문제는 가슴에 못을 박고도 사람들은 살아가야 한다는 점일 텐데, 이 '이후'의 풍경에서 이혜경 소설은 무서우리만치 섬세한 언어로 다시 한번 인간 진실의 쓸쓸한 국면을 열어 보인다. 아내의 간통 녹취록을 의뢰한 S라는 남자. 여자가 남편의 성적(性的) 무능을 조롱하는 대목에서 김기혜는 말없음표를 택했다. 그것이 아내가 바람피운 사실보다 더 큰 못으로 남자의 가슴에 박히리란 걸 알았기 때문이리라. 이 일을 계기로 두 사람은 '이후'의 시간에서 만난다. 그러나 김기혜와 S는 "저마다 혼자 건너야 할 강"을 이미 보아버린 사람들이 아닌가. 그들은 마음의 바닥에서 만났던 것이다. 그 풍경은 어떠할까. "이따금 설악산이나 남해 금산이라고 허물어진 목소리로 전화하는 S. 퇴근하자마자, 다음날 출근시간에 대려면 밤새 달려와야 할 길을 달려가는 S의 마음을 그녀는 알지 못한다. 이따금 그녀가 네이버 검색창에 M의 이름을 쳐보는 것을 S가 알지 못하듯." 잠든 S의 모습에서 김기혜는 혼자 망각의 강을 건너가고 있는 처연한 배 한척을 본다. 그러나 그녀 역시 그 옆에서 그렇게 떠가고 있기는 마찬가지 아닌가. "문득 등이 시려온다. 등줄기로 찬물이 흐르는 듯하다." 이 순간 뒤늦게 진실이 도착한다. 녹취록 작업을 마치면 컴퓨터 프로그램은 묻곤 했다. 이제 무엇을 하겠느냐고. 사실 선택의 여지는 없었다. 저장하거나 저장하지 않거나. "그때, 그녀에겐 선택의 여지가 그리 많지 않았다. 사랑하거나 사랑하지 않거나." 삶이나 사랑이 많은 가능성 속에 열려 있다고 믿는 시간이 있다. 그때 사람들은 꿈이라는 걸 갖는다. 무용학원의 수상 축하 현수막에 걸려 있는 꿈들. 그러나 프리마돈나를 꿈꾸던 아이들은 도금이 벗겨진 조악한 메달을 간직한 채 대개는 장삼이사가 되어야 한다. 더 가혹하게는, "어쩌다 배신당하지 않고 그 꿈을 이루는 사람들도 있겠지만, 그러나 이루어진 꿈은 이미 빛을 잃은 채 일상에 지나지 않을 것이다." 아마 그들의 가슴에도 크든 작든 못 하나씩은 남아 있으리라. 역설적으로 '맹목'이 삶의 현실로 수긍되어야 하는 것도 바로 이 지점이다. 그때 그녀에겐 선택의 여지가 "그리 많지 않았"다기보다 없지 않았을까. 그렇다면 지금은 어떠할까.

혼자 강을 건너고 있는 S 옆에서, 그녀는 이제 같은 질문 앞에 돌아와 있다. "이제 무엇을 하시겠습니까?" 지금도 "사랑하거나 사랑하지 않거나"의 선택지뿐인가. 소설은 거기에 대해 말이 없다. 그러나 이혜경 소설이 늘 그렇듯, 그 침묵 너머로 깊은 울림 속에 들려오는 이야기가 있다. 윤대녕 소설의 문희나 은희경 소설의 K처럼 강에 이르러 들려주는 이야기. 이혜경 소설의 그녀는 지금 혼자 떠가야 할 강 위에 누워 있다. 옆에 잠들어 있는 S가 어디쯤 떠가고 있는지 알지 못하는 채로. 그 풍경은 쓸쓸하긴 해도 "사랑하거나 사랑하지 않거나"의 조급함으로부터는 조금은 물러나 있다. 지금 그녀는 그 선택지 너머를 보고 있는 것은 아닌가. 그렇다면 그 너머, '사랑' 없는 만남과 관계의 풍경은 어떠할까. 풀잎의 맺어짐이 그 자체로 아름다운 곳, 거기서 사람들은 상처와 모욕을 주고받지 않고도 만나고 잠들 수 있을까. 안타깝게도 우리는 그 풍경을 볼 수 없다. 소설은 다시 한번 여기에서 멈어 있으며 우리가 느낄 수 있는 것은 그곳을 향한 그녀의 간절한 시선뿐이다.

4. 소설의 고독

최근 황종연은 「문학의 묵시록 이후—가라타니 고진의 『근대문학의 종언』을 읽고」(『현대문학』 2006년 8월호)라는 글에서 카라따니 코오진(柄谷行人)의 종언론에 대해 "문학의 존재이유를 좀더 깊이 생각하라는 도전으로 받아들일 필요가 있다"는 입장을 밝힌 바 있다. 언뜻 쉬워 보이는 황종연의 이런 응답이 카라따니의 선언에 담긴 역사철학적 맥락을 정치하게 검토하면서 나왔다는 점, 또 거기에 한국문학의 현재와 미래에 대한 나름의 숙고가 놓여 있다는 점을 확인할 수 있다면, "묵시록의 픽션에서 벗어나 문학을 생각"하자는 이 제안은 좀더 오래 한국문학의 불편한 자의식으로 남아 있어도 좋지 않을까. 그러니까 "근대문학 이후에도 문학이 존재할 이유를 생각하는 일", 그것은 카라따니의 종언론만큼이나 문학의 운명을 절박하고 절실하게 묻는 일이 되지 않겠는가.

윤대녕, 은희경, 이혜경의 소설을 '근대문학'이 추구했던 전체성의 감각에서 읽는 일은 쉽지 않다. 그러나 자연의 리듬으로 인간 운명의 고독을 감싸는 윤대녕의 상상력이나 근대적 시간의 서사를 돌이켜 고독의 기원으로 다가가는 은희경의 소설, 그리고 관계의 심연에 드리운 이혜경 소설의 응시에 부재와 결핍으로 접혀 있는 조화로운 시간의 음화가 없는 것은 아니다. 굳이 여기서 불가피한 우회로를 말해볼 수도 있을 것이다. 그러나 아마도 지금 한국소설이 겪고 있는 변화의 진폭은 좀더 다른 차원의 것일지도 모른다. 사회역사적 지평도, 자율성의 신화도 더이상 원군이 되어주지 못하는 세계에서의 소설쓰기. 이 지점에서는 인간 자체가 아포리아가 되지 않겠는가. 윤대녕, 은희경, 이혜경의 소설은 그렇게 '이후'의 시간에서 한국소설의 '고독'을 살고 있는지도 모르겠다.

─『창작과비평』 2006년 겨울호

세계의 실패를 앓는 소설의 고통

1. '뚜부'의 위엄

평생 형형한 호랑이 눈을 부릅뜬 채 한시도 몸과 머리를 쉬지 않고 살아온 여든 어름의 늙은 아버지가 있다. 일찍 아비를 여의고 눈앞이 캄캄한 세월을 죽을 각오로 살아냈다. 사범학교를 나와 교직에 있으면서도 농사만 짓는 다른 사람들보다 더 야무지게 스무 마지기 논농사와 3천평 밭농사를 일궜다. 새벽 3시면 어김없이 깜깜한 논으로 달려갔다. 그렇게, 가혹한 운명을 무릎 꿇리며 한세상을 살아왔다. 자식이 기대에 못 미치자 선을 긋고 단호하게 눈을 거두어버리고는 그만이었다. 그리고 그이 옆에서는 지아비와 자식밖에 모르는 한없이 순종적인 어머니가 그림자처럼 평생을 함께했다. 어느날 서울에 사는 아들은 노모로부터 아버지가 자꾸 정신을 놓는 것 같아 병원에 가서 검사를 받고 왔다는 전화를 받는다. 소설화자인 아들은 검사결과가 나오는 날을 하루 앞두고 직장생활 20년 만에 처음으로 월차를 낸 뒤 시골집으로 향한다. 정지아(鄭智我)의 단편 「봄빛」(『봄빛』, 창비 2008) 이야기다.

간략히 소설의 밑그림을 옮겨본 이유는 다른 게 아니다. 너무도 익숙한 소설 유형 아닌가. 감동의 발생 지점도 어느정도는 예상해볼 수 있다. 이런 소박한 곡조에 어떤 새로움이 담길 수 있을까. 그런데 아니다. 이 소설이 주는 투명하고 묵직한 감동은 그런 쉬운 짐작을 무색케 하면서 인간 진실의 처연한 봄빛 속으로 우리를 데려간다.

딱히 언어론적 전회를 비롯한 다양한 담론의 영향이 아니더라도 소설에서 언어의 재현적 역할은 사회역사적 상상력의 궁핍화와 함께 본래의 중심적 지위를 잃어버리고 부분적인 소설적 기술로 그 위상이 축소된 측면이 없지 않다. 그러나 다른 차원의 논의는 내려놓더라도 눈앞의 현실을 충실하게 재현해 보여주는 일이 좋은 소설의 양보할 수 없는 미덕이라는 점을 정지아의 「봄빛」은 새삼스럽게 웅변한다. 모처럼 서울에서 내려온 아들을 맞아 노모가 차려낸 저녁밥상의 풍경이 단연 그러하다. "그가 온다고 아침부터 종종걸음치며 준비했을 밥상은 '한가꾸'를 넣은 된장국과 취나물과 머위대와 두릅, 그리고 묵은 김장김치가 전부였다." 아들은 지난가을에 비해 눈에 띄게 줄어든 반찬 가짓수에서 불과 두 철 사이에 또다시 세월이 앗아가버린 노모의 쇠약해진 기력을 본 것이다. 그러나 이 짠한 밥상이 들려주는 정말 비감한 이야기는 늙은 아버지의 몫이다. 그리고 다시 어머니의 몫이다. 조금 길더라도 인용하지 않을 도리가 없다(대화 사이 소설화자인 아들의 반응은 생략한다).

"내동 일렀는디 또 뚜부가 없그마이!" (…)

"아이고, 점심에 뚜부를 그렇게 묵고 또 먼 뚜부를 찾소? 저녁은 그냥 자씨요.(…)"

"나가 원제 점심에 뚜부를 묵어!"

"환장하겄네. 노망이 들어도 단단히 들었그마이. 인자 점심에 멀 묵었능가도 모리겄소?" (…)

"그걸 왜 몰라! 점심에 청국장 묵었제. 나가 그것도 모르깨미 이 사람이 꺼떡하면 노망 들었다고 애맨 사램을 잡고 야단이여, 야단이!"

"청국장에 뚜부가 들었습디여, 안 들었습디여?"

"그까짓 것이 월매나 된다고!"(…)

"미치고 환장하겠네. 그 징헌 놈의 뚜부, 된장찌개에 넣고 청국장에 넣고, 동태찌개에 넣고, 끼니마동 빠진 적이 없그마는 먼 놈의 뚜부를 또 지지라요?"(…)

"아 긍게 누가 이것저것 하랬냐고! 그냥 뚜부 듬성듬성 썰어넣고 멜치나 멫마리 너면 될 것을 그거시 멋이 어렵다고 한끼를 안해줘! 한끼를!"(39~41면)

전에 없던 아버지의 반찬 타령도 그러하지만 한마디도 지지 않고 맞서는 어머니의 변화 또한 아들에게는 충격이 아닐 수 없다. 늙는다는 것은 이런 것인가. 그런데 『미메시스』의 저자가 펼친 논의에 기댄다면 스타일 분리를 엄격히 고수하던 고전주의 문학의 세계에서는 희극 장르에나 어울릴 법한 이 범속하고 격조없는 대화의 언어가 인간 이해의 장에 던져주는, 착잡하지만 풍요로운 실감은 정말 놀랍지 않은가. 남도 억양에 실린 이 '뚜부'를 대체할 수 있는 다른 문학적 표현을 우리는 상상하기 어렵다. 아비는 '종'일 수도 있고, '남로당'일 수도 있고, '개흘레꾼'일 수도 있을 것이다. 피임약을 사러 죽어라 뛰고, 이베리아반도의 과다라마산맥을 넘어 계속 달리고 있을 수도 있다. 그러나 어떤 아비든 생로병사의 시간을 피할 수는 없다. '뚜부'는 그 불가항력의 시간 앞에 도착한 모든 아비들의 그럼에도 놓을 수 없는 생의 의지이며 사위어가는 마지막 위엄일 것이다. 마침내 근대 리얼리즘이 일상의 범속한 현실을 심각하고 진지하게 다루기 시작했을 때, 현실의 묘사 혹은 재현의 중심에 섰던 소설은 그 자신이 비추어낸 역사나 인간이 생각 이상으로 초라하고 옹졸한 모습을 하고 있는 데 짐짓 놀라지는 않았을까. 그러나 장식적인 세련을 거부하고 장삼이 사의 사람들이 실제로 쓰는 말로 그들의 감각적 진실을 묘사하고 드러내면서 소설은 인간의 자기이해에 새로운 국면을 열어젖혔다. 「봄빛」의 '뚜부'는 그같은 근대소설의 근본적 책무를 새삼 돌아보게 하면서 현실의 충실한 재현이 단순한 모사의 기술이 아니라 인간 진실을 상상하는 절실하고 비범한 열정의 소산임을 다시 확인케 한다. 그렇지 않고서야 저 밥상을 둘러싼 언어들이 '고리대금업자 같은 세월의 수금' 앞에 선 늙은 아버지와 어머니의 강곽한 일생을 요약하는 강렬한 문학적 위엄에 어찌 닿을 수 있었으랴. 이것은 닥치는 대로의 현실에서 수집한 소박한 언어가 아니다. 소설의 마지막, 치매선고를 받고 돌아가는 차 안에서 새벽부터의 긴 실랑이 끝에 지쳐 잠든 늙은 부모를 후면경으로 바라보는 아들의 시선과 눈물에 독자가 기꺼이 동참할 수 있는 것도 그 때문이다. "이제는 그가 그들을 품어, 그들이 세월에 빚진 생명을 온전히 놓고 죽음으로 떠나는 것을 지켜보아야 하는 것이다. (…) 눈앞이 캄캄했다. 근디 이상하지야. 눈앞이 캄캄헝게 무선 것이 없드라. 아홉살의 아버지가 그랬듯 이상하게 그 역시 무섭지 않았다." 이것은 소설의 결말로는 혹 싱거운 사족은 아닐 것인가. 그러나 정지아의 명편 「행복」(『행복』, 창비 2004)의 여로를 여기에 겹쳐 떠올리는 독자라면, 이 담담한 수락이 온몸으로 막아내고 있는 어떤 느꺼움에 고개를 숙일 수밖에 없으리라.

2. 늑대의 시선

몽골 초원을 무대로 펼쳐지는 늑대사냥 이야기가 설화적 우의(寓意)의 자장을 견뎌내면서 21세기 지금—이곳의 비판적 타자로서 소설적 긴장을 얻어낼 수 있을까. 전성태(全成太)의 「늑대」(『문학사상』 2006년 5월호)

는 쉽지 않은 소설적 과제에 도전하고 있는 듯 보인다. 그렇긴 하나 최근 자신의 소설적 출발점이기도 한 공동체적 기억의 세계에 대한 다양한 층위의 탐문과 반성을 통해 동시대 삶의 간단치 않은 비애와 복합적 진실에 좀더 농익은 시선을 열어가고 있는 전성태인만큼, 그 도전은 그리 낯설어 보이지 않는다. 문제는 '남 얘기가 내 얘기가 되는 절실한'(「존재의 숲」, 『국경을 넘는 일』, 창비 2005) 차원에 도달하는 것일 텐데, 그럴 수만 있다면 헛것조차도 강력한 소설적 진실이 된다는 것을 작가 자신 화전민 숲의 '캄캄한 삶'을 딛고 선 '낡은 이야기'의 힘으로 입증해 보이지 않았던가.

「늑대」는 현실사회주의 붕괴 이후 동시대의 몽골 초원에 동서(同棲)하는 이질적인 시간의 차원으로 독자를 데려간다. '비동시적인 것의 동시성'이라 할 만한 이러한 양상은 가령, 지금은 관광지로 변한 게르(몽골 전통가옥) 캠프촌의 촌장으로 생계를 꾸려가는 하산 노인의 경우처럼 유목민의 전통적 일상을 잃고 자본주의의 '검은 혓바닥' 앞에 무방비로 노출된 무력한 개인의 흔들리는 정체성 속에 뚜렷이 담겨 있다. 하산 노인의 대척점에 서 있는 듯한 늙은 한국인 사업가의 존재 역시 이 점에서 보면 흥미로운 측면을 드러낸다. 젊은날 카지노사업으로 큰돈을 벌기도 했던 그는 정작 사업의 성공 이후 한국사회가 더이상 자신의 질주하는 욕망에 길을 내주지 않자 삶의 열정을 잃어버린다. 그가 식어버린 열정을 되찾은 곳이 몽골이다. 사회주의의 몰락과 함께 망해버린 몽골의 써커스단을 인수해서 전세계를 유랑하며 새로운 활력을 찾은 그가 몽골의 초원에서 자신의 꺼지지 않는 욕정을 던지는 대상은 두 가지. 하나는 초원을 떠도는 검은 수컷 늑대. 또 하나는 곡예사 출신의 몽골 벙어리 처녀 허와. 촌장 하산 노인이 보기에 '성스런 하늘과 대지와 신들을 거스르는 파괴적이고 불온한 정념'의 화신이면서 동시에 그 '망가진 영혼'이 뿜어내는 빛으로 인해 거스를 수 없는 '자본의 매혹' 그 자체이기도 한 이 노인 역시 끊어진 욕망의 단애들 앞에서 어쩔 줄 몰라 하는 좌초한 인물이었던 것이다.

그런데 이쯤에서 보면 이 소설에서 몽골 초원이라는 공간이 한국사회의 어떤 측면을 활성화하고 극화하는 무대장치이자 거울상으로 도입되었음을 짐작하기는 어렵지 않다. 방현석의 베트남, 김인숙의 중국, 김남일의 히말라야, 공지영의 베를린, 정도상의 옌뻰, 오수연의 팔레스타인이 그러한 것처럼 전성태의 몽골 또한 한국사회의 외부가 아니라 내부의 연장일 뿐이다. 지나간 시간의 오래된 입상(立像)과 아직 도착하지 않은 시간의 미망이 교차하는 그곳에서 그들은 지금─이곳의 정지되고 타락한 시간을 충격하고자 안간힘을 쓰고 있는 것 아니겠는가. 전성태의 「늑대」는 그중 조금 더 본질적이고 원형적인 좌표를 겨냥하고 있는 듯한데, 작가는 자본주의 혹은 근대적 욕망의 얼굴을 몽골 초원의 그믐달 아래로 불러오려는 야심을 숨기지 않는다. 이른바 '초원에 차원 하나를 더하는 존재'인 늑대의 형상이 그것이다. 검은 늑대 사냥꾼으로 나선 한국인 사업가는 말한다. "나는 늑대 앞에 숙명적인 라이벌처럼 마주서기를 원합니다. 약육강식의 자연법칙이니 죄의식이니 연민이니 하는 것들이 없는 절대공간에서 독대하기를 원합니다. 스스로 자신을 사냥하듯이 이루어졌으면 싶습니다. 어쩌면 나는 가장 사냥다운 사냥을 원하는지도 모르겠습니다." 하룻밤에도 수백 마리 양들의 숨통을 끊어놓는, 살아 숨쉬는 일만으로도 죄업을 늘리는 짐승. "인연의 모순이며 혼돈 그 자체"인 이 큰 입 가진 짐승으로부터 무한증식의 욕망에 스스로 전율하는 자본의 그림자를 보는 것은 그리 지나친 비약은 아닐 것이다. 개발자와 파괴자가 한몸이며 자아의 파괴조차 발전과 성장의 동력으로 삼는 파우스트적 비극과 환희의 세계가 거기에는 어려 있는 듯하다. 그런만큼, 시간이 멈춘 듯한 몽골 초원의 겨울 눈밤에 그 검은 늑대의 형상으로부터 뿜어져나오는 시선과 목소리는 설화적 우의의 힘을 빌리고 있음에도 깊은 울림을 자아낸다. "나는 한 사냥꾼 노인을 쫓고 있습니다. 그의 목덜미를 물어 숨통을 끊어놓을 생각입니다. 그가 나를 열망하듯이 나 역시 그를 열망합니다.

자작나무 아래, 나는 뜨거운 눈을 깔고 엎드렸습니다. 참으로 길고 고단한 여행이었습니다. (…) 이제 나는 어두운 공간을 자유로이 여행할 생각입니다. 난롯가에서 잠든 인간들의 영혼이 느껴집니다. 나도 가련하지만 저들도 가련합니다. 저들도 나처럼 늘 배고픈 겁니다. 우리는 그렇게 태어난 존재들입니다. 이제 나는 내 관자놀이를 저들의 총구에 내놓을 수 있을 것 같습니다." 고백체와 다중시점의 묘미를 최대한 살리고 있는 이 소설에서 이렇게밖에 드러날 수 없는 늑대의 시선은 혹 우리의 응시가 결코 가닿을 수 없는 세계의 얼룩은 아닌가. 서늘하다.

그런데 검은 늑대와 늙은 사냥꾼 사이의 이 필사적인 갈망과 욕망의 대결에 비한다면, 뒤늦게 자신의 성 정체성에 눈뜬 허와 촌장의 딸 치무게가 눈 위를 뒹굴며 나누는 격정의 사랑은 조금 소박하게 느껴질 정도다. 그러나 작가는 알고 있는지도 모르겠다. 검은 늑대의 저 시선과 음성은 우리가 바라볼 수도 들을 수도 없는 불가능한 실재라는 것을. 그것은 자본의 질주하는 무한욕망 같지만 그렇게 붙잡는 순간, 검은 늑대는 초원의 다른 차원으로 달아난다는 것을. 하고 보면, 절대공간에서 독대할 수 있는 검은 늑대 따위란 없지 않겠는가. 질투에 불타는 늙은 사냥꾼의 눈먼 총질만이 초원의 그믐밤을 울리고 젊은 욕망들의 오열과 죽음만이 다시 초원의 시간을 채워갈 뿐. 얼핏 설화의 공간으로 퇴행한 듯한 전성태의 「늑대」에는 포착되지 않고 형용되지 않는 세계의 실재와 싸우는 처절함, 캄캄한 삶을 딛고 서려는 또다른 절실함이 있다. 몽골 초원을 질주하는 '미친 개' 검은 늑대의 형상이 보이지 않는 세계를 계시하는 벤야민적 알레고리의 세계로 열리고 있다면 아마도 그 때문일 것이다.

3. 사육장의 악몽

편혜영(片惠英)의 「사육장 쪽으로」(『사육장 쪽으로』, 문학동네 2007)에 나오는 도시 근교의 전원마을은 온통 개 짖는 소리로 둘러싸여 있다. 소설이 진행되면서 마침내 저편 도시의 어둠속으로도 서서히 스며들게 될 그 짐승의 소리에는 겨울밤 몽골 초원을 달리는 「늑대」의 '미친 개'가 뿜어내는 모종의 성스러운 광휘 따위는 아예 없다. 전성태가 상상해낸 검은 늑대의 이미지가 공포가 뒤섞인 숭고의 느낌을 불러일으킨다면, 「사육장 쪽으로」의 개들이 낮게 혹은 광포하게 내지르는 소리는 더럽고 이물스러운 불길함 그 자체다. 모더니티의 악몽을 포획하는 편혜영의 가차없고 비정한 알레고리는 전성태의 「늑대」가 암암리에 전제하고 있는 세계의 치유 가능성을 배제한 자리에서 시작한다. 종말론적 상상의 세계가 지금-이곳에 이미 도착해 있음을 극단적인 이미지에 뒤덮인 괴담과 악몽의 서사로 보고하는 『아오이가든』(문학과지성사 2005)을 읽은 독자라면 낯설지 않은 이야기다. 말할 것도 없이 거기에는 인간 주체의 모든 가능성이 봉쇄되어 있다. 아니, 이성의 담지자로서 인간 주체라는 것은 애당초 실패한 폭력적 기획으로만 존재할 뿐이다. 인간-동물은 악취를 풍기며 썩어가는 사지 절단된 시체의 시선을 통해서만 겨우 세계에 말을 건다. 자칫 앙상한 관념극이나 엽기적인 이미지의 전시에 그칠 수 있는 대목이기도 하다. 그러나 가령 편혜영의 뛰어난 소설 가운데 하나인 「시체들」(같은 책)이 그런 것처럼, 이 극단적이고 고압적인 참혹서사가 수려하고 밀도높은 언어의 힘으로 돌파해내는 미학적 차원이 문명비판이나 전복적 상상력의 끌리셰를 이겨낸 지점에서 인간현실을 새로이 발견하고 상상하는 소설의 낯선 영토를 겨냥하고 있음을 우리는 알고 있다. 여기서 다소 과장된 논법에 기대어 세계의 실패와 결여를 편혜영 소설이 그 자체 자신의 증상으로 앓고 있다는 이야기로 넘어갈 수도 있겠지만, 전통적인 소설독법으로 보아도 그 미학적 충실성이 관념적 포즈 이상임을 감득하기는 그리 어렵지 않았던 것이다. 그렇긴 해도 시체들도 자주 보다보면 살아 있는 인간이나 별반 다르지 않다는 것은 편혜영 소설이 우리에게 가르쳐준 바 아닌가. 이 충격효과의 체감(遞減)을 편혜영 소설은 어떻게 이겨낼 것인가. 그러니까 『아오이가든』 이후. 그러나 다시 생각해보면 이런 난경이 비단 편혜영만의 것이겠는가. 다시 '습지'로 돌아가고(「밤의 공사」, 『사육장 쪽으로』), 동물원을 탈출한 코끼리를 쫓아가볼밖에(「퍼레이드」, 같은 책). 문제는 반복되, 차이를 만들어내는 반복이 아니겠는가. 이번에 작가는 '사육장 쪽'에서 무언가를 보거나 들은 모양이다.

그렇다면 '사육장 쪽'에는 무엇이 있는가. 편혜영의 독자라면 쉽게 짐작하겠지만 주인공 가족이 살고 있는 전원주택 단지 인근의 개 사육장은 현실의 공간이라기보다는 카프카적 공간이다. 하루종일 수백 마리는 될 법한 개들의 참을 수 없는 울부짖음이 전원마을 사람들을 괴롭히고, 사육장을 둘러싼 많은 소문들이 떠돌지만 정작 거기에 가보았다는 사람은 아무도 없다. 들리는 소리만으로는 사육장이 먼 곳에 있는 듯도 하고 바로 지척인 것도 같다. 방향을 어림하기도 쉽지 않다. 그곳은 조만간 카프카의 성(城)처럼 불가능한 도달점으로 드러나게 될 것이다. 파산한 주인공 가족이 언제 도착할지 모르는 집행인을 불안 속에 기다리고 있는 상황에서 다시 비슷한 유비를 이끌어내는 것도 가능하다. 주말 저녁이면 비슷한 파라솔 아래에서 비슷한 부위의 고기를 구워먹으며 비슷한 몸짓으로 상추쌈을 입에 넣는 모습처럼 전원주택 단지의 익명성이나 규격화된 일상이 도시의 그것들을 그대로 재생산하고 있는 모습도 낯익은 풍경이라 할 만하다. 물론 휴일날 마을 신작로를 따라 올라오는 트럭 행렬을 향해 파산한 주인공 가족뿐만 아니라 마을의 다른 가족들도 마찬가지로 일제히 불안한 눈길을 던지는 대목이 암시하고 있는 것처럼 그 풍경들은 편혜영 특유의 지극히 암담한 디스토피아적 세계에 적절히 봉사한다. 그런데 개들이 아이를 물어뜯는 장면처럼 잔혹 묘사가 없는 것은 아니지만 전체적으로 예의 별다른 충격적인 이미지의 제시 없이 진행되던 소설이 서서히 출구 없는 지금 이 세계의 악몽으로 얼굴을 바꾸어가는 과정은 놀랍도록 섬뜩하다.

그 과정의 중심에 있는 것은 물론 '사육장'이며 그곳에서 들려오는 개 짖는 소리다. 소설의 전반부에서 미심쩍긴 해도 어느정도 리얼리티에 견인되고 있던 사육장과 개 짖는 소리는 전원주택 단지의 휴일을 찢고 들어온 개들의 느닷없는 침입으로부터 돌연 환각의 층위로 이동한다. 처참하게 물어뜯긴 아이와 넋나간 가족을 태우고 주인공 남자는 개 짖는 소리를 좇아 야산 너머 사육장 쪽에 있다는 병원을 향해 차를 달리지만, 야산 너머에는 그가 사는 마을과 똑같은 주택단지가 있을 뿐이다. 사육장은 어디에 있는가. 사방에서 들려오는 소리는 도무지 방향을 종잡을 수 없게 한다. 엉겁결에 들어선 고속도로에서도 사정은 전혀 나아지지 않는다. 앞서가는 트럭의 짐칸에서는 철장 안에 갇힌 개들이 가족의 차를 내려다보며 짖어대고 톨게이트 너머 도시는 시커먼 어둠속에 잠겨 있다. 트럭이 사라진 뒤에도 여전히 개 짖는 소리는 그를 인도하고 있다. 사정은 분명하다. 사육장은 그가 사는 마을이고 도시이며 세계 전체다. 혹은 라깡식 어법으로 한다면 세계의 실패를 증거하는 외상적 지점 그 자체다. 개 짖는 소리는 담지자 없는 목소리로서 그 외상적 지점의 이물스런 공포를 드러낸다. 따라서 사육장에 닿는 것은 원천적으로 불가능하다. 철장 속의 개들이, 혹은 그를 포함한 주택단지의 모든 사람들이 사육장을 벗어날 수 없는 것도 같은 이치다. 사육장 바깥은 없는 것이다. 이렇게 편혜영은 다시 한번 출구 없는 세계의 참혹한 악몽을 완성한다. 그런데 여기서 '악몽'은 단지 비유적인 어사에만 그치는 것은 아니다. 신작로를 따라 올라오는 트럭의 행렬이 보이기 시작하는 지점부터 아이가 개들에게 물어뜯기면서 남자의 가족이 병원을 찾아 헤매는 소설의 마지막 지점까지는 정확히 주인공 남자가 꾸는 문자 그대로의 '악몽'이자 불안한 의식(무의식)에 틈입한 환상극에 다름아니기 때문이다. 물론 이 소설 전체를 악몽이자 환상극으로 읽는 독법도 가능하겠지만, 그것은 현실의 한가운데 이음매 없이 들어선 악몽의 배치가 주는 미학적 전율을 지레 차단해버리는 일이기 쉽다. 그리고 이 태연한 악몽의 외삽이 '사육장'의 리얼리티와 개 짖는 소리로 환유되는 이물스런 공포를 동시에 상승시키는 지점에 이번 편혜영 소설의 미학적 성취가 있는 것으로 보인다.

그렇긴 해도 이 미학적 성취가 편혜영 소설이 안고 있는 모종의 과제까지 해결하고 있는 것은 아닌 듯하다. 간단히 말해, 시체의 이야기든 인간―동물의 잔혹서사든 현대도시의 악몽이든 편혜영 소설은 세계의 실패와 불구에 너무 일찍 도달한 것은 아닌가. 그 실패와 불구가 움직이기 힘든 현실이고 그것의 냉혹한 드러냄이 편혜영 소설의 야심찬 미학적 기획이라 하더라도, 소설은 동시에 그 실패와 불구조차도 현실을 가리는 이데올로기는 아닌지 의심하는 자리에서 씌어져야 한다. 정말 모르는 일 아닌가. 세계는 살 만한 곳인지. '사육장 쪽으로' 가보아야 할 이유는 여기에도 있다.

4. 물 한모금의 기갈

이혜경(李惠敬)의 소설집 『틈새』(창비 2006)에는 뜻밖에 화해의 공간이 잘 보이지 않는다. 오히려 소설들은 사이를 짓고 경계를 긋고 균열을 응시한다. 조만간 단단한 지반을 무너뜨릴 미진의 진동에 몸을 맡기고 쩍 벌어진 크레바스의 심연 앞에 자신을 세운다. 피아간엔 건널 수 없는 강이 있고, 사람들은 문밖에 있거나 섬에 유폐되어 있다. 나쁜 기억은 아무리 눌러도 틈을 비집고 나온다. 삶의 거짓 평온을 증거하는 바퀴벌레와 망태할아버지는 사라지지 않는다. 물 한모금은 닿을 수 없는 곳에 있다. 여기에 인물들은 "뾰족하게 튀어나오려는 말을 혀끝을 동그랗게 말고 가두"거나 "자근자근 씹어 한숨을 내쉬며" 상황을 조용히 견디고 있을 뿐이다. 그런데 이혜경 소설의 고밀도 문장이 주는 아득한 진동에 귀기울이고 있다보면 바로 이 좁혀지지 않는 간극이 피아간의 온당한 좌표라는 생각을 어쩔 수 없다. '타자'는 겨우 이렇게밖에 만날 수 없는 것 아닌가. 해소될 수 없는 차이 그 자체로, 해명되지 않는 불쾌와 불편과 함께 봉합을 거부하는 자상의 흔적처럼 나를 괴롭히는 게 아니라면 그게 무슨 타자일 것인가. 아니 어쩌면 '나'라는 완강한 의식조차, 불편하기 그지없는 타자의 예기치 못한 침입으로부터 비로소 생성되는 것인지도 모른다. 그런데 바로 그렇기 때문에 모두들 『틈새』의 인물들이 보여주는 것처럼, 이 괴롭고 불편한 타자로부터 도망쳐 핏줄이나 가족, 자기들만의 패거리 속에서 살아가는 것이리라. 타자를 지우고 밀어내면서. 해서, 다시 울타리는 높아지고 문앞엔 덩치 큰 검정개가 미동도 하지 않고 앞을 노려보고 있다. 그 개의 맹목적 충직함은 가령 「그림자」에 다음과 같이 잘 요약되어 있다. "우리에게는 얼마든지 너그럽지만 그 테두리를 넘어선 대상에겐 언제든 날카로운 송곳니를 드러내고 살점이 떨어질 때까지 물어뜯을 수 있는 충직함." 혹은 어린시절의 열등감을 적의로 바꾼 「틈새」의 한 인물이 친구의 전락을 염려하는 척 이기죽거리는 모습에서도 송곳니는 어김없다. "고기 기름에 번질거리는 인호의 두툼한 입술을 보며, 그는 사냥한 동물의 뱃구레에 이를 박고 내장을 뽑아내는 맹수를 떠올렸다." 피아간에 지켜야 할 마땅한 거리나 경계를 무시로 침범하고 허물어뜨리는 뒤틀린 선의나 패거리 내부의 값싼 우정의 폭력도 타자의 공간을 지우기는 마찬가지다. "기억나니? 우리가 H에게 선물한 보랏빛 씨스루 블라우스. 그 옷을 H가 한번이라도 입었을까. H가 자기의 연애를 알리고 싶어했을까.

(…) H가 말해줄 때까지 기다릴 순 없었던 걸까."(「문밖에서」) 이곳에 타자를 견디고 고독과 윤리의 짐을 감당하며 살아가는 참된 의미의 개인은 없다. 그러니 우리는 부모의 갑작스런 죽음 이후 집안의 가장이 된 작은아버지의 탐욕과 표변으로 참을 수 없는 치욕을 겪어야 했던 「섬」의 여성화자가 "무슨 두려움이 그렇게 사람을 벌레처럼 밀쳐내게 했는지 그걸 알아내야 다시 누군가를 사랑할 수 있을 것 같았다"며 "고향역에 서서 눈물을 훔치던 그 시절 이후로, 나는 누구도 마음에 품지 않았다. 삶이 일으키는 멀미에 마냥 흔들렸을 뿐이다"라고 단호하게 말할 때, 그녀의 유폐와 고독이 쉽게 끝나지 않으리라는 것을 안타까움 속에 수긍할 수밖에 없다. 더구나 물 한모금의 "목줄띠 타는 갈증을 제 침샘에서 짜낸 침으로 달래며" 소쩍새나 도마뱀 또께의 소리가 가져다줄 막연한 행운을 기다려야 한다면 말이다.

그런데 이혜경은 바로 이 지점에서 물 한모금의 기갈을 자신의 소설 깊숙이 지워지지 않는 흔적으로 새겨넣는다. 아니, 소설들은 기갈 그 자체가 된다. 한국소설이 도달한 언어의 한 정점에서 『틈새』의 소설들은 그 더없이 상세하고 생생한 목마름으로 피아간의 윤리와 사랑이 아직 이곳에는 도착하지 않았음을 보고한다. 동남아시아의 섬나라에서 온 외국인 노동자 아밀이 일하는 공장에는 흉관더미가 쌓여 있다. "가난하고 척박한 땅에 물을 이끌어다줄 수도 있는 관이었다. 그는 흉관 안으로 들어가 몸을 오그리고 누웠다."(「물 한모금」) 물 한모금은 어디에 있는가. 「틈새」의 '날아오르는 새'와 '언 땅을 뚫고 나오는 새순'의 틈새기는 모종의 희망의 암시인가. 더 깊은 심연인가. 아프다.

— 『창작과비평』 2006년 가을호

불가능의 역설을 사는 소설의 운명

1. 모욕의 바닥과 소설적 진실

김인숙(金仁淑)의 「조동옥, 파비안느」(『창작과비평』 2006년 봄호)에는 잠시 숨을 멈추고 소설화자의 '말이 되지 못한 아픔'을 생각하고 살펴야 하는 순간들이 있다. 그 순간들이 특별하다 싶은 것은, "묘지의 글자들을 해독할 때면, 마치 깊은 물속에 잠긴 것처럼 호흡을 완전히 정지하지 않으면 안되는 그런 순간들이 있었다"는 화자의 진술이 그 자체 이 작품의 욕망으로 비치기 때문이다. 말을 바꾸면, 작가는 이번 작품에서 발굴과 해독(解讀)을 기다리는 묘지(墓誌)의 글자들에 자신의 소설언어를 겹쳐놓고자 하는 것처럼 보인다. 그리고 그 시도는 다소간 과장된 서사의 매듭을 적절히 여미면서 작품의 형식미를 끌어올린다. 소설의 중심에 놓여 있는 것은 브라질에서 날아온 한장의 편지다. 16년 전 열여섯살 먹은 소녀였던 화자를 이혼한 남편에게 맡기고 브라질로 떠났던 어머니. 그 어머니의 죽음을 전하는 포르투갈어 편지를 해독하는 과정과 670년 전 고려 땅에서 죽은 수령옹주의 묘지를 해독하는 과정이 거울처럼 서로를 비추는 형식으로 소설은 구성되어 있다. 수령옹주는 사랑하는 외동딸을 원나라의 공녀로 빼앗긴 뒤 아픔이 골수에 스며드는 '통입골수(痛入骨髓)'의 지경에 빠져 병들어 시름에 잠기다 세상을 떠났다는 게 화자가 한 자 한 자 숨을 멈추고 풀어낸 묘지의 내용이다. 문제는 수령옹주 묘지처럼 죽은 자를 따라 땅속에 묻힌 언어에 화자가 매혹되는 이유일 터인데, 고고학적이고 금석학적인 시선을 불가피하게 요청하는 '억압된 무엇'의 존재가 여기에 가로놓여 있음을 짐작케 한다. 그것은 브라질에서 날아온 편지가 해독되어야 하는 이유이기도 하다.

"어머니가 이미 오래전에 떠나온, 당신의 나라를 그리워했다는 것을 나는 알고 있습니다." 이 편지를 쓴 '나'는 누구인가. 편지를 쓴 이의 나이는 만 열여섯으로, 화자와 어머니가 헤어져 살아온 햇수와 같다. 어머니가 브라질에서 두번 더 결혼을 했다고 하지만 그것과는 무관한 아이 같다. 그런데 농담 같기도 하고, 백주의 악몽 같기도 한 사연에 따르면 화자는 열다섯에 아이를 뱄고, 열여섯에 아이를 낳았다. 딸의 뱃속에서 아이를 꺼낸 것은 이혼 직후의 어머니였다. 화자는 출혈이 계속되는 몸으로 아버지의 집으로 옮겼고 얼마 후 어머니는 브라질로 떠났다. 화자는 아이가 어머니의 손으로 '버려졌다'고 믿었고 더이상의 사정은 소설에 제시되어 있지 않다. 물론 편지를 쓴 이의 나이라든지 편지를 읽어나가는 화자의 태도가 간접적으로 암시하는 바가 없는 것은 아니다. 그러나 직접 진술이 극도로 억제되어 있어서 독자는 일정한 혼란 또는 오독을 겪을 수밖에 없다. 무엇보다 열여섯살의 출산이라는 사건은 그 전후 맥락의 의도적 삭제와 엽기성 탓에 현실감 있는 서사 정보로 잘 챙겨지지 않는다. 그랬기에 어느 순간, 편지를 쓴 아이의 존재가 16년 전의 그 사건과 겹칠 때 꾹꾹 쟁여왔던 소설의 슬픔이 증폭되고, 스스로를 '개잡년'이라고 부르며 세상의 모욕과 싸워왔던 어머니의 일생이 새로운 조명 속으로 들어선다. 이 점, 말이 될 수 없는 슬픔을 행간화하여 묘지의 그것에 대응시키고자 한 작가의 서사전략이 그만큼 성공적이었다는 이야기도 되겠다.

그런데 과연, 편지는 항상 그 목적지에 도착할 수밖에 없는 법인가. 브라질에서 날아온 편지란 지난 16년간 '끝없이 이어지는 나쁜 꿈' 속에서 화자가 피하고자 했던 '억압된 것들의 귀환'일 터이다. 그러기에 편지의 발신인도 최종적인 의미에서는 화자 자신일 수밖에 없는 것이며, 이 사정은 편지를 쓴 이가 실제 16년 전의 '그 아이'인지 여부를 확인하는 일을 넘어선다. 동시에 같은 의미에서 수령옹주 묘지의 '통입골수'의 사연에 대해 그 수신인이 화자가 되는 것도 우연일 수 없다. 상징적 부채의 변제 혹은 청산을 둘러싼 욕망의 경제에서는 그 어떤 것도 사라지지 않는 것일 테니까 말이다. 화자가 중앙박물관 금석문 전시실에서 행방불명된 것으로 알고 있던 수령옹주 묘지를 '버젓한 실물'로 대면하는 장면이 바로 그렇다. "그것은 과연 사라진 적이 있기나 했던 것일까? 그것은 다만 있어야 할 자리에 있었을 뿐인데, 혹시 사라져 알 수 없는 곳을 떠돈 것은 그녀 자신의 시간이었던 걸까." 스스로를 '개잡년'의 자리에 처형하면서도 "양쪽 팔에 아이 하나씩을 안고, 도도하지도 연약하지도 천박하지도 않게 웃고 있는" 여인, 조동옥이며 동시에 브라질 이름 파비안느인 어머니의 새로운 발견이 가능했던 것은 그 '자리'와 '시간'의 승인 때문일 것이다. 이 소설을 떠도는 세 통의 편지(브라질에서 온 편지, 수령옹주 묘지, 땅에 묻은 화자의 답장)는 그렇게 자신의 시간을 찾고 자신의 자리로 돌아가리라. 그리고 그것이 김인숙 소설이 그간 모욕과 상실의 시간 속에서 일관되게 지켜온 최저선의 윤리임을 확인하는 것은 새삼스러운 일이 아닐지도 모른다.

그러나 묻자. '조동옥, 파비안느'의 것이며("모욕으로 가득 찬 어머니의 삶") 동시에 소설화자의 것인 저 도저한 '모욕'의 바닥은 어디인가. 거기에 혹 삶의 구체를 자기도 모르게 전유해버리는 오만은 없는가. 최근에 나온 작가의 소설집 『그 여자의 자서전』(창비 2005)의 기조저음이기도 한

이 모욕의 정서는——「바다와 나비」에서 작가는 한 인물의 입을 통해 그 것이 "죽음보다 더한" 것이며 "살아 있다는" 것 자체라고 말한다——김인 숙 소설이 꿈과 환멸의 연대를 포복하듯 지나오며 지니게 된 역사적이고 실존적인 심연이었고, 그 심연의 윤리적 진정성과 세계 부정의 힘으로부 터 문학적 감동을 지속적으로 산출해왔음을 우리는 안다. 그렇긴 해도 그 심연은 김인숙 소설에 심리적 깊이를 부여하는 한편에서 때로는 현실에 앞선 선험이 될 위험은 없었던 것일까. 「조동옥, 파비안느」에서 열여섯 소녀의 몸을 가로지른 참담한 시간과 그것을 구원하는 모성의 숭고는 묘 지의 그것처럼 숨죽인 상상 저편에서 아득하다. 이야기는 너무 멀리서 들 려온다. 소설의 마지막, 전시실 유리에 비친 아이를 안은 여인의 모습은 그 아득함 때문에 감동적이되, 개잡년이었으나 개잡년이 아니었던 '조동 옥, 파비안느'의 슬픔과 농담까지 두루 핍진하게 비치는 것 같지는 않다. 혹 「조동옥, 파비안느」의 잘 빚어진 미학적 감흥은 소설적 진실의 일정한 희생 위에 있는 것은 아닌가.

2. 불가능의 역설을 사는 소설의 운명

김훈(金薰)은 「뼈」(『강산무진』, 문학동네 2006)에서 성(聖)과 속(俗)의 존 재방식에 대해 묻고 있는 듯이 보인다. 그러나 예의 김훈 소설이 그렇듯 그 질문은 속되고 혼란스런 인간의 풍속과 인간의 유한한 시간을 수락하 는 허무와 비관의 서사 속에 음화처럼 있을 뿐이다. 이 강박적인 김훈 소 설의 거듭되는 정황에 특별히 놀랄 일은 없겠지만, 그 음화의 울림이 매 번 비슷하게 반복되는 것도 아니고 그때마다 그 울림에 봉사하는 언어의 특정한 채집을 볼 수 있다는 것은 김훈 소설을 읽는 특별한 즐거움이라고 할 수 있지 싶다.

예컨대 「항로표지」(같은 책)에서 '12초 1섬광, 20초 1섬광, 6초 1섬광' 등으로 개별 등대들의 고유성을 긴박하게 호명할 때, 그것은 한치 앞을 알 수 없는 속수무책의 망망대해를 저마다의 희미한 불빛에 의지해 항해해야 하는 현대인의 운명에 그대로 달라붙는다. 그런데 이 경우 인간적 호흡을 배제하고 사물의 냉연한 질서를 부각시키는 호명의 레토릭이 일정한 문학적 효과를 얻고 있다면, 「뼈」에서 작가는 "속세 생각 나네요"라는 여승의 한마디에서 '시옷' 발음 세 개가 스치는 소리를 포착함으로써 인간사의 내밀한 안쪽을 단숨에 열어 보인다. "속세 생각……이라고 말할 때, 여승의 'ㅅ' 발음 세 개는 날카롭고 가벼워서 바람이 마른풀을 스치는 소리처럼 들렸다." 소설이 진행되면서 '석정'이라는 이름의 이 여성은 빚에 쫓겨 절에 숨어들어와 있던 술집 여자로 밝혀지는데, 그 두 신분 사이의 거리를 성(聖)과 속(俗)의 그것으로 느끼고 상상하게 만드는 소설적 근거를 김훈은 'ㅅ' 발음의 스침을 감지하는 특유의 언어감각으로 마련해놓고 있는 것이다. 그렇게 해서 AD 4세기 무렵의 철제무기 쇠붙이들이 발견된 유적지 답사차 길을 나선 지방대학 사학과 교수인 소설화자 '나'와 '오문수'라는 반건달 조교가 여승의 흩어지는 입김 사이로 희미해서 종잡을 수 없는 엷은 비린내를 맡고 있을 때, 김훈 소설은 그 미망과 세속성의 바닥에서 초월적 시간의 지평을 역으로 환기한다.

그러나 그 환기는 김훈 소설에서 언제나 불가능성의 확인일 뿐이다. 김훈 소설에서 이 거리는 좁혀질 수 없는 것이다. 마찬가지로 유적지에서 발굴된 AD 6세기 무렵의 여자 골반뼈로부터 '기원화(祈園花)'로 이름 붙인 여자의 생애를 복원하는 일 역시 근본적으로 불가능하다. 그것은 단지 "푸르스름한 석회질의 결일 뿐"이다. 김훈 소설은 이 불가능을 수락하는 대신 거기에서 반복되는 인간 운명의 형식을 본다. 이 시선에서는 1,400년 전의 골반뼈는 오문수의 '헛소리'처럼 기원사에서 풀을 뽑던 가짜 여승 석정의 골반뼈와 같아야 한다. 고고학도 이 경우 소설화자가 짐짓 외면하는 것처럼 마냥 무력하지만은 않다. "섭양이 부족한 생애에서 강도 높은 노동에 종사했던 하위계급 여자"라는 고고학의 분석이 그것인데, 여기서 '부족한 섭양(攝養)'과 '강도 높은 노동'의 흔적이야말로 김훈 소설이 그 진심에서 고고학의 방법을 빌려서라도 거듭 확인하고픈 인간 삶의 원형일 터이니 말이다. 작가가 첫 장편 『빗살무늬토기의 추억』(문학동네 1995)에서 신석기시대 여인을 현대 서울 한복판 장님 안마사 여자의 팍팍한 삶 위로 불러내 겹칠 때, "노동의 땀과 먼지와 오줌의 찌꺼기"가 악취를 풍기며 서식하는 시원의 '고랑'과 안마사 여자의 무방비한 사타구니 앞에서 번갈아 참을 수 없는 욕망을 느꼈던 사정과 이것은 대응된다. 그러고 보면 화자는 대웅전 계단 아래 쪼그리고 앉은 여승과의 첫 대면에서 젖가슴의 육질과 허리춤의 맨살에다 발뒤꿈치 각질까지 바라보고 있지 않던가.

그러나 세속의 욕망과 시간에 갇혀 있는 인간의 육체는 김훈 소설에서 그 유한성에 대한 절대적 연민의 시선 아래서만 매혹의 대상이 된다. 몸에 대한 묘사가 구체적이고 직접적일수록 시원이나 초월적 지평을 환기하는 관념의 밀도가 역으로 상승하는 것이야말로 김훈 소설의 낯익은 풍경이다. 그런만큼 저녁 햇살을 받아 붉게 물든 여승의 흰 목과 가슴에서 목으로 올라가는 힘살과 핏줄의 도드라짐이 절마당 5층 석탑 기단에 새겨진 AD 4세기 피리 부는 여성의 환각으로 이어지는 장면은 굳이 그렇게까지 누설할 필요가 없는 김훈 소설의 투명한 욕망인지도 모른다. 여기에 더해, 온갖 허접하고 속된 행동으로 '기원화'의 시간을 야유하고 조롱하는 조교 오문수의 기행이 그 돌이킬 수 없는 시간에 대한 그리움의 역설임은 자명하다.

이렇게 「뼈」는 다시 한번 양보 없는 김훈 소설의 원점을 이룬다. 벗어날 수 없는 세속의 시간과 인간의 유한한 육체 너머에 있는 아득한 시원의 시간이 좁혀질 수 없는 거리에서 서로를 마주보고 있는 장면이 그 완강한 원점의 풍경이겠거니와 소설적 탐험의 여지를 스스로 제한하면서 언어의 밀도만으로 소설의 영토를 밀어붙이는 이 예외적인 글쓰기가 "내가 모르는 시간의 입자들이 태어나서 자라고 번창"하는 "가없는 세상과 시간의 풍경"(「강산무진도」, 『강산무진』)에 가닿을 수 있을까. 아마도 김훈 소설은 그 불가능을 자신의 소설언어로 입증하는 역설의 시간 동안만 소설의 운명을 살려고 하는지도 모르겠다.

3. 작은 서사들의 자유

일반적으로 소설에서 서사는 현실적인 의미 연관 속에 있고 인간과 세계의 진실은 그 서사의 통합적 추구 속에 담겨 있다. 인물의 내면은 진실을 비추는 원천으로 존중되고 인물의 행동은 서사의 의미망에 연결된다. 그리고 작은 서사 단위들은 최종적으로 소설의 진실에 봉사하게 마련이다. 이것은 전체적으로 서사를 통해 세계를 의미화하는 방향이라고 할 수 있다. 그러나 이 관습화된 서사의 틀은 소설의 역사에서 늘 회의와 도전의 대상이었다. 이른바 반(反)서사의 욕망은 소설의 갱신을 추동해온 중요한 동력 가운데 하나가 아니었던가. 최근 윤성희(尹成姬) 소설이 보여주는 유다른 활력과 신선함은 이 점과 관련해서 흥미로운 바가 있다. 그것은 딱히 반서사는 아니되, 단일한 서사의 지배를 거스르는 다수의 작은 서사들로 넘쳐나는 가운데, 이로부터 특별한 소설적 에너지를 길어올리고 있는 것으로 보이기 때문이다.

「재채기」(『감기』, 창비 2007)는 '고백의 날'이라는 동화 같은 상상력을 가운데 두고 그 '고백의 날'의 기원을 찾아가는 젊은이들의 기이한 여행담 형식을 취하고 있다. 그러나 이런 식의 요약은 거의 의미가 없는 것이, 소설은 처음부터 문장과 문장 사이에 커다란 이야기의 공간을 남기면서 정신없이 서사의 표면을 미끄러져간다. 가령, 소설화자 '나'가 고백의 날에 연인으로부터 결별을 통지받은 H와 나누는 소설 전반부의 대화를 보자. 여기서 고등학생이던 H가 여동생이 처음 생리를 시작한 날의 이야기를 털어놓는 대목은 아버지의 폐암 선고와 그에 얽힌 딸들의 결혼 실랑이를 비롯, 재연 프로그램의 사기꾼 역을 자주 맡다 진짜 사기꾼이 되어 감옥에 가 있는 여동생의 이야기, H의 이혼, 두 사람이 앉아 있는 까페와 식당과 술집의 에피쏘드 등등, 이야기의 선조적(線條的)인 진행을 방해하는 많은 이야기 다발과 함께 있다. 행의 구분도 없이 이야기들은 건너뛰고 뒤섞이며 질주한다. "그날 내가 죽었다면 웨하스는 마지막으로 먹었던 음식이 되었을 거예요"라고 H가 웨하스를 싫어하는 이유를 고백하게 되기까지 독자는 많은 이야기의 곁가지들을 통과해야 한다. 그리고 그 고백의 종착점에 특별한 비중이 있는 것도 아니다. 그것 역시 많은 이야기들 가운데 하나이며, 그런 의미에서 또 하나의 곁가지일 뿐이다. 이렇게 윤성희 소설은 관습화된 단일한 서사의 고정점을 거부하면서 하나의 텍스트 속에 많은 서사들을 열어둔다. 그 서사들은 상당한 정도 자립적이고 중심서사로의 종속을 외면하는 것처럼 보인다. 이 백화제방(百花齊放)의 개방성이 인간 진실의 다양한 목소리들을 위계화하지 않고 그것들의 리좀(rhizome)적 생명력을 고양하는 윤성희 소설의 미덕을 이룬다. 의도적으로 심리적 깊이를 제거한 투명한 문장들은 종종 하나의 서사공간처럼 기능하기도 해서 이 개방성을 돕는다. 윤성희 소설은 단일하고 집중된 서사의 지배로부터 작고 다양한 서사들의 자유를 이끌어냄으로써 반서사의 서사 해체와는 다른 지점에서 한국소설의 가능성을 확장하고 있는 듯하다.

「재채기」가 긴 우회 끝에 '고백의 날'의 기원에서 발굴해 보여주는 이야기가 또다른 많은 이야기의 기원과 생성의 풍경을 이룬다는 점도 이와 관련해서 시사적이다. 1972년 '대통령배 세계청소년 도미노 경연대회'에 한국대표로 나온 여자아이가 경기를 시작하려는 순간, 대회를 구경하던 박모라는 인물은 심한 감기에 걸린 탓에 큰소리로 재채기를 하게 되고 그 소녀의 도미노 경연은 엉망이 되어버린다. 수치심을 못 견딘 소녀가 자살했다는 이야기를 전해들은 그는 죄책감에 괴로워하다 가족을 버리고 혼자 떠돌이 생활을 한다. 훗날 그는 '고백의 날'이 들어 있는 달력을 만들어 관공서 앞에서 무료로 배포한다. 라디오방송을 타고 사연이 알려지면서 숱한 고백의 편지들이 방송국과 긴 방황 끝에 돌아온 그의 집으로 날아든다. 문제는 이 동화 같은 이야기의 표면적 현실성도, "고백을 해본 사람들은 고백하는 일이 생각보다 쉽다는 것을 알게" 된다는 박씨 노인의 뒤늦은 깨달음도 아닐 것이다. 윤성희 소설이 답답한 현실의 인과와 압력 너머에서 고독한 단자들 사이에 찾아드는 기적 같은 연대의 순간을 찾아 헤매고 있음은 구문(舊聞)에 속한다. 윤성희 소설 속의 동화는 그 기적의 어려움을 역설적으로 증거하는 밑그림일 뿐이다. 그것의 현실성은 동화적 위장 속에 슬프게 숨겨져 있다. 그 동화의 끝, 편지지로 도배된 박씨 노인의 방에서 수많은 고백의 사연들 속에 둘러싸여 "눈을 뜬 채" 단잠을 자는 소설화자의 모습은 작가가 자신도 모르게 누설해버린 윤성희 소설의 기원의 풍경은 아닌가. 정작 화자 자신은 편지지에 아무것도 고백하지 않는데, 윤성희 소설의 서사주체가 누구인지를 짐작하게 하는 대목이 아닐 수 없다. "빈 편지지를 벽에 붙이자, 벽에 적혀 있는 수많은 사연들이 언젠가 앞으로 내가 겪어야 될 이야기들인 것처럼 느껴졌다." 독아론적 '나'를 지우고 그 빈 공간에 복수의 '나들'을 끊임없이 드나들게 하는 윤성희 소설의 수다스런 고독이 애잔한 울림을 남긴다.

4. 한국소설의 낯선 외부를 기다리며

조선희(趙善姬)의 첫 소설집 『햇빛 찬란한 나날』(실천문학사 2006)의 수수함에 눈길이 머무는 것은 왜일까. 저널리스트로서의 오랜 이력이 반영된 때문인지는 몰라도 조선희 소설의 문장은 간결하고 별다른 장식이 없다. 단편들마다 고단하고 착잡한 인생살이의 국면이 다양하게 펼쳐지지만 그것들이 어떤 특이한 발견과 통찰의 조명 속에 있는 것도 아니다. 어떻게 보면 지극히 평범하다 싶은 삶의 감각을 확인하게 되는 경우가 많다. 그런데도 묘하게 소품적 진실의 힘이 조용하게 배어나오고, 햇빛 찬란한 나날들을 뒤로 남긴 성숙한 시선이 읽는이를 위로한다. 새롭고 강렬한 문제의식이나 소설미학의 갱신에 대한 강박적 요구에서 벗어나 동시대 한국인의 시간 속으로 몸을 낮춘 채 그 세태와 풍속을 탐사하고 기록하는 작가의 수수한 손길이 그 자체로 미덥다.

예컨대 「경리 7년」에서 작가는 자신의 업무에 곧이곧대로 성실한 출판사 경리 7년 경력의 여성이 버스를 타건 식당에 가건 자동적으로 그곳의 손익계산서를 머릿속으로 뽑아보는 강박증적 집착에 빠져버린 상황을 금전출납부를 기록하는 고참 경리의 솜씨로 정확하고 꼼꼼하게 묘파해낸다. 사촌동생의 죽음을 위로하는 굿판에서까지 작동하는 그 강박증의 대차대조표에서 정작 그 집착의 병리적 기원이라 할 세계의 기만과 위선적 체계는 기입항목 없이 철저히 누락되어 있을 수밖에 없는바, 그 상황의 아이러니를 좁디좁은 7년차 경리의 내면에 촛점을 맞춘 정직한 세태의 탐사를 통해 풍자적으로 드러내는 솜씨가 어지간하다. 그러나 이 경우 소설적 작위의 냄새가 얼마간 부담으로 느껴지는 것도 사실인데, 샴쌍둥이 이야기를 다룬 「메리와 헬렌」이나 직장상사와의 갈등을 저주인형 이야기로 풀어낸 「부두키트 세러피」 같은 작품에서 그 작위는 「경리 7년」이 지켜낸 절제 바깥으로 나가버린 인상이다. 보다는 조선희 소설의 담백하고 성숙한 맛은 표제작 「햇빛 찬란한 나날」이나 「한때 우리 신촌거리에서 만났지」 같은 작품에서 보듯 소설적 의장을 거의 벗어버린 에쎄이풍의 자유로움 속에 있는 것 같다.

표제작은 니체, 헤쎄, 전혜린이 환기하는 자유의 환영을 좇아 독일로 갔고 그곳에서 쎅스까지 공유하는 '본게마인샤프트'라는 주거공동체 생활을 하다 17년 만에 귀국한 한 중년여성과의 짧은 만남을 통해, 소설화자 '나'가 "쉽게 상처받지만 쉽게 지치지도 않는" 청춘의 빛나는 한시절, 사라진 이상의 거처를 돌아보는 이야기다. 그런데 특별한 사건이라고는 없는 이 소설에서 두 사람이 저녁 먹을 곳을 찾아 아파트단지 주변을 찾아 헤매다 '노르웨이의 숲'이라는 식탁 하나뿐인 식당에서 나누는 만찬의 풍경은 참으로 따뜻하고 환하다. 그 환함이 예컨대 다시 한국생활을 정리하고 독일로 돌아가는 그 여성의 입에서 "딸 이웃에 집 하나를 얻었어요. 사생활이 서로 안 들여다보이는 게 편해요. 나 참. 본게마인샤프트에서 17년이나 살았던 내가 이런 말을 하다니" 같은 말을 받아내는 순간을 자연스럽게 만든다. 식당 주인으로부터 버섯수프 레씨피를 받아든 그 여성의 얼굴에서 "인생이 하나의 선물이라고 생각하는 사람만이 지을 수 있는 표정"을 발견해내는 장면 또한 조선희 소설이 선사하는 범속한 트임의 순간으로 조용히 빛난다. 이상으로 빛나는 청춘의 시간이 있다면, 그 빛이 퇴락하는 시간도 반드시 오게 마련이다. 그러나 그 퇴락의 시간이 보존해내는 생의 어떤 진실도 반드시 있지 않을까. 조선희의 「햇빛 찬란한 나날」은 그 진실의 존재를 '노르웨이의 숲'의 만찬에서 잠시 가리켜 보일 뿐 그 진실의 풍경 속으로 더 깊이 들어가지는 않는다. 내게는 그 유보와 머뭇거림이 조선희 소설의 미덕이자 가능성으로 보인다. 그것은 담담한 지혜와 연륜의 언어로 쌓아가는 한국소설의 낯선 외부일 수도 있을 것이다.

— 『창작과비평』 2006년 여름호

지하실의 윤리에서 항성의 상상력까지

1. 기억의 권리와 부끄러움의 윤리

오랜만에 만나는 이청준(李淸俊)의 단편 「지하실」(『그곳을 다시 잊어야 했다』, 열림원 2007)은 웅숭깊은 성찰의 공간을 마련해두고 있다. 기억의 정치학과 이어져 있는 그 성찰의 공간은 현실적인 맥락에서 뜨거운 화두를 품고 있다. 과거사 정리를 둘러싼 한국사회의 진통은 현재적이며, '나쁜 소수'와 '순결한 다수'의 이분법을 문제삼는 시각을 두고 저간의 논의 역시 치열하다. 이 지점에서 문학의 몫을 떠올려보는 것은 자연스럽다. 기억의 정치학 이전에 기억의 기술(記述/技術)을 둘러싼 자기 검열과 검증이야말로 문학, 더 정확히는 근대소설의 중요한 근거이고, 체제의 악과 관련된 역사적 갈등이 최종적으로 기입되는 곳 또한 근대소설의 발명이자 터전인 인간 내면이기 때문이다. 가장 섬세한 수준에서 기억의 기원과 발생, 기만과 은폐의 책략을 추적해 '부끄러움'이라는 반성과 해방의 영역을 창출하는 일을 오늘의 한국소설에서 기대하는 것은 그러므로 괜한 부추김일 수 없다.

66

「지하실」은 노년의 화자가 어릴 적 살던 고향 옛집을 개축하게 되면서 지하실에 얽힌 기억의 책략을 반성적으로 곱씹는 작품이다. 기억의 다른 쪽 끝을 붙잡고 있는 집안 손위 '성조씨'와 주고받는 성동격서, 허허실실의 고난도 대화나 에두르고 에두르며 조금씩 기억의 실체와 반성의 정점에 다가서는 지적 추리의 펼침에서 이청준 소설의 품격과 깊이를 새삼 확인하는 즐거움이 크다. 관념 우위의 혐의가 없는 것은 아니지만, '젊은 소설'에서 맛보기 힘든 통찰과 지혜의 세계라 해도 좋겠다.

옛집 개축을 준비하는 과정에서 부엌 한쪽의 작은 광 바닥에 숨겨져 있는 지하실의 복원이 문제가 된다. 일제 말기 화자의 아버지가 만든 그 공간은 강제공출을 피해 곡물 따위를 숨기는 장소로 유용하게 쓰였으나 화자가 기억하는 가장 위태롭고 은밀한 내력은 "사람의 생사 갈림길을 숨겨 안"았던 일이다. 동란 초기의 여름날 인민군 점령기의 고향 마을에서 집안 재종조 어른의 목숨을 그 지하실이 살렸던 것. 그날밤 사람들을 이끌고 화자의 집으로 들이닥쳐 부엌 광을 뒤진 인물(병삼씨)에 대한 배신감과 원망만은 지워지지 않는 상처로 남았을망정 그날의 일은 화자에게 자랑스럽고 떳떳한 지하실의 내력으로 간직되어 있었다. 옛집 개축 일을 떠맡은 성조씨(재종조 어른의 손자)가 왠지 내켜하지 않는 기색을 보임에도 굳이 이참에 지하실까지 복원했으면 하는 마음을 화자가 조심스럽게 품게 된 것도 그래서였다. 그런데 이쯤 소설의 발단부를 요약해본 데서 짐작이 가듯, 그 지하실은 그렇게 자랑스럽고 떳떳한 기억의 공간만은 아니었다. 같은 해 가을, 이번에는 지난 석달간 '마을위원회' 책임자였던 화자의 친구 '윤호'의 아버지가 다시 바뀐 세상에서 그 지하실을 은신처로 삼았다가 "오늘 이 집 정제간에 목숨을 부지해볼까 했더니, 차마 못할 노릇 같아 그냥 간다"는 말을 남기고 제 발로 죽음의 길로 걸어갔던 것. 바로 이 "원죄처럼 어두운 기억"이 화자로 하여금 오랜 세월 고향집을 외면하며 살아오게 했고, 그 기억을 굳이 회피하면서 자랑스럽고 떳떳한 지하실의 내력만을 자신의 것으로 되새기고자 했던 것인데, 자의적인 기억의 책략에 계속 어깃장을 놓는 성조씨를 통해 화자는 명암과 영욕을 함께 간직한 지하실의 실체에 대해 닫아두었던 기억의 문을 연다. "지하실을 복원하여 어느 한쪽을 들춰내면 당연히 다른 한쪽도 따라 드러나게 마련이었다. 그것은 자의적 선택이 불가능한 내 기억의 권리 밖 일이었다."

어두운 실재의 대면을 두려워하고 회피하는 것은 자기보존을 위한 주체의 있을 수 있는 책략이겠지만, 그 책략에 대한 반성의 포기는 그 주체의 자기보존을 왜소화할 뿐이다. 기억의 권리를 타자나 세계와의 관련 속에서 사유하게 됨으로써 화자는 이제 자기기만으로부터 벗어날 수 있는 최소한의 근거를 확보한 셈이다. 그러나 여기까지라면 이 소설이 특별히 기억의 정치학에 의미있는 문학적 틈새를 열었다고 할 수 없을 것이다. 지하실의 복원을 둘러싼 성조씨와의 미묘한 심리전이 정점으로 치달으면서 두 가지 사실이 새롭게 드러난다. 집안 재종조 어른이 지하실에 숨어 있던 그날밤, 사람들을 이끌고 부엌 광을 뒤진 병삼씨가 사실은 그 지하실의 존재를 감추어 어른의 목숨을 구하기 위해 짐짓 그런 식의 위장행동을 했다는 것. 두번째는 더 충격적인데, 윤호 아버지가 지하실에 숨었다가 자기 발로 다시 나온 이유에 대해 그날 이후 마을 사람들이 품고 있던 의심의 한가닥이 바로 화자 모자(母子)를 겨냥하고 있었다는 것. 기억의 근거가 송두리째 흔들리는 순간이 아닐 수 없다. 진실을 포함하지 않는 행복이란 있을 수 없으며, 어느 누구도 즐겁게 과거로 되돌아갈 수 없다는 점에서 이 경우도 예외는 아니다. 그런데 흥미로운 것은 두 가지 사실 모두 오해의 산물이라는 점이다. 전자가 자신들(화자와 어머니)의 두 귀로 들은 체험의 직접성으로부터 진실의 오해 가능성을 원천부터 봉쇄하고 있었다면, 후자 역시 사실에 대한 조회 없이 막연한 개연성만으로 진실을 추단하고 있었던 것. 이 대목에서 진실은 이미 오인(오해)을 하나의 전제로 품고 있으며, 오직 오인을 통해서만 나타난다는 라깡(J. Lacan)의 논의를 굳이 참조할 필요가 있을까. 어쨌든 진실의 존재기반이란 살얼음 같은 것이며 자기보존의 책략이 수반되게 마련인 개인적 기억의 개입은 기억의 권리 안팎에 대한 자기성찰과 오해 가능성에 대한 인정을 통해 지양되지 않으면 안된다는 소설의 전언은, 제자리를 맴도는 듯하지만 조금씩 우회하며 스스로를 반성하는 사유의 진로 덕분에도 각별히 의미있게 다가온다.

그렇다고 해서 "눈길을 바꿔 보면 세상일이란 사람 따라 세월 따라 다 그렇게 달라 보이는 법이여!"라는 성조씨의 마지막 입막음까지 동의할 수 있는 것은 아니다. 기억의 권리에 대한 엄정함이나 진실 확정의 어려움이 침묵의 배려와 상호 관용으로 이어질 수 있는 영역에는 뚜렷한 한계가 있을 수밖에 없다. 이를 '세상일' 전체에 보편적으로 확장하는 데는 「지하실」의 사려와 지혜를 품으면서도 또다른 차원의 기억의 정치학이 요구된다. 그렇지 않을 경우 침묵과 관용은 역사의 실증주의적 타락 앞에 의도하지 않은 방조자가 될 수도 있기 때문이다. 소설의 화자는 친구이자 어른스런 형이었던 윤호에 대한 애틋한 기억과 지하실에 얽힌 착잡한 기억을 함께, 다시 그것들이 있던 자리로 되돌려보냄으로써 기억과 망각의 숨바꼭질에 작은 매듭을 짓는다. 그 매듭이 숨기고 있는 게 부끄러움의 마음임을 짐작하기는 어렵지 않다. 소설은 "무참한 흑빛으로 변해 있"는 성조씨의 표정을 묘사하는 것으로 끝을 맺지만, 그 너머에서 정작 무참해지고 있는 것은 화자 '나'의 얼굴이 아니겠는가. 이 부끄러움이야말로 좋은 문학이 끊임없이 기억과 망각의 숨바꼭질로부터, 지하실의 어둠으로부터 불러내야 할 진실의 표정이며, 기억의 정치학이 망각해서는 안될 중요한 윤리의 심급일 것이다.

2. 이야기와 소설의 아이러니

 이청준의 작품으로 이 글을 시작하기도 했거니와 최근 연륜의 작가들이 보여주는 소설세계의 활기가 반갑다. 그 가운데 김원일(金源一)은 새롭게 연재를 시작한 장편『전갈』(실천문학사 2007) 말고도 두 편의 작품을 더 발표했다. 인혁당 사건을 사실의 곡진한 수용 이상으로 견고한 리얼리즘의 세계에 안착시킨 연작소설집『푸른 혼』(이룸 2005)의 출간이 얼마 전의 일이니 작가의 쉼없는 열정이 놀랍다.「오마니별」(『오마니별』, 강 2008)과「용초도 동백꽃」(같은 책)은 둘 다 작가의 본령인 분단문학의 계보를 떠올리게 하는 작품이다. 1·4후퇴의 피란길과 용초도 포로수용소가 각각의 주요한 서사공간이고 이산의 문제가 공통적으로 소설의 중심에 놓여 있다. 숨막히는 역사적 비극의 무게 말고도 앞선 작품들의 압력이 이중으로 전제되어 있는 공간으로 들어선 셈인데, 작가는 과연 어떤 문학적 신개지를 찾아낸 것일까. 하고 보면, 그간 남북관계의 변화 또한 엄청나다. 평화적 교류와 공존의 온기는 정치적 차원이 아니라 일상의 감각 속에 충분히 녹아들고 있는 느낌이다. 그리 멀지 않은 지난 7,80년대 분단문학이 감당해야 했던 역사적 무게를 돌아보면 낯선 느낌이 들 정도이다. 정치적 억압과 이데올로기적 금제라는 분단문학의 주요한 대립항이 사라진 지점에서 '분단'은 한국소설 속에 어떻게 수용되고 있을까. 김원일의 두 작품은 그 변화하는 한 풍경을 보여준다.
 우선, 지난 시대 분단문학이 내면화하고 있던 정치성의 영토가 많이 사라진 듯하다. 작가 역시 그런 압력에서 자유로워 보인다. 그리고 그 빈자리를 대신하고 있는 것은 '이야기'다. 그렇다고 수난의 인생유전을 담고 있는 이야기가 허술하다거나 느슨하다는 말은 아니다. 오히려 작가의 오랜 장인적 공력이 빛나는 대목이 많다. 문제는 이야기의 핍진함이나 감동이 곧바로 소설의 그것으로 치환될 위험이 전보다 증대했다는 점이다. 이야기를 소설적으로 구조화하고 적절한 아이러니의 거리 속에 두는 노력이 더욱 필요한 상황이 된 것이다. 이 점을 작가가 의식하지 않았을 리 없을 테지만, 「오마니별」과 「용초도 동백꽃」 두 작품을 나란히 놓고 읽어보면 그 성과에는 조금 차이가 있는 것 같다. 피란길에 어머니와 누이를 잃은 충격으로 어린시절의 기억을 상실한 채 전쟁고아로 평생을 살아온 한 노인이 죽은 줄 알았던 누이와 반세기를 넘어 혈연을 확인하고 재회하는 이야기를 담고 있는 「오마니별」은 주인공 '조노인'의 캐릭터를 그 실제 인생의 비극성으로부터 일정하게 분리해놓는 아이러니한 묘사에 성공함으로써 감상적 동일시를 적절하게 견제하고 있다. 조노인은 분단문학의 이른바 '진지한' 인물로 구축된 것이 아니라, 어느 면 너무 답답한 생활세계 속에 갇혀 있거나 희화화된 인물로 그려져 독자는 그를 비극의 무대가 아니라 희극의 무대에서 만나는 것 같은 착각에 싸인다. 이것이 그의 수난과 비극을 역설적으로 더 크게 곱씹게 하는 세련된 소설적 고안임은 물론이다. 그러나 소설의 결말에 이르러 조노인의 상실된 기억의 밑바닥에서 기적처럼 끌어올려진 한마디 말, '오마니별'을 통해 남매가 서로를 확인하고 만나는 장면은 그 자체로 감동적이라 할 수 있겠지만 그 감동을 과연 소설의 그것이라 할 수 있을지는 의문이 든다. 부정의 계기가 개입될 수 없는 절대적 순간이기 때문이다.

「용초도 동백꽃」의 경우도 '이야기'는 강하다. 거제도 포로수용소와 용초도 포로수용소에서 군인으로 복무하며 전쟁의 한복판을 지나온 주인공 '김노인'의 수난사는 기억을 잃고 창졸간에 전쟁고아가 된 「오마니별」의 조노인 못지않게 고비고비의 곡절이 깊고 아프다. 맨정신으로 헤쳐온 그 세월은 차라리 더 신산했을 수도 있겠다. 용초도 민박집 '민이네'를 앞에 두고 하룻밤 야화로 펼쳐지는 곡절 많은 인생담은 반공과 친공으로 갈린 포로수용소의 처절한 실상이나 미군의 무책임한 방기를 증언하고, 수용소 담벼락을 사이에 둔 이산의 슬픔과 거기에 얽힌 김노인의 이루지 못한 사랑을 전해주는 것만으로도 크고 넘친다. 그러나 「용초도 동백꽃」의 소설적 근거가 마련되는 곳은 이야기의 숭고한 크기를 냉연한 시간의 아이러니로 뒤집는 사소한 지점들이다. 두 가지만 말해보자. 용초도 앞바다에서 김노인이 친공포로 '송시혁'의 누이 '송순임'과 후일을 기약하는 장면. "기다릴 테니 오년 후 삼월 첫주에 여게서 만나자꼬. 그때 못 만나면 또 오년 기다려 다시 용초도로 오겠다고 (…) 왜 그런 쓸데없는 말만 소리쳤을꼬. 어디든 정착하는 대로 금릉군 구성면 평전리로 연락하라고, 그 말이 핵심인데 말여. 순진때기 바보, 맹꽁이 같은 녀석하고선, 겨우 씨부린 말이 철부지 기집아들 연애편지질도 아이고, 귀신 씻나락 까묵는 소리만 정신없이 외쳐댔으이……" 이 순진한 미망의 세계를 포로수용소를 둘러싼 이런저런 비극의 역사와 대면시키는 감각이야말로 「용초도 동백꽃」의 소설적 리얼리티가 이야기의 지배를 뚫고 새롭게 생성되는 대목이 아닐까. 역사와 시간의 횡포가 '귀신 씻나락 까묵는 소리'에서 차라리 선연한 역설의 웃음으로 전경화되는 느낌이다. 여기에, 김노인의 인생유전에 귀를 기울이던 민이네가 노인과 송순임의 후일담에 인간적 질투의 마음으로 개입하는 대목들이 살갑게 더해지면서 「용초도 동백꽃」은 현재적 감각의 소설공간으로 다시 태어난다. 그러나 전체적으로 두 작품 모두 지난 시기 고난의 역사에 대한 소설적 보고(報告)를 넘어서는 문학적 풍성함이나 주제의 강렬함에서는 아쉬운 느낌이 없지 않다. 이 아쉬움은 『노을』의 작가 김원일이기에 더한지도 모른다. 동시에 두 작품은 캐내고 일구어야 할 인간적·역사적 진실과 소설적 가능성이 그곳에 여전하다는 점을 새삼 환기시킨다. 분단의 역사성이나 현재성을 숙고하는 새로운 사유틀과 함께 다양한 문학적 상상력의 개발은 '분단문학'의 유효성과 무관하게 현재진행형의 요구다. 그리고 그것은 단지 '체험 세대'만의 몫은 아닐 것이다.

3. 낭만주의자의 자기심화

윤대녕의 소설은 지금까지 일관되게 낭만주의자의 시선을 유지해왔다. 덧없고 실망스런 외관 너머 충일한 실재의 존재를 꿈꾸는 그의 시선은 문학 그 자체에 대한 낭만주의적 관념의 오랜 매혹과도 연결되면서 우리 문학이 한동안 잊고 있었던 세계를 신선하게 부활시켰다. 여기에 자아와 내면으로의 복귀가 새삼스럽게 강조된 90년대 문학의 한 흐름이 관련되어 있는 것도 사실이겠지만, 윤대녕의 경우는 작가 개인의 성향과 자질에 특별한 방점이 주어져도 큰 무리가 없을 것이다. 그런데 낭만주의자의 힘이란 무엇보다 내부의 비전이나 감각으로부터 솟아나는 것인만큼, 지속적인 자기심화의 부담 또한 클 수밖에 없다. 얼마간 정체의 시기를 통과하는 것 같았던 윤대녕의 소설세계가 보이는 최근의 변모가 더 반가운 것도 그래서다. 근자에 발표된 「탱자」「낙타 주머니」(『제비를 기르다』, 창비 2007)에서 작가가 공히 시선을 넘기고 있는 곳은 죽음 혹은 소멸의 시간인 듯한데, 그것이 특별하다기보다는 소설화자의 한발쯤 물러난 관찰의 자리가 빚어내는 건조한 시선의 거리와 말하고 싶은 것을 조용히 누르고 있는 듯한 절제의 언어에서 비롯되는 품격의 각별함에 눈길이 간다. 삶의 어쩌지 못할 심연 같은 것을 떠올리게 하는 그 문학적 힘이 작가의 특장이기도 했던 낯선 세계의 돌연한 현현이 아니라 현실에 대한 수수한 묘사나 시간의 권리에 대한 겸손한 수용을 통해 한결 자연스럽게 이루어지고 있다는 점에서 윤대녕 소설의 깊어진 차원을 보여주고 있는 느낌이다.

「연(鳶)」(같은 책)에서도 그 심연의 환기는 절제와 여백이 돋보이는 담담한 소설적 흐름에 실려 있다. 소설은 '미선'과 '정연', 두 사촌자매가 운동권 출신의 고단한 독신 중년 '해운'과 나눈 십년 어간의 엇갈리는 인연을 해운의 친구인 소설화자 '나'의 시점으로 띄엄띄엄 시간을 건너뛰고 이으며 북한산 자락의 풍경과 함께 전하고 있다. 인연의 안타까움과 구차함, 세상살이의 막막한 질곡 등이 현실적 사연 이상의 독특한 질감 속에 펼쳐진다. 물론, 그 질감이 소설 안에서 성찰의 공간을 생성시키는 힘일 것이다. 한동안 종적을 몰랐던 해운을 북한산 하산길에서 우연히 만난 화자는 이혼녀 미선이 아이를 데리고 해운과 살림을 차린 진관사 아래 산마을 단칸방까지 동행, 점심을 얻어먹고 한나절을 보낸다. 그 길가 문간방에 객식구까지 네 사람이 비좁은 밥상에 둘러앉아 밥을 먹는 풍경은 아름답다. 그곳에는 정연, 미선, 해운 세 사람의 엇갈리는 사랑의 인연을 두고 화자가 떠올린 '삶의 굴레'라는 관념조차도 감히 어쩔 수 없는 삶의 생생한 현재가 포착되어 있다. 누추하면 누추한 대로 어디에든 삶을 꾸려가는 나름의 질서와 위엄이 있게 마련이라면, "감옥 같은 방"에 차려진 밥상이 그러할 것이다. 유기농 오리쌀로 지은 기름진 밥에다 안집의 김장독에서 나온 묵은 김치, 멸치가 잘 우러난 아욱국과 식초냄새 좋은 오이무침에 멸치볶음이 올려진 소찬이자 성찬인 밥상. 그 밥상 겸 술상은 아이의 책상이기도 한 것이지만, 부엌 문간에 걸린 "조롱 속의 새"도 그 질서의 표상으로 손색이 없다. 그 새는 정연과 해운 사이 덧없는 약속의 증표였던 것. 이 포기될 수 없는 생활의 공간이 '삶의 굴레'라는 관념과 마주보고 있는 장면을 그려냄으로써 작가는 누옥의 단칸방을 둘러싼 진관사 주변의 여름 저녁 한때를 견딜 수 있는 시간으로 만드는 데 성공한다. 두달 전 바로 지척의 북한산 자락에서 해운과 미선을 찾고 있던 정연의 절망을 그것은 조롱하지 않는다. 그로부터 몇년 뒤 겨울 초입의 저녁, 화자는 우연찮은 계기로 정연과 함께 진관사 아래 그 집까지 가게 된다. 두 사람이 살던 길가 방이며 대문 모두 자물쇠가 채워져 있다. "그 폐허의 문밖에서 문득 밥 냄새를 떠올리"는 것처럼 자연스럽고 아득한 감각이 또 있을까. 뒤이어, 사정을 모르는 정연이 "빈집을 들여다보면 왠지 무서운 생각이 들어요" 하고 "목이 막힌 소리로 중얼거렸다"는 대목에서 '목 막힘'의 정체는 드러나 있지 않은 채로 투명한 울림을 얻는다. 그 울림은 빈집을 사이에 둔 정연과 해운의 엇갈림을 더 큰 슬픔의 지평에서 생각하게 만든다. 그리고 이 지점에서 이년 전 월곡동에 밥집을 차렸다는 미선과 해운의 후일담이나 정연의 '목 막힘'은 '삶의 굴레'를 포함하면서 넘어간다. 이것은 고단하고 험한 세계에서 만나기 힘든 드물게 공평한 감각이다. 소설의 마지막, 빈집 건너편 밭둑에서 북한산의 저녁 하늘 위로 한 노인이 날리고 있는 연은 그 넘어감의 이미지로 자연스럽다. 노인의 몫이어야 했겠지만 환상 혹은 환영(幻影)이어도 무방하리라, "북한산성 쪽 하늘에 등불처럼 드높이 떠 있"는 그 방패연은. 이 조용한 환상 뒤에 "남의 빈집 앞"을 떠나 "어기적어기적" 다시 세상의 저녁 속으로 돌아가는 두 사람의 뒷모습은 그리 옹색하지 않다. 물론 윤대녕의 이런 소설세계가 현실에 대한 복잡한 산문적 탐구에서 일정하게 거리를 둠으로써 인생파적 서정의 좁은 단면에 국한될 우려가 없는 것은 아니겠으나, 「연(鳶)」에서 확인한 소설적 성취는 그런 우려보다 한국소설의 다양한 세계 파악에 윤대녕의 기여가 앞으로도 많이 남아 있다는 기대를 갖게 하기에 족하지 싶다.

4. 불지옥의 시선

권여선(權汝宣)이 「가을이 오면」(『분홍 리본의 시절』, 창비 2007)에서 한 여성 내면의 참혹한 지옥도를 통해 보여주는 세계 부정의 강렬함이 놀랍다. 여성성에 덧씌워진 기만과 허위를 맹렬한 적의로 까발리는 그 지옥도의 풍경은 과연 우리가 딛고 있는 이 세계가 숨쉬고 살 만한 곳인지 자문하지 않을 수 없게 만든다. 그것은 이 소설이 기만적 여성성의 감옥에 갇혀 침몰하는 한 여성인물의 참담한 현실을 보여주는 것 이상으로, 세계의 정상성을 근본에서 심문하고 있다는 이야기이기도 하다.

심한 알레르기 질환을 앓고 있는 스물여섯살 '로라'라는 여성이 그 지옥도의 분열증적 주체다. '우아한' 이름과 달리 외모에 대한 강박과 어머니에 대한 적의로 그녀는 거의 자폐적 삶을 살고 있다. 늦은 나이에 전문대에 들어가 허접한 아르바이트를 하며 무더운 여름방학을 보내고 있는 이 여성은 여름이면 한층 심해지는 알레르기 증세로 얼굴이 온통 울긋불긋 발진으로 뒤덮인다. 한여름 정오 무렵의 재래시장통을 지갑 하나만 들고 무작정 돌아다니다 뜨겁게 달구어진 옥탑방으로 쓰러질 듯 돌아오는 이 여성의 자학과 그 아래 숨어 있는 엄청난 적의와 공격성을 소설은 한편의 부조리극처럼 펼쳐 보인다. 부조리극이라고 했거니와, 시장통에서의 혼절을 계기로 우연히 알게 된 한 남자와 옥탑방에서 우스꽝스러운 김치볶음밥 시연을 앞에 두고 벌이는 기이한 2인극에서 독자는 자신의 정상적인 삶의 감각이 심문당한다는 느낌에 빠지지 않을 수 없다. 남자는 대뜸 반말로 관계의 지배자가 되어 있는데 여자는 다만 죄스러울 뿐이다.

기름 없어, 기름? 네. 김 없지? 네. 깨도 없지? 네. 계란도 없고, 응? 계속되는 남자의 유혹적인 요구에 부정적으로만 답변해야 하는 것이 그녀로서는 죄스러웠다. 냉장고가 없어서…… 남자가 코웃음을 쳤다. 흥! 겨울이면 있었을까? 남자의 가벼운 코웃음이라니. 집에 남자 없이 자란 그녀가 일찍이 들어본 적조차 없는 경이로운 소리였다. (23~24면, 부분 생략─인용자)

남자의 잘생긴 외모, 짙고 숱 많은 속눈썹, 겨드랑이의 톡 쏘는 듯한 시큼한 땀냄새에만 그녀의 자폐적 감각은 열려 있다. 물론 남자의 손톱에 까맣게 낀 때도 보기는 본다. 나중에 그녀의 공격성이 폭발할 때 그것은 '일개 노숙자'의 증거가 될 것이다. 계몽의 신화가 구축해놓은 인간/동물, 남성/여성의 서열극이 이 부조리극의 후경에 "뜨거움과 조잡함이 우윳빛으로 뒤엉긴, 이를테면 순댓국 같은 풍경"으로 드러누워 있다. 그런데 흥미로운 것은 이 부조리극이 풍기는 묘한 해방의 기운이다. 그것은 그 자체, 문명화된 세계의 은폐된 단면을 날것 그대로 제시한다. 그 "웃음보다 불가해한 고통"의 풍경 속에서 우리는 잠시 현실 개선의 요구와는 무관한 지점에서 인간 내부의 자연을 관음(觀淫)한다. 이 불편한 모순의 감각화가 얼굴 위의 진물처럼 이물스럽고 선연하다. 여기에, 가을 배춧국을 먹으며 여자와 남자, 그리고 여자의 어머니가 벌이는 또 한편의 부조리극을 통해 여자의 내면에 감추어져 있던 지옥도가 폭발하는 광경은 그 적의의 대상인 어머니의 일그러진 모성적 '우아'나 이제 한갓 좀도둑 노숙자에 불과한 남자의 실상 역시 지독한 결여의 실재라는 점에서 '가을이 오면'의 가정을 가망없는 상태로 전시한다. "마지막으로 조금만 더 증오를 불태워보기로 했다. (……) 세상을 천국으로 만드는 가장 좋은 방법은 그녀 내부를 불지옥으로 만드는 것이었다. 지옥의 눈으로 보면 세상은 그지없이 평온하고 아름다웠다." 그 불지옥의 시선은 작가가 보여준 낯설고 강렬한 언어감각과 함께 한동안 잊을 수 없는 지독한 여름의 풍경으로 남을 듯하다. 그래, 가을이 오면……

5. 현실을 환기하는 상상의 힘

최근 한국소설의 다양한 진화와 변모에 관련해서 젊은 세대의 소설적 체험이 과도하게 앞세대와 단절적인 차원에서 논의되는 경향이 있는 것은 아닐까. 단절의 차원이 그만한 정치적·사회문화적인 배경이나 체험 수용의 매체적 급변과 연결되어 있고 상상력과 소설언어의 변화 또한 상당하다는 점은 인정해야 하겠지만, 그것이 한국소설의 세대간 소통을 어렵게 할 정도로 '단절적'인 것은 분명 아니다. 문학사에서 확인된 소설 장르 본연의 유연성이야 익히 아는 바이지만, 다양한 이질적 차원을 생산하고 수용해온 그간 한국소설의 이력도 만만한 것이 아니다. 최근 주목받는 젊은 작가 김애란(金愛爛)의 소설세계는 체험과 소설언어 모두에서 그 세대적 차이를 선명히 하면서도 한국소설의 어떤 세대와도 소통될 수 있는 보편적 공감의 영역을 높은 수준에서 보여주는 유력한 예라고 할 수 있다. 그리고 대상이 아버지든 편의점이든 혹은 잠 못 이루는 자기든 김애란 소설의 언어와 상상법이 기왕의 소설적 관습을 상쾌하게 뒤집는 자리가 선행 관념의 개입을 뿌리치는 투명한 현실 대면의 노력과 등을 맞대고 있으며, 환상의 개발 또한 현실 맥락의 정교한 통제를 받고 있다는 점을 상기해보면 이러한 소통의 근거를 이해하는 것은 그리 어렵지 않다.

「자오선을 지나갈 때」(『침이 고인다』, 문학과지성사 2007)에서 김애란은 현실과 상상의 좀더 조화롭고 절실한 접점 하나를 찾아낸 것처럼 보인다. 안정적인 사회 진입이 거의 예외적인 틈새가 되어버린 오늘의 우울한 청년 현실에 대한 뛰어난 사실적 보고이기도 한 이 작품은 동시에 그 이상의 울림을 빚어내는 데도 성공하고 있다. 여기에, 삶에서 '나아진다는 것'과 '지나간다는 것'의 메워지지 않는 간극을 의정부 북부행 열차의 진행 리듬과 겹쳐낸 상상력의 개가가 있다. 서른 번에 이르는 취업 낙방 경력과 대학 때부터 쌓아온 학원강사 3년차의 이력이 전부인 스물여섯살 대졸 실업여성이 소설의 화자 '나'. 몇군데 학원면접을 마친 뒤, 집으로 돌아가기 위해 의정부 북부행 열차에 몸을 실었다. 대방, 노량진을 지나며 그녀는 7년 전 노량진 재수학원 시절을 떠올린다. 그 시절 '노량진'은 더 나은 삶의 지점으로 가는 길에 잠시 지나가는 곳이 아니었던가. 독서실 책상에 유치한 포스트잇 표어와 일년치 계획표를 써붙이고 비좁고 딱딱한 바닥에서 '연필처럼' 잠을 잤던 것도 그 때문이었던 것. 그러나 현실은 어땠을까. 대학시절 내내 비싼 등록금을 감당하려고 보습학원 강사를 했고 서른 번의 취업 낙방 끝에 다시 학원강사 자리를 알아보고 있다. 화자는 그 노량진을 지나며 묻는다. "7년이 지난 2005년 지금도 나는 왜 여전히 그곳을 '지나가고 있는 중'인 것일까." 왜 노량진은 정말 '지나가기만' 하는 곳이 되지 못하는가. "대체 나아진다는 게 무엇일까 생각했다"는 또다른 자문을 앞에 포함하고 있는 이 질문의 문학적 신선함은, 질문의 좌표가 이 소설이 놀라운 언어감각으로 묘파해낸 'IMF세대'만의 막힌 성장의 현실 너머, 더 큰 현실의 자장에 닿아 있기 때문일 것이다. 그것은 지금─이곳에서 무수한 '노량진들'을 매일 지나가고 있는 모두의 현실인 것. "짧은 정차 후, 사람들이 계속 밀려들어왔다. 한 여자가 내 발을 밟고 소리를 질렀다. '밀지 마요!'" 다들 노량진을 지나 어디로 가고 있는 것일까. 그들은 정말 그들의 '노량진'을 '지나가고' 있는 것일까. 적어도 지금 의정부 북부행 열차에 스물여섯 가난한 청춘을 싣고 있는 '정아영'이라는 여성의 자리에서 보면 이 질문에 손을 내밀 수 있는 것은 "우주 먼 곳 아직 이름을 가져본 적 없는 항성"의 반짝임밖에 없으리라. 이것은 절대 한갓진 우주적 상상력의 개진이 아니다. 실제로도 "어디선가 아득히 '아영아, 내 손 잡아'" 하는 소리가 들려오지 않겠는가. 재수 시절, 유명강사의 수강증을 끊기 위해 전날 밤부터 늘어선 천여명의 줄 속에서 밀려 쓰러지기 직전, 남자친구 민석의 '아득한' 목소리가 바로 그렇게 그녀를 구원했던 것. '베타별이 자오선을 지나며 반짝거렸기 때문에 대학에 떨어질 수도 있는 법'이라면 사정은 더욱더 그러하리라. 해서, 노량진과 의정부 북부행 열차, 그리고 우주 먼 곳 이름모를 항성의 반짝임으로 이루어낸 김애란 소설의 일견 순진하고 무력해 보이는 상상의 연대(連帶)는 바로 그 무력함과 순진함의 표정으로 우리 모두가 지나가고 있는 지금─이곳 현실의 어둠을 역설적으로 더 크고 무섭게 환기한다.

─『창작과비평』 2006년 봄호

제2부

소설의 진정성

침묵과 순명

■

이혜경 소설집 『꽃그늘 아래』

1

이제 조금 이혜경(李惠敬) 소설에 눈이 익어가는지, 어지간히 고단하고 아픈 이야기가 나와도 타박타박 따라가며 기다려보고 싶다. 어스름녘의 착잡함을 견뎌보자 싶다. 그냥 안타까움 속에 지칫거리며 고갯마루에 서 있어보자 싶은 것이다. 뭐, 크게 환해질 일이 있겠는가. 숨을 고르며. 욕하지 않으며. 말하지 않으며.

가령, 집안의 재산을 거덜내버린 허랑방탕한 큰오빠, 그 몰염치를 감싸안으려는 「고갯마루」의 여성화자 '나'의 시선을 들여다보고 있으면 문득 세상이 전혀 다른 호흡으로 읽히고 만다. 부끄러움 모르는 탐욕에다 허세까지, '나'에 의해 예리하게 간파되는 큰오빠의 모습은 동정의 여지없이 덜된 인간이다. 그러나 학습지 방문교사로 5년 만에 고향을 찾은 '나'는 세상 한 귀퉁이를 겨우겨우 붙잡고 있는 너나없는 모습들 위로 큰오빠의 실답지 못한 인생을 서서히 겹쳐, 이혜경 소설의 저 속깊은 화해를 또 한번 준비한다. 타성바지로 흘러들어와 당고모를 사랑했던 남자,

미친데기 명재의 그래도 남아 있는 부끄러움은 정작 큰오빠의 몫이 아니 겠는가. 해서, "난데없이 왜 큰오빠에게 명재가 살아 있더라는 이야기 따 위가 하고 싶어졌을까. (…) 그 옛날의 명재가 이 풍진 세상에서 그래도 살아남아, 허기지면 먹을 것을 찾고 뭇사람 앞에선 추레함을 부끄러워할 줄도 알더라고. 나는 왜 그 이야기가 꼭 하고 싶었을까" 하고 마음속 진 동을 옮겨놓았을 때, 우리는 허랑한 인생에 대한 조용하지만 극심한 문책 과 분노가 '입상'처럼 솟구치는 것을 느끼지 않을 도리가 없다. 그러나 이 문책과 분노는 동시에 깊은 안타까움인데, "큰오빠의 끝없는 욕망과 허 세는 일종의 자절작용 같은 거 아니었을까" 하는 비범한 이해의 기반을 이면에 품고 있기에 그렇다. 숱한 고갯마루를 넘고 또 넘어야 하는 삶의 근원적 팍팍함에서 보자면, 스스로 꼬리를 끊고 달아나는 도마뱀의 사투 는 비단 큰오빠의 것이기만 하겠는가. "잡초처럼 끈질기게 세상 한 끄트 머리에 붙어 있는 동생들"은 또 어떠할까. 부끄러움이 문제라지만, 제삿 날 저녁의 짧은 여백을 견디지 못하고 "잠깐 바람 쐬러 나"온 큰오빠임에 랴. 이처럼, 문득 삶의 이러저러한 국면들이 아득하게 뒤로 물러서고 '목 숨'의 속절없음이 전경화되는 순간은 이혜경 소설이 거듭 선사하는 결국 (結局)의 장면이거니와, 이를 두고 현실의 산문적 탐구가 갑자기 증발해 버린다고 말하는 것은 쉽다. 시적 현현의 순간이라고 말하는 것도 그럴듯 할지 모르겠다. 그러나 허리띠를 조금 늦추고 소설에 대한 규범적 이해를 다른 일로 미뤄두고 보면, 말과 삶이 대면하는 얇디얇은 막 앞에서 절망 하고 있는 인간이 보이지 않겠는가. 그러니까 "말이 마음을 어찌 전할 수 있을까"(「떠나가는 배」, 『그 집 앞』)야말로 이혜경 소설의 참주제가 아닐까, 하는 데 자꾸만 생각이 이르는 것을 어쩔 수 없다. 목숨에 대한 깊은 연민 과 그에서 비롯하는 깊은 화해의 시선이 이혜경 소설(글쓰기)의 처음이 자 끝임은, 굳이 예를 든 「고갯마루」가 아니더라도 두루 아는 바일 텐데, 목숨과 마주서는 맨몸의 글쓰기가 소설이라는 장르 속으로 잠시 숨어들

었다가 마침내 빠져나오는 어떤 지점, 거기 이혜경의 고갯마루가 있을 것
같다는 생각을 어쩔 수 없는 것이다. "나는 왜 그 이야기가 꼭 하고 싶었
을까. 도무지 내 마음을 알 길 없어져서, 나는 명재가 스며들었을 밤거리
한구석에 오래 서 있었다."

　　2

　이혜경의 첫 소설 「우리들의 떨켜」(1982)에는 이상하게 마음을 흔드는
한 대목이 있다. 교회 안내판. 왜 이 광경이 가슴을 쳤을까. "정문 앞을
지나려다 문득 허전한 느낌이 들어 뒤돌아보았다. 나는 금방 그 허전함의
정체를 파악했다. 없어진 것이다. 기억 속에서 늘 빛나던, 그러나 실상은
허름한 판자를 이어붙인 것에 지나지 않던 교회 안내판이 사라진 것이
다." 이 마지막 대목은 사실 소설의 처음과 이어져 있다. 마치 『길 위의
집』(민음사 1995)의 그 유명한 원환구성처럼. "터덜거리며, 우리가 탄 트럭
이 마을로 향하는 비탈길을 오르기 시작했을 때, 우리를 맨 먼저 맞아준
것은 하얀 안내판이었다. (…) 침례교 달현교회, 침례교 성심교회……"
밀려나는 자의 시선에 다가온 그것들은 특정한 종교의 명패일 수가 없다.
마음의 가난이 당겨오는 그 풍경. 이혜경 소설은 그 자체 마음의 가난으
로 그득하지만 읽는이에게도 그 가난을 자연스레 요청하는 것 같다.
　이 글을 쓰려고 『그 집 앞』(민음사 1998)을 찾아보았더니 곳곳에 밑줄이
다. 『길 위의 집』을 다시 읽다가 은용의 일기 대목에선 한동안 눈길을 멈
춰야 했다. 뒤표지에 적힌 김사인 시인의 말대로 "문학적 총명의 또다른
이름일 '마음 가난함'이 이만해지자면 얼마나 모질고 독실한 견딤을 지불
했을 것인가." 이 두 책으로 충분히 확인된 것이지만, 흔히는 침묵과, 가
끔은 수다와 교직시키며 목숨에 대한 연민과 감싸안음으로 한땀한땀 나

아가는 이혜경의 호흡은 깊고 길다. 다만, 이번 소설집 『꽃그늘 아래』(창작과비평사 2002)에서는 그 호흡의 부림이 더 자재하다. 이혜경에게는 하염없는 이야기의 원천이며 은폐된 인간진실의 무궁한 보고임에 틀림없는 가족 화두와, 여성적 경험에 대한 비범한 천착으로부터 비롯되었을 아픈 자의 시선은 여전하다. 하지만 동어반복의 기시감을 느낄 수 없게 매번 처음이다 싶은 특유의 우회로를 작품마다 찾아내고 있다. 곧장 질러갔으면 달려나올 수 없었을 복합적 인간진실이 그 우회의 뿌리를 수북하게 덮고 있음은 물론이다. 하고 보면 좋은 소설가란 일차적으로, 물의 기억을 도무지 짐작도 할 수 없는 와디(wadi, 마른 골짜기)에 발견적 진실에 이르는 이야기의 강을 현전시키는 사람이 아닐까. 이혜경이 이번 소설집 편편에서 보여주는 발견의 우회로는 그만큼 다채롭다.

그 다채로운 우회로의 입구에는 침묵이 있다. "언어는 성스러운 침묵에 기초한다."(마리아 쿨름 사원의 제단에 새겨진 글—괴테의 일기에서) 막스 피카르트가 『침묵의 세계』에 헌사로 인용해놓은 이 말은 이혜경 소설의 숨은 길이기도 하다. 「그늘바람꽃」「노래하는 여자 노래하지 않는 여자」(『그 집 앞』)에서 우리를 괄목하게 한 청승과 수다는 이번 소설집에서도 「봄날은 간다」와 「검은 돛배」의 애조에 다시 한번 실리지만, 기실 이런 수다조차도 말해지지 않은 침묵의 여백을 더 많이 거느리고 있다는 게 이혜경 소설의 특징적 양상이다. 멀쩡한 가정에 숨어 있는 폭력을 다룬 「봄날은 간다」는 두 여성 친구의 전화 넋두리를 통해 사태의 진상을 섬득하게 돋을새기는 방법을 취하고 있다. 무엇보다도, 세상에서 살아남아야 한다는 폭력적인 투지가 스스로에 대한 가학을 거쳐 아내에 대한 이유없는 폭행으로 드러나는 대목은 현상적인 개선과는 달리 가정 안의 현실이 여전히 적지 않은 여성들에게 잠복한 악몽의 그것임을 아프게 환기시킨다. 그것은 또한 인간성의 파괴와 사회적으로 근사한 삶의 외양은 언제든 서로를 겨안을 수 있게 등을 맞대고 있는 것인지도 모른다는 비상한 작가적 통찰을 숨기고 있는 듯도 하다. 그러나 언제나 그렇듯 이혜경 소설에서 이러한 현실의 확인은 중요하면서도 부차적이다. 그 너머, 아픈 자들끼리의 희미하고 안타까운 교신에 늘 소설의 마지막 시선이 드리워져 있기 때문이다. 「봄날은 간다」만 해도 은근히 촛점인물이 되는 것은 종애의 아픔을 들어주는 지원이다. "그제야 네가 얼마나 아팠을까 싶더라." 학교에서 괴롭힘을 당하는 아이 때문에 혹독한 가슴앓이를 하게 되면서 지원은 비로소 어린시절 불안에 지질린 선옥의 맨발과 종애의 멍자리를 처음으로 깊이 앓는 것이다. 하지만 정작 이혜경 소설이 이르고자 하는 마지막 지점은 그 '함께 앓기'로도 어쩌지 못하는 것들이다. 말로 전하려 하면, 그 말만큼 우수수 새어나가는 그 무엇. 두 친구간 전화대화가 그대로 소설의 구성이 된 이 작품에서 노래가 그 끝에 놓일 수밖에 없는 사정이 여기에 있다. "미모사처럼 오그라든 마음을 한잎 한잎 펴듯, 수화기 건너편에서 종애는 볼륨을 조금씩 높인다. 꽃이 피면 같이 웃고 꽃이 지면 같이 울던…… 점점 커지는 노랫소리로 종애는 제 기척을 지워버린다." 이 노래가 끝나면 다가올, 아니 이 노래와 동시에 생성되고 있는 침묵의 공간. 부러 수다스러워 보일 때면 더 도드라지는 이 침묵의 공간은 이혜경 소설이 스스로를 지워 대면코자 하는 그 무엇인지도 모른다.

단편소설에서 특히 두드러지는 침묵의 공간, 그 여백의 환기가 유독 이혜경 소설만의 고유한 것이라고 이야기한다면 당연히 지나치다. 그러나 이혜경 소설이 마침내 울림으로 남기는 더 큰 운명에의 순응이 침묵 속의 대면을 소설의 내용과 형식에서 더 강력하게 요청하고 있음은 분명한 것 같다. 우리는 그것을 「일식」에서 새삼 확인한다. 인도네시아 족자 카르타에서 있었던 "금세기 마지막 개기일식"을 보다가 실명한 사람의 이야기에 온통 마음을 빼앗겨버린 한 여성. "여자인지 남자인지, 아이인지 노인인지도 알 수 없는 그가 잠겨들었을 어둠, 그 어둠으로 잠겨들던 순간이 왜 그리 사무쳤던가." 가정 있는 남자를 사랑했던 한 여성——아내와 자식이 있는 남자가 다른 가정의 여자를 사랑하는 「언덕 저편」도 이번 소설집에는 있다. 표제작 「꽃그늘 아래」까지 이 범주에 넣는다면, 적지 않은 편수다. 작은 변화인가? 「그늘바람꽃」의 소회가 없는 것은 아니지만, 이런 엇나가는 사랑 이야기가 소설의 전면에 나와 있는 경우는 의외로 이혜경 소설에 드물었다. 굳이 그러지 않아도 이혜경 소설의 촉수에는 너무 많은 아픔과 안타까움이 붙잡혔기 때문일 테다——영월 역시 완벽한 어둠과 실명을 그리워하고 두려워했던 것이다. 이 어둠과 실명의 인력(引力)이 영월에게 침묵의 그것이었음을, 소설의 처음에 나오는 레코드 가게 아이의 노래부르는 삽화가 조용히 환기한다. 마이크를 쥐고 절규하듯 노래하는 아이의 동공이 비어 있음을 영월이 알아차리고, 입모양과 몸놀림만으로 그애가 부르는 노래를 짐작해 머릿속으로 따라해볼 때, 그것은 인도네시아의 한 시장통에서 전개되는 "지질한 현실"의 풍경이 아니라 "어둠속을 더듬어가"는 자들이 앓는 찢겨진 침묵의 풍경이다. 실명한 사람을 굳이 만나보고 싶던 사무침과 풀림, 작은 도마뱀 찌짝에 대한 집착과 놓여남이 남편과의 사이에 깃들기 시작한 또다른 일식의 어둠속에서 말없는 마음의 풍경으로 흐르고 있는 이 소설은 시종 침묵의 공간을 여백으로 환기한다. 영월의 인도네시아인 친구 다마이가 신의 뜻을 좇아 사랑의 길을 선택하기로 했음을 전할 때, "뼈가 앙상히 드러나는 검누런 손등이 애처롭다. 그래서 그렇게 고요해 보였는가, 오늘 다마이는. 영월은 다마이의 손등을 제 손으로 가만히 덮는다." 고요 속에서 침묵은 깊어지고 개개의 말할 수 없는 운명들은 더 큰 순명(順命)의 자리를 얻는다. 이혜경 소설이 곧잘 스스로를 지워버리려는 욕망 앞에 서 있음은 여기에서도 확인되거니와, 소설에 대한 규범적인 이해만으로 그녀의 글쓰기를 가두기는 너무 벅차다.

그러나 그 지움과 순명이 순연한 침묵 지향의 일시적 초월은 물론 아니며, 우리 일상의 꼼꼼한 재발견으로부터 비롯한 열림의 누적된 과실

(果實)임을 지적해내지 않고서는 이혜경 소설을 제대로 읽었다고 하기 어려울 것이다. 즉 매편의 작품을 다채로운 발견의 우회로로 열어가는 소설적 창의야말로 자칫 간과하기 쉬운 이혜경 소설의 소중한 자원이다. 평온한 집안을 급습한 시아버지의 등장으로부터 그렇지 않았다면 은폐되거나 계속 잠복중이었을 '나쁜 피'의 문제를 환한 대낮의 시간 속에 드러내버리는 「대낮에」는 「봄날은 간다」의 문제의식과 일정하게 겹쳐지면서, 우리 일상의 바닥이 얼마나 허술한지를 예상치 못한 지점에서 날카롭게 파고든다. 유난스런 아이의 성정과 결혼생활에서 단 한번 겪은 남편의 폭력이 개망나니 시아버지의 '피'로부터 연유하였다고 한다면, '내'가 할 수 있는 일은 무엇인가. 전화번호를 바꾸고 주민등록을 친정으로 옮긴다고, 길가에 쓰러져 있는 할머니에게 물을 먹이고 그이를 파출소에 신고한다고 숨을 수 있는 것일까. "끝내 숨을 수 있을까, 내가 나를 가릴 수 있을까." 나쁜 피로부터, 아니 외면해버린 시아버지에 대한 근원적 죄의식으로부터. 이성(理性)의 가림을 받고 있는 백주의 질서를 급습해 얇은 전구알 같은 삶의 윤리를 파열시키는 「대낮에」의 매서운 순발력은 기실 저 「우리들의 떨켜」부터 이혜경 소설 곳곳에 장전되어 있던 무기였다. 자신의 생활을 뒤흔드는 뜨거운 기억들을 "청결한 실내에 내려앉는 불순한 먼지"처럼 떨어내고 "평화로운 일요일 아침"을 지켜내려는 「내게 바다 같은 평화」의 세계와 함께 「대낮에」가 전경화하는 기만적인 일상은, 그 어쩌지 못함에 대한 이혜경 특유의 깊은 안타까움을 동반하면서 마침내 순명과 지움으로 나아가는 창조적 발견의 리얼리티를 구성한다. 여기에 '불의 전차'처럼 자신의 재능과 노력만으로 끊임없이 달려야 하는 「어귀에서」의 사람들, "음악이 소음일 수도 있"고 '밤길의 시간이 아까워 살수대첩을 생각하는' 그 외로움들을 덧붙인다면 우리 시대 장삼이사의 벽화로 손색이 없을 것이다. 「검은 돛배」의 처연한 유머에 대해서도 그 창의를 말하기는 쉽다. 하지만 「그늘바람꽃」「노래하는 여자 노래하지 않는 여

자」에서 이미 유려한 가락을 얻은 바 있는 이 계열의 작품들이야말로 어쩌면 이혜경 소설이 숨기고 있는 득의의 영역인지 모른다. "당신 도대체 왜 나한테 온 거였어?"라는 기구하달밖에 없는 물음을 머리에 이고서 인연의 횡포에 휘둘리는 한 삶을 풀어놓는 진양댁의 넋두리는 이문구로 대표되는 한국소설의 한 꿉진한 지방성, 그 의뭉스러움을 유감없이 보여주거니와, 이혜경 소설의 정제가 삶의 신산스러움에 대한 단순한 요약이 아님을 확신케 한다.

「언덕 저편」과 「꽃그늘 아래」는 둘 다 어긋나는 사랑의 행로로부터 고통의 수궁에 이르는 발견의 우회로를 열어나가지만, 「언덕 저편」의 소품적 감상성은 조금 의외다 싶다. 남성화자의 가녀린 목소리가 주는 어색함과는 별개로, 사랑의 어긋남 그 자체에 대한 연민에 갇힐 때 이혜경 소설의 유다른 깊이도 길을 잃을 수밖에 없을 것이다. 이에 비해 「꽃그늘 아래」는 귀신의 세계를 들이는 듯한 아슬아슬함에도 불구하고 윤지라는 여인에게 침묵의 여백을 적절히 지불함으로써 촛점화자 서연의 아픔을 서늘하게 대상화한다. 그 덕분에 발리의 화장 장례식은 순명에 이르는 제의로 숭고한 아름다움에 감싸인다. 그 아름다움이 이혜경 소설의 지워냄을 또 한번 예비하고 있는 듯한 소설의 마지막 대목을 여기 적는다. "제가 받았어야 할 벌인데…… 서연은 남은 꽃물을 한꺼번에 몸에 쏟아부어 윤지의 말을 지워냈다. 명부로 빨려들어가는 영혼처럼 하수구로 빨려들어가는 물. 물은 한국에서와 반대방향으로 소용돌이쳤다. 적도 아래쪽이라서 그렇다고 했다. 채 건져내지 못한 꽃잎 몇장이 흘러내렸다. 물이 빠지는 바람에 욕조 안쪽 네 면에 점점이 붙은 그것은 발자국, 아주 작은 발자국 같았다." 그 "작은 발자국"은 내가 이혜경 소설에 붙이고 싶은 은유다.

3

언젠가 이혜경 소설에 대한 짧은 서평을 쓰면서, 왠지 작가가 소설을 놓아버리려 한다는 바보 같은 걱정을 늘어놓은 적이 있다. 다시 읽으며, 그 방하(放下)의 기미가 기실 소설쓰기의 동력임을 조금은 알겠다. 제대로 따져보지도 못했지만, 이혜경 소설은 침묵의 행간으로 씌어진다. 목숨에 대한 연민과 말에 대한 절망이 서로 싸우면서 이혜경은 한단어 한단어 마음의 무늬를 잣는다. 그래서는 침묵으로 간다. 이 단연 예외적인 소멸의 글쓰기에 서툰 덧글이 길었다.

― 이혜경 소설집 『꽃그늘 아래』(창작과비평사 2002)

강물처럼 흐르다

■

윤대녕 소설집 『제비를 기르다』

1

　윤대녕(尹大寧)의 소설집 『제비를 기르다』(창비 2007)에는 "나는 정연과 처음 만났던 날을 헤아려보았다. 정확히 육년 육개월 전이었다" "내가 문희를 만난 것은 1986년의 일이었다"처럼 시간의 경과를 알려주는 표현이 도처에 보인다. 대개는 한 사람의 일생에 해당하는 긴 시간의 흐름이 서사의 중심에 있고, 상대적으로 짧은 시간의 경과 속에 소설의 서사가 집중되어 있는 작품이라 하더라도 그 배경 이야기 어딘가에는 긴 시간의 갈피를 넘기는 지점이 숨어 있다. 그리고 그 긴 시간의 경과는 다시 몇년 전, 몇달 전으로 촘촘히 나뉘어 흐르면서 현재의 한순간으로 모여든다. 그리고 다시 흘러간다.

　세월의 나이테를 천천히 펼쳐 보이는 이러한 서사적 조망 속에서 짧은 시간의 단면에서는 잘 보이지 않던 인간 운명의 유장함과 곡진함이 드러나는 것은 자연스럽다. 동시에 그것은 일희일비하는 감정의 변전을 넘어 인간사의 진실을 좀더 긴 호흡으로 살피게 만든다. 그럴 때 간절한 순간들은 시간의 너울 속으로 접혀들어가면서 오히려 더 사무치고, 모종의 속 깊은 체념이나 순응에 이르기도 한다. 그 속깊은 체념이나 순응의 한 풍경은 가령 「편백나무숲 쪽으로」에서 "생의 회한과 허무를 이겨내기 위한" 고단한 노동 끝에 병들고 지친 몸으로 35년 만에 옛집으로 돌아온 화자의 아버지가 마침내 그 속으로 들고 싶어하는 시간, '대정(大靜/大定, 큰 고요함)'의 자리 같은 것인지도 모른다. 그런데 꼭 이런 종교적 경지까지는 아니라 하더라도 윤대녕의 이번 소설집은 시간의 경과를 각별히 깊숙하게 챙기면서, 태어나 만나고 사랑하고 헤어지고 병들고 죽음에 이르는 인간 세사에 대한 모종의 껴안음, 혹은 긍정의 시선으로 충만하다. 여러 작품에 죽음을 앞둔 인물이 등장하지만 그들을 감싸고 있는 소설의 빛과 정조는 슬픔은 슬픔이되 어둡지 않고 환하다. 어긋난 사랑이나 시린 헤어짐의 경우도 가급적 담대히 치유의 시간을 열어둔다. 그리고 그런 것들이 한편에서는 눈 내리는 저녁나절 북한산 하늘 위로 등불처럼 떠 흘러가는 방패연 같은 윤대녕 특유의 수려한 이미지로, 다른 한편에서는 "정연과 나는 남의 빈집 앞에서 하늘을 보고 서성이다. 고개를 뒤로 비튼 채 차를 세워놓은 곳으로 어기적어기적 걸어갔다"(「연(鳶)」) 같은 어눌한 듯 수수한 문장으로 소설을 밀고 끌고 있다.

문제는 이런 속깊은 긍정의 자리가 작고 수다스러운 인간사의 미망을 얼마나 세심하게 소설적으로 끌어안고 있는가 하는 점일 것이다. 그러니 아무래도 이야기를 이어가려면 작품 속으로 들어갈 수밖에 없겠다.

2

생면부지의 여성과 남성 화자가 문득 만나게 되는 장면을 윤대녕 소설처럼 감쪽같이 작품 속에 안착시키는 경우도 그리 많지 않을 것이다. 가령 붐비는 버스 터미널에서 툭 하고 어깨가 부딪쳤던 것인데, 「천지간」(1995)의 '나'는 문상을 가던 발길을 돌려 노란 바바리 차림의 여자를 좇아 완도 바닷가까지 가게 된다. 그 여자의 무표정한 얼굴에서 죽음의 그림자를 본 게 이유였다. 이번 소설집의 표제작 「제비를 기르다」는 어떤가. 강원도 화천의 군대에서 전역하던 날 '나'는 서울로 나오는 버스에서 웬 여대생과 말문을 튼다. 말을 먼저 건넨 쪽은 여자였다. 남자친구 면회를 왔다가 허탕치고 돌아가는 길이었기 때문. 이 여자 '문희'와의 인연은 그뒤로 이십년 넘게 이어지게 된다. 얼핏 과하다 싶은 우연도 윤대녕 소설의 아우라에 묻히면 그럴법한 세상의 섭리가 되는 이 마법을 어떻게 설명해야 할까. 윤대녕 소설은 사람과 사람이 만나는 장면에서 잠시 시(詩)가 되는 것인가. 「낙타 주머니」에서 화자인 '나'가 비단길 여행 동지인 동갑내기 화가 이진호와 일년 반 만에 조우하는 대목을 보자. "어디서 나타났는지 그가 홀연한 모습으로 거기에 서 있었다. (…) 눈이 마주치자 그는 두어 걸음 앞으로 다가오는 시늉을 하다 발을 멈췄다. 나머지는 내가 걸어서 갔다. 아침에 헤어졌다 만난 사람처럼 그는 아무 감정의 내색 없이 나를 보고 말했다." 그러니까 저쪽에서 조금 걸어오다 말면, 나머지는 이쪽에서 걸어가면 되는 것이다. 살아간다는 것은 그런 것이라고 윤대녕 소설은 우리에게 말한다.

「못구멍」의 자못 흥미로운 만남 이야기에서 시작하려다 길을 돌았다. 「못구멍」은 서른 어름의 남녀가 만나 결혼하고 티격태격하며 살아가는 이야기다. 자못 흥미롭다고 했거니와 어떻게 만났을까. 이번에는 '꿈'이다. 학원강사를 하며 살고 있는 기훈의 꿈에 어느날 대학 후배 명혜가 교통사고를 당한 모습으로 나타난다. 한때 마음에 두었던 후배이긴 해도 졸업 후 6년간 만난 적이 없다. 평소 머릿속에 떠올리던 사람인가 하면 그것도 아니다. 좋지 않은 꿈이니 연락을 하지 않을 수 없고, 이후부터 윤대녕 소설 득의의 영역이 물 흐르듯 펼쳐진다. 프로이트에게 물어보면 당장

답이 나올지도 모른다. 그러나 적어도 윤대녕 소설의 경우라면 프로이트에게 달려갈 필요가 없다. 꼭꼭 눌러놓은 무의식의 돌출이 아니라도 그런 느닷없는 일이 일어날 수 있는 게 윤대녕 소설이 보는 인간사며 세상이기 때문이다. 그리고 윤대녕 소설의 그것은 논리의 차원이 아니라 차라리 시적 직관에 속한다는 점 때문에 우리의 숨통이 트이는 것 아니겠는가.

그런데 아마도 초기 윤대녕 소설이라면 이들의 만남에 드리웠을 수도 있는 비의적 분위기를 두 사람 사이에서는 찾아볼 수 없다. 하긴 일상과 초월세계 사이의 미학적 긴장이 불교 혹은 전통적 사유의 여백 속에서 유려하게 탐구된 세번째 소설집 『많은 별들이 한곳으로 흘러갔다』(생각의나무 1999)의 세계 이래, 윤대녕 소설은 자신의 초월 지향을 산문적 현실의 갈피갈피에 좀더 세련되게 눅이고 숨기는(물론 이 과정에서 간혹 이완이 있었던 것도 사실이다) 쪽으로 길을 열어왔던 것 아닌가. 그러니까 「못구멍」은 결혼을 전후한 두 남녀의 지극히 범속한 마음의 결과 행로를 담담하게 따라갈 뿐이다. 물론 그것은 그것대로 만만찮은 재미를 선사한다. 가령 청혼을 하러 기훈이 불쑥 명해의 원룸을 찾았을 때 "마치 야간에 출장나온 동사무소 직원을 대하듯 했다. 말하자면 우체부 정도의 대접도 해주지 않았다"는 묘사도 그러하지만 선문답 주고받듯 서로의 심중을 일부러 비기는 대화의 묘미는 각별하다. 그러나 호텔에서의 형식을 갖춘 청혼 후, 함께 잠자리에 든 날 새벽 두 사람이 주고받는 대화는 조금 간지럽기도 하다. "양치하고 왔어요? 치약냄새가 나요. 나 때문에 깼어? 아뇨, 아까부터 깨 있었어요. 두려워하지 마…… 헐벗은 나뭇가지 사이로 잠깐잠깐 스쳐지나가는 빛을 바라보는 게 우리들 인생이에요." 그러나 우리는 모르고 있다. 이 말이 어떻게 다시 돌아오게 될지를. 계획에 없던 명해의 임신을 계기로 두 사람 사이에 찾아온 미세한 균열은 피곤한 말씨름 와중에 서로에게 상처를 남기고 결국 결혼한 지 일년도 되지 않아 별거로 이어진다. 안타깝지만 흔한 일이기도 하다. 살던 집을 오십대 후반의 목사 부부에게 세를 주고 별거에 들어간다. 우여곡절 끝에 일년 이개월 뒤 신혼집으로 복귀하게 된 두 사람. 깨끗하게 청소된 빈 아파트에서 두 사람을 맞이한 것은 거실 곳곳에 '화살촉처럼' 박힌 못들이었다. 거실뿐 아니라 안방도 건넌방도 사정은 마찬가지였다. 목사 부부는 예수 그리스도의 초상을 얼마나 많이 걸어놨던 것일까. 그것을 본 명해는 "상처입은 짐승처럼 어깨를 떨고 있었다." 왜 그러지 않겠는가. 그 못들은 그간 두 사람의 가슴에 박힌 상처들을 바로 떠올리게 만들었을 테니까. 못은 빼내도 못구멍은 남았다. 씰리콘으로 메워도 흔적은 그대로였다. 그러니까 「못구멍」이 겨냥하고 있는 소설적 과녁은 뚜렷하다. 사람들 가슴에 생긴 못구멍을 메우고 지울 수 있는 길은 없는가. 아니, 사람들은 어떻게 못구멍과 함께 살아가는가.

이사를 마친 첫날, 명해가 먼저 잠자리에 들고 삼십분쯤 뒤에 기훈은 '양치'를 하고 안방으로 들어간다. 늘 그랬듯이 명해는 벽 쪽으로 돌아누운 채 잠들어 있다. 건너편 공원에서 명멸하는 불빛을 받아 명해의 머리맡 벽에 벌레가 기어가듯 쓰여 있는 글자가 어렴풋이 눈에 들어온다. 전날 청소를 하면서도 미처 보지 못한 것이다. 화장할 때 쓰는 아이브로우 펜슬로 적어놓은 글자들.

인생이란 헐벗은 나뭇가지들 사이로 틈틈이 지나가는 햇살을 바라보는 것. 따뜻한 강물처럼 나를 안아줘. 더이상 맨발로 추운 벌판을 걷고 싶지 않아. 당신의 입속에서 스며나오는 치약냄새를 나는 사랑했던 거야. 우리 무지갯빛 피라미들처럼 함께 춤을 춰. 그래도 인생은 살 만한 거라고 내게 얘기해줘. 가끔은 자유와 이상과 고독에 대해서도 우리 얘기해. 화병처럼 나는 주인만을 사랑해. 나도 너의 주인이 되고 싶어. 당신이 먼저 잠든 밤마다 나는 이렇게 한줄씩 쓰고 있어요. (「못구멍」 266면)

96

이것은 쎈티멘털리즘일 수 없다. '치약냄새'라는 단단한 사랑의 근거가 한가운데 놓여 있기 때문이다. 그리고 '무지갯빛 피라미'가 두 사람의 사랑이 시작되던 기원의 풍경으로 동시에 선연하지 않은가. 이월 하순의 전화 사건이 있고 두달 반쯤 지난 오월 중순, 명해가 도시락을 싸들고 신도시의 호수공원으로 찾아온 날 호숫가에서 섬광처럼 나타났다 사라지던 게 있었다. 기훈은 잘못 본 게 아닌가 했지만 명해도 같은 것, 피라미 옆구리의 그 무지갯빛을 보고 있었다. 그 순간을 소설은 이렇게 적고 있다. "그녀가 네,라고 짧게 대꾸했다. 햇살에 투과된 명해의 귓불이 봉숭앗빛으로 밝게 물들어 있었다." 그렇게, 뒤늦게 도착한 편지에는 사랑의 시원으로 거슬러오르며 꿈꾸는 사랑의 신생에 대한 갈망이 있다. 이때 '치약냄새'와 '무지갯빛 피라미'는 다른 무엇의 은유가 아니라 그 자체로 절대적인 무게를 지닌다. 더없는 구체성이다. 사실 다시 한집에 살게 되었지만 두 사람 사이의 못구멍은 그대로다. 뒤늦은 편지의 도착과 발견이 못구멍을 메울 수 있으리란 보장은 어디에도 없다. 그렇긴 해도 화장실의 치약과 호수의 피라미는 구체성의 힘으로 이들을 조금은 도울 수 있을 것이다. 그러면서 두 사람은 못구멍과 함께 살아가지 않겠는가. 그러다보면 어느날 "인생은 살 만한 거라고" 얘기해줄 수 있을까. 초월적 지평을 특별히 부각하지 않고도 남루한 일상을 기워나가고 들어올리는 윤대녕 소설의 성숙한 시선이 여기에 뚜렷하다.

북한산 만경대와 산성매표소 주변의 지리지를 가운데 두고 세 남녀의 어긋난 행로를 육년여의 시간 속에 담아 들려주는 「연(鳶)」의 이야기에 오래 눈길이 머무는 것도 비슷한 맥락에서다. 「연(鳶)」은 화자인 '나'가 북한산 하산길에 정연이라는 여자를 만나 오후 한나절을 함께 보내고 근처 진관사 아래 마을에서 저녁을 맞는 이야기다. 그사이 정연을 처음 만난 육년 육개월 전의 봄날 술집 풍경부터 정연의 사촌언니 미선, 그리고 화자의 친구이기도 한 운동권 출신 남자 해운의 사연이 끼어든다. 북한산 만경대 바위, 조롱(鳥籠) 속의 새, 그리고 북한산 하늘 위로 떠가는 연 등 소설을 섬세하게 떠받치고 있는 윤대녕 특유의 이미지가 없는 것은 아니지만 이야기는 전체적으로 아주 담담하고 평이하게 진행된다. 그러던 것이 종내 살아간다는 것의 슬프고 쓸쓸한 뒷모습으로 모여들면서 소설은 세상살이의 피할 수 없는 미망을 끌어안는다. 그 광경이 환하다. 그러니까 이제 윤대녕 소설에서 존재의 주소는 힘겹고 누추한 대로 지금-이곳이라고 해도 될 것인가. 쉽게 단정지을 이야기는 아니겠지만, 최근의 윤대녕 소설이 그 속깊은 순응에서 평명한 시선을 얻고 그로부터 더 많은 인생의 결을 찾아내고 있는 것은 사실인 것 같다. 잠시 「연(鳶)」의 이야기로 들어가보자.

해운이 조롱 속의 새를 건네주었던 인물은 정연이었다. 그러나 해운은 미선과 미선이 혼자 키우고 있던 아이와 함께 사라지고 정연은 두 사람을 찾아 헤맨다. '나'는 정연의 요청으로 북한산 아래 계곡에서 만나 사연을 전해듣는다. 육년 오개월 전의 이야기다. 그들의 소식을 모르기는 마찬가지던 화자는 그로부터 두달 뒤 북한산에서 내려오다 우연히 해운과 마주치고 근처 진관사 아래 해운과 미선이 살고 있는 집으로 가서 점심을 먹는다. 석달 전에 들어왔다고 했다. 산 아래 시골마을의 다 기울어가는 슬레이트집의 문간방. 방문을 열면 곧장 길바닥인 단칸 누옥. 이 집은 그러나 최근 윤대녕 소설이 우리 사는 세상에서 찾아낸 가장 아름다운 존재의 주소는 아닌가. 그것은 윤대녕의 명편 「빛의 걸음걸이」(『많은 별들이 한곳으로 흘러갔다』 1998)와는 또다른 맥락에서 살아간다는 것의 어떠함에 바로 닿아 있는 집의 풍경이라 할 만하다. 길에서 신발을 벗어들고 방으로 들어가 안마당과 면해 있는 부엌으로 내놔야 하는 집. 세 평 남짓한 방에는 조립식 옷장, 앉은뱅이책상, 텔레비전이 가재도구의 전부였다. 나머지 세간은 부엌에 쌓아두거나 땅에 파묻어둔 모양이었다. 세간을 땅에 파묻다니? 물론 화자의 짐작이다. 그러나 그런 삶도 있는 것이다. 학생운동을 하고, 감옥에 가고, 한줌 자존심으로 버티다 어느날 돌아보니 세상은 저만치 가 있고, 그렇게 길을 잃은 사람들. 마음속의 말 한마디 못한 채 누군가를 떠나보내고, 세월이 흘러 또다른 누군가에게 마음이 기울어 새가 담긴 조롱을 건네고, "그러다 초라해진 옛사람과 다시 만나 그보다 더 초라해진 자신의 모습을 발견"하는 그런 사람들. 해운과 미선은 그렇게 길을 잃은 사람들이 아닌가. 누구를 탓할 것인가. 그게 "삶의 굴레"라면. 그러니 이 단칸방 누옥은 굳이 가난이 아니다. 다만 살아가는 것일 뿐. 세간 따위는 잠시 땅에 파묻고, 부엌 문간에는 무심하게 다시 조롱을 걸어놓고 말이다.

그 단칸방에서 아이와 함께 넷이 꾸부정하게 모여앉아 먹는 점심 밥상의 풍경이 신성한 세부로 가득 차 있는 것은 그 때문이리라.

갑자기 입이 하나 늘어 밥상은 더욱 비좁았다. 김치에 아욱국, 멸치볶음에 오이무침이 전부였으나 밥맛은 유난히 좋았다. 그저 시장기 때문이려니 했는데 그게 아니었다. 처음 먹어보는 쌀이었다. 보기에도 기름질뿐더러 밥알이 쫄깃하고 씹을수록 고소한 뒷맛이 남았다. 묵은 김치도 깊은 맛이 배어 있었다. 남의 집 밥을 축내는 것이 미안했으나 나는 미선에게 밥을 더 달라고 빈 공기를 내밀었다. (「연(鳶)」 28〜29면)

육년의 시간이 흘렀고 오늘 정연을 북한산 하산길에 만났다. 정연이 먼저 소식 없는 미선 이야기를 꺼냈지만, 화자도 할말이 없기는 마찬가지. 아들을 낳았고 월곡동 재래시장에 밥집을 차렸다는 이야기만 최근에 겨우 전해들은 터였다. 제삼자가 전할 이야기는 아니었다. 정연의 차를 타고 구파발역 쪽으로 나오다 기자촌과 구파발로 갈라지는 지점에 이르니 공사중 팻말에 기자촌 쪽으로 가서 유턴해 나가라고 되어 있다. 유턴 지점을 찾아 무심코 가다보니 그 길은 육년 전 해운의 낡은 프라이드를 타고 단칸 누옥으로 점심을 먹으러 갔던 진관사 방향이 아닌가. 이런 일이 어찌 우연일 수 있으랴. 적어도 이 소설에서 북한산 만경대의 그 커다란 바위와 북한산성 매표소 주변의 지리지는 그들 길 잃고 엇갈리는 운명이 기대고 안길 수 있는 유일한 무엇이 아닌가. 정연, 미선, 해운, 세 사람만 그런 것이 아니라, 매주 금요일이면 만경대 바위를 보러 북한산을 오르는 화자 '나' 또한 마찬가지다. 오죽하면 야밤에 만경대에 오르다 왼쪽 다리가 부러지고 허리를 다쳤겠는가. 한갓 구경꾼인 척 물러서 있지만 윤대녕 소설의 상처입고 고독한 내면의 시선이 거기 숨어 있지 않은가. 그리고 이 간접화하여 거리를 두고 물러서 있는 시선으로 말미암아 최근 윤대녕 소설에서 타자의 공간이 좀더 여유롭게 확보되고 있는 것은 아닌가.

그렇게 해서 들르게 된 진관사와 절 아래 마을. 해운과 미선이 살던 길가의 문간방에는 녹슨 자물쇠가 채워져 있다. "아는 사람이 살던 집인가요?" "그렇긴 한데, 벌써 오래전에 이사를 간 모양입니다." "빈집을 들여다보면 왠지 무서운 생각이 들어요." 정연이 목이 막힌 소리로 중얼거렸다고 소설은 쓰고 있다. 갑자기 왜 목이 막혔을까. 알 수 없지만, 그럴 거라는, 그럴 수밖에 없으리라는 생각이 든다. 그런 것이 침묵하고 있는 세계의 몫이라는 건가. 돌아나오는 길, 눈 내리는 저녁 하늘 위로 노인이 혼자 연을 날리고 있다. 북한산성 쪽 하늘에 등불처럼 떠 흘러가는 연. 저렇게 떠가면 만경대까지도 갈 수 있을까. 아름답고 슬픈 이미지다. 초월 없는 초월의 현현(顯現). 그렇다 해도 이제 어쩔 것인가. 해는 지고 각자 집으로 돌아가야 한다. "정연과 나는 남의 빈집 앞에서 하늘을 보고 서성이다, 고개를 뒤로 비튼 채 차를 세워놓은 곳으로 어기적어기적 걸어갔다." 북한산을 등지고 세상 속으로 돌아가는 그 귀로의 모습이 참으로 쓸쓸하고 실답다. 윤대녕 소설의 한 진경이다.

3

그리고 죽음이 있다. 「낙타 주머니」의 화가 이진호는 서른넷의 젊은 나이에 홀쩍 나비처럼 날아 북한산 대남문 아래 뿌려졌다. 예순다섯 「탱자」의 고모는 마치 자신의 못나고 고달팠던 한평생의 인장인 양 탱자를 들고 바다를 건너와 죽음 저편으로 갔다. 삼십오년 만에 죽음 직전의 병든 몸을 끌고 돌아온 「편백나무숲 쪽으로」의 아버지는 고향집 삼백만평 편백나무숲 속으로 '큰 고요함'을 찾아 사라졌다. 강남 간 제비를 기다리며 한세상을 산 「제비를 기르다」의 어머니는 고향 강화로 돌아가 변소 주위에 꽃을 심어놓고 죽음을 맞아들이고 있다. 평생 자신과 가족 모두에게 남이던 「고래등」의 아버지는 마침내 '고래 외등'을 달 번듯한 집을 지었지만 "금고 속 같은 무겁고 어두운 고독" 속에 갇힌 채 죽음을 기다리고 있다.

그런데 「낙타 주머니」처럼 너무 일찍 온 친구의 죽음을 떠나보내지 못하고 마음과 몸을 함께 앓는 이야기가 없는 것은 아니지만, 결국은 그것까지 포함해서 전체적으로 이번 소설집에 나오는 죽음은 앞서도 말했듯이 오히려 삶 쪽으로 열려 있으며 어떤 긍정의 순간을 품고 있다. 요컨대 죽음이 보이는 시간에 이르러 윤대녕 소설의 인물들은 고단하고 회한에 찬 삶을 '정화(淨化)'할 수 있는 순간과 만난다. 「탱자」의 서두에서 화자는 통영에서 제주로 오는 배 안에서 마주친 늙은 중의 말을 전한다. "사람은 가끔 정화되지 않으면 나이를 먹을 수 없으리라"는 것, 그리고 "죽음에 들기 전에도 아마 다시 이러리라"는 것. 주목할 만한 것은 죽음을 건너편에 둔 그 정화의 순간이 어떤 격렬한 정신적 모험이나 낭만적 환상의 도상에서 찾아지지 않고 살아간다는 것의 예사로운 지평과 순하게 이어지고 있다는 점이다.

예컨대 「탱자」에서 정화의 순간이 어떻게 왔고, 또 어떻게 지나갔는지 우리는 특정하기 쉽지 않다. 제주로 내려오기 전 거의 40년 만에 다시 들른 한산 읍내 초등학교의 그 탱자나무 울타리에서 자신의 운명 같은 탱자를 한보따리 따는 순간 고모는 정화의 문턱에 들어섰던 것일까. 아니면 제주도 애월 방파제의 밤바다에서 백설희의 노래 「물새 우는 강 언덕」을 바람 속에 흩날려보낼 때였을까. 수목원에 연꽃을 보러 갔다 애월로 돌아오던 저물녘, 길가 야트막한 산자락의 배추밭에서 목놓아 통곡할 때였을까. 아마 "오랜 세월 울혈졌던 마음을 힘겹게 풀어내고" 있던 배추밭의 통곡이 일반적인 의미에서 정화의 순간에 가장 가까울지 모르겠다. 배추밭은 열여섯살 중학생이던 고모와 다리를 절던 담임선생의 기구한 인연이 시작된 곳 아닌가. 그러나 울음이나 정화에 무슨 위계가 있을 것인가. 한산의 초등학교 울타리에서 탱자를 따면서 생의 마지막 여행을 시작한 순간도 그러하겠지만, 바닷가 방파제에서 속울음과 함께 풀려나가던 노래 속에 이미 정화는 깃들었으리라. 그러니까 「탱자」를 읽고 나면 한산의 탱자를 들고 바다를 건너 제주도로 온 고모의 여행 전체가 정화의 순간이라는 생각을 지우기 어렵다. 탱자를 가지고 바다를 건너온 고모는 조카인 화자에게 부탁해 노지 귤 몇개를 가방에 넣고 다시 바다를 건너 죽음으로 갔지만, 탱자는 그렇게 해서 귤이 되는 건 아닐 것이다. 탱자는 탱자인 채 익어가고 귤은 또 귤대로 시간 속에 익어가는 것. 우리가 이 소설에서 만나는 가장 감동적인 문장은 소설의 마지막, 고모의 죽음을 전하는 대목이다. "그날 아침 배를 타고 목포로 떠난 고모에게서는 두고두고 연락이 없었다. 정녕 섭섭했던 것일까?//그러다 탱자와 귤이 노랗게 익어가는 시월 말에, 나는 서울에 있는 아버지와 안부 통화를 하다 남의 집 얘기 듣듯 고모의 부음을 들었다." 오월에 폐암 선고를 받고 칠월에 보름간 제주도 여행을 하고 삼개월이 지난 뒤였다. 이 대목이 감동적인 것은 고모가 폐암 선고를 받은 사실을 소설화자가 몰랐던 것과 무관하다 해도 좋다. 고모가 한산에서 따온 새파란 탱자도, 화자가 수목원 옆 귤밭에서 주인 몰래 따다 고모에게 건넨 새파란 여름 노지 귤도 정작 시월이 되어야 노랗게 익어 제맛과 아름다움을 빛내는 것. 이 단순한 자연의 이치가 고모의 죽음과 함께 놓이는 자리에서, 소설은 환한 깨달음으로 열린다. 그러니까 고모의 일생은 이미 그 고단한 운명 속에서 속깊은 맛과 아름다움에 도달해 있지 않았을까. 진정한 정화의 순간은 그 긴 시간과 함께 그렇게 서서히 익어왔을 것이다. 소설의 중간중간 고모가 화자인 조카를 앞에 두고 한평생 가슴에 묻어두고 있던 이야기를 풀어내는 대목이 신파인 듯, 신파를 넘어 절제된 기품에 이르러 있는 것도 그 때문이리라.

윤대녕 소설 고유의 여러 수로(水路)가 한곳으로 모여들며 풍성한 강물의 흐름을 이루고 있는 「제비를 기르다」에 대해서도 비슷한 이야기를 할 수 있을 것이다. 강남 갔던 제비가 돌아온다는 삼월 삼짇날 태어나 칠십 평생을 제비가 날아간 영원의 나라에 대한 그리움으로 살아온 어머니의 삶이란 도대체 무엇인가. 제비가 떠나고 나면 영혼을 도둑맞은 사람처럼 가족도 외면하고 고독 속에 갇히는 여인, 매년 첫눈과 함께 불가사의한 출분을 감행하여 열흘이고 보름이고 길을 떠도는 여인. 이제 그녀는 그 한없는 고독의 시간 끝에 다시, 혼자 고향 강화로 돌아가 가능포 들판의 제비를 기다리며 일찌감치 죽음을 준비하고 있다. 도대체 한갓 철새의 생태에 불과한 제비의 오고감이 무엇이기에 한 여인의 일생을 이렇게 지배하게 된 걸까. 물론 '영원의 나라'처럼 충일한 생의 비의를 한번 보아버린 인간들이 무의미한 일상을 거부하고 자신만의 세계에서 어떤 기다림 속에 살아간다는 이야기는 윤대녕 소설의 오랜 구도이기도 하다. 그러나 「제비를 기르다」가 특별하다 싶은 것은 「탱자」가 그러한 것처럼, 그러한 구도가 생에 대한 추상적인 부정이나 환멸이 아니라 고단하고 힘겨운 삶을 좀더 넓은 지평에서 끌어안는 긍정의 자리로 열리고 있기 때문이다.

소설은 그것을 화자인 '나'와 종작없는 사랑의 실랑이 속에 20년의 인연을 이어가는 '문희'라는 여인의 삶을 통해 보여준다. 강화도 들판의 제비떼에 영혼을 빼앗긴 채 두 남자 사이에서 방황하는 문희는 어머니의 분신이라 할 만한 인물로, 두번의 결혼 실패가 말해주듯 다소 혹독하다 싶은 방황의 댓가를 치른다. 그런데 어머니의 고독이 운명적이고 그만큼 신비화된 측면이 있다면, 문희의 그것은 사실 세상의 장삼이사가 겪는 흔한 곤경이라고 해도 되지 않을까. 제비와 함께, 혹은 제비와 무관하게 진행되는 문희의 시련은 그래서 더 실감이 있다. 그렇게 어머니의 고독은 문희의 이야기를 통해 보편적 삶의 지평 속으로 옮겨오는데, 그 넘나듦의 소설적 균형이 농익은 윤대녕의 문체 속에서 그윽하다. 그러다 어느 순간 문희의 삶은 어떤 고비를 넘어 정화에 이른다. 사정은 이렇다. 강원도 작은 마을에 시골 술집의 작부처럼 주저앉아 밤이면 바윗돌이 물속을 굴러가는 소리를 이명처럼 들으며 마음의 바닥에서 헤매고 있던 문희는 다시 서울로 돌아와 자신을 치료해주던 정신과 의사와 재혼을 하지만 불과 일년 만에 헤어지고 만다. 그리고 삼년 뒤에 다시 세번째 결혼을 하고 한동안 소식이 없다가 칠년 만에 화자인 '나'에게 전화를 한다. 복구공사가 끝난 청계천에서 제비떼를 보았노라며.

그해 강화도 저녁들판에서 보았던 것만큼이나 많은 제비들이 청계천 하늘에 몰려와 있었다고 했다. 문희의 목소리는 어느덧 흐름의 끝에 다다른 강물처럼 잠잠해져 있었다. 그 강물 속의 돌들도 더이상 울부짖는 기척이 없었다. (「제비를 기르다」 88면)

흐름의 끝에 다다른 강물처럼 잠잠해져 있는 목소리. 돌이켜, 십년 만에 만난 저 「상춘곡」(1996)의 란영은 어떠했던가. 처녓적 명주실 같은 목소리는 짚신처럼 변해 있지 않았던가. 그 짚신 같은 목소리가 실상은 타고 남은 것들을 조각조각 잇대고 기워 재건한 선운사 만세루의 전설에 버금가는 아름다움임을 누가 알았으랴. 선운사 동구 막걸릿집 여자의 쉬어터진 육자배기 가락이어야만 전할 수 있는 삶의 진실이 있는 법. 이제 우리는 「제비를 기르다」에서 다시 한번 그 진실에 이른다. 이번에는 돌들의 울부짖음을 잠재운 낮은 목소리다. 하늘에는 제비들이 몰려와 있었다고 했다. 한동안 서울에는 돌아오지 않던 제비들이었다. 아마도 삶은 원래 이런 특별하지 않은 기적들을 갈피갈피에 숨기고 있을 터. 다만 우리가 보지 못할 뿐. 그러니까 문희는 언제 그 잠잠해진 고요에 이르렀을까. 소설은 거기에 대해 말이 없다. 다만 소설을 읽고 있으면 고향 강화도로 돌아가 죽음을 준비하고 있는 어머니, 그리고 화자의 울음을 받아주는 강화도 시장통 작부집 늙은 문희의 일생이 그 잠잠해진 목소리에 자연스레 얹히고 스민다. 거기에는 말없이 흘러가는 강물 같은 세월의 이미지가 있다. 그러면서 소설은 문득 강화도 가능포 들판의 제비떼에 대한 그리움으로 차오른다. 슬프다면 영문도 모르게 그것이 슬프다. 소설의 마지막, 늙은 문희의 품에 안겨 터뜨리는 화자의 울음은 그렇게 우리의 것이기도 하다. 윤대녕 소설은 기어코 여기까지 왔다.

돌아보면, 「은어(銀魚)」(1992)에서 하은이라는 여성이 "음력 삼월 삼일에 강남에서 왔다가 구월 구일에 돌아간다죠?" 하며 툭 내뱉은 때로부터 십년 너머의 세월이 강물처럼 흘러왔다.

— 윤대녕 소설집 『제비를 기르다』(창비 2007)

울림, 그 신성한 세부

■

성석제 소설집 『어머님이 들려주시던 노래』

1

성석제(成碩濟) 소설이 그간 보여준 다양한 탈리얼리즘적 서사와 언어의 활력은 그 자체의 창의와 재미를 음미하고 분석하는 것만으로도 많은 독자와 평자를 분주하게 만들어왔다. '재미'는 그의 소설 독후에 거의 빠지지 않고 나오는 반응이며, 소설의 자기 갱신력에 대한 유력한 증거로 그의 소설만큼 자주 비평의 장에 호명된 경우도 많지 않다. 성석제 소설은 이야기의 현대적 소생과 함께 작가와 독자 사이에 구연적 소통의 마당을 마련한 드문 예가 되는 한편, 전도와 오인을 실존의 조건으로 요구하는 현대성의 아이러니를 개성적인 소설언어로 능란하게 대응해냄으로써 재래적 이야기꾼의 얼굴과 세련된 모더니스트의 손길을 한몸에 담아냈던 것이다. 그러니 성석제 소설의 독법이 언어의 돌발적 제시나 서사양식의 이종교배에서 나오는 새로움을 즐기는 쪽으로 기우는 것도 자연스러운 일이다. 그의 소설에서 형식은 이면의 비밀을 숨기고 여는 장막이 아니라 그 자체로 소설의 비밀이며 세계에 대한 작가의 생각과 태도가 개진되는 장소이기 때문이다. 그런데 이러한 저간의 정황은 아무래도 성석제 소설의 다른 측면에 대한 독서나 논의를 제한할 수밖에 없었던 것 또한 사실이다. 가령 우리는 성석제 소설은 과연 루카치식 소설형이 무겁게 감내해온 발견과 탐색의 여로에서 얼마나 비껴나 있는 것일까, 하고 질문해볼 수도 있다. 혹은 탈계몽의 수사학에 가려져 있는 성석제 소설의 무거움, 모종의 윤리학에 대해 이야기해볼 수도 있을 것이다. 그 윤리학은 아마도 전통과 공동체의 완만한 산하를 먼 시야에 두고 있는 성실한 개인주의자의 그것일지도 모른다. 그리고 또 그밖의 다른 질문들…… 어쨌든 『황만근은 이렇게 말했다』(창작과비평사 2002) 이후 3년 만에 만나게 되는 성석제의 신작 소설집 『어머님이 들려주시던 노래』(창비 2005)를 앞서 읽고 조금은 다른 독법의 길을 찾아보고 싶은 마음이 드는 것은 소설의 길에 들어선 지 10년, 고갯마루의 호흡과 함께 느껴지는 더 순순해진 어떤 시선 때문인지도 모르겠다. 서러움 혹은 비(悲)의 자리를 느꺼움으로 숨긴 채 늘 성석제 소설의 목을 잠기게 만드는 그 '통속적'인 인간들을 향한 시선. 그리고 거기에 다른 응시가 겹친다. 그 '통속'으로부터 작가 자신을 향한 응시가. 그 모순의 깊어짐이 순순함의 정체인가.

2

성석제 소설에는 모종의 그리움을 숨긴 채 되풀이되는 대답 없는 질문의 존재가 있다. 흥미로운 것은 그 질문을 구성하는 소설적 과정이 동시에 그 질문을 무화시키는 역설적 과정이 되면서 종내 작품 차원에서는 어떠한 대답도 내놓을 수 없는, 시적 포기(울림을 남긴다는 의미에서 '시적'이란 표현이 가능하다면)의 상태에 다다르고 만다는 점이다.

'술 마시는 인간'이란 부제를 달고 있는 「해방」(『홀림』, 문학과지성사 1999)

의 경우를 잠깐 떠올려보자. 알코올 중독자였던 촛점화자 '그'의 자기 현시적 객담으로 시종하는 이 작품에서 화자로 하여금 방금 전 자신이 풀어놓았던 이야기를 다시 떠올리게 만드는 계기는 좌중에 있던 한 여자의 느닷없는 울음이다. 그렇게 해서 소설 첫머리에 "왜 우는 거요?" 하고 시작된 화자의 의문은 '왜 우는 걸까?' "왜 울지?" "왜 운 거요?" 등으로 객담 사이사이에 끼여들며 이야기를 끊고 이야기를 만든다. 그러나 소설이 진행될수록 이 물음은 텅 빈 속을 드러낸다. 왜냐하면 화자는 그 물음을 '진지하게' 묻고 있지 않기 때문이다. 그는 그 물음을 즐기고 있으며 자신의 허황된 이야기에 '무언가'가 있다는 암시로 그 물음을 활용하고 있다. 그러나 거기에는 사실 아무것도 없다. 그 텅 빈 결여가 심각한 척, 능청스럽고 수다스런 입담을 부른 것이다. 이른바 성석제 특유의 수사학이다. 그런데 좀더 자세히 들여다보면 그 수사학이 결여를, 구멍을 만들고 있는 것도 같다. 그렇다면 여자의 울음에는 '무언가'가 있는가? 역시 없다. 있다면, 화자 혼자 떠올려보고 즉각 지워나갔던 그 모든 너저분한 사연들이 있을 뿐이다. 여자의 울음은 화자의 객담, 그 텅 빈 구멍 속으로 사라져가는 것이다. 그러니 소설은 '왜'라는 질문을 잊을 수밖에 없다. 아니, 스스로 포기한다. 화자의 객담이 더이상 나아갈 수 없는 지점에 이르러, 그러니까 소설을 끝낼 수밖에 없는 지점에서 "그러다가 그는 문득 여자에게 물었다. '왜 우는 거요?'"(『홀림』 88면) 하고 망각되고 포기되었던 물음이 최종적으로 돌아오는 것은 수사학의 마무리이면서 수사학의 포기이다. 소설의 첫머리와 마지막에 똑같은 문자와 문장부호로 표현되어 있는 하나의 문장 "왜 우는 거요?"는 이제 다른 목소리, 다른 울림으로 남는다. 그 울림은 "왜 우는 거요?"라는 평범한 물음을 인간이라고 하는 모순투성이 존재에 대한 근원적인 물음으로 끌어올린다. 즉, 소설은 '왜'라고 물은 뒤, 덧없는 말들로 그 질문을 형해화(形骸化)하지만, 바로 그 헛된 수고 덕분에 텅 빈 질문은 울림을 얻고, 그 울림이 화자의 객담을 통속에서 구원하는 것이다. 그런데 이 과정은 복선과 의미의 점층적 충전을 통해 결말의 충일에 이르는 단편소설의 일반적 관습과 많이 다르다. 성석제 소설의 경우에는 그 충전과 충일의 역학 한편에서 방전의 역학이 작동하는 것 같다. 결말은 그래서 종종 가파른 단절이나 비약을 동반하고 때로는 중동무이의 상태처럼 보이기도 하지만, 하나의 겨냥점을 향해 수렴되는 일반적 서사진행에서는 맛보기 힘든 낯선 해방감을 준다. 하고 보면, 성석제 소설의 한 목표가 시적인 울림(혹은 열림)의 한 순간에 있는 것은 아닌가 하는 생각도 든다. 풍성한 이야기, 웃음의 모든 차원을 자유자재로 열어놓는 말의 부림, 말과 말의 다채로운 무성생식, 생동하는 입말의 향연 등 수다스럽기까지 한 성석제 소설의 산문적 국면이란 물론 그 자체로 자족적이기도 하지만, 종국에는 그것들이 지워진 자리, 그러니까 성석제 소설의 수사학이 스스로를 포기하는 지점에 다다르려는 무용의 노력이 아닌가. 그 포기가 소설의 질문을 비우고 지운 자리에서 다시 솟아나는 질문의 새로운 육체를 만나는 과정으로 성석제 소설을 읽는다면, 결말에 이르러 종종 출현하는 성석제 소설 특유의 모호함과 개방성을 좀더 즐기고 음미할 수 있지 않을까.

3

성석제는 소설집 『홀림』의 '작가의 말'에서 "이 책에 들어 있는 소설들은 모두 '인간'을 염두에 두고 쓴 것이다"라고 밝힌 바 있는데, 사실 이 말은 작가가 쓴 소설 전체에 돌려져야 하리라. '인간'을 염두에 두지 않는 문학이야 없겠지만, 그 직접성과 주제의 집중도를 감안하면 성석제 소설은 전체적으로 인간탐구의 장이라 해도 크게 무리가 없어 보인다. 그리고 두루 알다시피 성석제 소설이 다루고 있는 많은 인물들은 일상의 질서에서 보면 대개가 예외적이고 잉여적인 삶을 살아가는 존재들이다. "소설 사적 맥락에서는 전형적 인물 혹은 내면적 인간이라는 한국소설의 지배 적 인물형상에 맞서는 새로운 인간형의 탄생"(진정석 「길 위의 소설, 소설의 길」, 『창작과비평』 2004년 여름호 126면)이라는 진단을 받은 바 있는 이들 인물 유형의 의미나 좌표에 대해서는 같은 글에서 명료한 분석이 가해져 있어 더이상의 부언은 필요없을 듯하다. 이번 소설집에서도 모정의 깊이를 전 통적 가락의 비애와 교차시켜 담아낸 표제작 「어머님이 들려주시던 노 래」와 시골 초등학교 축구시합에서 인간사의 근원적 서러움을 포착한 「저녁의 눈이신」처럼 성석제 소설의 또다른 중요한 바탕인 비(悲)의 세 계가 집중적으로 부각된 작품을 따로 빼놓는다면, 「너는 어디에 있느냐」 「잃어버린 인간」 「본래면목」 「소풍」 「인지상정」 등 소설집의 가장 많은 분량을 차지하는 작품군이 이른바 인간탐구 계열이라 할 수 있을 것이다. 그런데 흥미로운 것은, 잘나가다 점당 백원짜리 고스톱 판의 개평꾼으로 전락한 인물이든(「너는 어디에 있느냐」), 자의와는 무관하게 역사의 미아가 되어야 했던 나약한 인텔리든(「잃어버린 인간」), 사이비 예술가의 탈을 쓰 고 삶의 진창에서 노니는 허접스러운 인간이든(「본래면목」), 독선과 허세 로 무장한 속물 지식인이든(「소풍」), 부에 대한 허망한 집착을 보여주는 인생이든(「인지상정」) 각각의 작품에서 중심에 놓인 인물들은 이러한 유형 의 소설에서 자주 등장하던 설명하기 힘든 기벽과 무용한 탐닉의 인간들 이라기보다는 우리 일상의 테두리 안에 있는 그리 낯설지 않은 인물들이 라는 점이다. 그렇다고 해서 이 인물들은 성석제 소설의 또다른 중요한 주연급인 '인간적인 깡패'나 선한 바보의 범주에 들어가지도 않는다(이는 표제작을 비롯해 소설집에 수록된 다른 작품들의 경우에도 대체로 해당 하는 이야기다). 그렇다는 것은 인물의 존재 자체만으로 세상의 정연함 과 엄숙을 의심하고 조롱하고 비판하는 소설적 좌표를 취하지 않는다는 이야기가 될 것이다. 문제적 개인의 전형성이나 인물 내면의 진정성을 내세우는 일과는 애당초 거리를 두고 씌어지는 성석제 소설에서 예외적이고 잉여적인 인물의 개별적 특이성은 그 자체로 활달하고 아이러니한 서사의 강력한 원천이었던만큼, 이러한 정황은 주목할 만하다. 물론 지극히 평범한 인물의 이야기와 일상의 낯익은 테두리 안에서 낯설고 부조리한 인간 정황을 포착하는 능력을 성석제 소설이 기왕에 보여주지 않았던 것은 아니다. 그러나 이 경우 범상한 세태소설의 기미가 어른거린 것도 사실이었다. 문체의 힘만으로 이 경계를 계속 돌파해내는 것이 가능할까. 독자의 자리에서 종종 떠올랐던 이 의문은 작가 쪽에서도 줄곧 벼려온 과제가 아니었을까. 이번 소설집은 그 응답의 과정인 것도 같다.

'미시타 숑'이라는 미묘한 인물을 다루고 있는 「너는 어디에 있느냐」는 별다른 수사학을 동원하지 않고도 성석제식 인간탐구의 특이한 국면을 보여준다는 점에서 그 응답의 하나를 이룬다. 한 영락한 인간의 비굴하면서도 뻔뻔한, 지극히 인간적인 자기 보전기를 주변 사람들의 시선과 반응을 통해 보여주는 이 소설에서 작가는 명실의 불일치를 꼬집는 말의 뒤집기나 언어의 돌발적 제시, 문체의 속도를 가능한 억제하고(없다는 이야기가 아니다) 일견 평범해 보이는 산문적 서술을 이어간다. 그러나 요란하지 않은 서술에도 불구하고, 떵떵거리던 시골 부잣집 자손이자 잘나가는 직장인이었다가 시골 공장 사택 고스톱 판의 개평꾼으로 전락한 미시타 숑, 본명 민대운이라는 사십대 초반 남자의 안쓰러운 자존심과 그를 둘러싼 주변 사람들의 무심한 듯하지만 썩 균형잡힌 인정(人情)과 관심의 풍경이 아기자기하게 그려져 소설의 재미는 은근하고 깊다. 그 은근하고 깊은 소설적 재미의 중요한 가닥은 민대운이 난처하고 서글픈 지경에 처할 때마다 내뱉는 "아이, 씨발"의 '아Q'식 자존심 처방을 음미하는 일이거나, "그 주유소 아가 메타를 한두 번 속여온 게 아입니다. 암만 그래도 제가 그 어린아한테 가서 잘못했다고 빌기라도 해야 되겠십니까. 저도 잘할라고 그카는데 참말로 저한테 왜 이카십니까. 아도 듣고 있는데"(170면)

같은 민대운의 말이 한순간에 그러쥐는 인간사의 더없이 착잡하고 익숙한 국면들과의 낯선 조우일 것이다. 혹은 국립대에 입학한 딸의 출현으로 가외의 경제적 부담을 안게 된 민대운에게 한푼 두푼 빌려주기 시작한 돈의 종적을 둘러싸고 고스톱 멤버들이 보이는 어정쩡하지만 실다운 인심의 좌표, 그 쉽게 포착하기 힘든 사실감의 존재일 것이다. 그리고 여기에 민대운이라는 인물에 대해 작가가 내보일 마지막 카드에 대한 궁금증이 빠질 수 없다. 그런데 결말에 이르러 민대운이 자기 살길을 챙기느라 거짓말을 했다는 사실이 드러난 뒤, 소설은 다음과 같이 끝나고 만다.

"참, 간단한 인간이 아니네."
"간단한 인간이 어디 있겠습니까."
사람들의 말을 들으면서 나는 문득 미시타 숑이 그 말을 들으면 어떻게 반응할까 생각했다. 그러자 곧 "아이, 씨발" 하는 그의 말소리와 쑥스러워하는 듯한, 소년처럼 해맑은 그의 미소가 떠올랐다. (183~84면)

앞에서 언급했던, 성석제 소설의 결말에 자주 나타나는 시적 열림의 순간, 의도적인 모호성의 자리가 여기에도 있는 것 같다. 여기에서도 소설의 처음에 제출되었던 인물에 대한 질문은 '간단한 인간은 없다'는 명제 속으로 사라져버리고 소설은 대답을 포기한다. 그러나 이 예비된 중동무이의 결말에서 번지는 울림은 성석제 소설 특유의 수사학적 기예나 세련된 서사전략으로부터는 그리 많은 힘을 받고 있는 것 같지 않다. 보다는 소설의 일인칭 관찰자이자 화자인 '나'의 희미한 존재가 이 울림의 주변에서 느껴진다. 공장 소유주인 이사장의 인척으로 고스톱 판에서 놀고 먹는 구성원이라는 것 말고 '나'에 대한 정보는 소설에 거의 없다. 고스톱 판의 다른 멤버들이야 많든 적든 민대운과 돈거래로 이어져 있고 그만큼 민대운의 행태나 행방에 관심을 가질 만한 이해관계를 갖고 있다고 해야겠지만 '나'는 그런 이해관계도 없는 순전한 구경꾼 신분이다. 소설서사의 기술적 필요에 의해 내세워진 인물, 작가의 형식적 분신이라고 해도 무방해 보이는 이 인물은 그런데 중립적인 관찰자라기보다는 민대운이라는 인물에 대해 은근한 지지와 응원을 숨기지 않는 호의적인 관찰자다. 인용한 소설의 결말에 나오는 "소년처럼 해맑은 그의 미소가 떠올랐다"는 문장이 그 뚜렷한 호의의 증거겠지만, "아이, 씨발"을 민대운의 자존심이 지켜내는 승리의 선언으로 받아들이면서 민대운이 난처한 상황에 처할 때마다 그 선언의 발성을 기대하는 대목들에서도 그 호의는 완연하다. 많지 않은 자전적 분위기의 소설에서조차 소설 속 화자와 작가의 거리를 최대한 유지하고, 대개는 작가의 자리를 소설 외부에 두는, 이야기꾼의 중립적이고 냉정한 시선으로 일관하는 성석제의 소설세계에서 희미하긴 해도 이같은 작가의 소설 내적 개입은 자주 있는 일이 아니다. 더구나 다음과 같은 대목에 이르면 '나'는 호의 여부를 떠나서 더이상 순연한 관찰자일 수가 없다.

그가 혼잣말처럼 하는 말이 들렸다.
"청소는 정말 지겹소. 밖에서도 청소, 안에서도 청소, 내가 언제부터 청소를 했다고…… 나 어릴 때는 빗자루 한번 안 잡아보고 컸는데……"
그리고 그는 찌르는 듯한 눈으로 나를 바라보고는 획 돌아섰다.

(175면)

우연일 수도 있겠다. 마침 그 자리에 있었다는 이유로. 그러나 '나'를 향한 '찌르는 듯한 눈'의 응시는 묻고 있는 듯도 하다. '그래, 이 못난 인생을 구경하고 관찰하는 게 재미있냐?'고. '인간의 마지막 자존심에 대해 너는 얼마나 아냐?'고. 소설 속 인물로부터 '나'를 거쳐 소설 밖 작가를 찔러오는 듯한 이 응시의 존재는 성석제 소설이 오랫동안 구가해온 진공의 시선, 면책의 자리, 이야기꾼의 자유를 심문하고 있는 것은 아닌가? 성경 창세기에 기댄 이 소설의 제목이 묻고 있는 것처럼. 그래, '너는 어디에 있느냐'고.

「소풍」「본래면목」「잃어버린 인간」으로 가면 이 응시의 배치는 더 뚜렷하고 자각적이다. 이들 작품에서 화자는 냉연한 관찰자의 자리를 지키지 못하고 흔들린다. 그들은 성석제 소설의 몸 가벼운 구경꾼이나 활달한 이야기꾼의 자리에 있는 것이 아니라 스스로의 정체며 진정성을 의심하고 탐문하는 여로에 나선 근대소설의 엄숙한 배역에 가깝다. 훼손은 불가피하다. 독선과 허세, 권력욕으로 중무장한 박중현이라는 속물 지식인의 환멸스런 정체를 곱씹던 「소풍」의 화자는 박중현의 고향 식당에서 만난 노인을 통해 박중현류의 인간들이 생겨나는 토양에 대한 나름의 이해에 다다르게 된다. 그러나 "수많은 양반가문 사이에서 살아남으려면, 뿌리를 내리려면 절대로 무시당해서는 안된다. 싸움을 걸어오면 절대 피하지 않는다. 기회가 닿을 때마다 존재증명을 잊지 않는다"(156면)는 화자의 관찰자적 이해는 수십년 세월 그 살벌한 존재증명의 마당에서 살아온 식당 노인의 부르트고 거친 손 앞에서 자신을 향한 또 하나의 '찌르는 듯한 눈'과 만난다. "뭔가 빠뜨리고 온 것 같았다. (…) 정대는 갑자기 가슴이 덜컹 내려앉는 느낌에 왼쪽 가슴을 천천히 어루만졌다."(같은 면) 이 마지막 대목은 성석제 소설의 결말이 늘 그러한 것처럼 모호하긴 해도 짐작이 어렵진 않다. 화자인 정대가 남겨두고 온 것은 스스로가 애써 눈감아왔던 그 자신의 다른 얼굴이 아닐 것인가. 박중현이며 식당 노인을 거칠게 몰아댄 그 토양(그게 어디 한반도의 특정한 지역에 국한될 수 있겠는가)은 바로 그 자신의 것이기도 하기에. 여기서도 다시 시선의 배치는 바뀐다. 관찰과 탐구의 대상이던 그들이 화자인 정대를 응시하는 것으로. 황봉춘이라는 허접한 인간을 야유하고 한껏 경멸하던 「본래면목」의 화자인

'나'는 아예 그 속물과 어깨를 걸고 진흙탕에서 나뒹굴기까지 한다. 그런 만큼 그 끝은 한층 직설적이다. "우리 사는 기 사는 기 아이민서 사는 기 네./지금도 난 잘 모르겠습니다. 황봉춘의 말이 무슨 말인지, 그가 누구이며 나는 누구인지."(256면) '그'에 대한 물음이 '나'에게로 넘어오고야 마는 이 역전의 의미를 너무 과장할 필요는 없을지도 모르겠다. 좋은 소설이란 으레 그런 지점을 품고 있는 것이니까. 또 이것만으로 소설의 진정성을 둘러싼 향방을 가늠해야 할 이유도 없겠다. 성석제 소설은 자기와의 대면이든 진정성의 추구이든 최대한 소설의 서사적 관습에서 자유로운 지점에서 자신의 과제를 역설적인 방법으로 수행해오지 않았던가. 문제는 그 역설의 방법, 아이러니를 실현하는 서사의 전략이 자칫 하나의 고정형이 되어 생소화의 힘을 잃을 수도 있다는 사실일 것이다. 따라서 '찌르는 듯한 눈'의 응시가 주는 시선의 역전에 성석제 소설이 스스로를 노출시키기 시작했다는 것은 이 위험에 대한 작가의 자각과 무관하지 않을 테고, 그 양상과 추이를 지켜보아야 할 이유가 된다. 「잃어버린 인간」에서 그 '눈'은 좀더 구체적이다. "쌍둥이들, 사나운 개에 쫓기는 거지아이들처럼 때로 뒤를 돌아보며 어두워가는 저녁에 손을 맞잡고 타박타박 걸어가던 쌍둥이, 그들의 눈, 그 크고 겁먹은 눈들."(43면) 소설가 신분의 화자가 어린시절 온갖 악담을 해대며 자신의 집에서 몰아냈던 재당숙 이봉한의 두 아들. 재당숙모의 부음을 듣고 찾아간 고향에서 화자는 그 쌍둥이 아이들이 어려서 굶어죽었다는 말을 듣고 충격에 빠진다. 소설의 한가운데 액자처럼 들어 있는 재당숙 이봉한의 일생, 사회주의자이자 독립운동가로 알려진 한 인물의 삶을 소문과 풍문에서 건져 그 행위의 부작위와 피동성으로부터 오히려 실제 인간의 모습을 찾아내려 하는 대목은 작가의 강조점이 느껴짐에도 불구하고 의외로 평면적이고 상투적인 느낌마저 주는 데 반해, 긴 세월의 망각을 뚫고 어린시절의 철없는 폭력과 다시 대면하는 장면은 상처의 히스토리에 의도적으로 무심했던 성석제 소설에서는 진기한 광경이 아닐 수 없다. 소설의 마지막, 눈물을 쏟는 집안의 문상객들을 향해 "'이제 와서 왜' 하고 의아하게 바라보는 듯"한 영정 속의 큰 눈을 작가는 애써 묘사해두고 있고, 이는 이봉한의 일생을 소문과 풍문의 세계에 가둔 세상 인심에 대한 작가의 작정한 비판이겠지만, 정작 소설 안팎을 꿰뚫는 시선의 힘은 '쌍둥이, 그들의 눈, 그 크고 겁먹은 눈들'에서 온다. 이 두 눈길의 어색한 공존이 어떤 절충의 소산인지 성석제 소설의 새로운 단계로 가는 변증의 과정인지는 지켜볼 일이겠다.

4

성석제 소설은 늘 비평이나 독자의 기대 수준을 앞서나가며 자신의 세계를 열어왔다. 소설언어의 개발과 소설서사의 창의적 구성에서 보인 그 괄목할 활력은 그러나 앞의 성취가 쌓일수록 한걸음 한걸음 더 많은 작가적 진심과 수고를 요구할 수밖에 없다. 이번 소설집에는 그 새로운 도상(途上)의 모색이 곳곳에 뿌려져 있다. 부분적인 지체와 서걱임은 불가피할 것이다. 그러나 그 모색이 지금까지처럼 성석제 소설의 본령을 더 깊고 넓게 하리라는 것도 분명한 사실일 것이다. 표제작 「어머님이 들려주시던 노래」에서 우리는 그 모색의 도상에서 열어 보인 성석제 소설의 한 진경과 만난다. 보름달이 환한 늦가을 밤, 베틀을 가운데 두고 길쌈하는 어머니와 그 앞에서 어머니의 시름을 덜어드리느라 고전소설 『추풍감별곡』을 소리내어 읽는 맏딸 재희가 있다. 어머니의 마음은 혼기에 이른 맏딸에 대한 걱정과 이른 새벽 수레에 두 가마 쌀을 싣고 금천장(場)으로 나선 부자(父子)의 행로에 대한 염려를 오간다. 어머니의 한숨이 베틀의 바디와 북처럼 소설에 스미고 짜이고 거기에 『추풍감별곡』 채봉의 정한이 다시 교직되는 가운데 소설은 어머니의 상념을 타고, 수레를 끌고 미는 부자의 마음과 만난다. "아버지는 안다. 잘 안다. 아버지는 아들을 재촉하지 못한다. (…) 아버지는 아버지대로, 아들은 아들대로 생각에 잠겨 길을 걷는다. 부엉이가 운다. 운다."(287~88면) 여기에 담긴 반복의 리듬에 무슨 설명이 필요하랴. 맏딸 재희가 노래하는 「추풍감별곡」이 끝나는 순간, 대문 밖에서 들려오는 또 하나의 곡조. "어머이, 어머이." "오냐, 오오냐." "어머이, 어머이." "오냐, 오냐." 오오냐와 오냐. 이 작은 차이야말로 신성한 세부가 아닐 것인가. 온몸에 맺혀오는 비(悲). 「저녁의 눈이신」에서 시골 초등학교 축구선수 세비의 목을 메게 했던 것. "뭔지 모르게 세상 속에 있는 게 서럽고 억울한 저녁"의 풍경. 이 말할 수 없는 울림들은 독자의 몫으로 남겨야 하리라.

— 성석제 소설집 『어머님이 들려주시던 노래』(창비 2005)

상처와 공생하는 수문의 꿈

■

김인숙 소설집 『브라스밴드를 기다리며』

1

김인숙(金仁淑)의 소설집 『브라스밴드를 기다리며』(문학동네 2001)는 곳곳에서 '생(生)'이라는 단어를 떠올리게 만든다. 특정한 현실 연관 속의 '삶'이 아니라 그 이전의 혹은 그것을 넘어서는 장(場)으로서의 생 말이다.

예컨대 존재감의 상실을 심각하게 앓고 있는 소설 속 인물들의 경우, 그 치유와 복원은 대개 당장의 현실적 계기를 찾기가 무망한 지경에 놓여 있다. 그리고 기실 치유와 복원은 소설적 전언의 핵심도 아니다. 핵심은 '상처와의 자기대면 혹은 공생(共生)'이며, 거기에 이르기까지의 막막한 헤맴이다. 여기서 '생'이라는 단어가 환기되는 것은 그 헤맴의 진정성이 특정한 삶의 국면을 넘어 실존의 보편적 자리로 나아가려 하고 있기 때문이다. 여기에 기왕의 김인숙 소설이 견지해온 현실주의적 기율의 일정한 약화가 없는 것은 아니지만, 그 약화까지를 감수하고서 자신의 소설세계를 좀더 넓은 지평 속에 확장하려는 김인숙의 소설적 고투가 있는 게 아닌가 싶다. 그리고 이 고투에는 세대의 몫이 겹쳐 있다. 80년대라는 기호를 운명처럼 간직하고 있는 세대의 몫이. '생'은 따라서 잠정적인 것인지도 모른다. 세대의 몫과 함께하는 김인숙 고유의 소설적 현실이 아직 도상에 있는 것이라면.

2

근작 「칼에 찔린 자국」에서 소설집으로 들어가는 문을 찾아보기로 하자.

오랜 시간강사 생활 끝에 국립대학 교수 자리를 얻은 한 남자가 있다. 그는 출발하였고, 달려야 했으므로 달렸다. 주먹 쥔 그의 손안에서 세 줄의 손금이 점점 더 굵어졌지만, 그는 멈출 수 없었다. "괜찮아, 그만 달려도 돼. 여기서 멈춰. 멈추라고." 심장이 쥐어짜지는 고통 속에서 유혹의 소리를 선명하게 들었으나 그럴 수 없었다. "삶은 그에게 주어진 것이었고, 가급적 그 안에 있는 것이 안전하다는 것을 알았"기 때문이었다. 그런데 이제 노을이 지고, 해가 저물어 운동장의 라스트 라인은 보이지 않는다. 환호도 사라졌고, 몸은 달리기를 거부한다. 끌듯이 걷는 걸음 뒤로 어둠과 헉헉거리는 숨소리만 따라올 뿐이다.

그는 우연히 들른 술집에서 마담을 칼로 찌른 살인미수 용의자로 몰린다. 경찰서로 연행되어 그가 내뱉은 우스꽝스러운 첫 진술이자 존재증명 "난 교숩니다. 국립대학의 현직 교수예요"가 자조적으로 드러내고 있는 것처럼 이것은 한바탕 소극(笑劇)이었다. 진범은 잡히고 오해는 풀린다. 그러나 이 일은 지쳐 헉헉거리며 끌듯이 걷고 있던 그를 뒤흔들어 스스로의 기억조차 의심스럽게 만든다. 그는 마침내 마담을 칼로 찌른 사람이 자기 자신이었을지도 모른다는 생각에까지 이른다. 또한 오래전 고속도로에서 목격했던 연쇄 추돌사고, 그 깨진 차창 밖으로 덜렁거리던 팔목의 주인공도 바로 자기였을지 모른다는 생각에까지. "난 교숩니다. 국립대학의 현직 교수예요"라는 존재증명은 그러니까 존재감의 상실을 역설적으로 드러낸 것이었던 셈이다.

이런 심리적 착종과 존재감의 상실을 통한 역설적 자기 귀환은 현대성을 살아내는 소설의 아이러니에 닿아 있는 것이어서 특별히 예외적인 것이 아니다. 그러나 김인숙 소설의 고유성을 탐사하려는 자리에서 보면 그 의미가 예사롭지 않다. 김인숙 소설은 80년대와 90년대(이런 도식적 나눔이 허용된다면)를 각각의 시대성 속에서 살아낸 많지 않은 경우에 속한다. 단순히 소설적 연대기의 문제가 아니라, 두 시대성 사이의 단절과 흐름, 이접(離接)이 김인숙의 소설언어에 안팎으로 새겨져 있다는 의미에서 그러하다. 여기서 안팎의 새겨짐, 혹은 이접의 연결고리로 우리가 확인할 수 있는 것이 『먼길』(1995)을 경계로 김인숙 소설에서 두드러지게 주제화되는 '상실감의 내면화' 양상이다. 집단적 전망보다는 단자적 개인의 자리가 새삼 부각된 것은 이제 와서 보면 필연적 흐름인 것처럼도 여겨지지만, 막상 그 흐름을 감당해야 했던 작가들의 경우는 어떠했을까. "어느날 아침 눈떠보니 그들은 추억 밖의 세상에 던져져 있었다"(「유리 구두」)는 표현의 절실성은 세대적이고 역사적인 차원의 울림으로부터 온 것이었다. 그런만큼, 이미 냉정한 거리감을 가지고 전망 없는 세계에 자신의 문학을 맞세운 경우와는 대응의 자리가 다를 수밖에 없었다. '상실감의 내면화'는 어떤 측면, 강요된 것이었는지도 모른다. 그런데 그 내면화는 독백의 닫힌 공간으로 퇴행하는 것일 수도 없었다. 상실의 아픔을 문학의 자리에서 제대로 앓는 가운데, 상실감의 근원을 우선 '자기' 속에서 대상화하는 과정이 필요했다. 이 과정에서 그간 목소리를 숨겼던 타자(他者)들을 찾아낼 수 있을 때, 강요된 내면화를 소설적 성숙으로 지양할 수 있게 되는 것이리라. 김인숙 소설이 보여준 '상실감의 내면화' 양상은 이 점에서 주목에 값한다.

　스스로를 가해자의 자리로 내모는 심리적 착종을 통해 훼손된 존재의 정당성을 묻고, 그로부터 존재의 복원을 희구하는「칼에 찔린 자국」의 소설적 전언이 의미를 갖는 것도 이 지점에서다. 상처의 근거를 자기 자신 속에서 찾으려는 고통의 진정성이 타자의 보편적 상처를 향해 열리고 있기 때문이다. '상실감의 내면화'가 자기만이(혹은 자기 세대만이) 피해자인 듯, 적의나 원한을 한 편으로 하는 감상의 고립으로 치달을 때 기다리고 있는 것은 참담한 소설적 실패뿐이다. 그러나 이를 소설쓰기의 지속성 속에서 피해나가는 일이 말처럼 쉬운 것은 아니다. 작가에게 상실감 혹은 상처의 근원을 자기 속에서 대상화하는 과정은 '온몸'의 지속적 투기를 통해 미적 거리(距離)를 조금씩 얻어내는 일이기 때문이다. '미적 거리' 란, 결국은 자신의 이야기에 귀착되면서도, 상상력에 의한 서사의 변주를 가능케 하며, 타자와의 열림을 소설 속에 들이는 기본적 규율이다.「칼에 찔린 자국」이 한 인간의 성실한 자기보존의 노력이 어느 지점에서 새로운 파탄과 길잃음으로 이어지고 마는 현대인의 안타까운 초상이면서 동시에, 작가 김인숙의 '자기 서사'의 간접화로 겹쳐 읽힌다는 것은 이 소설이 상실감의 내면화를 깊이있게 밀고나가 서사 대상과의 미적 거리를 제대로 확보하고 있다는 이야기이기도 하다. 그러고 보면, 소설의 화자가 존재의 흔들림과 기억의 망실 속에서 스스로 가해자일 수 있음을 받아들이는 대목은 처음부터 이중의 독법을 요청하고 있었던 셈이다. 그런데 이러한 겹침은 이번 소설집에서 상당히 다양한 진폭을 갖고 전개된다. 그 진폭이 김인숙 소설의 새로운 진전과 어떻게 맞물리고 있는지 살펴볼 일이다.

3

이번 소설집에는 여러 곳에서 '충일한 존재감의 희구' 혹은 '존재증명'의 안타까운 목소리들이 울려나온다. 작품마다 맥락과 화자는 다르지만 한번 모아놓을 필요가 있을 듯싶다. 소설집의 전체 윤곽이 그려지기 때문이다.

살아 있음에 대한…… 그 강렬하고도 뻐근한 충동…… 나는 때때로 그것이, 저 전생의 추억처럼 그리운 것이다. (「어느 해의 봄날」 275면)

지난 이년 동안 그는 내게 존재하였던가. 나는 내게 존재하였던가…… 나는 존재하였던가. (「물 위에서」 73면)

내 청춘에 걸었던 약속, 내가 죽는 날까지 내 삶을 증거해줄 약속…… (「바위 위에 눕다」 201면)

그 자신의 모든 것을 걸고 싶을 만큼 원했던 것들이 있었으나, 그가 그것들을 잊어버리기 전에 삶이 먼저 그를 압도해버렸다는 것. (…) 어느날엔가는 스스로의 힘으로는 기억조차 되살릴 수 없게 되었다는 것…… (「길」 139면)

대체 사라져버린다는 것은 무엇인가. 그로 말하자면, 자신은 언제 한번 존재해본 적조차 없었던 것 같았다. 사라질 만한 그 어떤 일이 있어서 그의 존재가 흐려진 것이 아니라, 아예 존재조차 없었으므로 사라질 만한 그 어떤 일도 만들 수가 없었던…… (「개교기념일」 215면)

그 순간, 태어나서 처음으로 나는 나를 응시하고, 다른 사람이 아닌 나를 찍고 있는 것 같았다. (「브라스밴드를 기다리며」 60면)

나는 내 삶의 깊숙한 곳에 촌충처럼 들이박힌 무료함의 발톱을 빼낼 수가 없다. (「술래에게」 255면)

삭제된 기억을 복원해내기 위해 기를 쓰던 사흘 동안, 그는 잊혀진 순간을 기억해내는 대신, 그가 알고 있다고 믿었던 자기 자신을 잃어버렸다. (「칼에 찔린 자국」 159~60면)

그리고 당연하게도 인용 속의 인물들은 그들이 겪고 있는 정체성의 상실, 자기소외만큼이나 타자와의 심각한 소통불능 상태에 처해 있다. 아버지와의 불화, 남편 혹은 아내와의 단절감, 자기기만적 소통에 불과한 불륜관계 등 사막 같은 인간관계가 그들을 싸고 있다. 그런데 이런 불구적 상황에 대한 작가의 일차적 시선은 철저한 받아들임이며, 상처의 치유나 소통의 가능성 쪽으로 쉽게 고개를 돌리지 않는다. "삶이 펄떡이는 생선 몸통의 은빛 비늘처럼 찬란하고 비리던 때, 그것만이 전부였던 때"(「바위 위에 눕다」)를 이야기하지 않는 것은 아니지만, 그리움의 시선은 가능한 억제된다. 구조조정으로 퇴직당한 은행원(「길」), 맹렬한 속도의 경쟁에 소모되는 카피라이터(「바위 위에 눕다」), 가정을 등진 영화감독(「브라스밴드를 기다리며」), 교수직에 목을 매고 달려온 인물(「칼에 찔린 자국」) 등 생활세계의 질곡은 거의 움직일 수 없는 현실로 차갑게 제시된다. 그렇게 삶의 무의미 속에 내던져져 타자는 물론이고 자신과의 소통의 길조차 잃어버린 인물들의 불구적 상황을 냉정하게 그려가면서 작가가 이루려 하는 것은 상처와의 대면이다. 물론 그 대면은 불구적 상황을 현실의 자리에서 개선시키지 못한다. 새로운 삶의 국면을 제시하는 것도 아니다. 그러나 그 대면이 그 자체로 '길'의 시작일 수 있음을 작가는 소설집을 일관하여 희미하지만 깊은 울림 속에 환기시킨다. 그리고 여기에 이번 소설집의 진정성이 있다.

「물 위에서」는 작가의 이러한 탐사가 섬세하게 형상화된 수작이다. "모든 관계는 어차피 불통(不通)"이란 생각을 일찍부터 품어버린 20대 여성 화자에게 존재의 상실감을 넘어선 존재의 충일감은 상처에 새살이 돋듯, 상황의 개선이나 시간의 축복에 의해 미래에 채워질 어떤 것이 아니다. 그것은 이미 '불통'의 승인 속에 패배하고 훼손된 모습으로 완료되어 있다. 그런데 작가는 이 과거형의 패배야말로 진정한 자기대면의 시작이라고 말한다.

　　어느날 오후, 매표구에 앉아 있는 내 모습이 보인다. 좁은 매표구 틈으로 저물어가는 오후의 햇살이 스며들어 내 흰 손등을 기어오르고 있다. 어느날 오훈가에 나는 아마 행복했을 것이다. 손등을 기어오른 햇살이 내 팔목을 타고 오르고, 기어코 내 뺨까지 다가왔을 때 나는 그 좁은 매표구 안에도 햇살이 가득한 세상이 있다는 것에 행복했을 것이다. 세상은 내가 존재할 수 있을 만큼만 작았고 좁았고 그리고 따뜻했다. 그때 어쩌면 챠르륵, 챠르륵 영사기가 돌아가는 소리가 들렸을지도 모른다. 그때 아마 나는, 나른한 졸음에 겨운 채 수문이 열리는 꿈을 꾸었을 것이다. 물이 물과 섞여, 한몸의 물이 되는 꿈을 말이다. (90면)

소설의 마지막 대목이다. 영화관 매표소에서 점원으로 일하는 화자는 10년 연상의 30대 유부남 태민과 불륜의 관계를 맺고 있다. 처음 만나 잠자리를 같이하던 날 새벽, 맨발로 여관방 현관을 디뎠을 때의 "그 선득한 냉기", 그것 이상으로 화자는 관계에서 기대하는 것이 없었다. 사랑과 연애를 혼동하지도 않았다. 태민이 화자를 원하는 만큼의 공간, 그게 다였다. 화자는 상처를 몸속에 들이지 않는 방법을 체득하고 있었던 셈인데, 그러나 상황은 화자가 마음먹은 대로 진행되지 않았다. "관계에 대한 소망은 그에게 있지 내게 있는 것은 아니라"고 생각했던 것이지만, 갑작스런 그의 이혼과 이후 그가 보인 관계에 대한 무심함이 오히려 화자의 욕망을 자극하기 시작하면서 화자는 혼란에 빠진다. 그렇게, 수문(水門)이 보이는 교외의 식당으로 태민의 호출을 받고 달려나간 화자가 오후 한나절의 짧은 시간 동안, 혼란스러운 자신의 욕망을 수문의 풍경에 기대 들여다보는 소설의 구도가 선명하다. 앞서 인용한 소설의 마지막 대목은 그 혼란 뒤에 화자의 마음이 움직이는 방향을 보이고 있는데, 그것이 과거 "선득한 냉기" 속의 한때, 훼손된 행복감의 승인 속으로 나아가고 있음이 이 소설의 아이러니며 힘이다. 앞의 인용문을 조금 세밀하게 들여다보기로 하자.

"어느날 오후인가에 나는 아마 행복했을 것이다"라고 화자는 말하는데, 그곳은 매표구 안이다. 세상과의 틈새는 손 하나 드나드는 작은 창뿐이며, 따라서 온몸의 대면을 피할 수 있는 공간이다. 매표라는 현실적 소용만이 소통의 전부인 공간이다. "모든 관계는 어차피 불통"이란 생각을 가진 사람에게는 더없이 익숙하고 편안한 공간이다. 불통이 자연스레 승인되는 공간인 셈이다. 그러나 이처럼 불통을 받아들이고, 고립과 친화하는 공간에서는 당연히 행복의 꿈도 유예되거나 배제되어야 마땅하다. 그 꿈을 버린 댓가로 겨우 얻어낸 자기만의 밀폐된 공간이니까. 그런데 화자는 말한다. "아마 행복했을 것이다"라고. 좁은 매표구 틈으로 스며든 햇살 때문이라는 것인데, 그때 "세상은 내가 존재할 수 있을 만큼만 작았고 좁았고 그리고 따뜻했다"는 것. 더구나 "그때 아마 나는, 나른한 졸음에 겨운 채 수문이 열리는 꿈을 꾸었을 것이다. 물이 물과 섞여, 한몸의 물이 되는 꿈을 말이다"에까지 이른다. 핵심은 이 나른한 행복감이 과거에 완료된 것이며, 그것도 지극히 협소한 존재감 속에서 가능했다는 점이다. "세상은 내가 존재할 수 있을 만큼만 작았고 좁았"다고 했을 때 우리가 보는 것은 세상과의 소통에서 패배한 자의 시선이며, 그 패배를 깊이 승인한 자의 시선이기 때문이다. 그렇다면 화자는 단순히, 패배 속에서 나른한 행복을 느꼈던 혼란 이전의 싯점으로 자신을 되돌려놓으려 하고 있는 것인가. 그렇지 않다는 데 이 소설의 숨은 역설이 있다.

나른한 오후의 행복감에 시선을 주기 전에 화자가 겪는 지독한 자기모멸의 감정과 그를 통해 다른 상처와 만나게 되는 과정에 주목해야 되는 이유가 여기에 있다. 화자의 친구 윤숙의 유부남 애인이기도 했으며, 태민의 친구이기도 한 '김'이 내뱉은 경멸의 언사는 실상 화자 스스로 오랫동안 품어왔던 말이었던 것. 그러니까 외면하고픈 상처의 맨얼굴이었다.

> "까불지 마. 기껏해야…… 기껏해야 창녀 같은 것들이…… 니까짓
> 것들이 뭘 안다구…… 기껏해야……"
> 나는 웅얼거리는 듯한 김의 대꾸를 잘 알아듣지 못했다. 그러나 그
> 가 그 말끝에 고개를 푹 수그렸을 때, 나는 그의 말을 한 음절도 놓치
> 지 않은 채 전부 이해할 수가 있었다. 말뿐만이 아니라, 내가 다른 곳
> 을 바라보고 있던 순간에 그가 지었을 표정까지도 낱낱이. (…) 순간
> 나는 그를 안고 싶었다. (87면)

바로 이어지는 장면에서 화자와 태민이 화장실 입구에서 만나, 악취가 쏟아져나오는 재래식 화장실 변기를 한가운데 두고 마주서는 대목까지, 화자는 자기모멸의 진탕으로 내려간다. 그런데 더러운 악취는 "기껏해야 창녀인 게 아니라 처음부터 끝까지" 그러했던 화자만이 아니라 "탄산음료가 다 빠진 뒤의 콜라병 같은 사람들", 거짓사랑 놀음으로 허망한 존재감을 달래고 있는 (물론 그렇지 않을 수도 있다. 화자는 태민에 대한 태도를 어느정도 유보하고 있는데, 여기에는 작가의 성숙한 시선이 숨어 있는

것 같다) 태민과 김에게서도 마찬가지로 쏟아져나오는 것이었다. 화자가 갑작스레 태민을 끌어안고, 분노하고 있는 김을 위로하고 싶어졌던 것도 그래서였다. 화자는 다시 읊조린다. "어차피 소통하는 건 아무것도 없는 거니까요. 그러니 괜찮아요"라고. 순간, 이 말은 역설의 힘으로 소설을 공명시킨다. 소통 혹은 존재감의 회복은 결국 자기이해로부터 출발하는 것이다. 그것은 더럽고 누추한, 너덜너덜한 욕망과의 대면을 필요로 한다. 이로부터 타자의 욕망에 대한 승인으로 나갈 수 있을 때, 소통은 부재하는 수문을 연다. 소통과 존재감의 회복이 과거로의 시선을 통해 추구되어야 하는 진정한 이유도 여기에 있다. 이미 살아버린, 혹은 지금 살고 있는 자기모멸의 자리로 가는 것. 그 속에서 자신의 비루함과 나약함뿐만 아니라, 자신을 상처입힌 (혹은 그렇다고 생각하는) 세계 혹은 타자의 그것들을 함께 대면하는 것이 바로 '수문의 꿈'이어야 한다면, 패배의 승인은 깊은 역설이었던 셈이다. 화장실 장면처럼, 졸아붙은 매운탕 냄비의 섬뜩한 정경, 빨간 매니큐어 발가락 사이에 낀 오백원짜리 동전의 선득한 냉기 등 수문의 꿈을 모멸하는 생의 남루함들을 아프게 새긴 뒤, 수문 위로 '김'이 달려와 있는 힘껏 뺨을 때려줄 것 같은 "저물어가는 오후의 환영 (幻影)"의 전경은 무섭도록 아름답다. 소통의 길과 꿈은 그렇게 상처의 깊은 안쪽에서 상처와 공생하고 있었던 것인데, 상실감의 내면화를 성숙시켜온 김인숙 소설의 지속적 탐구가 여기서 선명한 자기표현에 이르고 있음을 확인할 수 있다.

소통의 길찾기가 이렇듯 삶의 상처 속에서, 모멸의 껴안음을 통해 겨우 가능하다는 것은 작가 김인숙의 개인적인 자리에만 국한되는 문제가 아니다. 그것은 80년대의 열정과 90년대의 환멸을 함께 살아내야 했던 세대의 문제이기도 하다. "간절히 원했던 것이 무엇이었는지(조차) 완전히 잊어버린"(「길」) 사람들이 있는 것이다. 노동의 가치에 바탕을 둔 세계의 변혁이 삶의 총체적(최소한 윤리적) 전망으로 어둠속 별의 지도가 되었던 세대가 있었고, 그 세대를 이끈 것은 별의 지도에 따른 존재적 결단과 실천적 헌신이었다. 지금 우리가 김인숙 소설에서 보는 소통의 길찾기는 그 당시라면 별의 지도 속에 자리잡고 있는 것이었다. 소설집 『함께 걷는 길』, 장편 『'79~'80 겨울에서 봄 사이』 그리고 소설집 『칼날과 사랑』까지 김인숙 소설이 자신의 고유성과는 별도로 이러한 전망의 자장 속에 있었음은 분명하다. 그런데 그 전망의 현실이 무너지면서 압도적으로 드러나기 시작한 것은 자본주의적 근대의 전면성이었고, 김인숙이 속했던 한 세대의 문학은 갑자기 길을 잃은 듯 보였다.

　　지금 필요한 것은 잊는 것이 아니야. 상처를 기억하고 간직하는 것,
　　그리하여 그 상처에 온 가슴이 전부 문대질 때까지, 끝끝내 버티는
　　것…… 중요한 것은 어쩌면 그것일 거라고.(『먼길』144면)

그렇게 해서, 상처에 가슴을 문대며, 상실감을 가슴에 묻고 새로운 길 찾기가 시작되어야 했다. 그것은 정말 먼길이 되겠지만, 떠나지 않으면 안되는 먼길이었다. '함께 걷는 길'은 이제 오로지 자기 자신 속에서, 상처와 환멸을 통해 역설적으로 추구되지 않으면 안되었다. 김인숙의 『먼길』은 그 과정의 아프고 아름다운 문학적 표현이었다. 80년대와 90년대, 두 시대성 사이의 이접이 김인숙 소설의 안팎에 새겨져 있다고 한 것은 이런 의미에서였다. 「칼에 찔린 자국」이나 「물 위에서」의 길 잃은 인물들, 그러니까 꿈과 충일한 열망으로부터 버림받은 인물들은 현대적 일상의 미아이며 동시에 역사의 미아였던 것이다.

　어릴 적 사회과부도를 펼쳐놓고 '지도찾기' 놀이를 하며 세상에의 꿈을 키웠던 「길」의 화자는 지금, 아내와 심각한 불화의 와중에 다니던 은행에서 강제퇴직까지 당한다. 그는 "불빛도 없고 인적도 없는 어두컴컴한 거리를" '핸드폰' 하나에 의지한 채 '평화롭게' 걷는 꿈을 꾼다. 그런

데, 세상과의 통로라고 굳게 믿고 있던 그 '핸드폰'의 배터리는 방전되고 있었으며 이미 다 떨어져버린 상태였고, 그것을 깨닫는 순간, 그 꿈은 악몽으로 바뀐다. 그 악몽 속에서 그는 두려움을 견디다 못해 통곡하며 길을 걷는다. 왜 이렇게 되어버린 것일까. 왜 고작 핸드폰일 수밖에 없었던 것일까. 용감하게 '징기스칸'을 외치며 지붕 위에서 뛰어내렸던 동네 친구 '김종구'와는 달리, 공포에 질려 텅 빈 지붕 위에서 어둠을 맞아야 했던 어린시절의 그날 이후로 그에게 삶은 '지붕 위 공포'로부터의 도주였다. "어차피 아무것도 아닌 인생. 그 무엇도 될 수 없는 목숨. 지붕 위에 올라가는 대신 바닥을 천천히 걷는 것이 중요했다"는 것. 서울에 있는 대학에 입학하고, 학생운동으로 투옥되기도 했지만, 세월보다 더 빨리 그 시절을 잊었던 것은 '안전한 삶의 바닥' 말고는 아무것도 없다고 일찌감치 믿고 있었기 때문이다. 어느 면 과장되게도 느껴지는 이러한 심리적 내상의 노출은 김인숙 소설에 깊은 상처로 새겨진 세대적 길잃음과 분리시켜 설명될 수 없다.

세대적 길잃음을 다만 그 자체로 역사의 자리에서만 탐구할 때, 김인숙 소설은 후일담의 미로에 갇힐 위험을 피하기 어려웠던 것은 아닐까. 그것은 소설적 위기일 수 있었다. 상처의 단자화와 그를 통한 보편적 인간 탐구가 그 길잃음에 투사되어야 했다. '고작 핸드폰'이 아니라, '가까스로 핸드폰'이어야 했던 이유가 여기에 있을 것이다. 그러니까 '핸드폰'이라는 무력한 상징은 그 투사의 안간힘이었던 것이다. "대학시절에는 집행유예를 받기는 했지만 징역살이를 해본 적도 있었던" 인물을 그리면서도 그 촛점이 철저히 일상의 존재적 불안에 맞추어져 '지붕 위의 공포'에까지 그 내면의 상처를 탐사하지 않으면 안되었던 것도 그래서였다. '안동사람' 매형의 위중한 병을 보살피며 지방 소도시 도로 공사장 부근에서 식당을 꾸리며 살고 있는 매형의 여자와의 만남이 화자의 어두운 길에 비치는 '핸드폰'의 무력함에 대비되어 속깊게 빛나는 대목은 그 탐사의 우회로가 있었기 때문에 가능했다. "고단하지만 지쳐버릴 수도 없는 몸…… 영혼이 완전히 떠나기 전에는 내다버릴 수도 없는 몸…… 그런 몸의 여자"는 삶을 이렇게 증거하고 있지 않던가. "겁나는 건 사는 일이지 죽는 일이 아니"라고. 여자의 꿈은 "내 식구 먹이는 밥만 해보는 거"였고, 화자를 위해 차린 '샤브샤브' 만찬에서 무릎을 꿇고 음식을 수발하는 그녀의 손은 "평생을 구정물에서 벗어나지 못해 불어터지고 다시 불어터진 손, 갈라지고 터지고 다시 그 위에 딱정이가 앉았다가 또다시 불어터진 손"이었다.

김인숙 세대의 길찾기란 기실 이 '거친 육체의 손'을 향한 도정이 아니었던가. 몸을 돌보지 않고 '지붕 위에서 뛰어내리기'가 아니었던가. 그런데 어느 순간, 텅 빈 지붕 위에 홀로 남아 주체 못할 자기모멸을 짓씹어야 했고, "생전 천한 일이라고는 한번도 안해본 손"의 현실로 돌아와 난간을 붙잡고 바닥을 안전하게 걷는 일에만 골몰해야 했던 것이다. 길찾기는 사회과부도 속의 '지도찾기' 놀이 속으로 회군해야 했던 것이다. 화자의 술잔을 채워주던 여자의 손, "마음 놓고 울어지지도 않는 설움으로 떨리고 있는 저 손"은 그러니까 지금 길 잃고 헤매고 있는 그의 현재가 붙잡고 싶은 삶의 육체이기도 하지만 잊어버린 과거의 열망, 삶의 구체성을 향한 열정이 새겨져 있는 마음속 길손이기도 했던 것이다. 아내와 만날 수 있는 간선도로를 막연히 예감하면서, 그 간선도로의 한 모퉁이 풍경으로 여자의 식당인 돼지갈비집을 떠올리고, 그 곁에 누군가가 잃어버린 핸드폰을 새겨나가는 화자의 마지막 마음자리는 그 길손에 대한 새삼스럽지만 새로운 승인이 아닐 수 없다. 이 승인이 소중한 것은 그곳에 세대적 상처의 문학적 간접화가 깃들여 있기 때문이리라. 여기서 문학적 간접화란 상상력의 다른 이름이며, 자기 상처에 대한 절실함을 객관적 성찰의 공간으로 확산시켜 타자의 그것과 만나게 하는 시선의 성숙이다. '핸드폰' '지도찾기' '지붕 위의 공포' '불어터진 손' 등은 그런 간접화의 상상력이 도달한 상처의 아픈 풍경들이었다. 그 상처는 실직과 아내와의 불화로 삶의 길을 잃어버린 한 남자의 그것이기도 하지만 동시에 "모든 것을 걸고 싶을 만큼 원했던 것들이 있었으나 (…) 기억조차 되살릴 수 없게" 된 한 세대의 상처였다.

소설쓰기의 지속성을 늘 과제로 짊어지고 있는 김인숙 같은 작가의 경우, 취재형 소설로 나아가지 않는다면 이와 같은 간접화의 상상력은 서사 생산의 핵심적 관건이 될 수밖에 없다. 문제는 그 상상력이 소설 미학이나 서사적 설득력의 차원에서 내적 완결성을 갖고, 동시에 작가의 삶을 주제화한다는 차원에서 소설적 진정성을 획득할 수 있느냐에 있을 것이다. 여기에 이 두 차원의 긴장과 균형이 중요한 과제임은 말할 것도 없을 것이다. 그러나 그 긴장과 균형이 쉬울 이치가 없다. 「개교기념일」은 과연 소설 장인이다 싶게 작가의 능란한 구성력이 돋보이는 작품이지만, 두 차원의 긴장과 균형이 늘 만만치 않은 과제로 남아 있음을 새삼 확인케 하는 작품이기도 하다.

이혼 법정으로 가는 길에 교통사고로 남편이 죽어버림으로써 이혼녀도 못되고 미망인도 못되는 처지에 놓여버린 문방구집 여자 '수'. 건장한 육체의 남자에게 연인을 빼앗겨버린 후, 어린시절의 어머니로부터 입은 상처에 덧대 자신의 존재감을 육체의 바닥에서까지 잃어버리고 일체의 소통에 문을 닫아버린 컴퓨터가게 남자 '오씨'. 남자는 여자의 컴퓨터를 수리하다 여자의 비밀 파일을 읽게 되고, "어느날 나는 사라져버렸다"고 탄식하는 여자의 상처를 엿본다. 반복되는 엿봄을 통해 남자는 여자의 상실감과 자신의 그것을 견주면서 "살과 피와 호흡만으로 존재하는 몸"에 대한 갈망을 두 사람이 공유하고 있음을 깨닫는다. 존재감의 상실을 정신의 문제에 국한시키지 않고 몸에 대한 갈망의 자리까지 끌고가는 상상력은 신선하다. 또한, 컴퓨터 파일을 몰래 엿보는 남자의 뒤틀린 소통행위가 스스로의 기억 속으로 길을 열어가는 과정도 한 존재의 자기대면을 안타까운 호흡으로 새겨준다. 그리하여 "그 여자의 일기를 읽고 있으면, 자신에게도 어느 순간의 존재의 기억들이 있었던 것 같은 느낌에 사로잡혔다. 그런 순간에 그 여자가 그를 바라보았다면, 그가 개교기념일 아침에 그 여자를 발견하였던 것처럼 그 여자도 그를 발견할 수 있으리라"는 남자의 자기발견은 충분히 아프다. 그러나 이 소설의 중요한 모티프인 몸의 발견 대목들은 조금 겉도는 느낌을 지울 수 없다. 개교기념일 아침, 남자가 3년 만에 여자 수를 생기있는 존재로 발견하는 장면이 그렇고, 남자가 과거 기억 속에서, 연인을 앗아간 남자의 몸을 동성애적으로 탐하는 장면이 그렇다. 성적 욕망과 구분되는 순수한 육체성의 갈망을 존재의 상실감과 관련지어 서사화하기에는 아직 삶으로부터의 근거가 부족했던 것은 아닐까. 달리 말한다면 자기 서사로부터의 간접화가 현실 연관의 매개 없이 너무 멀리 진행되었던 것은 아닐까. 아쉬움이 남는다.

그러나 조금 더 생각해보면, 이러한 아쉬움은 김인숙 소설을 어떤 틀에 가두려는 독법의 소산인지도 모르겠다. 오히려 좀더 과감하게 상상력과 서사의 지평을 확대시켜야 할 싯점에 김인숙 소설이 이르러 있는 것은 아닐까. 「개교기념일」에서 '몸'의 모티프가 일으키는 작은 불협화가 그 지평확대 과정의 진통이라면 조급한 독법보다는 새로운 정체성 모색을 지켜볼 일이다.

이와 관련해서, 죽음의 풍경을 적극적으로 소설 속에 끌어들이고 있는 표제작 「브라스밴드를 기다리며」의 극적인 상상력이 눈길을 끈다. 죽음의 손길을 확인하고 싶다는 친구의 안타까운 요청을 받아들여, 죽음과 마주선 그 친구의 모습을 마지막 순간까지 카메라에 담아나간다는 이야기 설정은 다분히 '극적'이다. 죽음 촬영은 이에 그치지 않고 역시 암에 걸려 죽음을 맞게 된 화자의 아내에게로 향한다. 아내의 발병 사실을 아내와 불륜관계에 있는 남자로부터 듣고 "증오의 방법"으로 카메라를 들이댄다는 발단의 사정은 다르지만. 이와 같은 극적인 상황 설정은 현실의 지리한 연관과 싸워가며 아주 조금씩 의미의 틈을 언어화해야 하는 소설의 영토에 어울리는 것이 아니다. 그만큼 소설의 육체를 입혀나가기가 어려운 상상력인 셈이다. 그러나 작가는 '죽음 촬영'의 극적인 카메라를 촬영 대상이 아니라, 촬영자인 소설화자를 향해 적절히 돌려놓음으로써 '죽음을 사는 삶의 이야기'를 성공적으로 소설화하고 있는 듯 보인다. 죽음을 앞둔 아내에게 가장 눈부신 존재의 기억으로 남아 있는 '브라스밴드'의 한 시절이 마침내 화자인 남편의 그것으로, 그리하여 충만한 존재의 기억으로부터 추방된 모든 이들의 그것으로 전이되는 소설의 흐름은 삶의 비의적 심연과 마주하는 대면의 순간을 찾아냄으로써 극적인 상상력에 걸맞은 소설의 육체를 얻어내고 있는 것이다. 그리하여 아내의 잃어버린 브라스밴드를 추적해온 과정이 화자 자신의 길찾기(자기와의 대면)에 겹쳐지는 소설 마지막 대목의 상승은 작가 김인숙의 농익은 솜씨와 깊은 시선을 감상하기에 충분하다.

　　아내의 테이프가 재생되던 순간처럼, 거실 벽에 기대어 앉아 있는 내 모습도 어두운 화면 위에 재생되고 있었다. (…) 나는 내다보지 않았지만 그 순간에도 거리는 쨍한 햇살로 밝을 것이고, 비는 내리지 않을 것이고, 어느 거리에선가는 네번째 택시와 다섯번째 택시 사이에서 브라스밴드가 힘찬 연주를 울리고 있을 것이었다. 그리고 나…… 네번째 택시와 다섯번째 택시 사이의 군중들 틈에 끼어 서서 힘차게 박수를 치고 있는 나…… 그 순간, 태어나서 처음으로 나는 나를 응시하고, 다른 사람이 아닌 나를 찍고 있는 것 같았다. (60면)

기실 자기와의 대면이란 늘 이렇게 미망과 맹목의 댓가로 얻은 상처 속에서나 겨우 가능한 것인지도 모른다. 죽음의 손길 따위를 찍을 수 있는 카메라란, 잃어버린 꿈을 찍는 카메라란 처음부터 없지 않았겠는가.

아내가 떠난 텅 빈 거실에 기대앉은 화자의 모습은 어둠속 텔레비전 모니터에나 비쳐질 수밖에 없는 것. 삶을 소진시키고 나서야 삶의 길과 마주하게 되는 이 아이러니를 도울 수 있는 건 아무것도 없다. 상처를 문대며 빈손으로 다시 삶 속으로 들어가는 수밖에. 소설의 형식과 운명이 바로 여기에 대응되기에, 「브라스밴드를 기다리며」는 김인숙 소설의 자기 서사가 보편적 인간학의 탐사로 더 깊어지고 넓어질 신뢰할 만한 지표로 보아도 될 듯하다.

'삶을 다 써버린다'는 실존의 투기와 삶 또는 죽음에 원죄를 부여하는 '나쁜 피'를 마주세우며 자기와의 대면으로 달려가는 「바위 위에 눕다」에서, 삶의 길을 잃어버린 화자가 찾는 것은 아버지의 산소가 아니라, 그 헤매는 길 위에 기억으로 놓인 자기 상처의 지도다. 「술래에게」의 자기 망실과 「어느 해의 봄날」의 존재증명 요구 역시 같은 지점에서 '브라스밴드'의 찬란한 꿈을 상처와 공생하는 삶의 지도로 펼쳐 보인다. 그러나 김인숙의 이번 소설집이 환기시키는 '생'의 길은 바로 이만큼에서 더 나가지 않는다. 상처와 공생하는 길의 기억, 지도는 여기에서 끝나고 있다. 이 멈춤과 유보는 '생'의 환영(幻影)으로부터 '삶'의 길로 가기 위한 자기탐구의 진정성으로부터 길어진 것이기에 아름답다. "내 청춘에 걸었던 약속, 내가 죽는 날까지 내 삶을 증거해줄 약속……"(「바위 위에 눕다」)은 늘 새롭게 대면해야 하는 '길 위의' 그것임을 이번 소설집은 억제된 그리움 속에서 성숙한 시선으로 보여주었다. 상처가 바로 '먼길', 소통의 꿈이 시작되는 수문(水門)의 진정한 풍경이었던 셈이다.

— 김인숙 소설집 『브라스밴드를 기다리며』(문학동네 2001)

투명한 진정성, 노을의 연대

■

김남일 소설집 『산을 내려가는 법』

1

한쪽에는 사랑의 실패가 있고, 다른 한쪽에는 시대에 대한 무기력이 있다. 둘 모두 길이 보이지 않기는 마찬가지다. "주변의 어둠보다도 더 까만 터널 입구"(「사북장 여관」)를 간신히 찾아내기도 하지만 그게 길이 될 수 있을까. 그 길은 이제 높고 험한 싸릿재를 넘지 않고 터널을 달려 태백에 이르게 되어 있다. 사북에서 차로 태백에 이르는 길. 십분이면 태백에 닿는다고 하지만, 소설화자는 묻는다. "터널을 쌩하니 달려가면 과연 거기, 태백이 나올까." 하긴 그렇게 물을 수밖에 없는 것이 터널은 화자의 기억을 끊고 있기 때문이다. 그것은 전혀 다른 세상의 길이다. 사북과 태백은 생의 남루와 싸우던 어떤 한 시절의 기억을 보존하고 있지 않다. 아니, 그렇다기보다 기억의 단절이 일어난 곳은 정확히 화자 자신의 삶 한가운데다. 터널은 그 단절의 시간을 가로지르며 주변의 어둠보다도 더 어둡게 길 아닌 길로 놓여 있다.

김남일(金南一)의 소설집 『산을 내려가는 법』(실천문학사 2007)은 바로 그 '길 아닌 길' 앞에 서 있다. 물론 새로이 생성되는 길의 기억이 없는 것은 아니다. 네팔 안나푸르나 트레킹 중에 만난 툭체 가는 길. 세상에서 제일 깊다는 칼리간다키 계곡의 연녹색 강물. 티베트 라싸를 떠나 여신 초모랑마를 보며 베이스캠프를 찾아 내려오던 눈보라 속의 지워진 길. 그리고 망각을 구가하는 세월에 포위된 채 오생이 걸어가는 시대착오의 안간힘까지. 그러나 희박한 대기 속 고원의 길 찾기는 아직 "산을 내려가는 법"까지 기억의 육체로 만들지는 못한 듯 보이며 오생의 최후와 부활은 궁벽진 풍문의 운명을 한동안은 더 살아야 하는 듯싶다. 그런데 두려운 것은 어쩌면 여기까지, 인지도 모른다는 사실이다. 그러니까 고원의 기억과 오생의 시대착오가 요즘 또 하나의 불가피한 상투형이 되고 있는 정신적 승리법의 잔여에 불과하다면? 지금 김남일 소설이 서 있는 곳이 온갖 수모의 기억으로 더럽혀지고, 질주하는 세상의 시간에서 낙오한 자가 뒤늦게 도착한 '주변의 어둠보다도 더 어두운' 터널의 입구이자 끝이라면? 문제는 이 불편하고 불길한 심문을 김남일 소설이 어떻게 견뎌내고 있는가 하는 점일 것이다. 어쩌면 길은 그다음 문제이며, 차라리 길이란 그렇게 혹독하게 지워져야 하는 것인지도 모른다. "함박눈마저 사치"(「사북장 여관」)인 이가 있듯이, "여행이 시작되자 길이 끝났다"는 소설의 존재론적 아이러니로부터도 아무런 도움을 받을 수 없는 불우한 소설의 운명도 있는 것이다.

세번째 소설집 『세상의 어떤 아침』(강 1997) 이후 꼭 십년 만의 신작 소설집이다.

2

"하늘에 빛나는 별을 보고 길을 찾을 수 있었던 시대는 행복하였노라."
「산을 내려가는 법」에서 소설화자 민이 이삿짐을 정리하다 눈길이 머문

책장 구석 복사본 독일어 원서에 나오는 한 구절이다. 유명한, 루카치의 『소설의 이론』의 첫 문장. "이런 시대에 (…) 세계와 자아, 천공(天空)의 불빛과 내면의 불꽃은 서로 뚜렷이 구분되지만 서로에 대해 결코 낯설어지는 법이 없다. 그 까닭은 불이 모든 빛의 영혼이며, 모든 불은 빛 속에 감싸여 있기 때문이다. 이렇게 해서 영혼의 모든 행위는 의미로 가득 차게 되고……"(G. 루카치 지음, 반성완 옮김 『소설의 이론』)

인류사의 황금기, 위대한 서사시의 시대를 묘사하며 동구의 한 철학자가 불러낸 이 불가능한 시간은 김남일 소설이 기어코 돌아가고자 하는 고향의 시간이었다. 그리고 그것은 김남일 소설이 80년대의 남루와 열정을 기억하고 보존하는 영혼의 거푸집이자 형식이었다. 결핍과 갈망으로만 존재하는, 부재하는 시간이었을망정 그 고향의 시간을 꿈꿀 수 있을 때 김남일 소설은 감히 행복했다. 황량한 고비사막에서 한 시대의 끝을 지나갈 때조차 김남일 소설은 결국 사막의 칠흑 같은 밤하늘에서 무수한 별들을 환각처럼 보아버리지 않던가.(「영혼과 형식」, 『세상의 어떤 아침』) 그 별들은 진로를 비추는 지도가 되지는 못하되, 한순간 찢긴 내면의 불꽃을 꿈처럼 어루만지지는 않았을까. '세상의 어떤 아침'이 힘들게 밝았을 때, 다음과 같이 말할 수 있었던 것도 혹 그 부재하는 시간에 대한 선험적 기억 때문이었는지도 모른다. "그리고 아주 안 좋게 말하더라도 우리는 아주 진 것은 아니었다. 최소한 인간의 이성에 대한 기대와 믿음이 한번 무너졌다고 해도 그것이 영원히 무너진 것은 아닐 터이므로."(「세상의 어떤 아침」, 같은 책)

그런데 시간이 조금 흘렀다. 어떤 여자에게 창공의 별을 보고 길을 찾을 수 있던 시대에 대해 이야기해준 남자 선배는 여자를 떠났다. 남자는 한참 뒤 현실 정치권의 실세가 될 것이었다. 그동안 여자는 운동권의 또 다른 한쪽이 걷게 마련인 길을 걸었고 혼자 남았다. 「산을 내려가는 법」 이야기다. 결혼한 남자는 여자를 다시 찾았고 여자는 남자의 가슴속에 창공의 별로 이어지는 사다리가 여전히 남아 있으리라 믿으며 남자를 받아들였다. 물론 그 믿음이 안간힘이라는 걸 여자도 알고 있었다. 남자 옆에 누워 여자는 "별이 나침반을 대신하던 시대는 지나갔다는 걸 비로소 깨달았다." 시간은 그렇게 버려졌다. 사랑의 맹목이 나침반을 대신했지만 "평지의 먼지와 오물이 잔뜩 더께로 앉은 추레한 자신"과 "벌레처럼 자신을 갉아먹는 온갖 소문들"을 이겨낼 수 없었다. 그때 여자가 무너진 몸과 마음을 일으켜 찾아간 곳이 세계의 지붕이라는 티베트의 칭짱 고원이었다. 여자는 고원의 땅 라싸에서 폭설과 추위에 갇힌 채 고산증을 앓으며 죽음 직전의 마지막 순간까지 다가선다. 그리고 그곳에서 우연히 만난 일본인 배낭족 남자와 죽음 같은 고원의 사랑을 나눈다. 그러니까 한편에는 평지의 사랑이 있고 다른 한편에는 고원의 사랑이 있다. 선명한 대립구도다. 성속의 변증법을 말하려는 걸까. 하면, 고원은 평지의 시간을 구원하고 정화할 수 있는 걸까. 아마도 어느 지점까지는 그러하리라. 압도적인 자연의 숭고 앞에서 겪는 육체의 시련과 수난이 인간 영혼을 씻기고 고양시킬 수 있는 가능성은 충분히 짐작해볼 수 있다. 시적인 과장을 넣어 재생과 부활의 계기가 거기서 싹틀 수도 있을 것이다. 그러나 이 점에서 김남일 소설은 냉정한 자기응시를 견지한다. 평지의 사랑 따위는 다 버려도 괜찮다고 생각했던 고원의 밤을 지났지만, 영하 40도를 넘는 혹한의 눈발 속에서 조난을 알리기 위해 일본인 오오야마가 자신의 배낭을 태워 밝힌 "세상에서 가장 아름다운 불길"을 목격하기도 했지만, 정작 산을 내려왔을 때 달라진 것은 별반 없었다. 양수리 모텔의 비누 냄새는 여전히 몸에서 가시지 않았다. 산에서 내려온 뒤 바다 건너에서 여자 민에게 집착하던 오오야마를 그녀는 결국 외면했다. 고원의 사랑은 고원의 희박한 대기 속에서만 보존될 수 있다는 걸 뒤늦게 알아차린 탓일 게다. 산을 내려와야 한다면 사랑의 기억도 거기 두고 와야 하는 법. 고원의 기억은 평지의 남루한 시간을 도울 수 없었다. 그렇다면 이제 사라진 나침반을 대신

해줄 수 있는 것은 어디에도 없단 말인가.

「산을 내려가는 법」은 이 질문 앞에 다시 돌아와 있다. 산을 내려온 뒤 앞만 보고 달린 세월이 있었다. 민은 예술제본 일을 배우러 독일로 떠났고 이를 악물고 일에 매달렸고 다시 돌아왔다. 이따금 꿈속에서 "이번 생은 저자들의 몫이야. 너는 나와 함께 산을 내려가야 해"라는 목소리를 듣기도 했지만, 절박한 꿈도 그리 오래가지는 않았다. 세월은 망각이란 선물을 준비해두고 있었다. 그리고 어느날 이삿짐을 정리하다 눈길이 머문 독일어 원서 한권. 그 책의 갈피에서 떨어져내린 오오야마의 그림엽서 한장. 평지의 사랑과 고원의 사랑이 거기 한자리에 그렇게 머물러 있었다. 그림엽서가 불러낸 기억의 시간을 좇다 뒤늦게 찾아들어간 예전의 메일함에는 오오야마가 보낸 메일이 잔뜩 쌓여 있었다. 그리고 '한국의 민양에게'라는 제목 아래 오오야마의 자살 소식을 알리는 오오야마 모친의 메일도 거기 함께 들어 있었다. 이 가혹한 과거의 습격 앞에서 민은 무엇을 할 수 있을까. 김남일 소설이 건네주는 해법은 싱겁기 짝이 없다. 한줄의 답장도 쓸 수 없었다는 것. 그림엽서는 다시 책속에 끼워넣었다는 것. "크게 다른 뜻은 없었다. 굳이 바란다면, 다른 이삿짐에 섞여 있는 듯 없는 듯 새집으로 건너갔으면 싶다는 것뿐이었다. 버린다면, 찢는다면, 오히려 두고두고 상처가 될 것만 같았다." 싱겁다. 그렇긴 해도 달리 어쩔 것인가. 언제고 그 책을 양피지로 단장할 수 있다면 혹 예를 갖춘 위안이 될까. 허투루 산 생에, 망해버린 세월에, 오오야마의 죽음에. 창공의 별이 지도가 되고 나침반이 되는 시대를 꿈꾸었던 그 열정의 기억에. 알 수 없는 일이다. 우리는 아직 창공의 별이 그려주는 지도와 나침반 없이 '산을 내려가는 법'을 모르지 않는가.

그런데 오랜 자기모멸의 시간을 거쳐 미약하나마 세계를 향한 시선과 존재의 목소리를 회복하고 있는 「산을 내려가는 법」의 여성화자 민에게서는 작가의 의식을 매개하고 간접화하는 소설적 변용의 거리가 서사와 소설화법 모두에서 아슬아슬한 긴장 속에 확보되어 있는 느낌이라면, 비슷한 주제를 다루고 있는 두 편의 소설 「사북장 여관」과 「노을을 위하여」에서 우리는 거의 소설적 가면을 벗어버린 듯한 고백하는 자아와 만난다. 그 고백하는 자아를 작가 자신과 혼동해선 안된다는 소설 독서의 일차적 규칙을 여기서 새삼 환기할 필요가 있을까. 그렇긴 해도 이 경우 작가가 쓰고 싶은 것을 쓰는 존재가 아니라, 작가 자신에게 절실한 무엇을 쓸 수밖에 없는 존재라는 사실도 기억해둘 만하지 않을까. 흔히 소설의 규범적 독법을 벗어나는 지점에서 잉여의 진실이 울려나오는 것도 그 때문이리라. 그렇다면 문제는 그 고백하는 자아의 목소리에서 나오는 예사롭지 않은 문학적 울림을 곱씹어보는 일일 테다. 거기엔 필시 어떤 균열이 있을 것이다.

이번 소설집에는 수록되지 않았지만 작가의 또다른 발표작 「조금은 특별한 풍경」까지 포함한다면 앞의 두 작품과 함께 이 세 편은 고백 주체의 유사성이나 서사의 인접성에서 하나의 계열체를 이루는 연작으로 보아도 무방할 듯하다. 조금 넓힌다면, 「산을 내려가는 법」 역시 이 범주에 든다고 보아야 하지 않을까. 이들 작품에서 공통되고, 이어지는 서사의 뼈대를 간추리면 이렇다. 소설의 중심에 있는 남성화자는 지금 혹독한 사랑의 시련에 빠져 있다. 아내와 두 아이가 있는 집안의 가장인 그는 집을 나와 혼자 지낸다. 그는 다른 여자를 사랑하고 있다. 지난 80년대 그가 서빙고 보안사 분실에 끌려갔다 돌아오던 날 밤, 인적 드문 전철역 광장에서 언제 올지 모를 자신을 기다리던 아내, 가난과 고난을 함께 헤쳐나온 그 아내와 헤어지려고 할 만큼 그 사랑은 격렬하다. 주변에선 온갖 수군거림이 들려온다. 다른 여자 정원과의 사랑 역시 세상에서 제일 깊다는 칼리간다키 계곡의 연녹색 강물이나 히말라야 트레킹 중 해발 3,500m 남체에서 맞은 20세기 마지막 밤 같은 잊을 수 없는 기억을 갖고 있지만 결국 그녀도 떠나고 남자는 혼자 남는다. 남루한 집착의 시간이 이어지고

초보운전으로 차를 몰고나간 강화도 눈길에서 교통사고를 당하기도 한다. 그러고는 혼자 지내던 거처의 얼마 안되는 짐을 정리한 뒤 남도의 깊은 산속으로 들어가 술을 밥처럼 마시며 허깨비처럼 살아온 지가 일년여다.

무슨 철지난 불륜 이야기인가? 아니다. 이 힘겨운 고백의 서사에는 아무런 선정성도 없다. 소설적 호소도 없다. 심지어 어떤 미학적 기획도 거기에는 들어 있지 않다. 있다면, 살아가야 할 이유를 구하는 순정한 고백의 수행만이 있을 뿐이다. 가령 「사북장 여관」에서 우리는 다음과 같은 두 대목을 동시에 읽어야 한다.

반라의 정원을 꼭 껴안으면서 말했다. 시간을 버리고 싶어. 산 아래의 시간. 산 아래에서 흘러간 시간들, 산 아래에서 흘러가는 시간들, 산 아래에서 흘러갈 시간들…… 어느 시인처럼, 이번 생은 조졌다고 말할 용기는 없었지만, 산 위에서 나는 그렇게 말했다.(120면)

찻잔도 집어던졌다. 고백한다. 따귀를 때린 적도 있었다. 때리고 나서 혐오감에 울기도 했다. (…) 굴속 같은 지하셋방에서 구슬 꿰기 부업에 지쳐 아무렇게나 곯아떨어졌으면서도 한 팔로는 갓난 서영이를, 다른 한 팔로는 이제 막 걸음을 떼었을 서현이를 꼭 그러안고 자던 아내는? 서빙고 보안사에 끌려가 짐승처럼 얻어터지고 어적어적 기다시피 돌아오던 날, 밤은 카바이트 불빛으로 이슥한데, 인적 드문 전철역 앞 광장에서 나를 기다리던 아내는? 그때 나는 분명 다짐했을 것이다. 이런 위안, 평생 잊지 않으리라고.

그런데 대체 무슨 일이 있었나? 대체 내가 왜 여기까지 왔는가?…… 모른다. 세월은, 벗겨내면 늘 또 새로운 베일로 자신을 감추었으니까.

그렇지만 한 가지 분명한 건, 나는 지금, 아내와 떨어져 여기, 사북장
여관에 있다는 것……(124~25면)

80년 4월 탄광노동자와 노동자 가족 4천명의 봉기에 가까운 총파업이
일어났던 소위 '사북사태'의 그 '사북'이 지금 '사북장 여관'이란 이름으로
소설화자의 삶을 통과하고 있다. 광산지대 르뽀를 쓰기 위해 여러차례 찾
기도 했던 곳. 그러나 언젠가부터 기억에서 애써 지우고 있던 곳. 그 시절
그곳에서 운동권 동료 철휘는 사북의 여성노동자와 동거하며 노동운동
을 하고 있었다. 하긴 그 역시 이제는 IT산업에서 성공한 기업가가 되어
보수야당 대선 후보의 후원자 명단에 이름을 올려놓고 있다. 그렇다면 비
긴 것일까. 우스운 산수일 뿐이다. 진정한 의미에서 윤리적 심판의 주체
는 자기 자신일 수밖에 없다. 철휘의 경우도 마찬가지다. 그리고 그런 자
리에서라면 "남루했던 생의 한 시절마저 아름답게 바꿔버리는 마술과도
같은 기억"의 유혹을 거절하지 않으면 안된다. 일부 후일담계 소설이 바
로 이 지점에서 은밀한 자기 타협에 이르고 주저앉았다면 지나친 이야기
가 될까. 그러나 위의 인용에서 보이듯 김남일 소설에서 고백의 서사를
수행하는 주체는 무력하기 짝이 없다. 간지도 책략도 없다. 여기에서 고
백의 대상은 자기 자신일 뿐이다. 그러니 무엇을 숨기고 꾸미겠는가. 그
것은 차라리 무력한 중얼거림에 가깝다. 소설이라는 허구의 형식은 이 경
우 고백의 알리바이가 아니겠는가. 그리고 그렇게 해서 사북이라고 하는
슬픈 공간 위로 아내와 또다른 여자 정원과 자기 자신을 그 무력한 중얼
거림으로 소환하고 대면하려 할 때, 소설화자는 자신의 기억과 욕망을 횡
단하고자 하는 것이 아니다. 그런 가로지름은 어떤 자기긍정의 지점을 겨
냥하기 마련이지만 화자의 고백에는 뒤가 없다. 그것은 다만 그렇게 하지
않을 수 없기 때문에 그러는 것일 뿐이다. 이 수모의 기억 속에서도 살아
가야 한다는 것, 그것이 고백을 추동하는 유일한 동력이라면 동력이다.

화자의 고백이 살아가야 할 이유를 구하는 순정한 행위가 되는 것은 그 때문이다. 그렇다면, 화자는 이 힘겨운 고백의 끝에서 무언가를 얻기는 했을까.

화자는 지금 사북장 여관에서 탄빛으로 짙어져가는 어둠속 창밖을 바라보고 있다. 태백으로 가는 길은 새로 뚫린 터널의 몫이다. 철휘와 함께 넘어갔던 예전 싸릿재 길은 이제 없다. 어떻게 해서 이곳 사북장 여관까지 오게 되었는지 대답할 길은 없으나, 내일 아침 날이 밝으면 정원과 함께 태백으로 갈 것이다. 뒤에서 다가온 정원이 묻는다. "내가 사랑한다고 말하면…… 그 말, 믿을 수 있어?" 아니, 이 말은 화자가 정원에게 한 것일 수도 있다. 참으로 궁색한 지경이다. 사방 어디에도 길이 없는 존재의 곤경이다. 소설의 끝은 이렇다. "내 눈길은 마침내 주변의 어둠보다도 더 까만 터널 입구를 찾아낼 수 있었다. 그게 길이었다. 유일한." 삶을 떠나서 소설이 씌어질 수 없다면, 이런 경우를 이르는 게 아닐까. 길이 없을 때는 없다고 말할 수밖에 없는 것이다. 겨우 "어둠보다도 더 까만 터널 입구"에 기대서 말이다. 이것이 김남일 소설이 존재의 바닥에서 건네는 최저선의 윤리고 리얼리즘이다.

하면, 과연 이 계열체 연작에서 존재회복의 가능성은 "가망 없는 꿈"으로 남을 수밖에 없는가. 그렇게, 살아가야 할 이유는 좀처럼 찾아지지 않는 것일까. 그러나 어둠이 깊으면 여명도 가까운 것인가. 「노을을 위하여」는 가장 깊은 어둠의 끝에서 개시되는 빛의 시간으로 우리를 데려간다. 여기서 실존의 위기에 처한 김남일 소설의 화자는 스스로 망각 속으로 폐기했던 사회적 연대의 순간들과 만나면서 존재회복의 빛을 향해 천천히 몸을 일으킨다. 그 움직임은 안타까울 정도로 미미한 것이지만, 바로 그래서 인간 진실의 미더운 국면에 가닿는다.

바그다드와 팔레스타인에서 두명의 시인이 한국에 온다. 소설화자 현은 초청 주최측을 대표하여 두 사람의 한국 일정을 기획하고 안내하는 일을 맡았지만 짐승처럼 산속에 틀어박혀 술로 지새다시피 한 지난 일년의 생활로 인해 심신은 황폐해질 대로 황폐해져 있다. 집을 나온 지 5년, 다시 짐을 꾸려 산으로 들어간 저간의 사정은 앞에서 이야기한 대로다. 제주에서 올라오는 두 시인을 마중나갔던 김포공항에서 심한 어지럼증과 함께 잠시 정신을 잃고 주저앉았을 때 아득하게 들려오던 이방의 말이 있었다. "현, 넌 소중해, 소중한 사람이라구." 팔레스타인 시인 라시드가 건넸다는 이 한마디가 그로서는 도무지 낯설고 감당하기 힘든 말이라는 데 지금의 허깨비 같은 삶의 지경이 압축되어 있다. 연대하는 삶, 무언가에 헌신하는 삶은 기실 지금의 그로서는 너무나 먼 세계의 일이 아닌가. 아내와 정원, 심지어는 자기 자신의 삶으로부터도 사라짐으로써 '부재'라는 무지막지한 관계의 폭력을 행사한 그에게는 이제 타자를 위한 공간은 남아 있지 않은 것 아닌가. 그런데 그렇지 않다고 말하는 목소리를 소년 전사의 죽음과 히잡을 쓴 어머니의 눈물이 일상이 되어버린 봉쇄의 땅 팔레스타인에서 온 이방의 시인 라시드로부터 듣게 된 것. 인티파다 장면을 다룬 다큐멘터리를 보며 "저런 곳에서 생이 유지된다는 것을 상상할 수 없었다"고 했던 바로 그 땅 말이다. 20년 된 촌스러운 고동색 양복을 입고 비 내리는 서울 거리를 무연히 바라보며 서 있던 이라크 시인 사미르의 눈빛에서 그가 받은 충격 또한 비슷한 것이라고 할 수 있을 테다. 사담 치하에서 참혹한 고문을 겪었고, 이제는 자칭 해방군의 총탄과 자살 폭탄 테러가 또다른 일상이 되어버린 죽은 문명의 땅에서 온 사미르의 눈은 하염없이 무엇을 보고 있었던 것일까. 그러니까 그들이 견디고 있는 삶에 비춘다면 그가 자초한 곤경이란 얼마나 하잘것없는 것인가.

그렇다면 이쯤, 최소한의 인간적 위엄조차 봉쇄당한 두 아랍 시인의 고난을 거울로 해서 한갓 사랑의 실패 앞에 주저앉은 자신을 반성하는 쪽으로 소설이 전개되리란 짐작을 해보는 것은 자연스럽다. 그들 두 시인이 내민 연대의 손길이 소설화자 현의 무기력한 삶을 얼마나 크게 뒤흔들었

144

을지도 짐작하기 어렵지 않다. 그리고 소설이 어느면 그런 방향을 취하고 있는 것도 사실이다. 그러나 이것만이라면 「노을을 위하여」는 적당한 감동의 상투성에 머물고 말았을지도 모른다. 우리는 이 작품에서 작가 자신이 거의 등신대로 등장한다는 사실에 주목해야 한다. 「사북장 여관」의 '나'는 웹마스터인 반면, 「노을을 위하여」의 화자 '현'은 작가다. 노트북 하나만 메고 전쟁의 한복판 바그다드를 다녀온 후배 작가 '수'는 이렇게 말한다.

> 형. 형이나 나나 아무리 별 볼일 없는 작가라도 말이지, 작가는 작가란 말이야. 말하자면 문학을 한다는 거잖아요, 생을 걸고. 그런데 모르겠어? 내가 사미르 그 사람이 진짜 시인이라는 걸 어떻게 확신하게 됐는지 알아요, 형? (145면)

시인의 눈빛을 알아본 것은 그녀 자신이 작가이기 때문이라는 것. 그런데 작가란 무엇인가. 생을 걸고 문학을 하는 사람 아니냐고 그녀는 말한다. 지금 우리는 작가에 대한 철지난 낭만적 환상 한자락을 보고 있는 것인가. 그러나 라시드가 건넨 '소중한 사람'이라는 말만큼이나, 아니 그보다 더, 지금 소설화자 현을 충격하고 뒤흔든 한마디는 이것이 아니었을까. 팔레스타인의 아이들은 감옥에서 전사가 되어 나타났다 순식간에 사라진다. 그들은 아주 짧은 생을 걸고 그렇게 싸운다. 화자의 사랑은 어떠한가. "벼락처럼 또 그리웠다. 다른 길은 없다. 다른 생도 없다"고 했던 사랑. 지금은 비참한 자기모멸만 남은 사랑. 그도 생을 건 것일까. 알 수 없는 일이지만, 문제는 이 두 차원이 서로 비교될 수 없다는 데 있지 않을까. 사회역사적 지평에서 발생하는 삶의 비극과 한 개인의 욕망이 불러낸 삶의 비극은 경중을 가리는 비교의 대상일 수 없다. 그것들은 각자의 차원을 갖고 있으면서 때로는 만나고 때로는 분리된다. 그것들은 삶이라는 복잡하고 슬픈 심연 속에 뒤섞여 있다. '시인의 눈빛'이라는 게 있다면, 그 심연을 응시하는 것이리라. 수가 그 눈빛으로 바그다드 거리에서 한 시인을 알아보았듯, 라시드와 사미르는 그 눈빛으로 허깨비 같은 삶을 살고 있는 소설화자 현의 절망을 알아보지 않았을까. 이 경우, 심연은 응시의 주체와 응시의 대상 모두에게 속하는 것이다. 이른바 '생을 걸고 하는 문학'이란 이를 가리키는 것. 그런 만큼 절망의 바닥에서 들려온 이 한마디는 그의 가장 깊은 상실을 환기하면서 동시에 한가닥 구원의 빛으로 울리지 않았을까. 다시 말해 "아무리 별 볼 일 없는 작가라도 작가는 작가"라는 말보다 지금 그에게 아프지만 위안이 되는 말이 달리 있을까. 호텔 체크인 때마다 어려움을 겪는 두 아랍 손님을 변호하며 그가 매번 "시인들입니다. 시를 쓰는" 하고 말했던 의식의 바닥에 정작 자신이 작가라는 사실을 환기하고픈 안간힘이 들어 있었다고 하면 지나친 해석이 될까.

김남일이 「노을을 위하여」에서 마침내 도달한 자기반영의 정직성은 그러므로 '문학' 혹은 '작가'라는 자의식이라고 해도 좋겠다. 생을 걸고 하는 것에는 사랑도 자유를 위한 투쟁도 있지만, 문학도 있다. 찢기고 부서진 허깨비 같은 삶도 문학 속에서는 심연을 응시하는 심연의 힘으로 살아날 수 있다면, 여기서 삶에 대한 어떤 긍정에 이를 수는 없을 텐가. 소설화자 현에게는 오르고 싶은 산이 있다. 일년 내내 황금빛으로 빛나는 아마다블람. 히말라야의 보석으로 불리는 6,856m 높이의 아름다운 산. 그런데 만년설의 히말라야에서 일년 내내 빛나는 황금빛이란 무엇일까. 그것은 혹시 팔레스타인 시인 라시드가 자신의 방에서 바라보는 라말라의 저녁노을에 비길 수 있는 것일까. 9m 높이의 분리장벽이 완성되면 더이상 볼 수 없을지도 모르는, 그 불타듯 번지는 아름다운 저녁노을 말이다. 이를 두고 황금빛 아마다블람과 불타는 저녁노을의 연대라고 부르면 안될까. 생을 건다고들 하지만 결국 살아간다는 것은 그런 한 장면에 바쳐지는 것인지도 모른다.

"내가, 다시, 시작할 수 있을까?" 청바지를 입은 팔레스타인 청년이 이스라엘군의 총탄에 맞아 쓰러지는 장면을 보면서 화자는 화면 속의 그 청년에게 묻는다. 물론 그는 대답을 듣지 못한다. 그러나 라시드에게 결코 양보할 수 없는 라말라의 저녁노을이 있는 것처럼, 그에게도 황금빛 아마다블람이 있지 않은가. 혹은 남도 강가를 따라가다 잠시 걸음을 멈추고 바라보던 노을이 물든 강의 기억이 있지 않은가. "그러다가 다시 걸음을 옮기면 길은 길로 이어지고, 슬픔은 슬픔대로 고통은 고통대로 결국 제 몫의 곬을 찾아갈 터였다." 사북에서 길은 어둠속에 묻히고 사라졌지만, 지도와 나침반이 되어주던 창공의 별도 이제는 없지만, 그리고 더이상 사랑도 없지만, 그래도 살아가야 할 이유는 찾아지지 않겠는가. "사랑이 끝났다면 노을을 위해 살아가지." 이 순간 '어머니와 그녀의 목걸이'를 뜻한다는 아마다블람의 황금빛이 분리장벽 너머 라말라의 불타는 저녁노을 위에 찬연하다. 남도 강가의 서러운 노을은 또 어떠한가. 김남일 소설이 기어코 찾아낸 작은 연대와 그 위에 세워놓은 삶의 이유가 참으로 아름답고 눈물겹다. 아마도, 다시 시작할 수 있지 않을까.

3

이처럼 존재회복의 미미한 가능성을 향한 힘겨운 내면의 고투를 보여주는 한편에서 김남일 소설은 더 나은 세계에 대한 열망과 전망의 복구 역시 놓을 수 없는 자신의 문학적 과제임을 잊지 않는다. 그러나 이 경우도 먼저 앞을 막아서는 것은 무력감이다. 물론 무력감이 비단 김남일 소설만의 곤경은 아닐 것이다. 자본주의는 인류사가 도달한 최종적 체제처럼 보이며 그 과정에서 신자유주의의 전일적 지배 역시 돌이킬 수 없는 대세가 되고 있는 상황 아닌가. 그렇다면 어떻게 할 것인가. 김남일 소설은 이 지점에서 아예 무력감의 바닥까지 가보기로 작정한 듯이 보인다. 가령, 이런 곳 말이다. "어쩌면 내가 그리워하던 게 이런 바닥이었는지 모르지! 사랑이 끝나고 꿈마저 깨진 그곳, 그 바닥!"(「오생의 최후」). '만물의 배후에 와습이 있다'고 주장하며 짐짓 우스꽝스런 시대착오를 감행하는 '오생'이라는 인물은 그 무력감의 바닥에서 찾아낸 알레고리적 형상이 아닐 것인가. 「오생의 최후」와 「오생의 부활」 연작은 그렇게 시대착오적 혁명의 열정으로 무장된 오생의 예견된 패배를 통해 꿈을 잃어버린 세계의 절망을 풍자하고 탄식한다. 여기서 추운 서울 거리를 헤매는 오생이 당산동에 있다는 '당(黨)'에 이를 가망은 없다. 그 당은 오생의 지갑 속에 빛바랜 당원증으로만 남아 있을 뿐, 당과 조합과 연대는 노래의 곡조와 가사를 바꾼 지 오래기 때문이다. 그러나 혹 이 가망 없음이 하나의 가망은 아닐 것인가. 당과 조합과 연대 없이, 오생 홀로 만드는 길. 혼자서라도 없어진 라면 스프의 존재를 기억하다보면, 그 기억의 힘으로 되살아나는 세상은 없을 것인가. 오생은 그렇게 물으며 서울 거리를 이리저리 헤매고 있다.

그런데 문제는 오생의 시대착오가 예견할 수 있는 세상의 공모(共謀)를 드러내는 데 그치고 있다는 점이 아닐까. "오생학파에 따르면, 와습은 늘 와습 이상"이라고 소설은 쓰고 있거니와, 만물의 배후에 있다는 와습이 '물 흐리는 미꾸라지'든 'WASP'이든 늘 '와습 이상'이라고 할 때, 그것은 좀처럼 예상하기 힘든 지점에서 드러나는 세계의 외설적 실패 혹은 공모를 가리키는 무언가여야 하지 않을까. 그것은 오생도 익히 알고 있듯, "아아, 적은 있으되, 적이 보이지 않는다! (와습인가, 군산복합체인가, 빈 라덴인가, 우리 안의 파시즘인가, 열심히 일하는 당신인가, 열심히 '까먹는' 나인가!)"(「오생의 부활」) 하는 탄식 속에 존재하는 그런 지점은 아닐 것이다. 차라리 와습은 '사북장 여관'에서 바라본 어둠속의 터널 입구나 라말라의 불타는 저녁노을 언저리에 전혀 뜻밖의 모습으로 몸을 숨기고 있지 않을까. 혹은 그것은 세상에서 제일 깊다는 칼리간다키 계곡, 그 연녹색 강물의 견딜 수 없는 아름다움 속에 있을지도 모른다. 그렇다는 것은 오생의 작정한 패배가 세계의 실패를 제대로 드러내기 위해서는 「사북장 여관」의 '나'나 「노을을 위하여」의 '현'이 부딪친 곤경을 그 패배 속에 거듭 각인하지 않으면 안된다는 이야기가 되지 않겠는가.

굴속 같은 지하셋방에서 구슬꿰기 부업을 하다 지쳐 곯아떨어져 잠든 아내를 내려다보던 지난 세월이 있었다. 보안사에 끌려가 짐승처럼 얻어터지고 돌아오던 밤, 그 아내는 인적 드문 전철역 광장에서 남편을 기다리고 있었다. 그 남편은 지금, 아내와 떨어져 사북장 여관에 있다. 이 어리석고 속된 개인의 이야기가 창공의 별이 사라진 한 시대의 아픈 알레고리로 들어올려질 수 있을까. 해서는, 어떤 노을의 연대는 새로운 희망의 근거가 될 수 있을까. 추운 겨울 거리를 헤매는 오생의 등은 무겁고 걸음은 힘겨워 보인다. 스프를 넣고 제대로 끓인 라면 한 그릇이면 될까. "하로밤 뽀오얀 흰김 속에 접시귀 소기름불이 뿌우현 부엌에／산명에 같은 분들을 타고 오는" 백석의 뜨거운 국수 한 그릇이면 될까. 쓰러진 자리에서 몸을 일으켜 다시 세상을 향해 걸어가는 김남일 소설의 투명한 진정성이 오생의 허청이는 걸음 위로 아프게 겹친다.

— 김남일 소설집 『산을 내려가는 법』(실천문학사 2007)

신산에서 따숨까지

■

공선옥 소설집 『내 생의 알리바이』

1

시민군으로 참여했던 한 인물의 무너져내리는 일상을 통해 '5월 광주'의 상처를 현재적 비극의 자리에서 힘있게 되물었던 등단작 「씨앗불」(1991) 이래, 진부한 후일담과 얇은 섬세화 경향이 지지부진한 행로를 드러내기 시작하던 90년대 초반의 한국 작단에 마치 별종처럼 불쑥 뛰어든 공선옥(孔善玉)의 저 씩씩한 화법은 그 활약이 자못 놀라운 바 있었다. 그렇게 해서 「씨앗불」에 이어 「목숨」 「목마른 계절」 「흰달」 「피어라 수선화」 등으로 이어진 일련의 작품에서 독자나 평단이 목도한 것은 눈부신 낯섦이었는데, 그 낯섦은 작품 속 인물의 신산(辛酸)한 삶과 도발적인 문체 두 가지에서 다가온 것이었다. 작품 속 인물들의 신산한 삶의 행로에는 설명이 있어야 한다. 단순한 신산이 아니었기 때문이다. 적어도 근대적 의미의 소설에서라면 한스럽고 고단한 인생유전의 역경이 그 자체로 소설의 미덕이 될 수는 없고, 오히려 진부한 신파조의 이야기로 넘어가버릴 위험에 더 노출되어 있다. 신산한 삶의 행로가 소설적 의미를 지니려면, 작가가 근본적 인간학을 포함한 당대 삶의 보편적 문제를 그 행로를 통해 새롭게 재구성하고 삶의 문제를 지금까지와는 다른 맥락에서 물을 수 있어야 한다. 공선옥의 '신산'은 어떠했던가.

초기작에서부터 이번 두번째 소설집까지, 조금씩의 변형은 있지만 어떤 삶의 유형이 공선옥의 소설에는 반복해서 나타나는바, 어지간한 말로는 그 고됨을 다 담을 수 없을 것 같은 한 여성의 신산한 삶이 그것이다. 그것은 휩쓸리듯 덜컥 어미가 되어 홀몸으로 아이들의 목숨을 감당해가야 하는 젊은 여성의 쑥대밭 같은 살림살이로 집약된다. (당장 하루 앞을 어쩌지 못하는 밑바닥의 삶을 두고 나는 지금 고개 돌려 '쑥대밭'이라 거칠게 부르고 있지만, 그 쑥대밭은 공선옥의 소설에서 하층 민중의 삶과 말이 끈끈하게 숨을 이어가는 생명의 텃밭이기도 하다.) 그리고 여기에 '5월 광주'의 참전에서 치명적 내상을 입은 애비 혹은 남자가 그 쑥대밭의 그림자로 어른거린다. 그러니까 공선옥의 신산에는 설움의 덩이들을 잇는 '광주'라는 역사의 거멀못이 큼직하게 박혀 있는 셈인데, 이 때문에 그의 소설이 90년대 한국문학에서 새로움을 얻을 수 있었던 것일까. 그렇기도 하지만 그렇지 않기도 하다. '광주'라는 거멀못이 한 여성의 고된 목숨잇기를 앞뒤에서 붙잡고 있다는 점은 공선옥 소설에 현실주의적 맥락을 얹어주지만, 그 자체 새로운 인간학의 영토로 우리를 끌고 들어가는 것은 아니기 때문이다.

바로 이 지점에서 공선옥은 자신만의 문학적 영토를 개척한다. 공선옥은 소설 속 신산한 삶들을 '5월 광주'의 장엄한 비극 속으로 되돌리지 않는다. 그것들에 역사적 월계관을 씌워 고통의 연원을 거창하게 내세우지도 않는다. 거꾸로 공선옥은 '5월 광주'든 무엇이든 신산의 바닥으로 힘껏 끌어당겨 '목숨 붙이고 사는 일'의 고단함 앞에 마주세운다. 그러고는 소설 속 인물들을 통해 무심한 듯, 시비조로 대들듯 따진다. '그래서 어쨌단 말이냐. 나는 내 한목숨 건사도 쉽지 않다. 할 수만 있다면 애새끼들도 훌쩍 떼어놓고 싶다. 다른 놈들은 다 어떻게 사는지 모르겠지만 나에게는 한끼의 밥과 애새끼들과 함께할 한뼘의 공간이 필요하다. 그게 다다.' 그러니까 공선옥의 신산은 첫 소설집의 「우리 생애의 꽃」에서 수자라는 여성을 통해 표현되듯 "반란하지 않으면 (일상의) 삶이 불가능한" 지점까지 한껏 내려와 있다. 그렇게 해서 '살 만해진' 자리에서는 보이지 않던 온갖 삶의 허위가 공선옥의 신산, 그 반란의 언어에 의해 점잖은 허울을 벗고야 마는 대목에서 공선옥의 소설은 신파와 진부한 후일담을 넘어 새로운 인간학의 영토를 한국소설에 더했던 것이다.

그리고 이런 반란과 한몸이지만, 사태의 본질에 곧장 육박해들어가는 공선옥의 묘한 도발적인 문체 또한 우리를 낯설게 만든다.(그러나 공선옥의 이런 문체가 자각적이거나 전략적인 것은 아니지 싶다. 아마도 체질적인 것이 아닐까. 그래서 오히려 더 힘이 있는 것은 아닐까.) 이는 공선옥 소설의 반란에 근본적인 힘을 부여한다. 공선옥 소설은 그러니까 그 자체 거칠고 도발적인 문장의 호흡을 필요로 했던 것이다. 공선옥 소설을 읽는 일은 산란(散亂)한 문체와 마주하는 일이기도 하다. 읽는이의 짐작에 일쑤 딴죽을 걸면서 그 향방을 짐작하기 어렵게 만드는 언어들을 온몸으로 맞고 있노라면 세상 어디에도 멀쩡한 곳은 없으며, 세상이란 으레 쑥대밭 같은 곳처럼 생각되기도 한다.

물론 공선옥 소설이 그 전언과 문체에서 늘 성공적인 반란을 이룬 것은 아니었다. 누구보다 자전의 요소가 강하고 바로 거기서 상당한 작품 장악력을 확보했던 공선옥은 그 자전의 문학적 변용에서 가끔 상투성을 노정하기도 했고 사태의 본질로 곧장 육박하는 도발적인 문체로 인해 간혹 작가의 날목소리와 뒤섞이게도 했다. 그러나 전체적으로 장편『오지리에 두고 온 서른살』(삼신각 1993)을 포함한 첫 소설집『피어라 수선화』(창작과비평사 1994)의 세계는 최소한의 인간적 위의도 지키기 어렵게 만드는 물리적 폭력과 궁핍의 구체를 날선 본능의 언어로 형상화함으로써 '살

만해진' 삶과 '점잖은' 삶이 꾸려가는 위선의 언어들을 반성케 했다. 이 점에서 90년대 전반기의 공선옥의 문학적 기여는 분명했다. 그후 공선옥은 얼마만큼 달라졌는가. 아니 얼마나 굳게 자기 자리를 지키고 있는가. 이제 그것을 확인해볼 때다.

2

두번째 소설집 『내 생의 알리바이』(창작과비평사 1998)에서 가장 공선옥적인 작품은 아마도 「술 먹고 담배 피우는 엄마」가 아닐까. 이 작품에는 공선옥의 인간학과 그것을 가능케 하는 공선옥만의 소설언어가 집중적으로 담겨 있다. 작품의 줄거리는 간단하다. 두 아이를 홀몸으로 키우는 여성이 나오는데, 어떤 이유에서인지 남편은 처자식을 버렸다. 광주의 아동일시보호소에 아이들을 맡기고는 돈을 벌러 서울로 올라와 공장노동자가 된 애기엄마 '나'는 둘째아이가 아프다는 소식을 듣고 그날로 목포행 비둘기호 밤열차에 몸을 싣는다. 어떻게 하다보니 두 남자 사이에 끼여앉게 되었다. 그렇게 해서 옆자리의 털북숭이 남자가 술컵을 건네며 수작을 걸어오는 것이 소설을 이루고 있다.

그러고 보면 애기엄마 '나'는 이번 소설집의 표제작 「내 생의 알리바이」의 태림이기도 하고 「뭘 먹고 살까」의 화자 '나(작가 최강미)'이기도 하며 몇년 후 「어린 부처」의 문희가 될 사람이자, 우리가 조금 알고 있는 작가 공선옥과도 겹친다. 이런 자전적 요소의 변용은 공선옥 득의의 영역이지만 그 변용이 매번 새로운 소설적 성취로 이어진 것은 아니었다. 어설픈 변용에 소설이 끌려다니다 정작 작가 자신의 목소리를 놓치는 경우가 그러하였다. 그런 점에서 「술 먹고 담배 피우는 엄마」는 공선옥의 정공법이 돋보이는 작품이라 할 수 있다. 그렇다. 그 '나'의 내면을 아주 정면에서 들여다보고 있는 것이다. 바로 다음 두 대목을 보자.

내내 굳어 있던 털북숭이 얼굴이 쭉 펴지고 있음을 나는 안 보고도 안다. 또다시 그놈의 두꺼비 같은 손아귀가 맹렬하게 내 몸안으로 쳐들어오고 있는 것이. 나는 그래도 그 손을 떼어내지 못한다. 손바닥은 뜨겁다. 그 손이 좋은 게 아니고 그 손바닥의 뜨거움이 그다지 싫지 않다. (179면)

"맘대로."
무슨 말인지 아무 맥락도 없이 나는 맘대로, 하란다. 털북숭이가 나를 세게 잡아당긴다. 나는 그에게로 무너진다. 그가 속삭인다.
"좋잖아, 따숩고."
나는 실제로 따숩다. 그건 가짜가 아니다. 털북숭이의 불 같은 손길에 내 마음속의 얼음이 봄눈처럼 녹아내린다. 그러나 이 모든 것이 얼마나 허망한 짓거린 줄을 나는 안다. 나는 애기엄마인 것이다.

(185~86면)

아이 둘을 아동일시보호소에 맡겨두고 당장의 생활을 위해 서울서 돈벌이를 하고 있는 젊은 여성의 내면이 어떨 것인지는 그리 짐작하기 어렵지 않다. 우리는 이미 지난번 소설집에서 여덟살 난 딸아이를 혼자 키우는 여자의 황량한 내면을 본 바도 있고(「우리 생애의 꽃」), 남자의 행방을 모르는 채 뱃속의 아이를 놓고 극단적 갈등에 시달리는 젊은 어미의 처절한 목숨론을 들여다본 바도 있다(「목숨」 「피어라 수선화」). 뿐인가. 남편이 다른 여자에게서 낳은 아이를 받아들이는 기나긴 마음의 여로에 동행한 적도 있고(「흰 달」), 오일팔 때 시민군이었던 애인이 옥살이 후유증으로 병들어 죽자 아파트 난간을 넘어 죽음의 길을 따라간 외발의 미스 조도 알고 있다(「목마른 계절」). 그러나 털북숭이의 '더러울 것 같은' 손의 뜨거움을 받아들이기는 이 경우 조금 다르지 않은가. 인용된 문장의 호흡을 따라가보면 이건 무슨 성욕이나 바람기 따위와는 거리가 멀다. 나는 금방 '더러울 것 같다'고 했거니와, 아마도 이런 감정의 지점이야말로 근대 시민사회의 표준적 윤리감각이리라. 성욕이나 바람기 따위는 속으로 용납해도 이런 '더러운 손장난' 앞에서는 참을 수 없는 마음이 되는 것, 음성 나환자의 손은 잡을 수 있을지라도 이런 털북숭이 손은 견딜 수 없는 것, 바로 이런 지점의 허위를 아무렇지 않게 꿰뚫어버리는 무심한 육박력이야말로 공선옥만의 소설언어가 아닌가 싶다. 두꺼비 같은 음탕한 손아귀일망정, 손바닥의 뜨거움은 뜨거움인 것이다. 실제로 '따순' 것은 '따순' 것이다. '나'의 오갈 데 없는 처지, 그 내면의 황량함이 더없이 맑게 진실을 붙잡는 이러한 순간을 위해 공선옥의 숱한 '나'는 그렇게들 대들고 따졌던 것일까.

그런데 이 맑은 진실은 그 맑은 만큼 많은 더러움을, 거짓을, 야비함을, 허망함을 그 앞뒤에 두고 있음을 작가 공선옥은 당연히 안다. 이 어른스러움이 작가로 하여금 털북숭이서껀, 『노동해방문학』을 들고 있는 검은테 안경과의 그 온갖 수작질을 기록하게 한다. 무슨 부조리극의 대사 같은 그 언어들은 상황의 아이러니를 절묘하게 드러내면서 '뜨거움'과 '따숨'을 다시 아득하게 밀어내고 "아이는 지금 감옥 같은 사각진 침상 안에서 침상 안에서……"의 현실을 더 가혹하게 환기시킨다.

"광주는 무슨 일로 온 거요?"
"새끼들 보러."
"웃기지 말어."
그는 내 말을 묵살한다.
"내가 웃겼어요?"

"너 같은 여자가 무슨 새끼는 새끼."

"내가 왜?"

"무슨 애기엄마가 술 먹고 담배를 피워?" (189~90면)

나는 이 대목에서 웃는다. 그리고 아득해진다. 여기서 김윤식의 말이 생각난다. "공씨의 저 낯선 문체란 실상 종래의 우리 소설 문체로는 감당할 수 없는 '그 무엇'이 (우리 삶 속에) 있다는 증거다." 그러고 보면, 공선옥의 문학이 우리에게 충격을 준 지점은 이런 깊은 유머가 아니었던가. 그 깊은 말맛이 아니었던가. 공선옥 문학의 성숙을 증거하는 또 하나의 작품 「타관 사람」에서 우리는 새삼 이를 확인하게 된다.

「타관 사람」에는 공선옥의 '나'가 뒤로 숨어 있다. 갑철이라는 부랑노동자가 주인공이다. 그는 오일팔 시민군 출신도 그 무엇도 아니다. 하도 안되는 쪽으로만 세상을 살아와서 조금의 좋은 일에도 불안에 떠는 불쌍한 인간일 뿐이다. 그는 공사장에서 만난 사람의 소개로 섬진강가 한 마을의 빈 움막을 찾아든다. 거기서 한겨울을 날 수만 있다면, 거기서 고아가 된 조카 홍기와 한겨울을 날 수만 있다면, 움막 주인이 늦게 돌아와 거기서 홍기 학교 보내고 한 시절을 넘길 수만 있다면…… 따지고 보면 그에게도 욕심이 없는 것은 아니지만, 한겨울을 넘기고 봄을 맞는 갑철의 이야기를 공선옥은 놀랍도록 정제된 구도 속에 담아낸다. '아, 공선옥이 남의 이야기도 이렇게 잘하는구나.' 6,70년대 한국 단편소설의 빼어난 모습을 잇는 수작이라 할 만하다. 공선옥의 '나'는 이 작품에서 뒤로 숨어 있다고 했지만, 하냥 숨어 있기만 한 것이 아니라 작품 곳곳에, 이런저런 인물 속에 아름답게 흩뿌려져 있다. 이 점이 공선옥 소설의 진일보를 말해주는 것인바, 섬진강사랑 슈퍼 순임에게는 말할 것도 없고 행운을 겁내는 갑철에게도 그리고 홍기와 윗한배미 마을의 그 농투성이들에게도 공선옥의 '소설적 자아', 거기서 품어진 언어들이 골고루 잘 나누어져 있다.

그리고 백미는 순임의 '히힝', 그 콧소리 웃음이다. 남도말의 깊은 울림이다.

　"혹시 담배도 팝니까?"
　"히힝, 담배가게서 떠어다 써비스 차원에서 파는 것이 있기는 있어라우."
　"한 갑만 파십쇼."
　"히힝, 그러시쇼."(32면)

'히힝', 이 소리는 신산의 깊어진 문학적 표현이 아닐까. '히힝'을 통해 공선옥은 삶의 저 깊은 바닥에서 올라오는 유머를 받아내고 있다. 순임의 정(情)과 갑철을 경계하는 마음이 남도말 가락을 탄 '히힝' 소리를 사이에 두고 이리저리 그네를 타는 광경은 아름답다. 정과 사랑을 두려워하는 갑철의 불안 너머로 공선옥의 다른 작품들, 그 신산의 시간들을 겹쳐보는 것은 우리 독자의 권리이며, 그래서 혹 누군가가 이 작품을 두고 인정담이라고만 한다면 동의할 수 없는 것이다. 그간 공선옥 소설에서 간혹 느껴지던 독기가 말갛게 가셔져 있는 점도 인상적이다.
「어린 부처」는 두 아이를 데리고 재혼한 한 여성의 결혼생활을 공선옥 특유의 육박력으로 재현하고 있는 작품이다. 새로 태어난 십칠개월 된 아이까지 여기 가세하여, 공선옥의 삶–문학 속의 후일담을 이룬다. "이제 한창 꽃피워야 할 이십대 초반에 자신을 엄마로 만들어버린 아이들, 특히 큰아이 도란이에 대해서 일종의 원한마저도 품고 있었던 여자라는 것이다. 말만 엄마였지 그녀는 그때 아주 나쁜 여자였다"(68면)와 같은 대목은 그대로 「우리 생애의 꽃」에 이어지면서 작가에게 이 언저리가 얼마나 큰 상처로 자리잡고 있는지를 새삼 환기시킨다. 그 상처의 깊이 때문이겠지만 작가의 자의식이 거칠게 노출되는 대목은 생경스러워 「타관 사람」의 정제를 떠올리게 만든다. 그러나 문희와 세환이 이혼서류 작성을 둘러싸고 옥신각신하는 장면에서 그 복잡한 심리의 기미를 '이러세, 저러세'란 말투로 붙잡아내는 대목이라든지, 오밤중의 가족간 난투극 장면을 눈 하나 깜짝 안하고 기술해가는 대목에서는 90년대 여성소설의 섬세한 일상극을 가볍게 뛰어넘음으로써, 아파트나 오피스텔의 일상극과는 다른 땀내 나는 생활의 드라마가 공선옥 소설의 한 자리가 될 수 있음을 예감케 한다.

「내 생의 알리바이」는 이번 소설집의 표제작이지만, 발표 시기로 보면 수록 작품 중 가장 앞선다. 『피어라 수선화』의 세계에 곧장 이어지는 느낌을 받는 것도 그래서일 것이다. '진술 1 2 3 4'로 이어지는 글의 형식에서도 알 수 있듯, 이 작품에서 작가는 '태림'이라는 인물에 대해 가능한 객관적 서술을 시도하고 있다. 작품을 읽어보면 드러나지만 태림이란 곧 작가의 문학적 분신, 그러니까 공선옥 소설의 그 '나'다. 태림과 80년에 잠깐 고3 생활을 같이한 여고동창생 화자의 한눈팔기와 머뭇거림 속에서 아주 더디게 조금씩 그 모습을 드러내는 태림의 살아온 자취란 정작 이 소설의 부산물일 뿐이다. 우리의 눈이 머무는 곳은 태림과 화자인 '나' 사이의 긴장이며, 그 둘 속에 나누어져 있는 분열된 자아다. "나는 그를 사랑하지 않았다. 나의 태림에 관한 마지막 진술은 이것이다"라고 말하는 '나'란 그러니까 태림 자신이다. 태림이 느닷없이 교통사고로 죽고, 그 죽음 곁에서 그 '새끼들의 보증인'이었던 화자 '나'가 이제는 제법 커버린 아이들을 바라보는 장면에서 우리는 작가 공선옥의 통렬한 자기부정, 할 수만 있다면 과거를 지우고 새롭게 살고 싶은 처절한 갈구를 본다. 「내 생의 알리바이」에서 '나'는 태림의 모진 세월에서 자신의 부재를 증명하고 싶었지만, 그리고 '나는 태림을 사랑하지 않았다'고 말하는 것으로 그 부재 증명을 완성시키고 싶었겠지만 당연히도 작가는 안다. 그 부재 증명은 가능하지 않음을. 작가가 진술 속에 '나는 그를 사랑하지 않았다'는 말을 되풀이함으로써 자기망각과 도피의 욕구를 '사랑'으로 반전시키려 하는 것은 이 작품의 어른스러움이며, 공선옥식 '자기 이야기'가 삶의 가혹한 아이러니에 가닿고 있다는 증거이기도 하다.

한겨울 훔쳐온 김치를 우두둑 씹으며 뱃속의 아이를 키우는 영례의 모진 삶을 그린 「어미」는 공선옥 특유의 모성 체험이 없이는 씌어질 수 없는 작품이리라. 그러나 「세한(歲寒)」의 옛이야기식 인생유전의 결말에서 느닷없이 죽음을 보여주는 것이나 「모정(母情)의 그늘」의 느슨한 독백조가 한여사의 갈등 없는 자기 위안에 그치고 마는 것, 그리고 '노동자의 고향은 공장이다'라는 「우리들의 고향」의 얕은 주제의식 등은 공선옥 소설이 빠지기 쉬운 덫인지도 모른다. 그리고 그 덫은 공선옥 소설이 지니고 있는 곡절 많은 이야기들 속에서 항시 입을 벌리고 있다. 이번 소설집의 괄목할 성과를 토대로 이야기의 통제, 자기 언어의 절제를 통한 공선옥식 소설미학의 구축은 좀더 의식적인 작업이 되어야 하지 않을까. 그렇지 않을 때 「뭘 먹고 살까」의 황옥단 할머니는 무시로 공선옥의 갈 길을 막을지도 모른다. 공선옥 자신 잘 알고 있듯, 이야기가 중단된 그 지점에서 소설이라고 하는 이상한 물건은 늘 몸을 뒤척이며 기지개를 켜지 않던가.

3

공선옥의 소설에는 작품이 끝났음에도 못다한 말들의 웅성거림이 남아 있다. 그만큼 그는 할말이 많은 작가다. 어떨 때는 수다스럽기까지 하다. 그러나 우리는 그 수다를 사랑한다. 자신의 신산을 아무렇지도 않게 이야기하는 그 수다스러움을 사랑한다. 「내 생의 알리바이」에서 본 것처럼 지난 삶의 가혹한 운명을 지우고 싶어하는 한 사람의 공선옥과, 그럼

에도 그 가혹한 운명을 껴안고 그 안에서 글쓰기를 밀고가려는 또 하나의
공선옥, 이 둘의 수다스러운 싸움을 사랑한다. 안타까운 싸움의 도정에서
'따순' 손바닥의 긍정에 이른 그 씩씩한 마음을 사랑한다. 첫 소설집 후
기에 나오는, 천원어치씩의 밤과 감, 친구의 텅 빈 방이 그 수다의 숨은
싸움터임을 우리 독자도 잘 알기 때문이다.

— 공선옥 소설집 『내 생의 알리바이』(창작과비평사 1998)

진정성의 깊이가 찾아낸 결핍의 형식

■

강영숙 소설집 『흔들리다』

1

바람 부는 풀밭에 누워, 단 십분만이라도 쉬고 싶다는 한 여자가 있다. 얼마나 평범하고 이루기 쉬운 소망인가. (「바다에서 사막을 만나면」 128면)

고독과 결핍은 예술가들을 떠올릴 때면 따라오는 오래된 에피셋이다. 예외가 없는 것은 아니지만 광기, 방탕 등도 그 익숙한 항목이다. 여기에는 우리가 쉽게 확인할 수 있는 많은 전기적 근거도 있다. 예술가적 천분과 노력을 기본적인 것으로 전제한다면, 거론된 항목들이 예술가들로 하여금 세계의 허위를 통찰하고 그 통찰을 타협 없는 부정성 속에서 표출하게 하는 중요한 힘의 원천이었던 것일까. 다분히 낭만적인 이러한 예술가관에는 오래된 에피셋의 진부함만큼이나 상당한 진실이 담겨 있는 것 같다. 예술이 부재하는 것을 현전시키려는 인간 욕망의 음화(陰畵)라면, 고독과 결핍은 그 부재를 환기시키는 더없이 강렬한 실존의 계기일 테니 말이다. 물론 이때, 고독과 결핍은 세계를 태워버릴 순수의 응결, 부재에 맞서는 '순수한 형식'일 것이다.

하지만 이러한 생각을 오늘의 예술가들에게 곧바로 적용할 수는 없다. 근대 이후 세계의 물질적 진화는 고독과 결핍의 순수한 형식을 쉽게 허용하지 않기 때문이다. 아마도 고독과 결핍이 오늘날만큼 사회적으로 철저히 관리되고 양식화되면서 한편으로는 현대생활의 보편적 조건으로 의식 속에서 허구화되고, 다른 한편으로는 넘치는 풍요의 한켠에서 언제든 구제받을 수 있는 복지의 대상이 된 적은 없을 것이다. 그렇다는 것은 현대의 예술가라면 고독과 결핍, 광기와 탕진을 양식화하고 상투화하는 세계의 인력을 의식하면서, 세계의 허위를 꿰뚫는 부정성으로서 고독과 결핍의 순수한 형식을 새롭게 발견해내야 한다는 것을 의미한다. 각 예술 양식의 미학적 조건과 역사는 이때 장벽으로도 자유로도 기능할 것이다. 그러나 작품의 핵심에 타자로서의 예술 주체를 성공적으로 산포할 수 있다면 그 자유의 기능과 가능성을 확인하는 일은 진정 드문 광경은 아니리라. 실존적 자아와 예술적 자아 사이의 대화적 긴장, 미학적 상관성이야말로 현대 예술의 진정성을 보증하는 척도이기 때문이다. 그것은 자신의 소외를 그 기원인 현대성에게 되돌려주는 미학적 실천에 다름아니다.

강영숙(姜英淑)의 소설은 그 자유를 확인하는 드물고 아름다운 광경이다. 특히 고독과 결핍의 진정성이 뿜어내는 강렬한 힘은 예사롭지 않은데, 그 힘은 소설의 문체와 구성을 통해 적절히 제어되고 풀리면서 새로운 인간학에 이를 그녀만의 고유한 세계 구축을 예감케 한다. 1998년 서울신문 신춘문예로 등단했으니 첫 소설집의 발간이 그리 빠른 편은 아니다. 엇비슷한 시기에 작품활동을 시작한 작가들 가운데 이미 두세 권의 책을 상자하며 한국소설의 중심부로 진입한 이들이 있고 보면 더욱 그렇다. 그러나 딱히 과작이랄 것까지는 없겠지만 강영숙의 이러한 행보에는 분명 자신의 예술적 자아를 신뢰할 만한 속도로 구축해나가는 의연함이 있다. 평단 역시 일찍부터 이 예사롭지 않은 작가의 등장에 대해서는 지속적인 관심을 보여온 바 있으며 그 주목의 빈도가 최근 급상승하는 느낌이니, 다소간 늦은 출발을 안타까워할 필요는 없을 것 같다. 한 사람의 작가를 갖게 된다는 것은 그를 통해 하나의 세계를 얻는 일이다. 그가 아니었으면 표현에 이르지 못했을 인간 진실의 새로운 광학을 발견하는 일이다. 설렘과 기대를 안고 그 처녀지로 들어가보자.

　　2

　강영숙의 첫 소설집 『흔들리다』(문학동네 2002)에는 '냉소' 혹은 '오기'라고 말하기에는 충분치 않은 묘한 시선이 어른거린다. 몇가지 예를 보자.

　"너 왜 이렇게 사니?"
　순간, 그녀의 얼굴이 약간 떨렸다.
　"왜, 내가 어떻게 사는데."(「바다에서 사막을 만나면」 124면)

　여자와 산다구? 자리에 채 앉기도 전이었다. 그래 어쩔래, 정확히 말하면 내가 친구한테 빌붙어 사는 거야. 그의 말투가 싫어 단박에 대답해버렸다. (…) 다시 합칠 수 없을까. 그의 말에 깜짝 놀라 모으고 있던 두 무릎이 살짝 흔들렸다. 행복 같은 거…… 행복하게 살도록 노력하겠다고 하면 믿을래. 그는 굳은 얼굴을 탁자 아래로 향했다. 행복 좋아하시네. 나는 몸을 거칠게 뒤로 젖히고 주머니에 손을 찔러넣은 채 말했다. (「흔들리다」 11~12면)

　너 전학 왔다며?

그래서?

기가 죽기는 싫어서 최대한 당당한 표정을 지었다. (「피라미드 모양의 만성두통」 262면)

"왜, 내가 어떻게 사는데" "그래 어쩔래" "그래서"의 오기에 가득 찬 통명한 표정과 어조가 손에 잡힐 듯하다. 물론 그럴 만한 맥락에서의 대화이기는 하다. 그러나 인용한 대목 말고도 소설집 전체에서 이 차가운 오기를 종종 발견하게 된다면, 조금 따져볼 필요가 있겠다. 하루종일 팔리지 않는 알로에가게를 지키고 있는 여자(그녀는 심하게 다리를 전다)가 화자인 잡화가게 남자에게 내뱉는 반말 비슷한 말투와 무시하는 듯한 시선(「팔월의 식사」). 오래된 물건이나 인형 따위에 대한 편집증적 집착으로 신혼살림을 파탄으로 몰고간 여자가 되레 이상한 오만으로 남편을 자신의 삶 속에 무릎 꿇리는 「청색 모래」. 뚱뚱한 몸을 주체 못하는 수영장 여직원이 날건달 수영코치에게 보이는 집착 이면의 동정의 시선(「밤의 수영장」) 등등. 하고 보면, 인물들은 하나같이 자기소외와 자기연민을 깊이 앓고 있다. 세상에서 패배한, 혹은 패배를 예비하고 있는 상처와 열등감투성이 인간들이다. 그런데도 오만할 정도로 당당하다. 이런 태도들을 심리적 방어기제로 설명해버리면 쉽다. 심리학의 상식이니까. 그러나 작가는 오만이라는 방어기제를 인물 속에 전면화하지 않는다. 그냥 '슬쩍' 그러고 만다. 작가가 위의 인물들에게 넘겨주는 오만의 시간은 짧다. 금방 상대에 대한 연민으로 돌아선다. 예를 하나 들어보겠다.

세상 속 진입로를 잃어버린 백수 남편, 그의 넘치는 자의식이 찾아간 세상의 숨은 길은 침몰한 러시아 핵잠수함이다. 당연히 결혼생활이 유지될 수 없다. 화자인 '나'(민영)는 집을 나와 친구 하나 집에서 더부살이를 한다. 몇개월 만에 두 사람이 만났다. 「흔들리다」에서 인용한 위의 대목은 그 만남의 자리에서 나온 대화의 풍경이다. 어린시절 밥상을 내던진 아버지에 대한 기억으로 세상 모든 것을 병적으로 의심하며 지도를 끼고 사는 민영 역시 자기소외를 앓고 있는 상처받은 인간이다. 삶의 증거로 영수증에 찍힌 시간에 집착하고 결벽적 채식주의 성벽을 보이는 또다른 콤플렉스투성이 인간 한나와의 주말 고속도로 여행이 이혼 후 유일한 삶의 출구다. 그런 주제지만 생활을 포기해버린 백수 전남편에 대해서는 오만한 경멸과 분노를 아끼지 않는다. "그래 어쩔래," "행복 좋아하시네." 그러나 사실은 그뿐, 그녀는 후드가 달린 남편의 감색 오리털 코트에서 삐져나온 흰 오리털 하나를 떼어내주지 않은 걸 곧장 후회하고 만다. 다른 경우도 비슷하다. 「바다에서 사막을 만나면」의 이신애도 "왜, 내가 어떻게 사는데" 하고 잠시 뻗대고는 도망간 출판사 사장의 이야기 속에 궤도에서 이탈해버린 자신의 처지를 풀어놓으며 금방 턱없는 오만의 꼬리를 내린다. 「피라미드 모양의 만성두통」의 화자 '나' 역시 "최대한 당당한 표정" 다음에, 자신에게 말을 붙였던 여자애들 둘과 시장 순례에 나선다. 왜 이렇게 되고 마는 것일까.

강영숙 소설 속의 '오만한' 인물들, 그들의 시선은 철저하게 자기 자신을 향하고 있기 때문이다. 그들은 대개 자기상실의 아픔을 앓고 있는 인간들이지만, 그 아픔의 원인이었을 세상을 향해 시선을 두지 않는다. 따라서 말하지 않는다. 혹 말해야 된다면 이렇게 말한다.

"여기 오니까 그 생각이 난다. 바람 부는 풀밭에 단 십분만이라도 편안하게 누웠으면, 생각했던 때가 있었어. 살다가 갑자기 자신도 모르는 곳에 빠질 때가 있잖아. 내가 그런 경우야. 왜 그런지, 누구의 잘못인지도 모른 채로 여기까지 온 거야."(「바다에서 사막을 만나면」 127면)

그리고 꼭 시선을 세상 쪽으로 향해야 한다면 이렇게 향한다.

무지근한 통증이 허리를 누른다. 어금니를 깨물고 쪼그리고 앉는다. 아름다운 모래무늬도, 사막의 붉은 노을도 보이지 않는다. 조슈아 트리에서는 모든 게 다 보여…… 이 세상의 모든 게 환히 다 보여…… (…) 조슈아 트리는 지금까지 내가 걸어온 풍경이 한눈에 보이는 모래 언덕일 뿐이었다. (「양털 모자」 77~78면)

자칫 자기연민으로 빠질 수도 있는 대목이다. 그러나 작가는 자기연민의 시선으로는 성숙한 소설적 탐구가 이루어질 수 없음을 자각하고 있다. 그 증거가 심리적 방어기제를 넘어선 '오만한 시선의 아이러니'인 셈이다. 그리고 이 아이러니의 간극과 밀도를 위해 작가는 자기연민을 오만한 시선 속에 숨기는 게 아니라(원래 그럴 의도가 아니었다. 앞에서 보았듯, 작가는 그런 시선을 인물들에게 잠깐 주었다 금방 거두어들인다) 새로운 시선의 발견으로 나아간다. 그리하여 그 시선이 자기연민을 넘어선 진정한 자기대면의 공간으로 솟구쳐오르게 한다. 강영숙 소설의 깊이는 일차적으로 여기서 비롯한다.

3

잠시 이 글의 서두로 돌아가보자. 고독과 결핍이라는 상투적 장이 어떻게 세계의 허위를 통찰하는 힘을 주는가. 그것이 어떻게 진정한 부정성이 될 수 있는가. 흔히 반(半)예술로 조롱받는 근대의 소설 장르는 이에 대해 어떤 답을 마련해놓고 있는가. '영혼을 입증하기 위해 길을 떠난다.' 로버트 브라우닝의 시구를 인용한 한 헤겔리안의 답변은 여전히 유효하다. 생의 단면과 승부하는 단편의 경우에도 근본적으로 이러한 과제를 스스로에게 부과하지 않는다면 소설이 씌어져야 할 자리는 좁아지거나 이야기의 차원으로 넘어갈 수밖에 없을 것이다. 그런데 알다시피 이 자기입증의 여로는 패배하게 마련이다. 고독과 결핍은 더 깊어지며, 더이상 나아갈 길 없는 아득한 지평이 앞을 막아선다. 누군가 "조슈아 트리에서는 모든 게 다 보여. 이 세상 모든 게 다 보여"라고 하지만 "어디를 보아도 지평선 끝까지 이어진 모래언덕, 똑같은 풍경"(「양털 모자」)일 뿐이다. 그러나 이 순간 한없이 막막한 수평의 여로는 수직의 솟구침을 낳기도 한다. 그 솟구침의 풍경은 모래언덕 사이로 비스듬히 솟아올라온 "나무막대기"일 수도 있다. 이 미미한 수직 속에는 그럼 무엇이 있는가. 아마도 기껏 "사막의 햇빛에 빛이 바랜, 모래먼지에 쓸려 낡고 해어진 바로 그 양털 모자"가 있을 것이다. 바로, 길을 떠날 수밖에 없었던 원점의 풍경이다. 그러나 이제, 그 원점은 처음 길 떠날 때의 그것일 수가 없다. 자기입증, 자기탐구의 여로는 미미한 수직의 솟구침을 긴 울림으로 지니고 다시 원점으로 돌아간다. 원점에서의 고독과 결핍은 그러니, 자기대면의 강렬한 의지다. 그것들은 세계의 허위를 자신의 패배로 드러내고, 진정한 부정성으로 남는다. 강영숙 소설에서 '오만한' 인물들의 시선이 오로지 자기 자신만을 향하고 있다고 함은 이런 의미에서다. 그러나 그 시선의 여로가 진정 삶의 어두컴컴한 심연에 이르기 위해서는 스스로를 뒤집고 의심하지 않으면 안될 것이다. 부정이야말로 마지막 심연까지 동행하는 자기대면의 유일한 조건이기 때문이다. 새로운 시선의 발견이 요청되는 대목일 텐데, 이 점에서 강영숙은 자각적이고 풍성하다. 그 자각적 풍성함으로부터는 이전 한국소설의 성취와 지체를 오래 들여다보고 스스로를 숙성시켜온 작가의 겸손과 오기가 느껴지는 듯도 하다. 강영숙 소설의 유다른 깊이에 주목하는 이유다. 구체적으로 살펴보기로 하자.

「트럭」은 강영숙 소설의 강점이 잘 드러나 있는 작품이다. "다리 가랑이 속으로 말려들어간 치맛자락을 제대로 펴고 출입문을 밀고 들어간다." 단정한 듯하지만 날선 문장. "그가 왜 청소차를 따라가는지는 그만이 알 것이다." 무심한 어조. "앉고 보니 팔 한쪽이 거의 남자와 붙을 지경이다. 최대한 남자와의 거리를 넓히려고 엉덩이를 빼지만 바닥에 고정시킨 의자이기에 도리가 없다." 작은 기미에 대한 민감성. 차곡차곡 쌓아가는 듯하지만 다른 한편에서 툭툭 서사의 진행을 찢으며 어른거리는 심연의 그림자, 그리하여 환영(幻影)의 전경화까지 밀도높은 단편의 전범을 보여준다. 그러나 무엇보다 인상적인 것은 단순히 환영의 제시에 머물지 않고 새로운 시선의 발견으로 나아가는 집요한 자기대면의 의지다. 「트럭」에서 허구에 허구를 겹쳐 한껏 증폭시킨 이중의 환영은 그 미학적 방법일 것이다.

「트럭」은, 환영(幻影)으로 전경화된 대목 말고도 현실의 텍스트로 제시된 부분조차 허구적인 느낌을 준다. 이중의 환영이라 할 만한데, 현실의 묘사가 아니라 '의식/무의식'의 드라마이기 때문이다. 소설은 두겹의 텍스트로 짜여 있다. 고속도로변에서 여든 가까운 나이의 아버지와 사는 서른살 어름의 여성이 있다. 그녀는 얼마 전, 고등학교 졸업 후 십년을 다닌 직장을 그만두었다. 그녀는 직장에서 무심코 가지고 나온 회원 파일을 생계를 위해 세번에 걸쳐 어떤 남자에게 팔아넘기며 고속도로변, 아버지와의 죽음 같은 시간을 견뎌나간다. 패스트푸드점, 레스토랑, 장충단공원 이 세곳에서 이루어진 비밀 거래가 중요한 사건인 양 제시되어 있는 여기까지가 현실의 텍스트라 할 만하다. 그리고 다른 한편에는 집 근처 도로변에 세워져 있는 트럭과 트럭 남자를 둘러싼 봄밤의 환영들이 펼쳐진다. "절대로 우습게 보여서는 안된다"는 의식을 깃발처럼 내걸고 있는 여자("너 삼류지?"—파일을 거래하는 남자, "내가 본 여자 중에 당신이 제일 못생겼어요."—트럭 남자)의 '의식/무의식'이 빚어낸 이 환영의 파노라마는 그녀의 트라우마가 단순한 열등감에서 비롯된 것이라기보다는 가족 관계의 훼손에 그 기원을 두고 있음을 암시한다. 도로변에 버려진 커다란 트럭에서 촉발된 여자의 몽상이 끝내 나는 남자의 커다란 몸으로 옮겨가고, 마침내 트럭 남자와 함께하는 "신기한 여행"으로 뻗어나가는 것은 이해하기 어렵지 않다. 게다가 "트럭 안에는 모든 게 다 있"지 않겠는가. 그리하여 또다른 환영으로서, 연못가 낮은 집 창앞에 앉아 있는 여자의 영상(어머니일까, 그녀 자신일까?)은 상처입은 자아의 투영, 망각하고픈 성장기의 풍경으로 읽히는데, 머리 위를 나는 수십 마리의 날파리나 튀긴 메뚜기를 탐하는 장면 그리고 바짝 마른 연못 등, 편안한 귀속의 느낌보다는 그로테스크하기까지 한 이 기원의 풍경이 강영숙 소설에서 차지하는 자리는 성장기 화자를 내세우고 있는 몇 안되는 작품(「피라미드 모양의 만성두통」 「검은 밤」)을 포함해 아직 씌어지지 않은 다른 작품들과 함께 검토될 수 있을 것이다. 그런데 봄밤의 환영에 둘러싸인 현실의 텍스트조차 자세히 들여다보면 한갓 허구의 환영처럼 읽힌다는 데 이 작품의 문제성이 있다.

여든 가까운 늙은 아버지와 서른살 노처녀 딸이 겨우 숨만 쉬고 있는 집안에 현실감이 깃들 자리가 있을 수 있을까. 화자인 딸은 심지어 이렇게까지 말해놓고 있다. "수없이 많은 자식들을 낳았다고 했지만 지금의 아버지는 고요함을 벗삼아 산다. 그 많다던 자식들은 다 어디로 갔는지 모르겠다. 혹시 내가 아버지의 손녀인 것은 아닐까 생각한 적이 있다." 이 방관적 진술에서 암시받을 수 있는 것은 화자의 의식에는 현실을 수용할 자리가 없다는 점이다. 고속도로에서 들려오는 자동차 소리와 쓰레기 하치장의 반복적인 기계음만이 두 부녀를 죽음의 시간이 지배하는 방 안에 가두어둔 것은 아니다. 새벽 쓰레기차를 뒤따라가는 슬리퍼 신은 남자를 보아야 하고, 버려진 트럭에서 땀냄새 물씬 풍기는 건장한 남자를 빚어내야 하는 여자의 '의식/무의식'은 이미 그 자체, 늙은 아버지와 견디는 죽음의 시간에 대응되는 것이다. 현실의 텍스트가 현실감을 잃고 그로테스크해지는 것은 그러니 당연하다. 소설 속 유일한 사건이라 할 불법 거래의 현장이 현실적 긴장감보다는 이상한 부조리극의 분위기를 띠고 있는 것이 그렇다. 두번째 거래 때, 돈을 올려받기 위해 실랑이하다 여자가 툭 내뱉는, "그래도 안되겠어요. 벌어먹여야 할 노인이 계셔요. 꽃구경을 보내드려야 해요" 같은 말이 그 부조리한 일그러짐을 단적으로 드러낸다. 그렇다면 현실의 텍스트조차 삼켜버리는 이중의 환영 구성이 노리는 바는 무엇인가. 새로운 시선의 발견이다. 늙은 아버지와의 연극 같은 식사 장면이든, 봄밤 트럭 남자와 함께 달려간 벌판에서의 그로테스크한 식사 장면(어떤 여자가 차려주는 흰밥과 개구리 뒷다리 구이)이든, 주인공 화자의 일방적인 '의식/무의식'의 유로가 빚어낸 환영에 불과한 것이라면, 이로부터 진정한 자기대면의 공간은 찾아질 수 없다. 그것은 욕망의 일방적 투사에 불과한 것이니까. '의식/무의식'이 필사적으로 억압하고 은폐시켰던 새로운 제3의 시선을 찾아내 보상적인 욕망의 환영과 대결시켜야 할 소설적 필연성이 여기에 있다. 소설은 성숙한 대화의 공간이기 때문이다. 그리고 성숙한 대화란 패배를 순수하고 진정한 것으로 상승시키는 새로운 시선의 발견에 의해서 가능하기 때문이다. 이때 패배는, 더이상 어쩔 수 없는 고독과 결핍은, 강렬한 부정성으로 남는다.

강영숙은 이 점에서 자각적이고 풍성하다. "트럭은 그날밤 이후 움직이지 않았다." 행을 나누고 시작되는 소설의 결말에 와서야 '의식/무의식'이 환영에 기대 외면하고 있던 현실이 담담하게 귀환한다. 트럭이 도난 차량으로 발견된 그날 새벽, 웃으며 청소차를 쫓아가던 슬리퍼의 남자는 후진하는 차에 치여 죽었다. 도난 트럭을 수사하러 온 경찰이 열쇠 수선공을 불러 트럭 컨테이너를 열자, 텅 비어 있는 그 공간에 무언가가 있었다.

원숭이였다. 황색 털에, 불쾌한 냄새에, 그저 눈만 동그랗게 뜬 원숭이가 사람들보다 더 놀란 얼굴로 마구 쏟아져들어오는 햇빛에 순식간에 노출되었다. (52면)

왜 원숭이냐고 묻는 것은 의미없다. 진짜 현실이란 그런 것이니까. 느닷없이 원숭이 같은 것과 맞닥뜨리는 것이니까. 한갓 '의식/무의식' 따위로는 극복할 수 없는 것이니까. 많은 대답이 주어질 수 있겠지만, 날짜와 시간이 또렷이 찍힌 영수증을 빠짐없이 챙겨 삶의 증거로 삼으려 안간힘을 다해도(「흔들리다」) 갑자기 자신도 모르는 곳에 빠져버리고, 누구의 잘못인지 모르는 채 막다른 골목까지 밀려와버리는 것(「바다에서 사막을 만나면」)이 환영을 불러들여야 하는 한심하고 절박한 인생의 곤경이라면, 그리하여 침몰한 러시아 핵잠수함의 길잃음이 심연을 엿본 댓가라면(「흔들리다」), 황색 털에 불쾌한 냄새투성이 원숭이는 어김없이 언제든 출몰할수밖에 없는 게 아닐까. 삶의 심연으로부터 뿜어져나오는 제3의 시선을통해 한 여자의 '의식/무의식'의 심리극이 현실의 부정성으로 전화하는「트럭」의 소설적 성취가 자각적이고 풍성하다 함은 이를 이름이다.

원숭이는 긴 팔을 움직여 자꾸 어딘가를 가리켰다. 그곳은 자동차가
달리는 고속도로였고, 원숭이는 낑낑낑 소리를 내며 자신을 쳐다보고
있는 사람들 중 누군가와 눈길을 마주치려 했다. 나는 원숭이의 눈을
피해 몸을 돌렸다. (52면)

그녀는 시선을 피했지만, 이미 원숭이를 보아버렸다. 그녀 자신 안으로 쑥 들어와버렸으니, 아니 그녀 안에서 쑥 끄집어내졌으니. 강영숙 소설은 그 원숭이의 시선과 마주서려는 집요한 탐구다.

4

  원숭이의 시선과 맞닥뜨린 「트럭」의 여자는 이번 소설집 전체를 써내
려가는 한 사람의 내포작가에게 수렴되고 있다고 해도 좋을 만큼, 거의
모든 작품에서 발견된다. 팔리지 않는 알로에가게를 지키다 저녁이면 집
으로 돌아와 다육질의 알로에 줄기를 우적우적 씹어먹으며 삶의 허기를
매우는 다리 저는 여자(「팔월의 식사」), 십년여의 고단한 미국 생활 끝에 삶
의 끈을 놓아버린 남편을 버리고 캘리포니아 모하비 사막의 조슈아 트리
를 찾아 떠나는 여자(「양털 모자」), 철거 직전의 빈 아파트에 백수건달 남
편을 남겨두고 매일매일 끝장을 꿈꾸며 건너편 레스토랑으로 출근하는
여자(「불빛과 침묵」), 언제부터인가 씽크대 수돗물 소리에 잠 못 이루는 여
자와 커다란 고무인형 곁으로 퇴행해버린 그녀의 대학동창 신애(“아, 바
람 부는 풀밭에 누워 단 십분만이라도 편안했으면”)(「바다에서 사막을 만나
면」), 침몰한 핵잠수함 이야기에 빠져 있는 무기력한 남편과 헤어져 친구
와 고속도로를 떠도는 결벽증 여자(「흔들리다」), 매일 오천 톤의 수압을 견
디며 사는 전직 수영선수 출신의 뚱뚱한 여자(「밤의 수영장」), 세상의 허위
를 견디지 못하고 앤티크 수집벽에 빠져 극한까지 삶을 탕진해버리는 여
자(「청색 모래」) 등등, 극도의 민감성 속에서 자신의 상처를 앓고 있는 인
물들은 마치 작가의 페르쏘나이기라도 한 양 소설집을 일관하고 있다. 성
장기 화자를 내세우거나 한 다른 부류의 작품(「검은 밤」 「피라미드 모양의 만
성두통」 「서로의 안부를 묻다」)에서도 비슷한 성격의 흔적을 확인하는 것은
어렵지 않다. 그렇다는 것은 비슷한 유형의 인물이 빚어내는 유사한 분위
기의 반복을 말하는 것이 아니다. 오히려 탐구의 집요함 속에서 각각의
절실함은 고유하다. 특별히 다채롭다는 느낌을 주는 것은 아니지만 남녀
간 연애공간을 거의 설정하지 않고도(표면적으로 강영숙 소설에는 ‘사

랑'의 서사가 없다) 강영숙 소설은 상처입은 존재의 내면을 드러내고 인간의 발견에 이르는 강렬한 무엇을 지니고 있다. 그것은 눈으로 보고 손으로 만질 수 있는 구체적 결핍에서 비롯하는 상처의 진정성이다. 쉽게 말해, 강영숙 소설의 인물들은 다리를 심하게 절거나 못난 인간으로 무시당하거나 못생겼거나 뚱뚱하거나 무능한 남편으로 인해 삶의 바닥으로 추락해 있다. 그들의 고통은 당연히 자의식을 포함하지만 그 자의식을 바라보는 명백한 실체를 갖고 있다. 고상한 그 무엇이 아니다. 그 이하일지도 모르나, 사실은 그 이상이다. 그러니 빚어낼 수 없는 것이다. 다분히 몸('육체'와는 구별해야 할 것 같다. 여기서 몸은 정신의 대립항이 아니다)의 그것이다. 쉽게 넘어설 지점이 보이지 않는다. 해서, 「트럭」에서 본 것처럼 환영의 요청은 강영숙 소설에서 담담하면서도 강렬한 내적 필연성을 구축한다.

「밤의 수영장」이 보여주는 해방의 환영은 그 내적 필연성을 입증하는 또다른 유력한 예가 될 것이다. 이 작품에서 몸이 몸을 부르고 찾아 스스로를 해방하는, 유영하는 듯한 흐름은 풍성하고 아름답기까지 하다. 스포츠센터 직원 '나'(전직 수영선수인 그녀는 구타가 일상화된 비인간적 훈련을 이기지 못하고 수영을 그만두었다. 한쪽 귀는 청각을 상실했고 겨우 열다섯에 인생을 포기한 꼴이었다. 그후 필사적으로 물을 피했지만 본능적으로 물을 찾던 그녀는 결국 수영장 주변을 맴돌고 있다. 선수 시절보다 33킬로그램이 늘었다)는 '뚱땡이'라고 무시당하면서도 날건달 수영코치 최상수의 작고 매끈한 소년 같은 몸에 이끌린다. 작가는 두 사람의 미묘한 관계를 몇마디 대화 속에 절묘하게 압축해내는데, 거리를 두고 부조리극의 대사처럼 상황을 제시하는 솜씨는 정말 발군이다. 대화만을 옮겨본다.

"우리, 서로 소원 들어주기 할래요?" "니 소원, 살 빼는 거? 아님, 남북통일?" "아냐? 그럼 뭐야?" "최 코치님이랑 자고 싶어요." "난 뚱뚱한 여자는 질색이야. 뚱뚱한 것들만 보면 그냥 확……" "살 빼면 만나줄래요?" "내 부탁을 먼저 들어주면 네 소원을 들어주지."(194면)

오천 톤의 물이 들썩이는 소리를 들으며(한쪽 귀가 먹은 자만이 들을 수 있는 소리다) 한밤의 수영장을 어슬렁거리는 여자의 욕망을 남자는 경멸하며 꿰뚫고 있다. 그러나 여자 또한 알고 있다. 그가 보잘것없는 인간임을. 그러니 저런 고상한 대화를 주고받을 수밖에. 여자가 물, 그러니까 몸과 화해하는 계기는 남자의 부탁으로 함께 찾아간 그의 이복누이로부터 온다. 어린시절 이복누이의 수영하는 모습은 인어 같았는데, 최상수가 수영에 목을 맸던 것은 그 때문이었다. 뚱뚱한 여자에게 질색하는 진짜 이유가 여기 있었다. 그런데 몇년을 같이 살고 헤어졌던 그 누이의 현재 모습은 어땠을까. 집안은 "수해지구처럼 어지럽고" 여자의 몸은 "몹시크다. 여자와 냉장고의 크기는 거짓말처럼 거의 같아 보인다. 전체적으로 둥글고 축 늘어진 여자의 몸엔 각이라곤 없다. 치마 아래에 드러난 발목은 심하게 뒤틀린 채 몽톡하다. 머리칼은 지나치게 짧다. 얼굴 군데군데 거뭇한 흉터가 보인다." 온몸을 상처로 꽉 채우고 부풀린 또 한명의 '나'(수영장 여자)가 거기 있었던 것이다. 이복누이의 집을 나오며 최상수가 던진 고약한 한마디는 실상 이 세 사람 사이의 '각'을 허물고 자기연민을 넘어서 그들 각자의 몸(삶)과 화해하는 실마리에 다름아니었다.

"오늘 고마웠어. 뚱뚱한 데는 저 여자가 너보다 한수 위인걸."(198면)

그랬기에 '나'는 밤의 수영장, 그 물속으로 들어가 오래전 몸에 각인된 움직임을 하나하나 되살리며 몸 갈피갈피에서 흘러나온 자신의 숨소리를 들을 수 있었던 것이다. 다시 찾아간 최상수의 누이 집에서 술에 취해

쓰러져 누운 늙은 인어를 등뒤에서 감싸안을 때 다가온 해방의 환영은 그리하여 자연스럽고 아름답다.

> 드디어 푸른 물이 우리가 누운 집 안을 채우기 시작한다. 여자의 다문 입술이 슬며시 열리고 입속에 푸른 물이 들어찬다. 여자는 비로소 인어처럼 웃는다. 나는 코르셋 속에 처박아두었던 단단한 살덩어리들을 푸른 물속에다 풀어헤쳐놓는다. (…) 오랜 세월 짓눌렸던 살들이 부드럽게 빠져나간다. (…) 물은 여자와 나에게서 통증을 거두어가는 중이다. 여자와 나는 차츰 정화되어 몇천년 만에 처음으로 깊은 잠 속으로 빠져든다. (203면)

또다른 수작 「청색 모래」의 후반부는 화자가 "육개월간의 장기 휴가를 얻어 (…) 사구(砂丘). 내가 그녀를 데리고 간 곳이었다. 나는 그녀를 자극할 아무런 표지도, 이미지도 없는 어떤 무균질의 장소를 찾아헤맸다"라고 현실의 맥락을 끌어들이고는 있지만, 중앙아시아의 어디쯤 모래세상에서 펼쳐지는 비현실적인 처벌과 치유의 시간은 「트럭」「밤의 수영장」에서 보여준 환영과는 달리 소설적 구성으로 자연스러운지 의문이 간다. 그러나 허섭스레기 같은 앤티크와 인형에 대한 아내의 집착이 "그 물건들이 들려주는 이야기를 들을 수 있는" 그녀만의 민감성, 세상에 대한 지나친 연민에서 비롯된 것임을 스스로에 대한 분노 속에 깨달아가는 화자의 흔들리는 시간(그는 시계에 집착하지만, 그러니까 시간에 집착하지만 그의 시계는 가짜 롤렉스다)은 감동적이다. 해서, 그의 안간힘이 찾아낸 "헛것" '청색 모래 문'은 정말 눈부신 환영이 아닐 수 없다. 온통 모래로 뒤덮인 땅 아래 얼음 강이 있었고 눈을 긁어내니 물속을 오가는 물고기들이 보였다. "얼음은 차고 강물은 푸르렀다. 마치 그녀처럼…… 나는 생전 처음 그녀 곁에 가까이 다가간 느낌이 들었다." 모래땅 아래 얼음 강의 존재는 저 오랜 시원으로부터 흘러오는 시간의 살아 있는 형상이었고, 밤마다 그의 매질을 받아들이고 있던 그녀는 그 시간의 이야기에 온몸을 내맡긴 존재였던 것. "내가 이상하다구요? 천만에. 정말 이상한 건 당신네들이라구요." 그녀의 항변이 옳았던 것이다. 그러나 안타깝게도, 이런 영혼이란 중앙아시아의 모래땅 저 아래 얼음 강으로만 겨우 존재할 수 있는 법. 16세기 러시아 이콘화와 맞바꾼 그녀의 몸(영혼)이 사지가 절단된 채 벽에 걸려 있는 마지막 대목은 최근 소설에서 만나기 어려운 구원의 과제를 인상적으로 보여주고 있지만, 그 비현실적인 격렬함은 그녀를 서울 한복판으로 데려와 살게 할 수 없는 소설적 곤경은 아닐 것인가. 관념화된 결핍의식을 밀어내고 구체적 결핍에서 시작하는 강영숙 소설의 진정성 추구가 환영과의 대화적 긴장을 소설적 방법론으로 찾아내고 그로부터 자기대면의 길을 새롭게 열어간 것은 소중한 성과지만, 자칫 환영의 강렬함이 앞서버릴 때 아득해질 위험은 없겠는가. 진정성의 깊이가 열어가고 있는 강영숙의 단단한 소설적 탐구가 더 풍부한 지평을 얻기 위해서도 「청색 모래」의 곤경은 계속 의식되어야 할 것이다.

한편, 강영숙 소설의 힘을 결핍의 구체성에서 찾을 때, 참을 수 없는 허기에 대한 민감성은 그 구체성의 중요한 표지로 소중하게 기억되어 마땅하다. 소설의 육체성을 풍부하게 하는 것 이상의 힘을 그것은 지니고 있기 때문이다. 허기를 둘러싼 이야기는 다방 주방에서 일하며 가출한 딸을 찾아헤매는 어머니의 짬뽕 국물이나 멸치국수처럼 행복했던 시간 전체와 대응되기도 하고(「서로의 안부를 묻다」), 부모가 떠나버린 집에서 슬픔을 잊기 위해 탐식하는 단것처럼 위안의 도구로 제시되기도 하고(「검은 밤」), 파탄 직전에 이른 부부의 식탁 풍경——"차라리 굶으라고 하는 게 인간적이지 않니?"——처럼 부재하는 시간으로 드러나기도 하면서(「흔들리다」) 소설의 육체를 풍성하게 만들고 있지만 특별히 주목할 만한 것은 그 허기가 상처입은 몸의 함성으로 전면화될 때다. 그 대표적인 예가 「팔월의 식사」에서 여자가 알로에 줄기를 먹는 장면이다. 하루종일 팔리지 않는 알로에가게를 지키고 있는 여자는 도통 무언가를 먹는 모습을 보이지 않는데, 잡화가게 남자가 그녀의 아파트로 찾아가서 본 '팔월의 식사'는 놀랍게도 알로에였다. "여자는 닥치는 대로 쇠붙이를 먹어치운다는 전설 속의 불가사리처럼 칼날 모양의 톱니가 박힌 다육질의 알로에 줄기를 우적우적 씹어먹고 있다." 그때 여자는 보조기를 차지 않은 휘어진 다리를 그대로 드러내고 있었다. 운명과 마주선 전면적 모습이라 아니할 수 없다. 또다른 작품 「불빛과 침묵」의 경우는 어떨까. 곧 철거될 유령 같은 아파트에서 삶을 포기해버린 식충이 남편이 출근하는 아내의 등뒤에다 내뱉는 어처구니없는 말, "넌 모를 거다. 내가 요즘 얼마나 힘든지 넌 모를 거야. (…) 나도 정말이지 이렇게 될 줄은 몰랐다구. (…) 그래도 그렇지, 오늘은 돼지고기라도 한 근 사와라. 상추도 사고, 마늘 사오는 거 잊지 마"에는 작가의 민감성이 인간의 비루하고 보잘것없는 바닥에 비추는 속깊은 시선이 오래 어른거린다. 주말이면 고속도로에서 삶의 지도를 찾아헤매는 한나와 민영 두 여자가 민박집에서 받아든 최고의 밥상(「흔들리다」)은 그들을 위로할 수 있었을까. 아마도 그랬을 것이다. 결벽증에 시달리는 두 여자의 분노는 침몰한 핵잠수함에 미쳐 있는 전남편의 그것과 다르지 않음을 민영은 돌아오는 길에서 이미 받아들이고 있었으니까.

5

이번 소설집에서 보이는 많은 짝패들——「팔월의 식사」의 알로에가게 여자와 잡화가게 남자, 「양털 모자」의 '나/남편'과 멕시코 여자, 「불빛과 침묵」에서 미화아파트에 갇힌 남편의 시간과 초원레스토랑에서 바라보는 '나'의 시선, 「바다에서 사막을 만나면」의 '나'와 '이신애', 「트럭」에서

'나/늙은 아버지'와 '벌판 위의 여자/트럭 남자', 「흔들리다」의 두 여자와 민영의 전남편, 「밤의 수영장」의 '나/늙은 인어 여자'와 최상수, 「청색 모래」의 나와 아내──은 다 강영숙의 오래고 오랜 예술적 분신들일 텐데, 들여다보고 있으면 너무 아프다. 가게에 앉아 횡단보도 저쪽에서 걸어오는 여자의 희고 가는 다리를 응시하는 거리(距離)의 버팀이 그 아픔을 증폭시키는데, 밀쳐내고 싶은 그들을 서로 붙잡아두고 있는 인력은 무엇일까. 알 수 없는 우주의 중력, 암흑물질 '엑시온'(「불빛과 침묵」)일까. 그 암흑물질 속을 탐사하는 강영숙의 시선은 차고 푸르다. 이 차가움과 푸르름은 모래땅 아래 긴 시간의 얼음 강으로부터 오는 것. 그녀의 첫 소설집 『흔들리다』는 그 시간을 증거하기에 모자람이 없다. 소설의 진정성이 의심받고 있는 이즈음, 오천 톤의 수압을 견뎌온 강영숙 소설의 깊이가 더 넓은 지평으로, 천천히, 헤엄쳐나오기를 바랄 뿐이다.

그러고 보면, 강영숙의 인물들은 너무 오래 아팠다. "바람 부는 풀밭에 누워, 단 십분만이라도 쉬고 싶다는 한 여자가 있다. 얼마나 평범하고 이루기 쉬운 소망인가."(「바다에서 사막을 만나면」) 그래, 정말 얼마나 이루기 쉬운 소망인가?

── 강영숙 소설집 『흔들리다』(문학동네 2002)

웨하스와 숟가락의 울림

■

하성란 소설집 『웨하스』

1

  하성란(河成蘭)의 소설집 『웨하스』(문학동네 2006)에서도 두드러지게 작가의 시선이 가닿아 있는 곳은 '시간'이라고 하는 세계의 숨은 주재자다. 「강의 백일몽」에서 사진 속의 여자가 보고 있는 것은 "이십년 후의 자신의 모습"(33면)이다. 「웨하스로 만든 집」의 여자는 십년 만에 돌아온 옛집에서 무너져내린 집더미에 깔린 채 "삼십여년 전 그날처럼" "대문 앞에 서서"(86면) 동화 속에서 막 나온 것 같은 이층집 지붕을 올려다보고 있다. 「극지(極地) 호텔」의 퇴물 여가수는 또 어떤가. 그녀는 십칠년 전에 봄을 났던 해안가 호텔의 잡초 무성한 정원을 퇴락한 자신의 인생과 함께 내려다보고 있다. 해외 출장지에서 남편이 갑작스레 죽은 뒤, 남편의 마지막 행적을 좇는 「낮과 낮」의 아내의 시선은 사라져버린 시간의 흔적을 안타깝게 더듬는다. 교통사고 후유증으로 기억상실에 걸린 「그림자 아이」의 남자 역시 무언가를 꼭 쥐고 있었던 듯한 오른손의 기억을 따라 잃어버린 몸의 시간을 찾아나선다. 사실 새삼스러울 것은 없는 이야기다.

하성란의 소설이 사물화된 세계에 대한 극사실의 묘사나 정교하게 직조된 반전과 악몽의 서사를 통해 기약없는 실낙원의 시간을 견디고 있는 현대인의 일상을 낯설게 제시해왔음은 이미 구문에 속한다. 허물어진 집터나 악취를 풍기며 썩어가는 사물들의 이미지는 하성란이 불모와 파괴의 시간을 기억하고 채집하는 유력한 장치이기도 했다. 한편에서는 고여 있는 것으로, 다른 한편에서는 끊임없이 허물고 파괴하는 것으로 현상하는 시간의 두 얼굴은 하성란이 보여준 또 하나의 '루빈의 술잔'이었다. 하고 보면, 인간의 어두운 욕망이나 세계의 부당한 폭력에 서사의 일차적인 촛점이 맞추어진 작품의 경우에도 그 배면에서 시간의 도저한 위세나 사멸하는 리듬을 확인하는 것은 어렵지 않았다. 하성란 소설이 현대 도시의 일상에 대한 뛰어난 소묘이면서, 동시에 그 너머 인간 실존의 근본적 허무나 우수를 아득하게 환기하곤 했던 것도 그래서였다. 여기에 '시간'이란 실재가 하성란 소설의 세계 탐구를 어느 면 제약하는 초월적 원인으로 남을 가능성도 없지 않았지만, 그간 작가는 자신의 시선을 일관되게 유지하면서 다양한 서사의 발굴과 소설화법의 갱신을 통해 그 막막한 견딤의 풍경들 속에서도 연민과 공감의, 미미하지만 소중한 틈새를 열어왔음을 우리는 알고 있다. 이제 『푸른수염의 첫번째 아내』(창작과비평사 2002) 이후 사년 만에 선보이는 작가의 네번째 소설집이 다시, 인간의 마을을 둘러싼 시간의 풍경들 속으로 우리를 초대하고 있다.

2

하성란 소설이 모래알 속에서 우주를 캐내는 특별한 마법에 능통하다는 것은 잘 알려져 있다. 「강의 백일몽」에서 작가는 한장의 사진으로부터 이십년이 넘는 시간의 흐름을 '낮꿈'처럼 펼쳐 보인다. 작품 어디에도 강은 보이지 않지만, 서정인의 명편「강」이 그러한 것처럼 '강'은 그 시간의 흐름 속에 실재한다. 가르시아 로르까의 동명의 시「강의 백일몽」이 선행 텍스트로 이 소설의 상상력에 한 계기가 되었음을 분석해 보인 평문(손정수「비자율적 텍스트의 네 가지 유형」)도 있었거니와, "포플러 나무들은 시들지만/그 영상들을 남긴다.//(얼마나 아름다운/ 시간인가!)//포플러 나무들은 시들지만/ 우리한테 바람을 남겨놓는다.// 태양 아래 모든 것에/바람은 수의를 입힌다.//(얼마나 슬프고 짧은 시간인가!)"(정현종 옮김, 부분)에서 보듯 생성과 소멸의 리듬이 영원성 속에서 교차하는 유장한 시간의 흐름을 담고 있는 로르까의 시가 "구조적인 대응관계만을 희미하게 보여주면서"(손정수) 하성란의 전혀 다른 소설로 새롭게 탄생하는 과정은 문학적 영향관계의 아름다운 예라 할 만하다.「푸른수염의 첫번째 아내」나「고요한 밤」에서 널리 알려진 서양 전래동화를 서사의 계기로 활용하는 메타픽션적 창작 방법을 선보인 바 있는 하성란이고 보면, 다양한 형식 탐구의 연장에서 이 작품의 의미를 평가할 수도 있겠다. 그간 하성란 소설이 소설적 전언의 직접성을 최대한 아끼고, 언어의 세공과 형식의 창안에 한껏 우회로를 부여해왔다는 점을 새삼 상기하게 되는 대목이다. 하성란 소설에서 한두 문장으로 요약할 수 있는 주제나 전언을 찾는 일이 쉽지 않은 것도 같은 맥락에서다. 그런 것들은 대개 작가가 한땀한땀 더듬듯 모색하는 형식의 실타래 속에 숨어 있다.「강의 백일몽」은 로르까의 시라는 선행 텍스트를 창조적으로 활용하고 있는 것 말고도 장르의 제약을 넘어 단편소설의 문학적 울림을 확장하려는 의미있는 형식 탐구를 보여준다는 점에서 인상적인 작품이다.

얼핏 이 소설은 "물고 물리는 것"을 통해 이어지는 인생의 운명적 연쇄를 이십여년의 시간의 흐름 속에서 보여주는 것처럼 읽히기도 한다. 그러나 "물고 물리는 것이 인생일지도 모른다"(34면)는 소설의 촛점인물인 여자의 생각은, 사실 거의 의미없는 허사에 가깝다. '물고 물리는 것'은 이 소설에서 다분히 형식적 장치로 기능한다.

소설은 시골 방목장 터에 들어선 목재공장 신축 작업장 현판식 날 찍힌 사진을 앞에 두고 낮꿈처럼 흘러간 이십여년의 시간을 더듬고 있다. 촛점인물인 '여자'를 비롯 Y, A, H, 소매치기 남자 등의 인물들이 등장하고, 사나운 검은 개, 늙고 병든 누런 개, 밤길에 차에 치여 죽어가는 개들이 돌림병이 돌아 마을 곳곳의 구덩이에 집단으로 파묻혀 있는 젖소들과 함께 음울한 분위기를 연출한다. 현판식 날 사진을 찍은 Y는 사진 어디에도 없다. 사진 속 여자의 눈은 현판을 걸고 있는 이사와 공장장 쪽이 아닌 사진의 프레임 밖 어딘가를 향해 있다. 그 두 눈에 빨간 빛이 맺혀 있다. 이른바 '적목(赤目) 현상'인데, 여자의 눈과 뷰파인더 속 Y의 두 눈이 정확히 마주쳤던 것이다. 현판식 날 여자가 차에 치여 죽어가는 개에게 손목을 물리는 사건이 일어나고, 그로부터 십여년 뒤에 여자는 소매치기 남자의 팔뚝을 물고 늘어지게 된다. 직장동료였다가 결혼한 Y는 여자를 떠나며 "이제 그만 날 놔줘라. 더이상 물고 늘어지지 말고. 신물이 난다"(29면)는 메씨지를 남긴다. 다시 십년 뒤, 여자는 이십여년 전 현판식 날 여자에게 초록색 방수점퍼를 빌려주었다는 H를 우연히 만나게 되지만, 여자는 기억하지 못한다. H가 여자를 알아보자, 여자는 그날 현판식장을 겉돌던 양키스 모자의 A가 아닌가 한다. H의 무릎에도 개에게 물린 자국이 있다.

분명 구체적인 사건들이 우연적 연쇄로 물고 물리면서 소설의 서사를 지배하고 있다. 그러나 이러한 사건의 연쇄로부터 의미있는 소설적 전언을 얻어내기는 무망하다. "물고 물리는 것이 인생"이라는 명제가 그 전언의 몫을 맡을 수는 없지 않은가. 오히려 이 작품에서 '물고 물리기'의 연쇄는 히치콕 영화의 '맥거핀 효과'를 연상시키는 측면이 있다. 그것은 일종의 속임수처럼 독자의 눈을 묶어두면서 소설의 진정한 겨냥점이 드러나는 것을 은폐하고 지연시킨다. 하성란 소설이 "은폐, 지연, 반전의 서사"(백지연 「잿빛 도시에 내려앉은 촛농날개의 꿈」)를 특징으로 하고 있음은 익히 알려져 있는 일이거니와, 「강의 백일몽」은 그 방법론의 한 세련된 유형을 보여주는 듯하다. 이 작품에서 서사의 은폐와 지연은 우연적 사건의 연쇄 속에서 발생하는 일종의 착시효과와 함께 주어진다. 그러면서 그것은 인물과 사건을 모호성 속으로 밀어넣는다. 여자가 탄 차가 밤길에 희끄무레한 물체를 치게 되었을 때, 독자는 바로 직전에 여자가 공장을 떠나면서 A와 누렁이를 찾았던 것을 기억하지 않을 수 없다. 일순 그 물체 위로 A와 누렁이가 겹쳐진다. 그러나 작가는 시치미를 뗀다. "하지만 직감으로 개는 아니었다. 공장에서 보았던 흰옷 입은 노인들이 떠올랐다가 사라졌다." 결국 그 물체는 내장을 쏟아놓은 채 죽어가는 개로 밝혀지지만, 물론 누렁이도 아니다. 그 개는 죽음 직전의 마지막 발악으로 여자의 손목에 송곳니를 꽂고 놓지 않는데, 십여년 뒤 소매치기 남자의 팔뚝에 여자의 이빨이 파고드는 장면의 겹침은 의도적인 작위성의 부각이나 폭력의 과도한 강조 때문에도 '물고 물리는' 연쇄의 고리를 텅 비우고 비현실의 환몽 같은 착각을 부른다. 다시 십년 뒤 H가 개에게 물린 무릎의 상처를 보여주며 "다시는 고기를 씹을 수 없게 해놨죠"라고 내뱉을 때, 소매치기 남자가 거기 겹쳐지는 것은 불가피하다. 여기에 더해, 마을에 남아 있던 유일한 젊은이 A의 불안하고 안개 같은 모습은 갑자기 여자 곁을 떠나는 Y나 작품 후반부에 느닷없이 여자의 기억을 헤집고 등장하는 H의 모습에 조금씩 흩뿌려져 있어 그들 각각의 실체감을 혼동시킨다.

요약하자면, 이 소설에서 작가는 사건이나 인물들을 조금씩 모호성의 경계 속에 넣어 흔들고 있다. '물고 물리는' 연쇄는 그 자체의 서사적 내용이 아니라 모호성의 효과에 봉사한다. 이는 한장의 사진으로부터 현재와 과거, 미래의 시간을 동시에 겹쳐 현상시키는 소설의 구성 속에도 방법적으로 뚜렷하다. 시간의 경계가 없는 것은 아니지만 그 경계는 한껏 흐려져 있다. 서사의 은폐와 지연은 불가피하다. '루빈의 술잔'으로 대표되는 반전도형(反轉圖形)의 세계 인식이 하성란 소설의 내용-형식으로 유력한 한 축을 이루고 있음을 새삼 확인하게 되는 대목이기도 하다.

그렇다면 문제는 이러한 모호성과 서사의 은폐, 지연을 통해 「강의 백일몽」이 마침내 가닿고자 하는 겨냥점이 아닐 수 없다. 그런데 흥미롭게도 그 겨냥점은 모호성의 흔들기 속에서도 상대적으로 자명하게 남아 있던 소설 서두의 '사실'을 최종적으로 뒤흔드는 것과 함께 모습을 드러내기 시작한다. 사진에 나오는 여자의 '적목 현상'을 두고 뷰파인더 속 Y의 눈과 여자의 눈이 서로를 마주보고 있었기 때문이라는 정보의 확인이 소설의 서두에 촛점인물 여자의 시점으로 기술되어 있거니와, H의 등장으로 기억의 혼동과 모호성 속으로 들어선 여자는 그 자명했던 사실을 의심하기 시작한다. "Y가 뷰파인더를 통해 응시하고 있는 것이 과연 나였을까. (…) 나는 과연 Y를 보고 있었을까." 그러고는 소설 전체적으로 거의 촛점인물 '여자'의 시선 안에 제한되어 있던 서사의 전개가 전지적 시점으로 열려나가면서 과거, 현재, 미래가 하나로 녹아 있는 환상적인 시간 풍경이 이십년 전의 그날 위로 전혀 새롭게 펼쳐진다. "여자가 보고 있던 것은 Y가 아니었을지도 모른다. Y는 카메라를 들고 한두 걸음 뒤로 물러난다. (…) 작업장 문이 스르르 열리더니 잠시 후 젖소 한 마리가 빠져나왔다. 그 뒤를 이어 또다른 젖소가 방목장 밖으로 나왔다. (…) 여자는 눈을 감았다 떴다. 젖소들은 사라지고 울음소리만 남았다. 그곳에는 방목지도 작업장도 없었다. 여자가 보고 있는 것은 이십년 후의 자신의 모습이었다. 여자의 동공은 크게 확대되어 있다. 그때 Y가 셔터를 눌렀다. (…) 이십년 뒤에 Y와 여자가 그렇게 변할 수도 있다는 것을 Y도 여자도 까마득히 알지 못한다. 여자의 손목에는 개의 잇자국이 없다. 아직은 아무 일도 일어나지 않았다."(33~34면)

로르까의 시가 "강 위에 떠도는" 시간의 영상들을 응축하고 풀어내는 것과는 또다른 차원에서 소설 결말부의 이 대목은 변전하고 사멸하는 시간의 리듬 위에 얹힌 인간 진실의 허약함을 비극적 차원으로 고양시킨다.

그 고양은 시적 비약을 동반하고 있되, 신의 시선에 도달할 수 없는 인간 진실의 모호성과 인간 운명의 맹목을 꾸준히 환기시키고 반영시켜온 만큼은 구차하고 더딘 산문적 탐구를 외면한 것은 아니다. 한장의 사진에만 갇혀 있던 여자의 시선이 그날의 시간을 담고 있는 다른 사진들 위로 열리고 옮겨가다가 마침내 "벽 밖으로 하얀 모자챙이 비죽 나와 있다. 그 아래로 나온 것은 누렁이의 꼬리인 것 같다. A는 여자가 떠나는 걸 숨어서 보고 있었다"는 마지막 진실과 대면하는 순간이 아름다운 것은 그 때문이리라. 이때 A 혹은 누렁이가 "아무래도 기억나지 않는" H의 얼굴이나 "여자가 가장 아름다울 때"(34면)와 '시간의 강 위'에 공평하게 떠도는 것은 하성란 소설의 일관된 탐구가 찾아낸 내용이며 형식일 수밖에 없겠다는 생각이 든다. 아마도 이것은 문학적 진정성의 온축으로부터 비롯된 개가일 것이다.

　모호성의 소설적 활용과 관련해서 주목되는 또 하나의 작품은 「임종」이다. 제목 그대로 소설은 죽음에 이르는 아버지의 마지막 모습을 소설 화자 '나'의 시선으로 담담하게 그리고 있다. 그런데 이 소설에서 끝내 완전히 해명되지 않는 인물은 '나'의 동갑내기 이복형제인 '무영'이란 존재다. 아버지의 죽음이 임박하면서 십오년여 만에 만나게 된 무영은 열일곱 살 때까지 십년을 같이 산 '나'의 기억 속의 무영과 많이 다르다. 소설은 화자 '나'의 기억과 판단을 통해 무영이란 인물이 진짜 무영이 아닐 가능성을 내보인다. 그러나 '나'는 그런 의심을 마음속에만 품고 있을 뿐, 아버지로 하여금 마지막 가는 길에 평생 짐으로 남아 있던 무영에 대한 미안함을 덜 수 있도록 자리를 마련하고 지켜본다. "아버지는 무영이든 아니든 상관없는 듯했다. 마지막 가는 길에 오점 없이 홀가분하게 가고 싶었다."(198면) 자칫 심심한 통찰에 그쳤을 이 대목이 소설적 긴장을 얻는 것은 무영의 진위 여부를 소설의 마지막 지점에 이르기까지 모호한 상태로 처리하는 세련된 기법 덕분인 듯하다. 가령 숨이 꺼져가는 아버지의 손을 잡고 마지막 작별을 나누는 무영의 모습을 보며 '나'는 억눌러왔던 의심의 마음을 새삼 일으키는데, 바로 앞의 인용문에 이어 "나는 무영의 뺨에 난 흉터를 올려다보았다. 대체 저 사내는 누구일까. 내가 알고 있는 무영은 눈이 나빴다. (…) 아버지의 몸과 연결된 기계에서 아버지의 죽음을 알리는 경고음이 울리기 시작했다. 아버지가 숨을 몰아쉬었다. 사내가 힘껏 아버지의 손을 쥐었다. 그렇다면 무영은 대체 어떻게 된 것일까"(198면) 하고 격한 물음을 던진다. 임종의 순간에 대한 건조한 묘사와 병치된 이 질문의 격함이 그 대답을 최종적으로 유보한 채 죽음의 문턱 너머로 사라지는 광경에서 작가의 농익은 솜씨가 약여하다. 다만 그 모호성의 견지가 소설적 긴장이나 소설 결말의 미학적 처리 이상으로 새로운 인간 진실의 발굴로 이어지고 있는지는 다소간 의문이다. 모호성은 언제든 기법 이상의 것이어야 하며, 거기에 하성란 소설의 다양한 형식 탐구가 갖는 진정한 의미가 있음은 물론이다.

3

하성란 소설에서 '잘 빚어진 항아리'라는 문학예술의 유명한 정의를 떠올리는 것은 자연스럽다. 그러나 그 정의가 과장되게 강조하는 언어유기체의 독자적 왕국은 하성란 소설의 지향과 거리가 멀다. 오히려 하성란 소설의 정교한 언어는 부서지고 무너져내려야 하는 자신의 운명에 자각적이다. 발꿈치를 들고 아무리 조심조심 걸어도 피할 수 없는 붕괴가 있는 법이다. 하성란 소설은 언어와 비극적 세계 사이의 간절한 유대를 기억하고 기록하는 한에서만 잠시 '잘 빚어진 항아리'의 시간을 살고자 하는지도 모른다. 「웨하스로 만든 집」에서 우리는 그 간절한 풍경과 만난다.
소설은 이국땅에서 보낸 십년간의 결혼생활을 정리하고 도시 변두리의 옛집으로 돌아오는 '여자'의 발길에서 시작해 무너져내린 옛집의 집더미에 깔린 채 의식을 잃어가는 여자의 꿈속에서 끝난다. 삼십년 전 시범주택단지로 조성되었던 여자의 동네는 재개발 바람을 타고 한창 철거가 진행중이고, 어머니 혼자 지키고 있는 여자의 집만이 세월과 폐허의 먼지 속에 삭아가면서 마지막 포클레인 삽날을 피한 채 가까스로 버티고 있다. 소설은 지난 십년 여자의 삶을 허물어뜨린 시간을 보여주거나 설명하는 대신, 한때는 단란한 가족의 동화 속 성채였던 옛집의 풍화와 붕괴의 시간을 작가 특유의 정밀묘사로 포착하는 데 주력한다. 바로 그럼으로써 여자의 간단치 않았을 시간과 상처입은 내면은 별도의 다른 조망각 없이도 충분한 공감의 영역으로 진입함은 물론이다. 가령 어릴 적 새집 이층 마루의 부실함 탓에 발뒤꿈치를 들고 걷기 시작하면서 생긴 여자의 오랜 버릇은 아버지의 다리가 이층 마루를 뚫고 나온 사건과 함께 아득한 한 시절의 삽화로 애틋하게 추억되는 듯하다가 "그렇게 살얼음 밟듯 조심해서 걸었는데도 결혼생활은 고작 십년밖에 이어지지 않았다"(82면)며 여자의 또다른 시간으로 가서 꽂힌다. 그렇게 여자의 십년과 옛집, 이 두 가지 허물어짐 사이의 대응이 소설의 구성과 문장의 행간으로 정밀하게 옮겨진다. 그러다 종내에는 그 둘이 함께 무너져내리는 시간 속으로 들어간다. 돌아온 옛 동네에서 어렵게 찾아든 새로운 관계의 가능성도 자신의 몫이 아님을 확인한 여자는 혼자 집으로 돌아와 이층 방에 몸을 누이는데, 주변 철거 과정의 거듭된 충격 속에서 가까스로 버티고 있던 옛집도 그 순간 마침내 허물어져내린다. 천장이 떨어져내리고 벽이 기울고 바닥이 꺼지면서 여자는 일층으로 추락하고 집더미에 깔린 채 의식을 잃는다. 작가는 그 명멸하는 의식 속의 꿈인 듯 삼십년 전 처음 새집 앞에 선 어릴 적 여자와 자매들의 행복했던 순간과 그 뒤에 어른거리는 비극의 심연을 동화 같은 어조로 펼쳐 보이는데, 바로 이 대목에서 하성란 소설은 두 겹의 무너짐을 불가피하게 만드는 생의 근원적 아이러니를 빛나는 언어의 집으로 세계의 폐허 위에 남긴다. "눈으로 처음 보는 이층집은 동화 속에 나오는 과자로 만든 집 같았다. (…) 어머니의 발밑에서 마룻장이 뒤틀렸다. 바싹 마른 마룻장이 바삭, 잘 구운 과자 소리를 냈다. 어머니가 살얼음판을 딛듯 조심스럽게 발을 뗐다. 바삭, 바삭, 바삭. (…) 둘째가 자신만만하게 소리쳤다. '과자로 만든 집이야. 마루는 음, 웨하스로 만들었어. 이건 웨하스 씹을 때 나는 소리야.'/자매들이 발끝을 들면서 이구동성으로 외쳤다. 그러니 조심해!"(86~87면) 여기서 달콤함과 부서짐의 이미지로서 '웨하스'라는 말에 담긴 고도의 섬세함이나 적절함을 굳이 부연할 필요가 있을까. 다디달되 불안하기 그지없는 행복의 살얼음판 같은 근거가 '웨하스'라는 말 속에 부서질 듯 담겨 있다. 그것은 여자의 지난 십년이 그러했던 것처럼 '튼튼한 목조가옥'에도 언제든 급습할 수 있는 심연의 다른 이름일 것이다. 그런데 혹 이 '웨하스로 만든 집'은 하성란 소설의 자기반영은 아닐 것인가. '시간의 서사'를 비극적 시선으로 감내해온 하성란 소설에서 그간 작가가 지어올린 정교한 언어의 집은, 그러고 보면 자신의 운명 역시 그 시간의 심연 앞에서 예외일 수 없다는 보다 깊은 비극적 유대를 잊지 않고 있었던 것인지도 모른다. 하긴 조용히 귀 기울이지 않으면 좀체 들려오지 않는 하성란 소설의 낮지만 간절한 목소리에서 우리는 그 운명의 겸허한 수용을 충분히 보지 않았던가.

'웨하스'라는 말이 빚어내는 여러 겹의 울림만큼이나 「1984년」에서 작가가 기억 저편으로부터 길어올린 '숟가락'이란 상징물은 입사(入社)의 문턱에 선 실업계 고등학교 졸업반 여학생의 가난한 내면과 당시 한국사회의 어둡고 을씨년스러운 풍속 양쪽에 묵직하게 공명하면서 진한 감동과 울림을 낳고 있다. 조지 오웰의 동명 소설 제목과 같은 해 한국사회의 암울한 '겨울'을 겹쳐낸 작가의 신선한 상상력 덕분에 가령, "열아홉살, 내 책가방에는 늘 구직용 이력서 다섯 통이 비치되어 있었다. 하루에도 몇번씩 마음 한구석으로 정찰용 헬리콥터가 불안하게 날아오르고 저벽

저벅 군홧발 소리가 꿈자리를 밟고 지나갔다"(37~38면)는 대목처럼 당시의 정치적 상황은 졸업반 여학생의 가난하고 불안한 내면에서 오히려 절실한 표현을 얻고 있다. 소설은 정치를 말하지 않으면서 뛰어나게 정치를 아우른다. 그러나 현실의 핍진한 묘사가 그 자체 생생한 상징이 되면서 시대와 개인의 아픈 성장사를 동시에 감싸기로는 단연 '숟가락'의 발견을 들지 않을 수 없다. 그해 한국을 찾은 유리 겔라의 숟가락 구부리기 염력은 나중에 말 그대로 '쇼'로 밝혀졌지만, 풍문에는 많은 사람들의 손에서 숟가락이 구부려졌다는 것. 소설화자인 여학생 '나'의 손에 쥐어진 숟가락도 "음표 모양으로"(42면) 굽지 않았던가. 삼년 내내 두꺼운 상식책을 들고 다녔지만 면접 기회조차 갖지 못하던 '나'는 순전히 들러리로 따라갔던 조그만 오퍼상 면접 자리에서 다시 한번 그 숟가락 염력의 기적으로 취직에 성공하기까지 한다. "문득 내 속에서 낯선 목소리가 웅웅거렸다. '수우까락을 구부려어, 너어는 하알 수 있어. 수우까락을 구부려어……' 사장이 내 시선을 좇아 옆을 봤고 다시 뒤를 돌아보았다."(53면) 정확히 이 기적의 염력만큼 1984년은 '나'에게도, 그리고 숟가락을 구부렸다던 그 많은 사람들에게도 '없는 희망'이었고, 견뎌야 하는 삶의 마지막 근거였을 터이다. 그것은 '블랙홀로 빨려들어간 시간'이고 '지우고 새로 써야 할 잘못된 한 시간의 역사'의 풍경이지만, 동시에 그것 없이는 "왜 멀쩡한 걸 저렇게 못쓰게 맹그냐?"(40면)는 어머니와 할머니의 또다른 숟가락의 시간을, 삶의 비애와 위엄을 상상할 도리가 없는 것이다.

사라진 시간 속에서 초라한 개인의 기적을 기억하고 존중하는 데 문학의 양보할 수 없는 윤리가 있는 것이라고 한다면, 하성란 소설은 소설언어의 미학적 가능성에 대한 다양한 탐구를 게을리하지 않으면서도 지극히 낮은 목소리로 문학의 그 최저선의 윤리를 묵묵히 실천해왔던 것이다. 등단 십년의 꾸준하고 성실한 행보가 촘촘히 새겨져 있는 이번 소설집에서 그것을 새삼 확인한다. 다만 하성란 소설이 "자기 체험의 진술이나 나

르씨시즘적인 작가 의식"(백지연)과 거리를 두고 있다는 지적이 새로운 소설미학적 성취에 대한 기대와 확인이었던 것만큼이나, 이제 거꾸로 그런 '허세'에 대해서조차 좀더 유연하게 문을 열면서 '하성란'이라는 문학적 인장을 풍성하게 가꾸어가길 조심스럽게 기대해본다. 그것은 하성란 소설에서 듣게 될 또다른 '낯선 목소리'의 염력이자 기적이 아닐 것인가. 하긴 작가는 이렇게 써놓았다. "아직도 가끔 내 속에서는 낯선 목소리가 숟가락을 구부리라고 말한다."(60면)

— 하성란 소설집 『웨하스』(문학동네 2006)

허벅지와 흰쥐 그리고 사실의 자리

■

김소진론

1. 솟구침을 찾아서

김소진(金昭晉)은 1991년 단편 「쥐 잡기」로 등단한 이후 지금까지 근 5년의 기간 동안 두 권의 단편집(『열린 사회와 그 적들』 『고아떤 뺑덕어멈』)과 한 권의 연작소설집(『장석조네 사람들』)을 상재하는 왕성한 필력을 보여주었다. 그리고 이 왕성함은 「쥐 잡기」 「키 작은 쑥부쟁이」 등 초기작에서 보여준 한국어의 성찬과 강렬한 밀도의 소설 구성력을 지속한 것이기에 더 인상적이었다. 그러나 변두리로 돌아들었던 아버지와 어머니의 궁핍과 수모의 삶을, 그 사실의 질서를 견디면서 소설화하고 있는 작가 김소진의 작업은 90년대의 어떤 휘황함에 비긴다면 낡고 답답한 느낌을 주는 것이기도 했다. 그리고 그의 느린 시선은 동세대의 다른 작가들이 안고 있는 문학적 고민에서 비켜서 있는 것처럼도 보였다.

5·16 직후의 개발독재 연대에 태어나 유신의 처음과 끝을 까까머리 시절에 보내고 '5월 광주'와 함께 대학생활을 해야 했던 세대의 정치적 연보는 그대로 김소진의 것이기도 한데, 이 세대에 속하는 일군의 작가들은

주로 80년대에 대한 기억과의 싸움에서 자신들의 문학적 표현을 일구어왔다. 그러나 그들이 '80년대'라고 그들 몸속의 한 시기를 명명하며 그것을 객관화하려고 하면 할수록 그 시간대는 자꾸만 그들이 있는 오늘의 실존을 부황하게 만들었고, 이런 역설의 사정 앞에서 그들의 미학적 자의식은 좀체 성숙한 산문정신으로 건너가지 못하고 그 자체 소설의 처음과 끝을 날것으로 맴돌기 일쑤였다. 그들 역시 앞세대의 작가들과 마찬가지로 자신들의 절실한 체험을 오늘의 실존 속에서 구성하고 묘사하려 한 것일 뿐이라면 이런 곤혹스러운 사정은 어떻게 설명되어야 하는 것일까.

이런 물음 앞에서 '후일담 소설'이라는 말로 이들 세대의 글쓰기를 규정하는 것은 급하고 거칠다. 한국 근대문학사의 어떤 시기에 나타난 특정한 작품군을 분류하는 데는 유용했을지도 모를 이 '후일담 소설'이라는 명칭은 소설이라는 글쓰기의 형식이 놓인 자리에 서보면 동어반복임이 쉽게 드러난다. 소설은 다른 무엇이기 이전에 기억을 통한 회상의 형식이기 때문에 그렇다. 다시 말해 소설은 기억에 기대어 이미 지나가버린, 이제는 없는 시공간 속에서 삶의 자취를 뒤지고 삶을 재구성하는 글쓰기의 양식이 아니겠는가. 그러니 '후일담'은 기억이 밀어내는 뒷이야기가 되면서 소설 형식의 한 불가피한 자리를 이룬다. 다만, 조급하게 한 시대를 정리해놓고서는 자신만이 피해자인 양 이런저런 뒷감상을 반복하는 일부의 경향에 대한 경계의 전언을 '후일담 소설 비판'이 담고 있는 것은 분명한 사실일 것이다.

어쨌든 한 작가가 소설을 쓰고자 할 때 자신의 몸을 지나간 체험이나 역사 뒤에 놓고, 자신의 실존을 그 지난 시간과 섞지 않을 수 없다는 것은 하나의 불가피함이다. 김소진과 정치적 연보를 같이하는 일군의 작가들에게는 그 지난 시간이 80년대였을 뿐이다. 그들에게 80년대는 여러 연대 중 하나가 아니었다. 거기에는 무엇보다 그들만의 것인 한창의 젊음이 있었다. 그리고 무엇보다 한동안 소리내어 말할 수 없었던 '광주'라는 꼭

짓점이 있었다. 광주에서의 죽음뿐만 아니라 이곳저곳에서의 죽음들은 그 시절 자연이 되지 못하고 늘 상징이 되었다. 그들이 1987년 6월항쟁, 대통령선거 그리고 구소련과 동구의 해체 등을 겪거나 지켜볼 때도 이 꼭짓점은 늘 하나의 뜨거운 상징으로 그들의 가슴을 지졌다. 그러면서 그들은 그 불의 연대를 꼭 세대 단위로 무리지어 통과해온 것은 아니었다. 뜨거운 상징에 가슴이 데었으되 그들 각자의 고유한 젊음의 시간 속에서였다. 그런 만큼 80년대는 그들만의 것이었고 그들의 글쓰기가 비롯될 마땅한 지점일 수 있었다. 소설로 형상화하기에 충분한 시간적 거리가 없는 것도 아니었다. 80년대 말부터 진행된 '변화'의 담론은 그 속도와 양이 엄청난 것처럼 보였기에 그 몇년 사이에 80년대는 훌쩍 역사가 되었다.

그렇기 때문에 80년대를 정치적 연보로 다루는 방법이 마치 유행처럼 그들의 소설을 채웠다고 하는 비판은 일면적일 수밖에 없다. 그리고 그들의 소설이 80년대를 역사의 장 속에 밀어넣고는 적당한 반성과 감상 속에서 돌아보며 그 뒷이야기를 이리저리 간추려내고 있고 따라서 후일담에 그치고 있다는 식의 비판도 마찬가지로 거친 것이다. 보다는, 그들 세대의 작가들은 나름의 절실함이 있기 때문에 80년대를 기억하는 것이며 그 기억의 문학적 표현을 얻고자 했다고 보면 자연스러운 이야기가 될 것이다.

그러므로 작가 김소진이 속한 세대의 문학적 곤경은 후일담에 있는 것도, 소재로서의 운동권 다루기에 있는 것도, 소설쓰기에 필요한 시간적 거리를 미처 얻지 못한 데 있는 것도 아니다. 들뜬 정치적 체험이나 부박한 독서체험 말고는 삶의 깊이와 폭을 다양하게 겪어내지 못했다는 지적 역시 구체를 건드리지 못하는 일반론이기 쉽다. 그렇긴 해도 이러한 지적들이 그 낱낱의 거침에도 불구하고, 혹간 과장과 피해의식이 일방의 목소리만으로 전달되기도 했던 그들의 소설에 대한 많은 이들의 아쉬움을 표현해주고 있는 것도 사실일 것이다. 앞에서 나도 그들의 80년대 기억하기가 소설적 육체를 제대로 얻지 못하고 자꾸만 오늘 그들이 서 있는 글쓰기의 자리를 부황한 것으로 의식하게 만드는 곤경의 상황을 이야기한 바 있다. 일인칭 소설가 소설이 자주 보이는 것도, 작가의 내면과 일상이 왕왕 날것으로 소설 표면에 노출되는 것도 그런 상황과 무관하지 않을 것이다. 그렇다면 어디에 문제가 있는 것일까.

대답하기가 쉽지 않다. 다만 답을 지연시키면서 풀이의 과정 속에 한 발쯤 들어가볼 수는 있을 것이다. 그리고 그 지연과 풀이로의 진입은 이런 곤경의 상황에서도 자신만의 소설세계를 이루기 위해 모색의 끈을 늦추지 않고 있는 작가와 작품을 붙잡는 일이 될 것이다. 김소진의 소설을 읽고 이야기해보려는 까닭이 여기에 있다.

그는 동세대의 많은 작가들이 80년대를 이야기할 때, 60년대와 70년대 속에 더 많이 있었다. 유년과 까까머리 시절 없이 이미 성숙해버린 인물들이 곧장 소설의 주인공으로 등장하는 이야기 방식은 그의 것이 아니었다. 그는 동세대의 어떤 작가들이 연대구분 따위를 지워버리는 '포스트'의 세월에 밀려 내면으로 일상으로 달려갈 때 터벅터벅 산동네로 올라가 자신이 겪은 가난과 모욕 그리고 인정(人情)의 세계를 가능한 한 그 시절의 언어로 이야기했다. 사람들은 구식 리얼리즘이라고 말했지만 그는 계속 그렇게 씀으로써 그의 구식을 제대로 된 구식으로 만들려고 작정한 사람 같았다.

그가 아버지와 어머니를 이야기하는 방법도 달랐다. 우선은 '또 그 얘기야' 할 정도로 여러번 이야기했다. 한국소설에서 '아버지'는 어떤 상징일 경우가 많았다. 그냥 집안을 떠나 있든, 적극적으로 집안을 망쳐놓든 간에 한국소설에서 아버지는 그의 사실적 행적 이상으로 자꾸만 넘어갔다. 넘어가서는 억압이나 부재가 되었다. 극복이나 그리움은 쉽게 소설의 갈등이 되었고 화해는 역사나 내면의 몫으로 앞당겨졌다. 이렇게 말한다고 해서 아버지의 삶을 자신의 몸속에 한점한점 저며넣으면서 스스로의 실존을 돌 같고 강 같은 역사의 침묵 앞에 세운 작가가 없었다는 이야기는 아니다. 다만 그럴 경우에도 얼마간의 과장이 불가피할 만큼 아버지라는 존재는 한국소설의 엄숙한 화두였던 것이다. 그리고 이런 사정을 누가 있어 한꺼번에 돌파할 수도 없는 일이었다. 소설에서 아버지를 그리는 일이 '종'이나 '남로당'이나 천하악종 따위의 어떤 '상(像)'으로 넘어가 굳어진 경우가 많았다고 하더라도 이런 정황 속에 담긴 사실의 엄숙성은 쉽게 다른 문학적 표현을 찾지 못하게 작가들을 눌러왔다고 보아야 하기 때문이다. 그렇다고 아버지로 표상되던 혈연과 역사의 무게를 훌훌 털어내고 새로운 감각으로 세계를 읽어낸다고 이야기되는 몇몇 신세대 소설을 가능한 출구로 보기도 어려운데, 이들이 전세대의 눌림에 담긴 엄숙성과 진지함을 단지 감각에서만 제쳐버린 것처럼 보이기 때문이다.

이런 상황에서 작가 김소진은 가급적 아버지라는 존재를 사실의 자리에 내려놓으려 한다. 그리고 그 사실의 자리를 김소진 자신의 자리로 만들려고 한다. 그가 집요하다 할 정도로 아버지를 파고드는 것은 그렇게 함으로써 이 세계 속에 자신의 자리를 사실에 맞게 마련하려는 마음에서 비롯된 것으로 보인다. 그것은 과장과 허무가 없는 평상의 질서 속에서 아버지 어머니와 함께 살려는 마음인데, 그 자리는 사실 그이들이 그 속에서 이미 살았던 세계인 것이다. 분단으로 인한 뿌리뽑힘과 거기에 이어진 무능과 가난이 아버지의 초상을 이루고 어머니의 억척을 요구했던 것이지만, 그이들은 누구를 탓하기 이전에 이미 진행되어버린 질서를 사실로 살아낸 위인들이다. 이 엄연함은 폄하될 것도 과장될 것도 없는 사실이다. 작가 김소진이 세상의 양식을 받아먹고 나이테를 늘려간 곳이 그렇게 해서 이룩된 산동네 구멍가게인만큼 그의 80년대는 그 한참 앞에서 아버지 어머니 이야기와 함께 시작될 수밖에 없었던 것이다. 그러므로 그가 80년대를 이야기하지 않았다는 앞의 지적은 부적절했다. 그는 80년대를 이야기하되 그것을 상징의 자리에서 끌어내려야 한다고 체질적으로 생각했음에 틀림없다. 아버지와 어머니로부터 왔을 김소진의 그 체질은, 분단과 전쟁, 가난과 억척, 모욕과 인정을 사실의 시대로 살아온 그이들의 몸피에 자신의 시각을 얹어놓음으로써 과장과 허무를 이기려는 작가의 글쓰기 전략이 되었다. 그러니 집요하게 되풀이되고 있는 김소진의 아버지 이야기는 자꾸만 80년대의 이야기이며 오늘의 이야기가 되고자 하는 것이다.

김소진은 이처럼 되풀이하여 아버지와 어머니의 삶을 그림으로써 그들의 삶을 극복이나 그리움의 자리로부터 사실로 이루어진 평상의 질서 속으로 끌어내리고 그 질서를 자신의 어제와 오늘이 있는 사실의 자리로 만들려고 한다. 그리고 여기서 그의 리얼리즘이 생성한다. 분명 이것은 작지만 새롭고도 힘있는 솟구침이다. 그리하여 김소진이 이룬 이 작은 솟구침은 동세대의 문학적 곤경을 넘어서려는 힘찬 모색이 된다. 물론 김소진의 리얼리즘이 위에서 말한 글쓰기의 자리에서만 확보되는 것은 아니다. 그의 작지만 힘있는 솟구침들은 그 글쓰기의 자리와 끊임없이 교환되는 구체적인 세목들을 지니고 있다. 이제 그것들을 함께 말하면서 김소진의 소설이 이루어지는 바닥으로 좀더 들어가볼 때가 되었다.

2. 허벅지와 흰쥐를 넘어 사실의 자리로

"춘하, 당신 허벅지를 내놓으라, 그렇지 않으면 불구대천이야."

이 말은 김소진의 첫번째 창작집 『열린 사회와 그 적들』(솔 1993)에 실려 있는 단편 「춘하 돌아오다」에서 작중화자 표병문이 산동네 밤길을 헤적대다가 춘하와 맞닥뜨렸을 때 듣게 된, "자신의 입 안에서 벼락 치듯 빠져나오는 소리"이다. 이 대목까지 소설을 따라 읽어온 독자들에게 전혀 낯선 어법의 이 대사는 분명 벼락이다. 산동네 남정네들의 육허기를 틈틈

196

이 채워주는 것으로 생활의 한 방편을 삼아온 춘하의 고객 중에는 아들의 중학교 입학금을 쌀값으로 치른 병문의 아비도 있었던 것인데, 다른 방편을 찾아내지 못한 아비가 춘하를 찾아가서 선처를 호소하다 여러 사람들 앞에서 우셋거리로 졸경을 치는 장면을 작중화자 표병문이 목도하는 대목이 이 목소리 앞 어딘가에 있었다 하더라도 벼락인 사정은 별반 달라지지 않는다. 대머리를 인 낯짝을 후려쳐가며 아비를 닦아세우는 춘하의 모욕 밑으로, 걷어붙인 치맛단 아래로 그때 병문이 본 것이 춘하의 그 하얀 허벅지였다고 하더라도 사정은 마찬가지다. 소설을 읽는 우리의 몫은 작가의 써놓은 바를 따라가는 이해에 있기 쉬운데, 위의 경우처럼 통상의 이해를 넘어서는 어법 앞에 이르면 생각을 멈출 수밖에 없는 것이다. 그런데 이상하게도 이 낯선, 느닷없는 도발적 솟구침이 우리를 편안하게 한다. 이 편안함은 우리만의 것은 아니었는지, 당황할 법도 하련만 춘하가 보여주는 반응은 의외의 여유와 온기로 감싸여 있다.

춘하는 걸음을 멈추고 뭔가를 한참 생각하는 눈치였다. 쪽 째진 눈불이 파랗게 비치는 밤고양이 한 마리가 성에가 번득이는 방앗간 양철 지붕 위를 조심조심 제겨디디며 춘하를 향해 어린아이 울음소리를 가냘프게 냈다. 춘하는 다시 날고구마를 으적으적 씹기 시작했다.
"훠이, 이놈의 괭이. 어서 가그라이. 오늘 자네 몫은 없구만이라. 새끼덜 꼬옥 품고 잠 잘 자거라 잉."(128면)

소설을 읽는 우리의 것이기도 하고 춘하의 것이기도 한, 더 정확히는 작가 김소진이 장악하고 있는 것일 이 편안함의 정체는 무엇일까. 나에게는 이 편안함의 정체와 기원이 삶의 깊은 진실을 들추어내는 작가의 손길과 닿아 있는 것으로 읽혔다. 작가 자신을 포함해 어느 누구도 그것이 무엇인지 정확하게 말할 수는 없지만, 우리의 희로애락하는 일상이란 실은 그 바닥이 방앗간의 양철지붕보다도 얇은 것임을 누구든 문득문득 느끼고야 마는 것이며, 그런 만큼 우리의 걸음이 그 어떤 깊은 구렁 위를 제겨디디는 밤고양이의 그것에 불과할 수도 있다는 느낌 한자락쯤은 지니고 있는지도 모른다. 그리고 그런 느낌이 삶의 깊은 진실에 대한 우리의 태도를 이룬다고 한다면, 그것은 드러나 있는 삶의 질서에서는 배제되어 마땅한 불편함이 아니겠는가. 그러니까 이 진실의 등장 방식은 많은 경우 기습적인 출몰의 형태를 띨 수밖에 없을 것이다. "춘하, 당신 허벅지를 내놓으라, 그렇지 않으면 불구대천이야." 그래서 이 느닷없는 솟구침이 삶의 깊은 진실을 살짝 열어 보인 것이라면 우리의 편안함은 그 예기치 못한 느닷없음에서 온 것인지도 모른다. 정작은 맞닥뜨리고 싶었던 것이지만 정면으로 응시하기에는 왠지 저어되어 외면하거나 짐짓 잊고 싶었던 진실이기에 그러하다. 주저와 는적거림 없이도 그 진실과 대면할 수 있었기에 그러하다. 대학을 졸업하고 신문사에 취직해서 아침저녁으로 산동네를 출퇴근길로 오르내리는 병문의 입 밖으로 이런 외침이 솟구쳐나올 줄은 다른 누구보다도 병문 자신이 몰랐을 것이다. 그럭저럭 자리를 잡아가는 자신의 삶이 아직도 춘하의 허벅지 밑에서 놀고 있으리라고는 미처 생각지 못했을 것이다. 묵은 짐을 이렇게 훌쩍 내려놓을 수 있으리라고는 기대하지 않았을 것이다. 그러기에 병문의 비장한 호령은 묵은 어법을 놓아버리고 상쾌한 풍자가 되어 스스로의 몸을 가볍게 날린다. 아무리 춘하의 행실이 고약했고 병문에게 씻을 수 없는 모욕의 기억을 안겨주었다 하더라도 쉰은 되었을 동네 아주머니를 두고 허벅지를 내놓으라니. 그러나 더 뚱딴지같은 말은 그다음에 이어지지 않던가. "그렇지 않으면 불구대천이야." 교열부 기자로 죽치고 앉아 '정수(精髓)'를 굳이 '고갱이'로 고쳐놓는 병문이기는 하지만, '불구대천'이라니. 일상의 구어에서는 좀체 끼여들기 어려운 성어가 아닌가. 그러고도 '그렇지 않으면'이라는 어구와 '—이야'라는 어미가 거들어 이 우스꽝스런 호령은 완성된다. 아마도 '—이

198

야'라는 종결어미는 병문의 입을 떠나서는 땅과는 반대 방향으로 풀풀 날아올랐을 것이다. '허벅지'는 '허벅지' 대로, '불구대천'은 '불구대천' 대로, '—이야' 는 '—이야' 대로 그렇게 풀풀 흩날리며 어디론가 사라져갔을 것이다. 춘하도 이 흩날림을 보았을 것이다. 춘하의 반응을 감싸고 있는 온기와 여유는 그렇게 해서 가능했을 것이다. 그래서 소설을 읽는 우리는 우리대로 이 느닷없는 솟구침을 상쾌한 기분으로 편안하게 구경할 수 있는 드문 기회를 갖게 되었는지도 모른다.

그러면 한번 정리를 해보자. 작가 김소진이 위의 대목에서 살짝 열어 보인 삶의 깊은 진실이란 무엇인가. 일단, 사람들이 정작 마주하고 싶으면서도 또다른 한편으로는 피하고 싶은 무엇이라고 그 진실의 존재방식을 말해볼 수 있을 것이다. 그러므로 그것은 기습적으로 스스로를 드러내기 쉬울 것이다. 작가는 병문이 "자신의 입 안에서 벼락 치듯 빠져나오는 소리를 들었다"고 하면서 병문이 통제 못한 어색한 어법의 호령을 느닷없이 들려줌으로써 이런 사정을 정확하게 붙잡았다. 그다음으로 말할 수 있는 것은 그렇게 불쑥 솟아오르는 깊은 소리만이 춘하의 반응에서 확인할 수 있었던 것처럼 사람 사이의 깊은 이해와 화해를 건드릴 수 있다는 사실이다. 그러면서 작가가 살짝 열어 보인 것은 자신의 마음의 지옥이다. 춘하의 희디흰 허벅지는 병문에게 아버지를 싸고 있는 지독한 모욕의 기억이면서 성의 기억이다.

무조건 아버지라는 인간을, 아니 그 말 자체를 이 세상에서 지우고 싶었다. 그 위에 칼을 물고 고꾸라져 죽고만 싶었다. 그리고 춘하의 그 허연 살덩이를 한칼에 베어 으적으적 씹고 싶은 충동적 허기에 이후로 끊임없이 시달렸다. (123면)

이것은 다시 말하지만 견디기 어려운 마음의 지옥이다. 그리고 이 지옥에서는 지독한 단내가 난다. 허벅지 살을 으적으적 씹고 싶다고 병문은 단내의 지독한 유혹을 말한다. 이 단내는 그로부터 16년이 지난 어느 겨울날 희미한 보안등 불빛 아래까지 따라왔다. 이 지독한 단내는 토해내서 차가운 겨울 공기 속으로 날려보내야 했다. 그렇지 않으면 그 허벅지와는 같은 하늘 아래서 살 수 없는 일이었다. 그래서 병문도 잊고 있던 몸의 기억이 단내를 밀어냈고 마침내 벼락치듯 소리로 빠져나왔던 것이다.

이렇게까지 해서 병문은 지우고 싶던 '아버지라는 인간'을, 그 치욕의 기억을 사람들이 살아내고 있는 사실의 질서 속으로 데려올 수가 있었다. 춘하와의 화해는 그렇게 해서 가능할 수 있었다. 이 화해를 느낄 수 있었기에 우리의 마음도 일순 편안해졌던 것이다. 이것은 좋은 소설이 드물게 보여주는 화해의 순간이다. 병문이 역사나 내면에 쉽게 아버지를 넘겨주지 않고 오래 아버지를 껴안고 살았기에 이 화해는 가능했다. 그렇다. '오래'다. 소설의 감동은 이 오랜 것들을 아주 늦게 아주 느리게 묵혀 꺼내놓는 데서 오지 않던가. 그러므로 허벅지를 사이에 둔 병문과 춘하의 겨룸이 우리에게 느리게 환기시키는 것은 시간과의 오랜 겨룸이기도 하다.

3. 문학이라는 변두리에 겹쳐지기

그러나 김소진의 「춘하 돌아오다」가 춘하의 허벅지를 춘하에게 돌려줌으로써 아버지의 치욕을 건너가는 아들의 마음을 보여주었다는 사실을 지적하는 것만으로는 그의 소설이 이루어지는 바닥의 자리를 드러내는 데 부족하다. 그의 소설의 중심인물들이 갖고 있는 변두리성으로 우리의 관심을 더 지펴가야 하지 않을까. 왜냐하면 이 변두리성이 세상의 질서에서 늘 변두리일 수밖에 없는 문학의 존재방식에 겹쳐지려고 하는 지점에서 김소진의 소설은 씌어지고 있기 때문이다.

서울 외곽의 산동네, 대개는 하루 벌이가 하루 양식이 되는 무능한 아버지이거나 무능한 남편인 일용노동자들의 술판이 무시로 벌어지고야 마는 곳. 이 변두리의 삶에서 조금 예외적인 인물은 신문사 교열부 기자 표병문뿐이다. 그는 소위 먹물이다. 그러나 먹물이되 변두리 먹물이다. 남들 눈에는 이미 죽은 말로 치부되는 '고갱이'란 단어를 어릴 적 어머니와의 기억 속에 품어 지니고선 '정수'를 굳이 고갱이로 고쳐놓는 이 변두리 먹물에게 중심에 서본 체험이란 화염병 투척조로 가투에 투입되었을 때 정도가 아니었을까. 그러나 그때조차도 춘하의 허벅지, 그 허연 살덩이를 한칼에 베어 으적으적 씹고 싶은 충동적 허기에 끊임없이 시달리던 이가 그다. 그런데 이런 인물이 내면 가진 삼인칭 관찰자가 되어 「춘하 돌아오다」를 쓰는 시선이 되거나 다른 단편 「쥐 잡기」의 시선이 되고 있다는 사실은 김소진의 소설이 놓인 자리를 살피는 데 중요한 실마리가 된다. 그리고 이것은 어제의 기억을 통해 80년대나 오늘을 이야기하고 싶어하는 작가 김소진의 불가피한 글쓰기 전략이 되고 있다는 점에서도 주목을 필요로 한다.

　　이 문제를 조금 밀고나가기 위해서 또다른 표병문이라 할 수 있는 「쥐 잡기」의 민홍을 데려와보기로 하자. 거제도 전쟁포로 수용소에서 선택의 순간이 강요되었을 때 흰쥐의 환각을 빌려 남쪽에 주저앉아버리고 만 아버지의 삶을 그리고 있는 삼인칭의 내면 가진 시선은 '쥐 잡기'에 번번이 실패하는 민홍의 것이다. 이 인물 역시 변두리 산동네가 키워준 자기 주제를 모르고 화염병 투척조에 끼여 나랏일에 간섭하다 왼쪽 다리에 2도 화상을 입고 한달간 병원 신세를 진 전력이 있다. 그런데 젊은이의 열정이 빚어낸 이 한편의 무공담을 단칼에 내리치는 목소리가 「쥐 잡기」에는 있다. 틈만 나면 "이 씨를 말릴 함경도 종자들아" 하고 아버지와 민홍에게 악다구니를 씹어돌리는 어머니 '철원네'가 그 목소리의 주인공이다.

"왜 그 자리에서 혀를 빼물고 뒈지질 못하고 이 꼴을 하고 자빠져 있냐! 이 에밀 못 잡아먹어 환장한 눔아. 오오냐 장하다, 장해. 이 민들레 씨같이 곤곤히 퍼진 집안에서 하마터면 만고충신이 하나 나올 뻔했구나 그래!"(18~19면)

철원네의 목소리는 너무도 당당해서 민홍에게서는 주억거리는 소리조차 들려오지 않는다. 개인적 희생을 감수하고서라도 마땅히 뛰어들어 싸워야 하는 일이라는 나름의 확신이 있었을 것이고, 그 확신을 앞뒤 따져 설명할 수 있는 다소의 지적 훈련도 받았을 민홍이건만 철원네 앞에서는 도무지 입을 떼지 못한다. 스스로의 먹물성을 잘 자각하고 있기 때문에 그러한 것인가. 그렇지 않은 것 같다. 그보다는 철원네가 쥐 잡기 따위에 붙잡혀 있는 부자 이대의 행각 속에서 골짜기로 숨어들려는 '의식적'인 변두리성을 남김없이 보아버렸기 때문이 아닐까. 철원네는 그럴 수 있는 자리에 있었다.

민홍의 아버지는 전쟁포로로 나온 사람이었다. 부모와 처자식을 모두 북에 남겨둔 채 '피떠블유(전쟁포로)'가 되어 거제도의 수용소로 실려갔다. 우연히 길들이게 된 흰쥐 한 마리가 수용소 폭동의 와중에서 그의 목숨을 구해주었다. 호각 소리에 따라 복도 하나를 사이에 두고 자리를 잡는 이쪽과 저쪽에 의해 남이냐 북이냐의 행로를 선택해야 하는 순간이 왔다. 개인적 안위와 눈에 밟히는 부모처자의 모습 사이에서 이쪽과 저쪽을 헤매다가 그가 따라간 곳은 그때 갑자기 나타난 그 흰쥐의 꼬랑지가 움직이는 방향이었고 그는 남쪽에 남았다.

내이가 왜 그랬겠니? 여기 한번 나와 있으니까니 못 가갔드란 말이야. 어딜 간들 하는 생각 때문에 도루 못 가갔드란 말이야. 기거이 바로 사람이야. 웬 쥐였냐고? 글쎄 모르지. 기러다보니 맹탕 헷것이 눈에 끼었는지두. 언젠간 돌아가갔지 하며 살다보니…… 암만 생각해봐두 꿈같기두 하구…… 기리고 이젠 모르갔어…… 정짜루다 돌아가구 싶은 겐지 그럴 맘이 없는 겐지…… 늙으니까 암만해두. (28면)

이처럼 '헷것'에 기대어 운명을 설명하는 방식이야말로 패배를 합리화하는 먹물스러움의 한 특징일 것이다. 그는 그 순간 운명과 마주서지 못했고 그 책임을 다른 무엇에 돌려버렸기에 그러하다. 물론 그는 쉽게 역사의 탓으로 돌리지는 않았다. 그리고 '마주서기'라고는 했지만 그 누구도 그것이 어떠해야 하는지 말할 수는 없을 것이다. 그는 흰쥐라고 했고 헷것이라고 했을 뿐이다. 그러나 우리는 여기서, "어딜 간들" 하는 생각이나 "기거이 바로 사람이야" 하는 단정이 민홍의 아버지에게 하나의 관념이 되어 그의 삶을 질기게 괴롭히며 스스로의 삶을 변두리로 변두리로 내몰게 했으리라는 점은 말할 수 있지 않을까. 그러나 철원네의 철벽같은 당당함 속에는 이처럼 스스로를 괴롭히는 자의식이 없다. 그녀는 민홍의 아버지를 만나 변두리의 고단한 삶을 살아왔지만, 그 삶은 고초일, 단성일, 장성일, 화일 등 그녀가 정해둔 집안의 사대 기일(忌日)처럼 피하려고 한다면 피해갈 수 있는 것이었다. 고초일인 줄도 모르고 잡화를 잔뜩 들여놓은 아버지의 잔등 위로는 어김없이 철원네의 저주가 퍼부어지지 않던가.

"아니 이 영감탱이가 망령이 들었나. 하필이면 오늘 같은 날 무슨 천만금을 쥐어보겠다고 이 지랄을 했어 응? 이 지랄을." (23면)

그러나 그뿐이다. 이 악다구니에 다치는 사람은 아무도 없다. 스스로의 자리들을 새삼 확인할 뿐이다. 철원네의 악다구니는 늘 아버지의 '헷것 보기'를 견제하기 위한 것이었고 민홍에게도 마찬가지였다. 이 세 사람 가운데 누군가는 현실에 발붙이고 쥐 잡기 따위에 목매는 허릅숭이들을 비판하지 않으면 안되는데 그것은 철원네의 몫일 수밖에 없었던 것이다. 그러므로 철원네의 악다구니는 늘 유려한 풍자가 되어 아버지와 민홍을 쥐고 흔든다.

"개 칠 몽둥이도 없는 집구석에서 무슨 넘나게스리 나랏일에 간섭을 하고 찡기고 한다는 건지…… 털도 없는 강아지 풍성풍성한 격이야."
아아, 저 유려한 풍자! 민홍은 고개를 외로 꼬았다. 틉틉한 된장국 냄새가 습기처럼 피어올랐다. (14면)

민홍은 아버지만큼이나 이 사실을 잘 알고 있었다. 그가 조금이라도 달떠 분수를 넘어서려고 하면 철원네의 목소리는 여지없이 그의 잔등을 후려쳤다. 생각해보면 아버지에겐 그래도 흰쥐가 있었다. 그리고 이 흰쥐는 철원네가 긴 시간 속에서 승인해준 '헷것'이기도 했다. 그녀는 자신의 철저한 변두리 삶을 미망 없이 살아냄으로써 이 '헷것'을 헷것이 아닌 사실의 자리로 이미 데려와 있었다. 아버지가 구멍가게를 쏘삭거리는 쥐와의 전쟁에서 승리할 수 있었던 것도 알고 보면 그 한바탕 소극을 그냥 내버려둔 철원네의 암묵적인 동조가 있었기에 가능했다. 사실의 쥐를 잡음으로써 흰쥐의 미망에 길을 내주었던 그 누추한 사로잡힘에서 아버지가 놓여나기를 철원네만큼 바란 사람이 또 있었을까. 민홍도 이것을 느껴 알았던 것이겠지만 막상 문제가 자신에게 닥쳤을 때 그의 손에는 그 흰쥐조차 없었다. 아니 그는 없어야 한다고 생각했는지도 모른다. 그는 먹물이면서도 그 먹물의 자리를 좀체 받아들이고 싶지 않았던 것이다. 그것이 그가 아버지와 거리를 두는 방법이었다. 그러니 이런 자기기만 속에서는 사실의 쥐조차 잡을 수 없었다.

──에유 어찌 된 애가 응, 기름병을 들고 불구뎅이 속으로까지 뛰어들었다는 애가 그래 그깟 쥐 한 마리를 못 잡는대서야 말이 되니? 기가 멕혀서. 이젠 그눔이 새끼까지 치고 아예 눌러앉으려는지 배가 이리 불룩하고 이만하게 늙은 놈이 등허리는 비루가 먹었는지 털이 홀떡 벗겨져서는…… (30면)

그는 쥐에게서 눈길을 떼지 않고 가만히 연탄집게를 들어올렸지만 사실 속수무책이었다. 왜냐하면 그가 스스로 비하하여 넘어서고자 하는 변두리 먹물성이야말로 그에게는 흰쥐를 갖는 가능한 길이었기 때문이다. 그 변두리 먹물의 자리에 자신을 가감없이 놓을 때에만 민홍이나 병문은 자신의 흰쥐를 가지고 아버지와의 긴 싸움에서 놓여날 수 있는 것이었다. 그 목록이 화염병이든 운동가요를 튕겨주던 기타이든 춘하의 허벅지이든 그는 자신의 삶을 발설하는 먹물의 자리로 가야 했다. 그렇게 해서 자신의 흰쥐는 바로 아버지라고 말해야 했다. 그래서는 내면 가진 삼인칭 관찰자 민홍과 병문의 어리숙한 시선을 아버지나 철원네와 맞세워야 했다. 이 점을 자각하지 못할 때 그는 번번이 쥐 잡기에 나설 수밖에 없었고 그때마다 패배할 수밖에 없었다.

이 현실에서의 패배는 그런데, 중심에 서려는 마음의 자리에서는 기억될 필요가 없는 것이다. 그 중심의 마음에서라면 아버지와 어머니의 변두리 삶은 한갓 뒤로 밀린 자들의 기록일 뿐이며, 그만큼 빨리 잊어버릴수록 좋은 일일 터이다. 그러나 그 변두리 삶이 이루어낸 엄숙한 사실의 자리를 껴안으려 할 때, 그는 스스로 변두리가 되어 그 패배를 감당하지 않으면 안되었다. 그렇게 해서 세상의 변두리로 자신의 몸과 시선을 힘껏 내몰았을 때, 춘하의 허벅지와 아버지의 흰쥐는 돌연 헛것이기를 그치고 그와 우리가 함께 그 속에 사는 사실의 자리가 되었다. 그리고 이 사실의 자리에서만 누추한 변두리의 삶들은 숨쉬며 그들의 꿈을 꿀 것이었다. 어렵게 되찾은 사실과 꿈의 증언들은 그래서 중심의 질서가 자랑하는 휘황함과 허위에 대한 비판이 될 것이었다. 그리고 이것은 사람들이 문학의 이름으로 이루어왔고 또 늘 이루려고 하는 것이었다. 김소진의 소설 「춘하 돌아오다」와 「쥐 잡기」는 이러한 사정을 여실하게 보여주었다.

그렇다면 이제 우리는 거칠게 써온 '변두리 먹물'이라는 표현을 버리기로 하자. 그리고 '소설가'라고 그를 고쳐부르자. 민홍과 병문이 내면 가진 삼인칭 관찰자가 되어 자신의 흰쥐를 아버지라고 고백하는 일이란 그러니 김소진의 '문학하기' 즉 '소설가 되기'가 아니겠는가. 소설을 씀으로써 아버지의 흰쥐를 사실의 자리로 데려오고 그 사실의 자리 속에 자신의 흰쥐를 그려넣으려는 글쓰기 전략이야말로 김소진만의 것이었다. 그 사실의 자리 속에서라야 춘하의 허벅지는 뒤틀린 억압이기를 그쳤다. 그 사실의 자리 속에서라야 아버지의 흰쥐는 '헷것'이기를 그치고 아버지의 엄숙한 세월이 되었다. 허릅숭이 같은 민홍과 병문이 됨으로써만 김소진은 그 세월의 무늬를 자신의 시절과 겹쳐볼 수 있었던 것이다. 김소진이 자신의 80년대와 오늘을 이야기하는 방식은 이렇게 해서 그의 '소설가 되기'와 겹쳐졌다.

4. 자존심 그리고 기다림

김소진은 등단작인 「쥐 잡기」의 끝에 "저만치서 채 시작되지도 않은 겨울의 출구가 보이는 듯했다. 그쪽은 맨발이었다"라고 씀으로써 아버지의 세월을 소설의 자리로 데려온 나름의 벅참을 표현해놓은 것처럼도 보였다. 그 이후 그가 다른 소설 「그리운 동방」에서 두 인물간의 대화 속에 풀어놓은 다음 대목은 그의 그런 벅참이 이제, 그만의 것이기 쉬울 아버지

의 흰쥐를 건너 좀더 보편적인 문학적 과제에 가닿으려 한다는 점에서 인
상적이다.

솔직히 말하자면 난 좋은 세상이란 오지 않을 거란, 아니 그런 건 있
지조차 않은 게 아닐까 하는 쪽으로 내 생각을 굳히고 있는 중이야요.
그렇다면 지금 이 세상이 이미 충분히 좋은 세상이라는 뜻도 되는
건가?
오히려 그 반대죠. 충분히 나쁜⋯⋯
⋯⋯⋯
그랬을 때, 즉 좋은 세상은 오지 않는다, 그런데 지금 이 세상은 충
분히 나쁘다 하는 비극적 상황에서 우리들 삶을 버티게 하는 건 뭐지?
그건⋯⋯ 자존심 같은 게 아닐까요?
자존심?
예⋯⋯ 그런 게 필요할 때라는 생각이 들어요.
그렇다면 그건 일종의 허영 같은 거와 겉모습이 비슷하겠지⋯⋯
그럴는지도 또 모르구요. 일종의 환상이랄지⋯⋯ (154~55면)

그러나 김소진은 오늘을 버티는 우리의 마음을 자존심과 환상의 자리
와 겹쳐놓은 이 심각한 화두를 아직 그의 다른 소설로 더 밀고나가지는
않았다. 말줄임표에 숨겨져 있을 그 이야기를 『장석조네 사람들』과 『고아
떤 뺑덕어멈』을 읽고 나서도 우리는 여전히 기다리고 있다.

— 『문학사상』 1996년 1월호

제 3 부

그리고
삶은 계속된다

부끄러움에 대하여 — '후일담계 소설'의 근거

공지영·방현석

1. 앙겔루스 노부스

발터 벤야민은 파울 클레(1879~1940)의 그림 「앙겔루스 노부스」(Angelus Novus, 1920)에서 '역사의 천사'를 본 바 있습니다. 몸통을 압도하는 커다란 머리, 사면(斜面)을 향해 비낀 듯 멍하게 열려 있는 큰 눈, 항복하는 자의 그것처럼 힘없이 치켜든 날개, 기형적인 머리며 몸통을 지탱하고 있는 볼품없는 치마 쪼가리 하체와 뭉툭한 새의 발, 온통 처연한 붉은빛에 휩싸인 채 허공중에 매달리듯 놓여 있는 이 기묘하고 천진스러운 형상을 두고 누가 천사라고 할까요. 한데 20세기 전반을 휩쓴 이성의 광기와 야만 앞에서 파울 클레는 새롭게 도착한(혹은 도착할) 천사를 그렇게 상상하고 표현했고, 간단없이 몰락과 파국을 향해 치닫는 인류사의 덧없는 반복을 깊은 종교적 체념 속에서 탄식하고 있던 발터 벤야민은 이 새로운 천사의 형상을 자신의 역사철학적 테제를 위한 사유의 대상으로 삼았던 것입니다.

벤야민은 그림에는 보이지 않는, 천진스러운 천사의 시선이 가닿는 곳을 봅니다. 천사의 선한 눈이 보고 있는 단 하나의 파국을, 잔해 위에 쉼 없이 쌓이는 파국의 잔해를. "천사는 머물러 있고 싶어하고, 죽은 자들을 불러 일깨우고 또 산산이 부서진 것을 모아서는 이를 다시 결합시키고 싶어한다. 그러나 천국으로부터는 폭풍이 불어오고 있고, 또 그 폭풍은 그의 날개를 꼼짝달싹 못하게 할 정도로 세차게 불어오기 때문에 천사는 그의 날개를 더이상 접을 수도 없다. 이 폭풍은, 그가 등을 돌리고 있는 미래 쪽을 향하여 간단없이 그를 떠밀고 있으며, 반면 그의 앞에 쌓이는 잔해의 더미는 하늘까지 치솟고 있다. 우리가 진보라고 일컫는 것은 바로 이러한 폭풍을 두고 하는 말이다."(「역사철학테제」, 『발터 벤야민의 문예이론』, 반성완 편역, 민음사 1983, 348면) 물론 이 비장한 시적 진술은 유대교 신비주의 전통에 깊숙이 젖어 있던 벤야민의 태생적 멜랑꼴리, '인류 역사의 좌절과 고통에 대한 슬픔과 우수'를 감안해서 읽어야만 할 겁니다. 그러나 저는, 적어도, 80년대를 젊음의 천진한 열정, 진정성의 제단과 바꾸었던 우리 세대는 "천사는 머물러 있고 싶어하고……"의 문장을 우울 없이 읽을 수 없습니다. 우리 세대의 작가, 공지영(孔枝泳)과 방현석도 그러할 것이라고 저는 생각합니다.

2. 후일담의 성숙을 위하여

사전적으로 '사건이나 사태가 지나간 뒤, 그 뒷날의 이야기'를 뜻하는 '후일담'이라는 평범한 말은 90년대 이후 한국소설을 논의하는 장에서는 자주, 불편하고도 착잡한 비평적 개념으로 미끄러지곤 합니다. 그런데 이 미끄러짐은 씨니피에 따위의 고상한 활강이며 연기(延期)와는 차원이 다릅니다. 다분히 어수선하고 인간적인, '착잡'이라는 말로밖에는 잘 표현되지 않는 진흙길의 그것이라고 해야 할까요. 그러나 동시에 참으로 깊은 윤리적 과제이며 인류사적 과제와도 연결되어 있습니다. 텍스트의 수인되기를 자처하고 자랑하기까지 하는 어떤 사람들은 행여 흙탕물이 튈까 눈길도 주지 않는 세계입니다. 그거야 어쨌든, 그 우울한 진흙길 주변의 풍경이며 저간의 사정을 여기서 되풀이 이야기할 필요는 없을 겁니다.

다만, 그 불편과 착잡의 책임을 '후일담계 소설'이라는 비평적 호명 탓으로 돌리는 일부의 비판은 다분히 용어의 뉘앙스에 집착한 대응이거나 그 용어 자체가 애당초 열려 있다는 점을 애써 무시한 조급증의 산물이라는 생각이 듭니다. 천황제에 맞서 1930년대 일본 공산주의 운동의 무모한 항해와 좌초를 역사적 배경으로 이른바 '전향'의 문제와 맞물려 전개되었던 일련의 문학적 흐름과, 카프 해산 뒤 이땅에서 비슷한 양상으로 펼쳐졌던 전향문학에 비평적 호명의 기원을 두고 있는 '후일담계 소설'이란 용어는 그러므로 문학사의 그물망 위에 놓여 있는 것입니다. 물론 이 용어가 상정하고 있는, 현실사회주의 붕괴 이후의 국면과 1930년대의 구조적 상동성은 그 적실성을 개별 작품과의 조회를 통해 계속 검증해나가야 하는 것이겠지만요. 그런데 그 조회의 과정에서 '후일담계 소설'이란 용어는 폐기되어도 하등의 문제가 될 것은 없습니다.

실상 그 폐기와 갱신의 과정은 리얼리즘과 모더니즘의 관계를 새롭게 조정하고자 하는 근자의 논의와 연결될 수도 있고, 베트남이나 그 무엇을 한국소설의 반성적 타자로 새롭게 사유하고 살아내는 경험지평의 확대로도 나타날 수 있습니다. 중요한 것은 '기억의 신성화(sacralization of memory)'(지그문트 바우만)를 경계하며 스스로에게서 '유다적인 것을 적발해내는'(김남천) 후일담의 자기갱신과 성숙 아니겠습니까.

'나'나 '우리 세대'가 그 기억을 전유(專有)하려 할 때 '그때'는 참된 역사적 지평을 잃을 수밖에 없습니다. 전망의 폐기와 종언은 오히려 그러한 상상적 전유 속에서 완성되는지도 모릅니다. 그렇지 않았다면 새로운 문학적 인식과 인간적 실행의 힘으로 전화되었을 환멸과 상실의 순수한 열도도 그렇게, 감상과 향수의 되돌이표에 갇혀버리기도 했던 것입니다. 일방적인 피해자 의식 또한 성숙의 걸림돌이었겠지요. 역사의 진행은 승자와 패자의 자리바꿈조차 당대의 현실로 제시하고 있는 마당입니다. (이런 자잘한 승리와 패배란 애당초의 목표가 아니었다고요. 인류사의 전망으로서 맑시즘은 끝장나지 않았냐고요. 그러나 끝장이니 종언이니 하고 있지만 모르는 이야기 아닙니까. 12년의 제작 기간에 500여개의 테이프로 비전향 장기수들의 삶을 담아낸 김동원 감독의 다큐멘터리 영화「송환」이 148분 분량으로 편집되어 극장 개봉을 앞두고 있다고 합니다. 무엇이 끝장났고 무엇이 계속되는지는 정작 이런 작업을 통해 확인되어야 한다고 저는 생각합니다.) 여기에 더해 인간 욕망의 복잡다단까지 따져야 한다면 정말 간단한 문제일 수가 없습니다. 그러니 후일담의 성숙은 그 계열만의 부분적 성숙에 그칠 수 없습니다. 그것은 인간과 역사를 함께 사유하고 들어올리는 소중한 문학적 성숙의 장이 될 수 있습니다. 저 혼자 생각입니다만,「네게 강 같은 평화」(『별들의 들판』, 창비 2004)의 공지영과「밥과 국」(『문학동네』 2004년 봄호)의 방현석은 제 생각에 말없이 고개를 끄덕여줄 것도 같습니다.

3. 공지영과 방현석, 베를린과 베트남

공지영의「네게 강 같은 평화」에는 '베를린 사람들 2'라는 부제가 붙어 있습니다.「빈들의 속삭임—베를린 사람들 1」에 이어지는 연작입니다. 연작의 고리는 '베를린'입니다. 단순한 지명이 아니라는 이야기겠지요. 방현석의 '베트남'과 등가의 공간입니다. 물론 두 공간이 이땅의 현실과 접속해온 구체적 코드로 들어가면 적지 않은 차이가 있지만 말입니다. 등가란 범주적으로 그렇다는 이야기지요. 그리고 그 적지 않은 차이는 공지영과 방현석의 소설이 하나의 계열로 묶이면서 마땅히 갈라지는 지점이기도 할 것입니다. 베를린 하면 곧바로 동서 베를린으로 나뉘어 있던 분단 독일의 어제가 떠오릅니다. 흔히들 '장벽 붕괴'라고 할 때의 그 장벽, 그러니까 '베를린 장벽'이 냉전체제의 영고성쇠를 온몸으로 증언하고 있는 곳입니다.

그러나 아무래도 우리에게는 동백림(東伯林) 사건(1967)입니다. 재독음악가 윤이상, 재불화가 이응로를 비롯 교수, 유학생 200여명이 동베를린의 북한대사관과 접촉하여 간첩 행위를 했다는 것. 건국 이후 최대의 공안조작 사건이라고도 하지만 '접촉' 사실만은 당사자들도 시인했다는 것(그러나 이 '접촉'이라는 것에도 얼마나 많은 사실의 층위가 있겠습니까. 북에 있는 가족이나 친지를 향한 그리움, 막연한 호기심, 남한 군사정권에 대한 환멸, 통일에 대한 젊음의 순수한 열정 등등. 문학은 이런 틈을 들여다보라고 있는지도 모릅니다). 체포 과정의 불법성과 수사 과정의 가혹한 고문, 불공정한 재판진행 등 공권력의 무도한 폭력 역시 명백한 사실입니다. 「귀천」의 시인 천상병이 겪어야 했던 어처구니없는 참상이며 끝내 고향 통영으로 돌아오지 못하고 이국땅에서 눈을 감아야 했던 윤이상의 비극. 그리고 가난과 고독 속에서 스위스의 산악, "구더기가 없고 전화가 없는 곳, 만년의 빙하 한구석"(「네게 강 같은 평화」, 51면)으로 기어올라가 그 가난과 고독을 끝장내려 했던 더 많은 익명의 윤이상들. "동지 좋아하네!"(46면)라고 자신도 모르게 고함칠 수밖에 없는 그들의 가족들. "그때 언덕에서 미끄러져 엎어진 채로 삐죽한 나뭇가지 하나를 붙들고 고작, 살려주세요, 살려주세요라고 부끄럽게 울며 외치던 그 대상은 신이었을까, 아니면 수배령이 내려지자마자 나를 떠난 아내였을까. 그도 아니면 간첩이라는 한국의 발표가 있자마자 약속처럼 일시에 전화 한통 걸지 않는, 죽는 날까지, 아니 로자 룩셈부르크처럼 개머리판으로 맞아 죽을지라도 동지임을 잊지 말자고 맹세한 친구들이었을까."(51면) 제가 잠시 착각을 했습니다. 소설화자, "잘나가는 특급신문의 문화부 차장대우" 최영명이 베를린에서 이십년 만에 만나는 사촌형 수명은 임수경 방북을 주선해준 게 문제되어 그런 고통을 겪었고 지금도 겪고 있군요.

그런데 기실 착각이 아니며 착각일 수가 없습니다. 동백림 사건이며 동시에 임수경 방북이어야 하기 때문입니다. 후일담계 소설의 우둔한 진정성은 다들 떠난 곳에서, 혼자 뒤에 남아 기꺼이 시대착오를 견디며 상처의 딱지와 고름, 생살을 동시에 감싸안으려는 천진한 천사의 눈, 그것을 닮았기 때문입니다. 동백림 사건이 아니라 80년대의 그것이어도 됩니다. 후일담계 소설의 소중한 힘입니다. 그러나 이곳에도 폭풍은 불어옵니다. 그는 "머물러 있고 싶어하고, 죽은 자들을 불러 일깨우고 또 산산이 부서진 것을 모아서는 이를 다시 결합시키고 싶어한다. 그러나……"

그렇다면 공지영은 역사의 천사가 처한 곤경에 어떤 횡단선을, 희미하게라도, 만들어냈을까요. 작가는 타락한 화자를 베를린이라는 후일담의 성소로 보낸 다음, 그의 내면을 추적합니다. "젊은 사람들이 싫어하는 C일보"에 입사, 빠른 승진 끝에 서른아홉 먹은 지금은 차장대우까지 올라가 있는 최영명. 한마디로 적당한 속물입니다. 스물아홉 먹은 독신녀와의 연분을 잘 처리하지 못해 아내에게 발각되고 말았군요. 독신녀의 "뱃속에서 휴지통으로 떨어져내렸을" 아이까지 있다니. 좋은 머리도 이럴 때는 소용이 없는 모양입니다. 적당한 속물답게 감동도 잘합니다. "밥상 하나와 모나미 볼펜, 그리고 이불 한 채가 가진 것의 전부인" 경북 어느 산골의 종지기 시인, 그이의 무심과 단순한 생활이 가진 것 많고 머리 복잡한 그의 가슴 깊은 곳으로 들어와 있었던 것입니다. 베를린으로 가서 수명을 만나고 싶다는 생각을 굳힌 게 그때일 거라고 작가는 전해줍니다. 그런데, 이렇게 적고 보니 너무 전형적이다 싶습니다. 너무 완벽한 속물 아니겠습니까. 동백림 사건 관련자들의 '접촉'에 많은 사실의 층위가 있으며 문학은 그 층위며 틈에 오감을 들이대야 한다는 것은 이 경우에도 적용되어 마땅합니다. 물론 작가가 이를 전적으로 외면했다고 말하려는 것은 아닙니다. 오히려 곳곳에 섬세한 촉수가 돋보입니다. 공지영의 특장입니다. 그러나 전체적으로 최영명은 작가가 불러낸 인물에 그치고 있습니다. 작가에 의해서 선택되지 않은, 닥치는 대로의 복합적 인간진실의 표현 기회가 최영명에게 주어졌다고 말하기는 어렵습니다. 이는 서사나 묘사의 경제와는 다른 차원의 이야기입니다. 촛점화자 최영명은 성소로 불려와 부끄러움의 고해를 강요당하고 있는 인상입니다. 하고 보면, 사촌형 수명이 잡역부로 일하고 있는 성당의 묘지 앞에 최영명이 서게 되는 소설의 결말은 이미 예비되어 있었던 셈입니다. 산골 종지기 시인의 삽화도 뒤늦게 추가되어야 했습니다. 선명한 대비가 필요했던 것이겠지요. 그러나 최수명은 우리의 죄를 대속하고 있는 예수가 아닙니다. 최수명 역시 성모 앞에서 고해가 필요한 나약한 인간일 뿐입니다. 작가도 알고 있지 않습니까. "누가 내게 1,000마르크만 준다면, 아니 고정적으로 한달에 500마르크만 준다면(…)"(57면) 영혼을 판다는 것은 그런 것입니다. 유다의 자기고발이 소시민 출신 작가의 최초의 모럴이 되어야 한다고 했던 김남천의 결곡한 예지가 70년의 세월을 격한 지금, 서울에서도, 베를린에서도 울리고 있다면 과도한 읽어넣기일까요. 그러나 우리는 작가를 믿습니다. 10여 년 만에 아이 앞에 돌아와 용서를 구하며, 빈들의 속삭임에 귀를 기울이는 연작 1편의 낮은 포복이 있으니까요. 이제 다시, 시작이니까요.

췌언이겠지만 최영명을 속물스런 타자로 배제하는 것은 쉽습니다. 우리 모두가 '집합적 유죄'(collective guilt, 한나 아렌트) 상태로 스스로를 처단하는 것도 어쩌면 쉬운 선택일지 모릅니다. 베를린을, 베트남을, 80년 광주를, 인노협을, 동일방직을, 전태일을 신성한 기억의 제단 위에 올려놓는 것도 쉬운 선택일지 모릅니다. 그러나 그러고 말 때, 살아남은 자의 부끄러움은 상상적 처벌과 신성한 제의 속에서 덧없이 해소되고, 현실은 더 괴물스럽고 낯선 것이 되어 우리로부터 멀어지고 맙니다. 상실과 환멸의 신화는 더욱 견고해질 것입니다.

물론 작가도 다 알고 있는 이야기입니다. 소설의 마지막 대목을 보지요. "그는 잠시 입술을 일그러뜨리며 웃었다. 눈발 때문에 아무것도 보이지 않는, 용서할 수도 없고 용서 안할 수도 없는 어두운 새벽…… 이 어정쩡한 자세에서의 한컷!"(65면)

그렇습니다. 희미하나마 횡단선 하나가 여기 있습니다. 우리의 후일담이 앞으로도 더 열심히 찾아내야 하는 것 중 하나는 이 '어정쩡한 자세'이겠지요. 어정쩡함은 고착된 경계를 지나가고 넘어가는 유동(流動)하는 힘으로 자주 진실을 담는 그릇이 됩니다. 그리고 그 어정쩡함에 닥치는 대로의 현실을 집어넣고도 의연히 인간의 위엄, 역사와 인간에 대한 예의를 끊임없이 묻고 또 묻는 복잡한 순정이 이어져야겠지요. 그 길에서 '부끄러움이 갖는 해방적 역할'(지그문트 바우만)까지 손에 쥐게 된다면 우리는 심지어 역사를 새로이 살 수도 있는 것 아니겠습니까.

하고 보면, 후일담계 소설은 아직도 갈 길이 많이 남아 있습니다. 방현석은 베트남이란 멀고 먼 우회로를 타박타박 걷고 있습니다. 그가 「존재의 형식」(『랍스터를 먹는 시간』, 창비 2003)에서 찾아낸 '마음가짐(떰 로옹)'은 그 길을 비출 시적 진실의 등(燈)일 겁니다. 그에게는 베트남 민족해방전선 투사들의 시마저 있습니다. "그대 계속해서 가라. 그러면 어딘가에 닿게 되리라." 갈 길이 남았다는 것은 '복된 짐'입니다. 후일담계 소설은 지금 한국소설 전체 지형에서 보면 비주류에다 철지난 바닷가의 모닥불일지 모릅니다. 그러나 이 계열의 소설이 품고 있는 시적 진실은 방현석의 표현을 빌리면 '밥과 국'의 진실이며 그래서 좀체 사그라들지 않을 겁니다. 그렇기는커녕 심지어 어딘가에 닿을 것이며 그곳에서 우리는 우리의 오랜 꿈과 만날지도 모릅니다. 제가 후일담계 소설을 놓을 수 없는 이유입니다.

방현석의 「밥과 국」은 운동권 학생회장이었으며 인천 노동운동 현장의 유명한 조직가에다, 선전선동 문건의 탁월한 라이터(writer)였던 작가 자신의 자전적 소설입니다. 따라서 설명이 필요없는 작품입니다. 그냥 조용히 읽을 수밖에 없습니다. 저는 읽다가 어느 대목에서 눈물을 글썽였지만 제 유치한 설움 때문이었겠지요. 그러나 중요한 것은 담담한 사람도 많다는 사실입니다. 그 층위야 여럿이겠지만 방현석의 '밥과 국'은 후자의 건강한 냉정도 껴안아야 합니다. 그러고 보면 여기에도 할 일은 아직 지천입니다. 결국은 부끄러움 때문에 여기까지 왔습니다만 제대로 부끄러워하기란 또 얼마나 어려운 일이겠습니까.

얼마 전에 읽은 글에서 폴란드의 한 유대인 학자는 이렇게 말해놓았더군요. 이 깊은 통찰의 말을 마지막에 놓아두고 싶습니다.

"부끄러움이 없는 도덕성은 자신을 정당화하고 자기성찰과 자기비판의 기회를 박탈합니다. 자, 나는 이렇게 도덕성을 확보했고 이렇게 정의로운 이야기를 했으니 내 영혼을 지켰다는 식의 작은 정의가 지배하게 되는 것이지요. 부끄러움이 갖는 해방적 역할을 마지막으로 강조하고 싶은 것도 이 때문입니다."(지그문트 바우만, 임지현 대담, 「악의 평범성'에서 '악의 합리성'으로」, 『당대비평』 2003년 봄호)

— 『문학사상』 2004년 4월호

북극성이 사라진 시대의 글쓰기
─아포리아의 도전과 소설의 응전

이혜경·조경란

1. 비애를 응시하는 여성소설의 힘

　근자 한국소설에서 여성작가의 생산력이 흥성한 기운의 연속이며 그 문학적 의의 또한 심중한 것임은 새삼스런 확인을 필요로 하지 않는 일입니다. 어스름 강가에 웅크린 채 백주의 시간을 억눌리고 숨죽인 여성 욕망의 검붉은 생혈로 서서히 물들여가는 오정희의 저 고요하고 공포스런 여성성의 발견 이래 한국의 여성소설은 거명하기에 숨가쁠 정도로 수다한 개성적 고원을 한국소설의 영토에 융기시켰습니다. 그것은 딱히 페미니즘의 문제의식을 손에 쥐고 진행된 것은 아니었으되, 이전까지 주로 남성의 시선에서 대상화되곤 했던 '여성' 혹은 '모성'의 세계와는 확연히 구별되는, 여성적 경험과 여성적 욕망의 주체적 탐구를 다기한 상상력과 세련된 언어로 펼쳐 보인 것이었습니다. 가부장제의 착잡한 음영일 '모성의 대지'며, 감성·수동성·인고·연민 등등 종래 여성적 자질로 통념화되어온 기만적 분류학을 회의하고 해체해나간 그 과정은 한국소설의 현대성을 발견하고 구축하는 길이기도 했습니다. 하고 보면, 일상에 스며 있는 미시적 억압의 단자들을 스스로의 일그러진 거울상을 통해 고통스럽게 추적하거나 폭력과 광기라는 일상의 오래된 서식물들을 발굴해내는 여성작가들의 집요함과 순발력은 정말 어지간한 것이었습니다. 그렇지 않았다면 문학적 표현의 출구를 얻기 힘들었을 다양한 경험들이 그렇게 인간학의 자산으로 축적되었던 거지요. 서사의 약화, 소설의 사사화(私事化), 역사성의 표백이 비판적으로 거론되었지만 온전히 그들만의 책임으로 돌리기에는 저간의 정황이 만만치 않음은 다들 알고 있는 일이기도 합니다. 다만 최근 들어 이들 소설에서 간혹 목도하게 되는 현실 인식의 강퍅함이나 극단적 욕망학의 도상 실험은 우려되는 바가 없지 않습니다. 부분적 왜곡과 마땅한 한계를 감수하면서도 실제 삶에서 진퇴를 거듭하며 작동하는 의미있는 시선과 동선을 축소하거나 배제해버린다는 느낌이 들기 때문입니다. 상처입고 탈난 관계에 작가들의 시선이 집중되는 것은 당연하지만, 그 집중이 종종 과도한 흐름을 타면서 현실에 어떤 수준에서든 작동하고 있는 긍정적 계기를 외면해버린다면 이는 소설의 울림을 약화시키는 데 그치지 않고 소설의 존재 이유에 대한 착잡한 회의로까지 독자를 빠뜨리지 않겠습니까. 근대의 발명품인 소설은 아이러니를 통해 삶과 세계의 복합적이고 모순적인 진실을 매번 처음처럼, 낯설게 드러내는 양식입니다. 이 경우 세계를 의미있는 것으로 구성해보려는 소설의 탐구는 늘 좌절하게 마련인데, 세계의 전면적 훼손이 이 탐구의 여로에 전제되어 있기 때문입니다. 그러나, 바로 그러하기에 탐구의 진정성은 훼손될 수 없는 원칙입니다. 그 진정성의 열도와 밀도가 좌절과 배반의 진폭을 낳고, 그 진폭만큼 소설의 아이러니가 빚어내는 비애의 울림은 커지는 것이지요. 더 나은 삶과 세계, 살 만한 가치에 대한 그리움도 커갈 것입니다. 순진한 이야기라고요. 아닙니다. 소설이 당대 삶의 뜨겁고 핵심적인 현실을 의식하고 담아내야 한다는 더 소박하고 진부한 요구조차도 이 낡은 진정성은 기꺼이 품어야 합니다. 일상의 섬뜩한 폭력이나 관계의 처참한 파괴, 욕망의 비루한 현상학은 더 깊고 넓은 차원의 모순에 대한 탐구나 의식 없이 기계적으로 반복 재구될 때 근사한 상상의 유희는 될지 언정 소리없는 슬픔과 통곡, 나날의 폐허 위에서 '그래도' '그럼에도' 삶과 세계를 건설해왔고 건설해갈 인간의 꿈, 그 깊고 비애로운 아이러니를 건드리지는 못할 것입니다. 여성소설의 자기발견과 성숙 역시 결국은 같은 차원의 이야기가 될 것인데, 여성적 연민을 품고 넘어서서 우리 삶의 깊은 비애에 가닿은 여성작가들의 진경을 문예지에서 만나는 기쁨은 그래서 더욱 큽니다.

2. 아포리아의 틈새

A4 용지 한가운데 세로금을 긋고 왼편에는 '살아야 할 이유', 오른편에는 '죽어야 할 이유'라고 써넣는 사내가 있습니다. 이혜경(李惠敬)의 「틈새」(『틈새』, 창비 2006) 이야기입니다. 평범한 사내입니다. 시골 인문계 고등학교를 나와 군대를 가고, 가전제품 대리점 운전기사로 일하다 타고난 성실함으로 공고 졸업생도 쉽지 않다는 기술학교 과정을 마치고 애프터써비스 기사가 되었군요. 발뒤꿈치가 까져 진물이 흐르면서도 조금의 내색도 없이 너설을 타고 산 정상까지 성큼성큼 올라가던 한 여자의 단단함에 몸과 마음의 진동을 빼앗겨 일생일대의 용기까지 낸 바 있습니다. 다시 볼 기약 없는 여자를 "재희씨, 가지 마"(121면) 외침 한방으로 주저앉혀 가정을 꾸린 거지요. 그러나 이 역시 평범하기 그지없습니다. 누구에게나 그런 순간이 있지 않습니까. "이제 다시는 볼 수 없다, 저 여자를 놓치면 안된다는 확신으로, 온몸을 쥐어짜며 외"칠 수밖에 없는 때가. "이거다! 싶었어. 말로 표현할 순 없지만, 그 포스터 안에 내가 찾던 길이 들어 있다는 확신이 전류처럼 몸을 훑"(134면)어내리던 때가. 중학생 아들이 하나

222

있군요. 대도시에서도 잠시 근무했던 모양이지만 지금은 고향에 일터를 두고 살고 있습니다. 꿈이 하나 있습니다. 퇴직한 뒤에 가전제품 대리점을 내는 것. "규모는 그리 크지 않지만 애프터써비스 기술이 뛰어나고 친절하다고 입소문이 나 단골손님이 쏠쏠한 작은 대리점."(129면) 정말 그럴법한 꿈입니다. 어려움이야 없지 않겠지만 살림 야문 아내가 있고, 지금껏 그래왔던 것처럼 성실하게 일한다면 못 이룰 꿈도 아닌 거지요. 따지고 보면, 부모에게서 물려받은 집에 가게를 내어 운영하거나 임대료까지 받아챙기는 주변 친구들은 이미 누리고 있는 것, 그게 그의 꿈입니다. 이런 것도 꿈 축에 드냐고 할 사람은 없을 겁니다. 아니, 이런 거야말로 꿈이지요. 인류사 전체가 틈만 나면 상상하고 빚어온 유토피아의 꿈에 견주어도 전혀 기울지 않는 무게가 여기에는 있습니다. 그래서일까요. 의외로 쉽지 않은 모양입니다. 꿈의 훼방꾼이 아주 뚜렷한 실체로 길을 가로막고 나섰기 때문입니다. 그게 무어냐고요. 대형 가전마트입니다. "모든 회사의 온갖 가전제품을 망라하는 대형 가전마트가 생겨나고, 그 체인점이 대도시에서 중소도시로, 읍 단위까지 파고드는 세상은 그의 꿈이 뿌리내린 지점도 파헤쳤다. 설치에 특별한 기술이 필요하지 않은 가전제품이라면 인터넷에서 구매하는 판이었다. 그의 견실한 꿈이 실현된다 해도 수지타산을 맞출 수 있을지 자신없어졌다. 전파사 정도라면 가능할 것이다. 하지만 대형 가전업체에서 출시되는 새 제품의 기술정보를 얻을 수 없고 부품 조달조차 안되는 전파사는 결국 중고품 전시장으로 몰락하기 십상이었다."(129면)

　사정은 분명해졌습니다. 강기사, 그는 성실한 사람이 아니라 무능한 사람이었던 겁니다. 세상이 그렇게 움직여가는 거야 너무도 당연한 일 아닙니까. "견고한 모든 것은 대기 속에 녹아버리고, 신성한 모든 것은 세속화되며, 인간은 마침내 자신들의 생활과 자신들의 동료와의 관계에 대한 진정한 조건과 대면하게끔 되어 있다."(『공산당선언』) 그가 적응했어야 했던 거지요. 재빠르게. 저 대형 가전마트며 그것을 열렬히 떠받들고 있는 손들도 곧 미련없이 폐기되어 용광로 속으로 가뭇없이 사라져버릴 겁니다. 그리고 그 용광로 속에서 새로운 무언가가 잉태되고 또다시 앞으로 나아가겠지요. 이러한 세계에서는 모든 것이 용인됩니다. 아비를 팔고, 어미를 팔고, 친구를 파는 일도 얼마든지 가능합니다. "서로 극렬하게 대립되는 이기주의 덕분으로 태양과 햇빛을 향해서 서로 폭발하고 서로 앞다투는, 그들 나름대로의 윤리관 내에서는 그 어떤 제한, 그 어떤 제재 및 그 어떤 이해심도 발견할 수 없는, 경쟁적인 발전에 있어서의 일종의 열대림과도 같은 속도 및 막대한 파괴나 자체 붕괴 등이 나타나게 된다. 새로운 이유만이 있을 뿐이고 더이상의 어떤 공동체적인 입장은 없다. 오해와 상호간의 불신에 대한 새로운 확신이 있을 뿐이다. 전율할 정도로 서로 밀착되어 있는 부패, 죄악, 가장 가증할 만한 욕망, 풍부한 양의 선과 악 위로 뿜어올리는 종족의 천재성이 있을 뿐이다. 봄과 가을의 운명적인 동시성이 있을 뿐이다."(니체 『선악을 넘어서』) 원리적으로 그렇다는 이야기겠지만, 사실 다들 어떻게든 느껴 알고 있는 이야기입니다. 전락한 친구 영석에 대해 이죽거리는 인호의 모습을 보며 그 역시 "사냥한 동물의 뱃구레에 이를 박고 내장을 뽑아내는 맹수를 떠올"(123면)리지 않습니까. 그러니 '필름 안에 잠겨 있는 영상', '정작 인화해서 보고 싶지 않은' 외면하고픈 영상일 뿐입니다. 사내는 악착같지 못한 사람이어서 그 영상과 대면할 자신이 없습니다. 그는 눈과 귀를 막은 채 자신의 꿈의 뿌리를 보듬고 키워왔지만, 진물 흐르는 까진 발뒤꿈치로 산을 올랐던 아내를 속일 수야 없었던 겁니다. 아내는 단호하게 말합니다. 언제까지 이렇게 살 수는 없다, 넌 아무것도 아냐, 라고. 단란주점을 차렸던 아내는 기어이 다른 남자에게 몸까지 넘기고 말았지만 그녀는 당당합니다. 왜 안된단 말인가. 그 어떤 제한도 그 어떤 제재도 있을 수 없는 이 밀림에서. "이혼해요. 나, 이혼할 거예요. 그러잖아도 당신한테 말하려 했어요."(127면)

왼편의 살아야 할 이유 항목은 "1. 성우"에서 끝나고 맙니다. 중학생 아들놈입니다. 그러나 그는 고개를 흔듭니다. "마땅히 해야 할 일을 하는 건 지금까지도 충분했다"(131면)고. 그는 끝내 살아야 할 이유의 두번째 항목을 찾지 못하고 오른편으로 넘어갑니다. 죽어야 할 이유 첫번째 항목은 단숨에 채워집니다. "1. 다 끝난다." 그렇습니다. "마음속에서 들끓는 울분도, 그 끝자락을 물들이는 두려움도. (…) 벌겋게 달궈진 채, 이따금 부스러기 불꽃을 빛내며 그의 등판을 노리는 낙인. 아내에게 술장사를 시킨 남자, 그 결과 오쟁이진 사내, 이혼당한 남편. 그리고 그의 귀에 탁한 입김을 불어넣으며 그를 도발하는 속삭임. 넌 아무것도 아냐"(131면)도. 더이상의 구구한 이유가 필요치 않은 상황입니다. 그런데 그는 사방이 씨멘트로 둘러쳐져 옴짝달싹할 수 없는 꽉 막힌 사각의 방에서 조그만 '틈새'를 봅니다. "살아야 할 이유도 죽어야 할 이유도 구구하지 않았다. 그 간명함이 마음에 들었다. (…) 늘 그를 질질 끌고 가던 생, 그 고삐를 잡아챈 듯한 득의마저 느꼈다."(131~32면) 자신이 마음대로 할 수 있는 무언가를 찾았다는 이야긴가요. 그게 목숨이군요. 현대의 모든 인간들은 자기보존과 자기고양, 자기해방을 열망합니다. 그를 위해 본능적으로 자신만의 기술과 책략을 찾아내기도 합니다. 필요하다면 보호색을 갖추기도 합니다. 그러나 원리적으로 본다면 이러한 열망은 좌절될 수밖에 없습니다. 계속 몸을 바꾸며 앞으로 나가는 대형 가전마트의 속도에 자신을 일치시키지 않는다면 말입니다. 그 속도의 멀미를 견뎌내지 않는다면 말입니다. 혹 그 속도를 탄다 해도 일시적일 수밖에 없으며 숱한 댓가를 지불하지 않으면 안됩니다. 그리고 그 댓가는 사실상 처음 그가 꾸었던 꿈의 모든 것일 수 있습니다. 자기보존이 아니라 자기파괴가 해방이 되는 참담한 역설이 여기에 있습니다. 자기파괴가 틈새라니! 예술에서라면 이는 모더니즘이 자랑하는 근사한 아이러니고 해법일 수 있습니다. 그러나 실제 삶에서는 이러한 아포리아를 어떻게 해야 하는 걸까요. 언제나 침묵의 텅 빈

고요 속에서 세상을 응시하고 있는 이혜경은 이 아포리아의 사막에 물 한 모금을 떨어뜨릴 수 있을까요. 민들레의 상상력을 가동시켜 틈새기를 열 수 있을까요.

사내에겐 남은 숙제가 있습니다. 중고등학교 동기동창인 영석을 만나는 일입니다. 고등학교 시절 부동의 전교 1등. 모교가 낸 첫 육사 합격생. 읍을 관통하는 국도 어귀에 "축 육사 합격 명천고등학교 서영석"이라는 현수막(플래카드가 맞겠지요)이 내걸렸지요. 모교 교문에도 걸린 경축 현수막의 펄럭이는 소리가 아직도 생생한 터입니다. 그렇게 떠나갔던 영석이 어느해 슬그머니 고향으로 내려와서는 시골 슈퍼의 주인이 되어 앉아 있는 겁니다. 서정인의 저 「강」의 세계며, 가깝게는 윤성희의 「어린이 암산왕」(『거기, 당신?』, 문학동네 2004)이 떠오르지 않을 수 없는 대목입니다. 시골의 천재를 마침내는 범재로 만들어버리는 시간의 담담한 흐름과 마모력, 누구든 둥글둥글 강가의 돌멩이가 될 수밖에요. 암산왕의 금메달에서 금멕기를 벗겨내는 시간의 냉혹함은 또 어떻고요. 영석을 둘러싸고는, 보증 섰다가 크게 얻어맞고, 빚을 갚느라 퇴직금 때문에 전역했다는 확인 안되는 풍문만이 있을 뿐입니다. "영석은 살림을 정갈하게 꾸리는 아내와 산다, 영석은 사는 게 그리 넉넉지 못하다, 영석은 늦게까지 혼자 비디오를 본다."(114면) 친구 집에 냉장고를 손봐주러 갔다가 그가 보고 들은 거지요. 그런데 영석이 고향으로 내려온 후 그는 내내 속으로 영석을 부르고 있었습니다. "영석아"라고. "넌 어떻게 그럴 수 있냐?"라고. 그러나 정작 소리내어 물어보지는 못하고 있었습니다. 슈퍼 앞에 차를 세우고 담배를 사거나 음료수를 사 마시는 일이 잦아졌지만 기껏 날씨 이야기나 나누다 돌아나왔던 겁니다. 그런데 질질 끌려다니기만 하던 생의 고삐를 손아귀에 쥔 듯하자 그는 영석에게 그 참았던 물음을 침묵의 바닥에서 꺼냅니다. "그런데 너, 어쩌다가 길을 그렇게 바꿔 들었냐?"(133면) 영석은 담담하게 입을 엽니다. 늘 그날이 그날 같은 어느 퇴근길, 지나다 포스터 한 장을 보았다. 처음엔 그냥 지나쳤는데 뒤에서 뭐가 잡아당기는 것 같아 뒤돌아 그 포스터 앞으로 갔다. "그걸 정면으로 바라보는 순간, 이 거다! 싶었어. 말로 표현할 순 없지만, 그 포스터 안에 내가 찾던 길이 들어 있다는 확신이 전류처럼 몸을 훑었어. 넌 그런 적 없었냐?"(134면) 기를 수련하는 모임의 포스터였답니다. 그길로 등록했고요. 수련원 원장의 허황된(그나 우리가 보기에 그렇다는 거지요) 이야기에 장교 신분의 모든 걸 보증으로 내준 모양이고요. 그런데 영석의 담담한 대답엔 많은 게 생략되어 있는 거지요. 부동의 전교 1등, 육사 합격, 장교 임관. 그나 우리가 아는 것은 이것뿐입니다. 영석 아내의 발뒤꿈치는 어떤지 그도 우리도 모릅니다. 그가 맞닥뜨렸을 아포리아를 우리는 모릅니다. 그 아포리아는 육사 합격 경축 플래카드가 펄럭이는 교정에서도, 육사 교정에서도, 소대 막사에서도, 퇴근 후 장교 사택에서도 무시로 그를 엄습했을 겁니다. 그러니 "한순간 눈에 띈 포스터 한장이 한 사람의 회로를 교란시키고 마침내 수리할 수 없게 만들기도 한다"(135면)는 그의 생각은 틀린 겁니다. 그 교란은 영석의 숨통이고 마침내 찾아낸 틈새였을 테니까요. 영석의 꿈은 무엇이었을까요. 그리고 그의 꿈의 뿌리를 파헤친 대형 가전마트는 또 무엇이었을까요. 이러한 생각의 연쇄를 부르는 힘이 이 소설에는 있습니다. 이 순간 오로지 자신의 목숨 말고는 아무런 도움도 받을 수 없는 그와 영석은 소설 밖으로 나와 우리와 연대합니다. 대형 가전마트, 그 거대한 씨멘트 구조물 앞에서.

농약상을 겸한 종묘상 간판에 눈에 띄는 그림이 있었습니다. 처음 본 순간 크낙한 날개를 펼치고 그의 비상을 재촉하던 새 그림. "한번 날아보라고 꼬드겼다. 질질 끌려다니기만 하는 게 지겹지도 않으냐고, 이제 박차고 날아오르라고."(133면) 그러나 영석의 가게에서 나와 그놈의 포스터 한장의 어처구니없는 교란을 되씹다가 문득 의혹이 치밉니다. 목숨을 폭발시킬 농약병이 차 바닥에서 데구르르 구르는 순간이었습니다. 그건 새가 아니었을지도 모른다는 의혹 말입니다. 차를 돌려 그곳으로 갑니다. 이제 보니 머리에 비해 지나치게 커 보이던 것은 새의 날개가 아니라 떡잎이었습니다. 머리로 보이던 것은 떡잎 속에서 돋는 새순이었습니다. 그런데 다시 보면 또 새였습니다. 이른바 반전도형(反轉圖形)의 세계인가요. 토끼 머리로도 보이고 오리 머리로도 보이는 것. 어느 한쪽을 볼 땐 다른 쪽이 보이지 않는 세계. 그런데 이건 누가 고안해낸 반전도형이 아닙니다. 대상과는 무관하게 철저히 그의 의식 속에서 빚어지는 반전도형의 세계인 거지요. 그것도 한 사람의 목숨을 담보로 한 도박입니다. 작가는 이 도박을 일러 틈이라고 합니다. 아니 틈보다 더 좁은 '틈새기'라고 합니다. "날아오르는 새, 언 땅을 뚫고 나오는 새순. 그 틈새기에 끼인 채, 그는 간판의 도형 속으로 빨려들어갔다"(135면)고.

대형 가전마트와 싸울 수 있는 한 가지 방법이 찾아진 건가요. 목숨을 건 도박. 세상도 어지간하지만, 소설도 정말 어지간합니다. 중언부언의 독후감이 너무 길었습니다. 괜히 혼자 흥분도 했고요. 그러나 소설은 너무도 조용합니다. 말이 있어도 속삭임 같습니다. 이혜경의 소설인 거지요. "현태는 역시 선수다웠다. 아주 간결하면서도 구체적으로 전달했다. 날렵하게 생선회를 치는 요리사 같았다. 베인 걸 채 알아차리지도 못할 만큼 날렵하게 베어버리는 손놀림. 칼이 스치고 지난 자리가 하얗게 질리며 벌어졌다."(126면) 침묵의 행간과 함께하는 소설, 이혜경의 솜씨가 바로 그러합니다. 그리고 작가가 조용히 베어낸 것은 이러지도 저러지도 못하는 아포리아의 틈새가 아니었을까요.

3. 슬픔의 근거

조경란(趙京蘭)의 「국자 이야기」(『국자 이야기』, 문학동네 2004)는 강박장애에 시달리는 화자 '나'가 스스로를 정신분석하는 이야기 위에 자신의 몸이자 삶의 근거인 '국자'가 사라지자 돌연 광채를 잃어버리고 허깨비 같은 존재가 되고 마는 30년 경력의 중국집 주방장, '나'의 외삼촌 이야기가 무겁게 얹혀 있습니다. 실직한 지 오래된 '나'는 외삼촌의 제의를 받고 외숙모가 집을 나가버린 외삼촌 집으로 들어가서 초등학교 1학년 조카를 돌봐주며 같이 삽니다. 그런데 이렇게만 이야기하면 제법 현실적 인물들이 움직이고 관계맺는 일상의 서사가 있는 것 같습니다. 물론 표면적으로 작가는 아이엠프 때 외삼촌의 실직, 그 무렵 외숙모의 가출 등 현실적 사건을 '나'의 입으로 전해줍니다. 그러나 기실 이 소설은 강박장애 환자로 위장한 '나'의 독백이며, 외삼촌서껀 작품 속 인물들은 '나'의 의식이 빚어낸 허구입니다. 그런데 이런 조작이 조금도 거슬리지 않는 것은 외삼촌의 '국자 이야기'를 중심으로 빚어지는 허구의 세계가 '나'의 상처와 상실에 깊이 조응하고 있기 때문입니다. 거의 대부분의 문장을 묘한 엇갈림과 아이러니적 반전으로 잇고 끊으며 현실감을 교묘하게 표백시켜놓은 것도 엇박의 리듬감 속에서 상처와 상실의 울림을 증폭시킵니다. 줄거리니 주제니 하는 것과 상관없이 낮은 목소리로 거듭 읽고 싶은 욕구를 불러일으키는 작품입니다. 독자의 의식을 긴장시키는 야릇한 도발이 상당합니다. 연전에 발표한 평판작 「좁은 문」의 환상적 수법과는 또다른 차원에서 작가의 내공을 느끼게 하는군요.

"수년 전부터 나는 균형에 대해 생각해왔다. 그것은 사람뿐만 아니라 동물들도 선호한다는 대칭적인 외모에 관한 것도 아니고 평균대 위에 올라가 한 발을 든 채 다음 동작을 생각해야 하는 현실적이며 합리적인 균형도 아니며 지극히 개인적인 한 사람의 일상, 뭔가 꾹 참고 있는 듯한 표정을 한 채 한치의 흐트러짐도 없이 하루하루를 보내야 하는 내 일상의 사소한 리듬에 관한 것이었다."(9면) 소설의 첫 대목입니다. 아슬아슬한 한국어 문장입니다. 처음 읽어서는 무슨 소린지 잘 알 수가 없습니다. 도발입니다. 하긴 강박장애 환자의 글이니까요. 그러나 도발에 주눅들지 않고 작품 속으로 들어가보면 사정은 그리 복잡하지 않습니다. '나'는 말에 대한 심한 피해의식에 사로잡혀 있는 인물입니다. "내가 균형에 대해 생각하게 된 건 필시 누가 누구에게 상처를 주는가, 하는 문제에 대해 집착하기 시작한 이후부터일 것이다. (…) 무슨 말인가 마구 쏟아내버리고 싶을 때가 있다. 그러나 그럴 때마다 수치스럽지 않은가? 죄책감에 빠지지 않는가? 후회하지 않는가? 하는 거대한 목소리가 볼륨을 최대한으로 틀어놓은 음악처럼 쿵쿵쿵 들려오는 듯하다. 말을 하는 대신 나는 (…) 정해진 시간에 책을 읽거나 산책을 하거나 유리조각을 치우는 일을 되풀이하기 시작했고 그것은 나의 일상을 장악해버렸으며 곧 리듬이 되어버렸고 그것은 마치 내 생의 가장 중요하며 꼭 필요한 하나의 가치처럼 느껴지게까지 되었다."(10면) 아, 그렇게 해서 강박장애를 앓게 되었군요. 그런데 노자에 나오는 '다언삭궁 불여수중(多言數窮 不如守中)'의 가르침을 이름일까요. 아니, 상처의 문제인 것 같습니다. 말로 해서 상처를 주고받았다는 것. 아마도 상처입은 게 더 크지 않았을까요. 언어에 대한 작가의 마땅한 자의식일 수도 있겠지요. "사촌과 나는 우리가 본 것에 대해 그리고 앞으로 우리가 볼 것에 대해 더 정확하고 정교한 언어로 말해야 할 필요가 있었다. 그것이 우리가 외삼촌과 그의 국자를 기억하는 유일한 방법일 테니까."(20면) 그러나 아무래도 상처와 상실입니다. 왜 상실이냐고요. 그 무시무시한 말이 '나'를 상처입혀 '내'가 가진 가장 소중한 것을 사라져버리게 했던 거니까요. 그게 뭘까요. 말할 것도 없이 '국자'입니다. 30년 경력의 중국집 요리사 외삼촌의 오른팔, 그 연장(延長)이고 삶의 광휘 그 자체이며 '세상에 단 하나밖에 없는 것' 말입니다. 그리고 북극성을 품고 있는 국자 모양의 작은곰자리 말입니다. 아니, 곧바로 북극성 말입니다. "고기잡이를 나간 배들도 저 별을 보고 배의 방향을 잡았단다, 하늘을 날던 비행기도 저 북극성으로 제가 가야 할 길을 알았고 그리고 얘,

육지를 걷던 사람들도 저 별을 보고 길잡이를 삼았단다."(33면)

국자가 사라져버린 외삼촌은 어떻게 되었을까요. 물을 것도 없이 "그나 나나 별반 다를 게 없는 인간" "살아 있어도 이미 죽은 사람"이 되었습니다. 그런데 국자는 외삼촌에게서 사라진 것이 아닙니다. 소설을 곰곰이 들여다봐도 "국자가 사라졌다"는 말 한마디뿐, 어쩌다 그렇게 되었는지 아무런 맥락도 설명도 없습니다. 왜냐하면 외삼촌도 국자도 원래 없던 것이니까요. 그러니까 세상에서 하나뿐인 국자는, 북극성은 본디 '나'의 갈망, 의식 속의 그것이었습니다. 소설의 마지막, "그날 새벽 사촌에게 그리고 나에게 일어난 변화는 설명할 수 없는 것이다. 그전의 나에게는 다만 국자 같은 게 없었을 뿐이다"(34면)라는 대목은 소설의 첫 문장으로 돌아와 다시 씌어져야 합니다. "내게는 세상에 하나뿐인 국자가 있었다. 그렇게 믿었다. 그런데 그날 새벽 국자가 사라졌다"고. 국자가 있고 북극성이 있는데 소설이 씌어질 이유가 없습니다. 국자가 사라진 뒤, 코흘리개로 돌아가버린 사촌을 두고 '나'는 생각합니다. "그러나 사촌의 방에 들어가볼 수 없다. 어떻게도 그를 도울 수가 없기 때문이다."(30면) 그리고 외삼촌과 마주앉은 한밤의 식탁에서 '나'는 생각합니다. "그리고 나는 어둠속에 어둠만 존재하고 있는 게 아니라는 사실을 처음으로 깨달았다. 말해질 수 없는 것, 함부로 말할 수 없는 것들이 거기엔 엄연히 존재하고 있었고 그건 내가 미처 알지 못하는 세계였다."(29면) 작가는 지금 무슨 말을 하려는 걸까요. 네, '슬픔'입니다. "분노 뒤에 찾아온 슬픔 때문에 나는 당황하고 있었다. 나는 한번도 슬픔에 대해 생각해본 적이 없다. (…) 나는 이 슬픔을 극복할 수 없을 것이다."(31면) 안타깝지만 저도 그러하리라 생각합니다. 우리는 모두 국자를, 북극성을 떠나보낸 존재들이니까요. 그리고 또한 사라진 북극성과 함께 살아갈 수밖에 없는 존재들이니까요. 수억 광년의 거리가 슬픔의 근거이니까요. 조경란의 그 '아버지'도 이 대목에서는 별 도움이 되지 못하는군요. "내가 느낄 수 있는 가장 순수한 감정"

인 슬픔 앞에서는. 아름답다는 표현은 이런 경우에 해당되지 않나 생각해봅니다.

"소설가는 자신을 남으로부터 고립시켰다. 소설의 산실은 고독한 개인, 즉 자신의 가장 중요한 관심사를 더이상 표현할 수 없고 또 자기 자신이 남으로부터 조언을 받지 못했기 때문에 남에게도 아무런 조언도 해줄 수 없는 고독한 개인이다."(발터 벤야민 『얘기꾼과 소설가』) 이혜경도 조경란도 그러합니다. 「틈새」의 재희씨 강기사 영석도, 「국자 이야기」의 '나'와 외삼촌도 그러하지 않았을까요. 다만 지금부터 1만 2천년 후에는 작은곰자리가 천구 북극에서 점차 멀어지고 거문고자리인 직녀성이 북극성이 된다는 사실이 조금의 위로가 될까요.

— 『문학사상』 2004년 5월호

기원을 둘러싼 세 가지 풍경

■

윤대녕·한창훈·구효서

1. 바닥에서 기원을 보다

1990년대 이후 한국소설의 전개를 이야기하려 한다면, 그 어떤 비평적 논의도 윤대녕(尹大寧) 소설의 존재감을 지나쳐가기 어렵겠지요. 흔히 '존재의 시원 탐구'로 요약되는 그의 소설세계는 환멸과 절망에 싸인 과잉된 내면과 현실 너머 혹은 이전이라는 의외로 단순한 구도에도 불구하고 탈역사적인 인간의 시원한 도착을 한국소설에 알림으로써 1970년대 이래 오랜 리얼리즘 소설의 권화가 억누르고 있던 인간의 존재론적이며 신화적인 영토를 귀환시켰던 것입니다. 그러나 은어며 소며 피아노와 백합의 사막이며 대문자 여성의 아우라며 등등, 심상찮은 이미지를 신고 눈 내리는 간이역으로 아슴프레 들어왔다 사라져버리곤 하던 그 귀환 여로의 풍경은 실로 아슬아슬하기 짝이 없었는데, 환멸의 절대성이며 밀도가 조금이라도 약화되면 전체 그림이 흔들려버리기 때문입니다. 혹간 환멸이 아니라 '불만'에 그쳐버린 현실 거부가 밑그림이 될 때, 작가 특유의 쿨한 문장조차 흐트러지는 것을 안타깝게 바라볼 수밖에 없었습니다. 현실에 대한 느슨한 거리 설정이 문장의 건습(乾濕) 조절에까지 영향을 미친 탓이겠지요. 한편 까페, 캔맥주, 팝송, 국제공항, 일본 여관, 생선초밥, 적당한 고독 등등 세련된 문체로 소설 속에 전경화시킨 현대도시의 일상 풍경 역시 윤대녕의 주요한 소설적 지분입니다만, 그것은 1990년대의 고현학이라기보다는 작가의 기질에서 기인한 댄디즘의 산물로 보아야 할 겁니다. 물론 이러한 기질론은 그 반대편에서 길항하고 있는 작가의 전통 지향성 혹은 촌놈 기질과 분리되어 이야기될 수는 없겠지만 말입니다.

여하튼 윤대녕의 소설적 행보는 그 참신한 매혹만큼 장르 일탈의 위험 또한 만만치 않았던 것이지요. 중편 「무더운 밤의 사라짐」(『누가 걸어간다』, 문학동네 2004)이 문제적으로 보였던 것도 이 때문입니다. 거기, 신도시에 사는 소설화자 '나'가 대형할인매장으로 쇼핑나온 부인 뒤에서 땀을 뻘뻘 흘리며 유모차를 끌고 있지 않겠습니까. 물론 옛날 애인을 만나는 수순이 빠질 수야 없겠지만, 그림이 많이 달랐던 겁니다. 판타지로서의 일상이 아니라 라깡이 말하는 실재계의 일상이 펼쳐지고 있었던 거지요. 환상 없는 일상의 개입이 윤대녕 소설의 새로운 변주 가능성, 혹은 변모를 견인할 수도 있겠다 싶었습니다. 어깨에만 힘을 뺀 게 아니라 중뿔난 자의식마저 내팽개치고 눈 가는 대로 쓴 듯한 「올빼미와의 대화」(같은 책)가 흥미로웠던 소이입니다. 으르렁거리며 서로 물어뜯지 못해 난리인 그 잘난 서울을 떠나 국제공항이 있는 섬(제주도네요)으로 잘난 척 내려온 소설가가 그놈의 쓰레기 같은 서울이 눈에 밟혀 안달하는 이야기입니다. "여기, 안세병원 간호사들이 유별나게 예쁜 거 있지? 당신 간호사 좋아하잖아." 장모 간병차 서울 간 아내로부터 성적 취향까지 "희극적으로 매도"당하는 꼴을 태연스레 내보이면서 말입니다. 아니, 그 쿨한 윤대녕 소설의 페르쏘나가 이런 참화를 겪어도 되는 것일까요. 가슴이 아픕니다. 그런데 새벽 두시경이면 전화를 걸어와서는 전화선 너머로 서울의 풍경을 야금야금 흘려보내며 '나'를 조롱하고 저작(咀嚼)해대는, '나'보다 더

소상히 '나'를 기억하고 꿰뚫고 있는 '올빼미 사내'란 누구인가요. 우문입니다. 말할 것도 없이 '나'입니다. 무력감이 엄습할 때면 공항 대합실에 나가 오가는 사람들을 멍하니 쳐다보다 집으로 돌아오곤 하는 인물. 새벽 두시경이면 어김없이 캔맥주나 온더락을 마시며 불면증과의 오래된 씨름을 준비하는 인물. 서울, 홍대 앞 1970년대풍 음악까페에서 와일드 터키와 하이네켄을 앞에 놓고 스트롭스(Strawbs)의 「오텀」이며 도로시 무어의 무엇 등등, 그 잘난 음악을 감상하는 엊그제의 자신을 몽매에도 그리는 인물. 그 '나'가, 섬으로 내려온 뒤 만나는 사람이라고는 전혀 없고, 가슴을 터놓고 대화할 사람은 더더구나 없는 그 '나'가, 하도 답답해서 불러낸 환영이 '올빼미 사내'인 거지요. 그런데 '나' 안의 타자(他者)커녕 철저한 동일자입니다. '대화'가 아니라 하냥 '독백'일 수밖에 없습니다. 그렇다고 자위 차원의 주절거림은 아닙니다. 이 독백에는 윤대녕 소설의 기원을 갱신해보려는 낭만적 진심이 담겨 있기 때문입니다. 스스로를 조롱하며 바닥으로 내려가서 고공에 떠 있는 견인불발의 댄디주의를 쳐다보는 멍한 눈, 바닥에 누워 바라보는 듯한 시선이 그 진심의 미학적 근거라고 우긴다면 과도한 읽어넣기일까요.

저에게는 '나'와 '올빼미 사내'의 뻔한 역할분담보다는 과도한 문어투와 시대착오적인 의고투가 묘하게 얽혀 있는 곳곳의 웃기는 문장들—"상기 서울에도 바람이 불고 있는 모양이었다." "그러리다. 난 단지 당신한테 칼 가는 모습을 보여주고 싶지 않아서 때만 보고 있었던 거요." "그게 누구라도 성적인 취향을 가지고 희극적으로 매도하는 말을 듣게 되면 인격이 상당히 불안해진다."—이 그 멍한 시선의 소설적 외화로 보입니다. 물론 이 소설에도 옛날 애인이 등장합니다. 정말 끈질긴 반복이지만 이 역시 그림이 다릅니다. 그녀에게는 아무런 아우라도 없습니다. 아우라커녕 이 지경입니다. "그럼 우리 오래 살아서 다음에 다시 만나. 흑흑." 하고 보면, 이 모두는 스스로의 소설적 기원을 탈신비화하는 책략이 아니고 무엇이겠습니까. 존재의 시원 탐구든 현현하는 생의 비의(秘義)든, 이제는 달라질 수밖에 없지 않을까요. 혹 독자가 알아채지 못할까 싶어 아예 알기 쉽게 부연설명까지 해놓은 마당이니까요. "그동안 나는 도시에서 환상을 보며 버텨왔다. (…) 도시가 세워지기 전의 환상. 말하자면 빌딩 사이마다 숲이 우거져 있고 자동차 위로는 새 떼가 날고 (…) 그런데 나이가 들고 조금씩 지쳐가면서 꿈에서 깨어나게 되더군." 그러나 이는 당연히 사족입니다. 영감이 번뜩일 때 직사일광 속으로 곧장 날아가는 올빼미의 이미지가 사족이듯이 말입니다. 그냥 밤잠 없는 야행성 가계(家系)에다 올빼미의 이미지를 고착시켜야 하는 것이겠지요. 그리고 들통 한가득 들어 있는 곰탕의 세계, 칼이나 갈며 서울 간 아내를 기다려야 하는 심상한 일상 속에 존재의 시원을 새로이 구축해야 하지 않겠습니까. 서울에 오는 걸 막는 법도 사람도 없습니다. 자주야 어렵겠지만 티켓을 끊고 비행기나 배에 오르면 되지요. 트레이닝복 차림이면 또 어떻습니까. 서울 사는 사람 누구라고 가슴 여는 열쇠를 갖고 있겠습니까. 자기 이해 앞에서 바들바들 떠는 모습을 누가 비난할 수 있습니까. 외로움은 거기나 여기나 오십보일 테지요. 다들 세종문화회관 벽 비천상에서 파꽃 피는 명사산을 보고 있을 뿐. 그러며 견디고 있지 않을까요. 그럴 수밖에 없습니다. 나이가 들고 조금씩 지쳐간다고 깰 수 있는 꿈(환영)이 아닌 거지요. 올빼미 사내의 입을 빌려 굳이 말하지 않더라도 "나는 너입니다." 윤대녕 소설의 새로운 지경이 이제 막 날개를 퍼득이는 듯도 합니다. 하고도 우리 독자들은 또다시 옛날 애인을 보게 되겠지만, 다시 만날 그녀는 왠지 곰탕 한가득 들통 같은 에피파니(Epiphany)를 우리 손에 쥐여줄 것도 같습니다. 하회가 기다려집니다.

2. 사랑의 이름으로 기원을 돌아보다

한창훈(韓昌勳)에게 소설쓰기는 자연의 마법에 스스로를 겸손하게 적시는 것입니다. 이때 자연은 바다며 바람이며 새며 홍합이기도 하지만 땀이고 노동이며 세상과 사람에 대한 예의가 표상하는 그 무엇이지요. 무엇보다 '본디 스스로 그러한' 질서이며 조화지요. 한창훈 소설은 자신의 삶과 말이 그 자연에서 땅뜀도 못할 지경임을 탄식하고 근심하는 데서 시작합니다. 시대착오는 한창훈 소설의 즐거운 아이러니이며 경박한 세상과의 불화는 꺼질 수 없는 고로(高爐)인 셈입니다. 몇해 전, 남녘 거문도에서 바다만 바라보며 바람과 파도와 함께 지낸다는 소식을 들어더랬습니다. 아마 내면의 고로에서 끓는 쇠를 바라보는 시간이었겠지요. 세상의 끝에 자신을 놓아두고 말입니다. 그러나 이 자연계열의 문학이 겪는 가장 큰 시련은 역시 한결같음이 아니라 창의입니다. 모든 견고한 것들을 대기 속에 녹여버리는(당연히 자연도 녹여버리겠지요) 유물의 세상인 까닭입니다. 그 유물의 차가운 용광로를 바다와 함께 응시하는 항심과 언어의 창의가 동행하지 않는다면 한갓 근대의 산물인 소설은 무기력할 수밖에 없습니다. 물론 한창훈 소설은 그 창의의 개발에 게으르지 않았습니다. 민중의 바다보다는 자연의 바다를 더 들여다보고 있을 때 한창훈 소설은 그만의 지방성을 찾고 있었던 거니까요. 누항의 입말과 노동의 해학으로 내려갈 때도 거기에 몸 부리는 먹물적 자의식을 일쑤 외면하지 않음으로써 자신만의 좌표를 끊임없이 모색했던 것도 그 창의의 증거일 테지요. 그러나 소박한 인정담은 언제나 지친 짐을 부리라고 유혹합니다. 그리고 그렇게 못할 까닭도 없지요. 자신의 글이 세상 한구석, 어느 고단한 어깨를 위무할 수만 있다면 말입니다.

「그 사랑」(『청춘가를 불러요』, 한겨레신문사 2005)은 그 자리에 놓여 있습니다. 작중화자 '나'는 산동네에 방 한칸을 얻어놓고 공사판 데모도로 밥을 벌고 있습니다. 그는 그렇게 번 밥으로 소설이라는 것을 긁적거리며 신춘문예란 물건에 이름을 얹고자 하는 모양입니다. 작가의 청년기 삽화쯤이라고나 할까요. 설계도면을 볼 줄 안다고 해서 도목(圖木)으로 불리는 '김'이라는 공사판 팀장을 만납니다. 그런데 김 도목은 여느 '오야지'와는 입성이며 행동이 많이 다릅니다. 부스스한 머리카락에 태깔 안 나는 허름한 입성이 오야지라기보다는 현장 목수 차림 그대로입니다. 현장을 지키는 책임자인데도 슬그머니 사라져 연락두절이기 일쑤입니다. 인사 겸 만난 첫 술자리에서 '나'의 먹물티를 알아보고는 "소설을 쓰고 있습죠"라는 부끄러운 대답을 끌어내더니 대뜸 바지주머니에서 신문지 쪼가리를 들이밉니다. "당신의 무덤가에 패랭이꽃 두고 오면/당신은 구름으로 시루봉 넘어 날 따라오고"(231면)로 시작되는 시가 거기 인쇄되어 있습니다. "내 마음을 그대로 옮겨놓은 것 같어. 강이라고 했지? 이봐, 강씨. 이런 시 좀 써줘, 응?"(232면) 부인이 얼마전 세상을 뜬 뒤부터 마음 정처를 잃고 툭하면 무덤행이라는 겁니다. 두 사람의 대화 한토막. "시는 한번도 써본 적이 없는디." "이? 시 한번 안 쓰구두 소설가여?" "아직 소설가도 못됐지만 소설가가 뭐하러 시를 쓴데유? 저, 뭐시냐, 시인과 소설가는 잡부와 데모도 차이가 아니구, 일테면 같은 현장일을 하지만 목수냐 미장이냐 철근장이냐 뭐 이런 것처럼 다른 것이에유."(233면) 그리고 다른 한토막. "근디 희한하게 죽고 나서 금실이 좋아졌단 말이여. 이게 말이 돼? 강씨, 이게 문학적으로다가 말이 되냐고." 강씨의 응수인즉, "나는 문학을 시작한 지 얼마 안되었기에 잘은 모르지만 문학적으로다가 말이 안되는 것은 아마 없을 거라고 답했다."(244면) 소설가도 못되고 이제 겨우 신춘문예 전(前)으로 원고 하나 보내놓은 처지인 강씨가 무슨 재주로 그런 시를 써서 김 도목을 위로할 수 있겠습니까. 포장마차 술값이나 대신 지불할밖에. 더이상의 설명이 필요없는 소설입니다. "애절한 것도 넘한티는 객기나 미련맞은 짓으루 보이것지…… 그러것지, 저가 해보기 전에는 알기 어려운 것이었지"(250면) 하는 김 도목의 말도 사족일 뿐이겠지요. 중요한 건 왜 지금 한창훈 소설이 그때 그 시절을 돌아보느냐 하는 것이겠지요. 흔들리고 있다는 이야기 아니겠습니까. 초심을 돌아보아야 할 만큼. 이제 명천 선생도 안 계십니다. 눈사람 속의 검은 항아리만 남겨놓고 북치는 소년이 하늘을 바꾼 지도 꽤 여러해가 지났습니다. 다시 바다가 필요한 싯점인지도 모릅니다. 그러나 창의 없이는 한결같음도 없습니다. 알고 있겠지요. 하고 보면, 그냥 쉬어가는 '사랑'이 아닙니다. 고로(高爐)에 다시 불을 지피자면 '사랑'이 필요한 것이겠지요. '그 사랑'입니다.

3. 기원은 없다

자신이 태어나고 자란 집으로 가서, 출생의 시각과 대면하려는 마흔일 곱살 중년의 사내가 있습니다. 행운이라고 그러는군요. 그럴 수 있다는 것이. 하긴 그럴 것입니다. 그런 공간이 남아 있는 사람이 몇이나 되겠습니까. 웃자란 개망초가 마당을 뒤덮고 흙벽과 담은 주저앉아 있을망정 고향집이 남아 있는 사람이 말입니다. 시계가 없던 시절이라 돌아가신 어머니가 기억하는 그의 탄생 시각은 "한 열시쯤"이고 더 정확히는 "널 낳고 나니깐 아침 햇살이 막 뒤꼍 창호지문 문턱에 떨어지고 있더라"(11면) 할 때의 그 시각입니다. 사내는 컴퓨터 양·음력 대조표를 보고 태어난 해의 양력 날짜를 알아냅니다. 1957년 9월 18일 수요일. 그는 9월 18일, 아침 햇살이 고향집 안방 문턱에 떨어져내리는 시간 앞으로 갑니다. 그런데 왜 이런 일을 하려는 걸까요. 70여일 전 어느날 오후, 의사인 친구의 우정어린 고백이 있었던 겁니다. 화자인 '나'가 삶을 마감해야 할 날이 얼마 남지 않았다는 선고 말입니다. 나면서부터 배앓이며 횟배서껀 만성 위장질

환을 앓아온 끝인 모양입니다. 불현듯 닥쳐온 죽음을 앞두고 사내는 생의 끝 싯점을 구체적으로 계산해보다 생의 처음 싯점이 궁금해졌던 것입니다. 그는 양력 9월 18일, 생일이 자신의 여생 범위 안에 있다는 사실에 안도하면서 이른 새벽, 고향집으로 갔던 것입니다. 구효서(具孝書)의 「시계가 걸렸던 자리」(『시계가 걸렸던 자리』, 창비 2005) 이야기입니다. 구효서가 누굽니까. 어떤 소재든 그의 손에 걸렸다 하면 '잘 빚은 도자기'가 되곤 했지요. 능란함에서 그와 다툴 수 있는 작가는 많지 않습니다. 강화인가요. 고향 이야기도 실로 유려하기 이를 데 없었습니다. 이 소설에 나오는 사내의 고향도 강화가 아닌가 싶습니다. 다음과 같은 대목이 있기 때문입니다. "아버지는 가끔 문턱에다 창칼을 대고 왕골을 다듬었다."(13면) 왕골은 화문석의 재료니까요. 그것은 어쨌든, 이 절박한 사내는 삭아내리는 고향집 안방에 구두를 신은 채 웅크리고 앉아 자신이 태어났던 시각과 마주하고 있습니다. 아침볕이 이마와 어깨 위에 떨어져내릴 즈음, 근래 한번도 느껴보지 못한 커다란 평온함이 그를 감쌉니다. 뎅, 하는 괘종소리가 열번 울리자 속눈썹이 젖어듭니다. 장수풍뎅이가 지나간 자리에서 자신이 태어나고 있는 모습이 보이기 시작합니다. 이를 두고 환각이니 환영이라고 하는 사람이 있다면 그는 삶의 안쪽과 무관한 자일 겁니다. 사내는 지금 죽음 앞에 서 있는 사람 아닙니까. 사내가 보고 있는 것은 명백한 실재입니다. 손목시계를 보니 열시 육분 사십오초입니다. 사내는 자신의 시신 너머로 일만년 뒤의 시간까지 봅니다. 그곳엔 바람과 비와 구름의 조화만 있을 뿐, 집이나 사람이 태어나 살았다는 흔적은 어디에도 없습니다. "그곳에 나는 없었다. 내 삶도 없었지만 죽음도 없었다."(27면) 사내의 눈앞에서 시간이 거꾸로 돌아가기 시작합니다. 일만년 전의 풍경이 펼쳐집니다. 황량한 대지 위로 고즈넉한 햇살이 떨어지고 있을 뿐, 조금 전에 보았던 일만년 뒤의 광경과 너무나 흡사합니다. 그 어디에도 '나'란 없습니다. 이윽고 사내는 자문합니다. "내 죽음은 이미 사십육년 전 9월 18일,

오전 열시 육분 사십오초에, 탄생과 함께 시작된 것이었다. 그러나 과연 한 생명이 생일날 비로소 그 존재를 시작하는 것일까. 아니라면 탄생은 죽음의 시발점도 될 수 없는 것 아닐까. 삶과 죽음의 시발점이 있기나 한 것일까."(28~29면) 어린시절 고향 동네 마을이 앞다투어 시계를 장만하던 때, 사내의 부모도 쟁반처럼 둥근 시계를 집에 들여놓았습니다. 그 시계가 걸려 있던 자리에는 지금, 녹슨 못이 변색된 유골의 파편처럼 박혀 있을 뿐. 일만년 앞뒤의 시간을 엿본 게 사내의 얼마 남지 않은 죽음을 위로할 수 있을까요. 이런 작품도 소설이라 불러야 하나요. 그 잘난 허구가요. 가슴이 아픕니다. 하긴 육신을 받은 이상 죽음을 피할 길은 없습니다. 그 사내는 나이고 너입니다. 죽음과의 대면 없이 소설이 소설일 수 있을까요. 구효서 소설의 능란함은 이제 이런 서늘함까지 안겨주는군요. 하회가 두렵습니다.

— 『문학사상』 2004년 3월호

슬픔과 가난의 노래

■

성석제·박민규

1. 슬픔의 율격

성석제(成碩濟)의 소설 「저녁의 눈이신」(『어머님이 들려주시던 노래』, 창비 2005)은 1970년대 초반 한 시골 초등학교 운동장에서 벌어진 한판의 어처구니없는 축구시합을 훌쩍, 2030년쯤의 근미래 시점에서 당시 주인공들의 증언을 들어가며 현미경적 세밀함과 핍진한 현장감으로 중계·해설해가다 돌연, 삶의 근원적 서러움 쪽으로 쑥 빠져나가버리고 맙니다. 제1회 전국소년체육대회 낙양군지회 초등학교부 축구 대표팀을 선발하기 위해 급조된 축구시합에서 넣어서도 안되고 넣을 수도 없었던 골을 어쩌다 넣고 만 낙상초등학교의 레프트 윙 '세비'는 제대로 된 축구팀인 중앙초등학교가 낙양의 대표가 되어야 하는 세상의 법칙과 질서의 편파판정 '덕분'에 2 대 1로 역전패한 뒤, 아무일도 없었다는 듯 집으로 돌아갑니다. 그런데 집으로 돌아가는 길, 샛별이 '하늘의 눈〔眼〕'처럼 맑고 곱게 떠 있는 저녁, 세비는 문득 목이 메어옵니다. 꺽꺽, 하는 울음소리가 북받치고 야윈 어깨를 들썩이며 울기 시작합니다. 뭔지 모르게 서럽고 분했으며 왜

인지는 모르지만 억울했던 겁니다. "세비는 고개를 들었다. 세비는 눈물을 그렁거리며 저 별빛을 평생 잊지 말자고 다짐했다. 세비 자신이 넣었던 그 골처럼 샛별도 하나였다. 그로부터 칠십 평생 동안 언제나 샛별은 맑고 고왔다. 그가 뭔지 모르게 세상 속에 있는 게 서럽고 억울한 저녁, 서쪽 하늘을 바라보았을 때 언제나."

성석제 소설은 대개 이러한 목메임의 순간을 남기고 끝도 아닌 것처럼 끝이 납니다. '목이 메어온다'는 직접적인 표현 같은 것은 없는 경우가 많습니다. 감정의 매듭을 부러 맺지 않아 중동무이의 느낌조차 있어도 좋습니다. 왁자함 속에서 일쑤 뒤집어놓기도 합니다. 그러나 전체적으로 그 끝의 장면들은 "뭔지 모르게 세상 속에 있는 게 서럽고 억울한 저녁"의 풍경으로 넘어가거나 돌아가려고 합니다. 하고 보면, 그 경계에 '목메임'이 숨어 있는 것도 같습니다. 시적이라고 해야 할지도 모르겠습니다. 그러니까 성석제의 저 대단한 '이야기' 혹은 '이야기성'이란 그 자체 아이러니가 아닐까 싶기도 합니다. 이야기성이 커지고 깊어질수록 그 이야기의 풀림 속에서, 주로는 그 풀림의 끝도 아닌 끝에서 시가, 서러움이, 억울함이, 어떤 비(悲)가 목에 맺혔다, 사라집니다. 성석제 소설에 '즐김'의 자리가 있다면 바로 이것이겠습니다.

성석제의 「어머님이 들려주시던 노래」(같은 책)는 그 풀림과 맺힘의 미학이 더없이 완미한 곡조를 얻으며 한 꼭짓점에 다다른 느낌을 줍니다. 우선 제목 이야기부터 해볼까요. 무슨 노래인가? 「추풍감별곡(秋風感別曲)」입니다. 조선조 후기에 지어진 것으로 짐작되는 작자 미상의 고전소설 「채봉감별곡(彩鳳感別曲)」의 별칭입니다. 소설 가운데 주인공 채봉이 백년가약을 맺은 서생 장필성을 그리며 부른 가사체의 「추풍감별곡」이 들어 있어 그렇게 부르는 것이지요. 가사체 「추풍감별곡」은 동명의 서도창(西道唱)으로도 남아 있습니다. 노래는 그러니까, 가사체 「추풍감별곡」이어도 무방하지만 소설에서 맏딸 재희가 어머니에게 송서조(誦書調)

로 가락을 넣어 구성지게 들려주는 것은 고전소설 「추풍감별곡」 전체입니다. 활자본은 1913년 박문서관본과 1952년 세창서관본이 남아 있는데, 재희의 손에 들린 책은 소설의 시간적 배경으로 보아 박문서관본일 테고요. 소설은 보름달이 환한 늦가을 밤, 베틀을 가운데 두고 어머니는 길쌈하고 맏딸은 어머니의 추야장 한숨을 달래드리느라 고전소설 「추풍감별곡」을 노래하듯 읽는 두어 시간의 이야기입니다. 소설은 마치, "한 손으로는 바디를 잡고 다른 손으로는 북을 들고서는 발을 당겼다 폈다" 박자를 맞추어 "바디는 씨줄을 쳐서 짜게 하고 북은 씨를 풀어 베를 짜"듯 소설의 기본 서사와 액자 속 이야기 격인 「추풍감별곡」이 속내며 정을 넘겨주고 넘겨받으며 스미고 짜여 있습니다. 그 교직의 풍경이 순(順)하고 순(純)해서 정말 어머님이 들려주시는 노래를 듣고 있는 것 같습니다. 그런데 소설의 정황이 이러하다면 '어머님이 들려주시던 노래'가 아니라 '어머님에게 들려드리던 노래'여야 하지 않을까요? 이 의문에 대한 답은 의당 작품 안에도 마련되어 있지만, 밖에도 존재해 풍성한 독서를 가능케 합니다. 단지 그 '밖'을 위해서는 잠깐의 우회가 필요합니다.

「어머님이 들려주시던 노래」는 작가가 이전에 발표한 「협죽도 그늘 아래」(『홀림』, 문학과지성사 1999)의 전사(前史)에 해당하는 작품입니다. 「협죽도 그늘 아래」는 한국전쟁이 일어난 1950년, 스무살 나이에 백리 길 가시리(佳詩里)란 마을로 시집 와서 칠십 평생을 처녀 아닌 처녀로 살아야 했던 한 여인의 긴 기다림을 "한 여자가 앉아 있다. 가시리로 가는 길목, 협죽도 그늘 아래"를 주제로 한 21개의 변주곡 형식으로 '노래'하듯 그려낸 소설입니다. 40년인가 50년인가를 신방에 그 모습 그대로 앉아 있다가 초록 재와 다홍 재로 폭삭 내려앉아버린 서정주의 시 「신부」가 연상되기도 했던 가편이었지요. 한데 그 여인의 시댁이 「어머님이 들려주시던 노래」의 재희네인 것 같습니다. "신랑의 아버지, 곧 처녀의 시아버지가 될 사람은 원래 근동에서 이름난 부잣집의 셋째아들이라고 했다. 그렇지

244

만 스무살이 되어 결혼을 하자마자 당신의 형님으로부터 삼태기 하나와 머릿수건 하나만 나눠 받고 살림을 따로 나야 했다. 그는 읍내 사람들이 가기조차 꺼리는 가시리로 들어가 수숫대로 집을 지었다."(「협죽도 그늘 아래」) 「어머님이 들려주시던 노래」의 어머니, 곧 김씨 부인이 딸이 읽어주는 「추풍감별곡」을 들으며 한숨 속에 떠올리는 신혼초의 고생살이를 거의 방불합니다. 집안에서 쫓겨날 때 받은 물목 중 호미가 하나 추가되지만 오히려 이쪽이 사실에 가깝지 않을까요. "무슨 정신으로 호미 하나를 담아 들고 나왔는지, 아마도 일하면서 들고 있던 걸 넣었던 게지." 말고도 가장인 재희 아버지의 빳빳한 성정하며 농사와 장사를 번갈으며 영일 없이 재산을 일으키는 과정, 맏아들과 나머지 두 아들의 역할을 집안 지킴이와 신학문을 통한 출세로 지정 배분하는 모습 등등 「어머님이 들려주시던 노래」 쪽이 당자인 김씨 부인을 촛점화자로 하고 있는 만큼 세목의 살집이 의당 두툼하고 풍성한 것을 제한다면 이 방불함을 외면하고 굳이 별개의 집안 이야기로 나누어 읽을 이유는 찾아보기 힘든 것 같습니다. 그렇다면 「협죽도 그늘 아래」의 여인 새점네는 김씨 부인의 셋째며느리가 되는 셈이지만, 「어머님이 들려주시던 노래」는 침선여공(針線女工)에는 재주가 없어 시집살이가 걱정되는 맏딸 재희와 보통학교를 마치자마자 아버지 장삿길에 따라나서야 했던 맏아들 명진에 대한 어머니의 애처로운 모정이 촛점이고 셋째아들에 대해서는 지나가는 몇마디 언급뿐입니다. 뭔가 실마리를 남겨둘 만도 한데 말입니다. 하고 보면, 작가는 두 소설의 가족사적 배경을 의식적으로 이어붙인 게 아닌지도 모르겠습니다. 동일한 가족사적 배경이란 단지 작가의 소설서사 생산에 어떤 원체험적 자원으로 놓여 있어, 무의식의 차원에서 작동하는 것인지도 모르겠습니다. 두 작품 사이에 놓인 짧지 않은 6년의 간격도 이러한 짐작을 부추깁니다만, 기실 작가 자신의 직접적인 체험이든 전해들은 이야기의 자원이든 동일한 기원으로부터 비롯되는 소설서사의 변형 생산은 의식과 무의식, 양 차원을 넘나들면서 작동하는 게 상상력의 실제에 부합할 겁니다. 그리고 여기서 무의식의 영역이, 그 상상력의 과학을 더 흥미롭게 구성하리라는 것도 쉽게 상정해볼 수 있을 겁니다. 아무튼 '연작'보다는 조금 느슨한 연대가 「어머님이 들려주시던 노래」와 「협죽도 그늘 아래」 사이에 존재하고 있는 것은 분명하며, 그 느슨함만큼 두 작품의 상호텍스트성은 해석의 자유지대를 더 많이 열어놓고 있지 않나 싶습니다.

이제 제목의 문제로 돌아와도 되겠습니다. 어머님'이'인가, 어머님'에게'인가. 「협죽도 그늘 아래」와 함께 읽는다면, 우리 독자는 가족사적 시간의 흐름을 하나의 실감으로 지니게 되는 셈입니다. 그러니까 길쌈하는 어머니 앞에서 「추풍감별곡」을 '노래'하는 맏딸 재희는 곧 시집을 가고, 이윽고 「협죽도 그늘 아래」의 여인 세대로 넘어가게 되지 않겠는가. 이러한 시간의 흐름이 「협죽도 그늘 아래」와의 상호텍스트성을 통해 확보되지 않는가. 이는 「협죽도 그늘 아래」를 이미 읽은 독자의 자리에서도 그러하지만, 보다는 두 서사의 생산자인 작가의 자리에서는 더욱 그러하지 않겠는가. 하면, 작가의 서사적 상상의 기원에서는 이미 재희가 어머니의 세대로 넘어와 있었던 것은 아닐까. 무의식의 차원에서 말입니다. 하여, 재희는 딸이자 어머니였던 것이겠습니다. '어머님이 들려주시던 노래'는 딸 재희가 '어머님에게 들려주던' 「추풍감별곡」이기도 하지만, 작가의 자리에서 보면 할머니 세대의 고단한 삶이 어머니 세대의 시간을 거쳐 스스로를 공명시키는 인간의 율격, 그 음률의 노래이기도 한 것. 작가(혹은 작가 세대)의 기억 속, 할머니나 어머니의 무릎에서 흘러내리던 노래일수 있는 것. 이는 「어머님이 들려주시던 노래」가 맏딸 재희가 읽고 노래하는 「추풍감별곡」이라는 액자 속 텍스트와 액자 밖, 어머니 김씨 부인의 애처로운 모정이 정한과 시름을 주고받는 대화의 구조로 되어 있는 데서도 새삼 확인할 수 있습니다. 그리고 이 구조의 미학적 성공은 「협죽도 그늘 아래」의 도움 없이도 재희를 딸-어머니로 이중화합니다. 이른 새

246

벽, 수레에 두 가마 쌀을 싣고 금천장(場)으로 쌀 팔러 간 부자(父子)의 행로를 연신 떠올리며, 맏아들 명진에 대한 애끊는 모정을 한숨으로 내쉬고 삼키는 어머니 김씨 부인의 마음의 행로란 그 자체 또 하나의 「추풍감별곡」인 것입니다. 어머님에게 들려드리면서, 동시에 어머님이 들려주시던 노래가 이로써 하나의 곡조로 만나지 않나 저는 그렇게 생각합니다. 애써 제목의 모호성을 따져본 이유가 여기에 있으며, 작품 안팎에서 빚어내는 이 이중(바디와 북이 번을 가는 길쌈의 가락까지 더하면 삼중이라고 할까요)의 대화구조가 「어머님이 들려주시던 노래」의 소설미학을 더욱 풍성하게 만들어주고 있다는 게 저의 생각입니다.

그렇다면 이 근사한 미학은 성석제 소설의 목메임과는 또 어디서 만나는가. 결론을 내려야 할 때입니다. 어머니의 상념을 타넘어 작가는 수레를 끌고 미는 부자의 마음을 월색에 비춥니다. 하여, 새로이 생성된 또 한편의 「추풍감별곡」이 얻어낸 곡조는 다음과 같은 지경에 이릅니다. "공연히 씩씩 소리를 내며 아들은 수레를 끌고 아버지는 다 타버린 곰방대를 물고 뒤를 따른다. 아들은 몸이 약하다. (…) 아들이 그렇게 된 건 어미가 아이를 배었을 때 제대로 먹지도 못하고 손발이 갈퀴와 보습이 되도록 일을 해서다. 아버지는 안다. 잘 안다. 아버지는 아들을 재촉하지 못한다. (…) 아버지는 아버지대로, 아들은 아들대로 생각에 잠겨 길을 걷는다. 부엉이가 운다. 운다." 안다, 잘 안다, 운다, 운다. 이 간결한 반복의 리듬은 「협죽도 그늘 아래」의 반복과는 또다른 지점에서 삶의 근원적 비(悲)를 환기시킵니다. 그리하여 마침내 재회가 노래하는 가사체 「추풍감별곡」이 끝나는 순간, 대문 밖에서 또 한편의 기막힌 곡조가 들려옵니다. "어머이, 어머이." "오냐. 오오냐." "어머이, 어머이." "오냐, 오냐." 어머니의 두번째 대답에는 처음과 달리 장음이 없습니다. 이 차이를 모를 한국 사람이 있을까요. 가만히 소리내어 말해보면 그 차이가 목에 맺히고 맙니다. 차라리 온몸이라고 해야겠습니다. 이 온몸의 비(悲)는 '뭔지 모르게 세상 속에 있는 게 서럽고 억울한 저녁'의 그것이며 그 저녁은 딱히 전근대이거나 근대의 시간이 아닙니다. 그렇다고 탈근대의 시간도 아닙니다. 그것은 하늘의 샛별처럼 걸쳐 있습니다. 성석제 소설은 흔히 이야기의 충동이며 이야기의 갱신된 활력에서 변별점이 찾아지곤 합니다만, 그 이야기 혹은 이야기성이란 이 '걸쳐 있음'의 아이러니가 아닐까 생각해봅니다. 시간의 혼합이며 스타일의 혼합. 앞으로의 과제이겠습니다.

2. 가난의 랩송

박민규(朴玟奎)의 「갑을고시원 체류기」(『카스테라』, 문학동네 2005)는 '가벼움'이 슬픔의 기포임을 가볍고 슬프게 보여줍니다. 작가는 궁핍이 예각화하는 인간의 물리적 모습을 랩송을 토해놓듯 읊조리는데, 그 토해놓은 파편들은 지극히 주관적인 유머에 실려 있는 듯하지만 묘하게도 극사실의 실감을 통해 인간의 정신 쪽으로 건너옵니다. 해서는 현실을 해석하는 썩 객관적인 유머가 탄생합니다. 한마디로 재미있습니다. 하긴 『지구영웅전설』이며 『삼미슈퍼스타즈의 마지막 팬클럽』에서 정신없이 미끄러지는 입심을 과시한 바 있는 그 박민규 아니겠습니까.

소설화자 '나'는 '몸에서 사람의 귀가 자라는 쥐'의 뉴스를 보다가 10년 전 대학시절 한동안 머물렀던 고시원을 떠올립니다. 이유는 없습니다. 그냥, 엉뚱하게. 그 고시원의 이름이 갑을고시원이고, 소설은 제목 그대로 그 체류기 형식을 띠고 있습니다. 그러고 보니 '체류'라는 말도 엉뚱합니다. 보통은 외국에 오래 머물 때 쓰는 말 아닙니까. 고시원 시절을 사라진 별세계로 거리화하는 작가의 재치겠습니다. 여사한 이유로 집안이 풍비박산, 단돈 30만원을 손에 쥐고 기숙할 곳을 찾아야 했던 겁니다. 생활정보지에서 발견한 광고 한줄, "월 9만원, 식사 제공." 그렇게 해서 그런 게

248

있는 줄도 몰랐던 고시원이라고 하는 곳에, 고시생도 아니면서 들어가게
된 겁니다. 갑을고시원은 어땠을까요. 딱 한줄로 요약되는군요. "방(房)
이라고 하기보다는, 관(棺)이라고 불러야 할 사이즈의 공간." 조금 약하
다면, 친구의 말 한마디를 덧붙이면 되겠죠. "여기서 사람이 살 수 있을
까?" 고시생이라고는 "갑을고시원 최후의 진짜 고시생" '김검사' 한명. 나
머지 사람들은 나중에 알게 된 사실이지만 "대부분 자신의 처지를 부끄러
워하는 인간들." 궁하디궁한 생활이 펼쳐질 것은 불문가지. 그러나 막연
한 짐작은 삼가는 것이 좋습니다. 그 궁함의 감각화가 상당히 세밀하고
핍진하여 그로부터 여러가지 인간학의 발견이 이루어지기 때문입니다.
그 발견은 대개 형이하학의 차원에서 일어나는데 한 예를 보이면 이렇습
니다. 1센티미터 두께의 베니어판이 관과 관을 나누는 벽인지라 옆방
('나'는 복도의 맨 끝방에 기거합니다) 김검사와는 말 그대로 동거를 합
니다. 두 사람은 청각과 후각을 거의 공유하다시피 합니다. 이로부터 "주
의를 기울여보면, 인간의 몸에선 참으로 여러가지의 소리가 난다. 한마디
로, 인간은 꽤나 시끄러운 동물이다"라는 발견적 진술이 이루어집니다.
그런데 이 물리적 발견은 금방, 슬그머니 다른 지점으로 미끄러집니다.
"온순한 한 마리의 열대어와 같은 가스를—아무도 없는 좁은 방 안에
서—엉덩이 한쪽을 최대한 잡아당긴 채—조심조심 방류(放流)하다보
면—나는 늘 가족들이 보고 싶거나, 아니면 머릿속에「그리운 금강산」같
은 노래를 조용히 떠올리고는 했다. 이유는 알 수 없다. 하여간에,「그리
운 금강산」이다."「그리운 금강산」이란 결핍된 무엇의 환유일 테지만 그
엉뚱함만큼 환유의 자리를 비우고 그 비움만큼 어떤 정서적 증폭이 일어
납니다. 그렇게 해서 한번 더 활강이 이루어집니다. "나는 웅크리고, 견
디고, 참고, 침묵했고, 그러던 어느날 (한 행 떠움) 인간은 결국 혼자라는
사실과, 이 세상은 혼자만 사는 게 아니란 사실을—동시에, 뼈저리게 느
끼게 되었다." 이를 형이상학적 발견이라고 하기에는 무엇하겠지만, 그러

니까 처음의 물리적 발견보다 특별히 나을 것도 못할 것도 없겠지만, 이 활강의 와중에 갑을고시원 체류자만이 전해줄 수 있는 뭉클함이 기포처럼 생성되는 것은 어쩔 수 없다 하겠습니다.

문장이 끝나지도 않았는데 행갈이를 한 다음, 훌쩍 한행을 비우고는, 느닷없이 말을 맺거나 흘려버리는 작가의 수법이 흥미롭습니다. 탈문맥의 돌연한 전환과 집중에서 오는 낯설게 하기의 효과가 정형화된 줄글의 축조 방식에서는 맛볼 수 없는 정서적 실감을 주는 것도 사실입니다. 『삼미슈퍼스타즈의 마지막 팬클럽』에서도 비슷한 방식을 본 바 있습니다. 「배삼룡 독트린」(『동서문학』 2004년 여름호)에서도 장난스러운 소제목 붙이기서건 행 비움을 통한 생소화의 전략이 사용되고 있군요. '무규칙이종소설가'답습니다. 지켜볼밖에요. 기왕의 소설적 관습을 돌파해서 새로움을 생성시킨다는 게 어디 만만한 일이겠습니까.

"싸늘한 지폐 한 장 책상 위에 놓여 있다. (…)/아침에 나는 저것으로 라면을 바꾸어야 한다./그러나 어떡하지 이 밤은 겨울도 참지 못해/큰 바람 소리로 신음하고/눈물만큼의 기름이 저 난로에는 없다."(장정일 「석유를 사러」 부분) 제가 좋아하는 시입니다. 결핍과 가난은 언제나 문학의 최전선이었습니다. 『삼미슈퍼스타즈의 마지막 팬클럽』의 좋은 대목은 역시 삼미의 가난이 집중적으로 탐구된 부분이었습니다. 「갑을고시원 체류기」에서 저는 박민규식 가난학을 엿본 느낌입니다. 재치있고 활달한 입심이나 느슨한 결말 따위야 이럴 수도 저럴 수도 있는 것이겠지만, 이 낮은 앵글만은 박민규의 소설에 오래 '체류'하길. 비록 '웅크린 채'로라도 말입니다.

— 『문학사상』 2004년 7월호

새로운 길 찾기

■

강영숙·윤성회

1. 중성의 목소리

굳이 똘스또이의 『안나 카레리나』나 이광수의 『무정』을 떠올리지 않더라도 근대소설에서 기차 혹은 철도가 차지하는 자리가 단순한 배경공간을 넘어서서 그 자체 소설의 주제며 서사의 중심에 자주 놓인다는 사실은 새삼스러울 게 없는 지적이겠습니다. 혹은 거기까지 가지 않더라도 어떤 분위기나 풍경의 생성에서 기차와 철도 주변이 한국소설에서 맡은 역할은 묵직한 조연급이라 할 만합니다. 백화, 영달, 정씨의 길잃음이 문득 한 시대의 소설로 압도해오던 황석영의 「삼포 가는 길」에서의 기차역 대합실, 좀처럼 오지 않는 막차와 시골 간이역 대합실의 톱밥난로가 주인공의 내면에 그대로 포개지던 임철우의 「사평역」(혹은 곽재구의 시 「사평역에서」), 소멸해가는 것의 아름다움에 바쳐진 윤후명의 「협궤열차에 대한 보고서」 등이 당장 쉽게 떠오릅니다만 인용의 절제가 아쉬운 판입니다. 지나온 시각에서 이들 풍경에 감상성이나 끌리세의 혐의를 투사하는 것 역시 성급함을 절제하는 것이 좋겠습니다. 보다는 개인의 발견 및 인간 욕망의 복합적 수용과 나란히 그것의 물질적 근원으로서 근대적 풍경의 발견과 수용이 소설의 역사를 채워왔음을 재삼 돌아보는 것이 낫겠습니다. 그렇다면 그 발견과 수용의 양상이 오늘은 어떠할까요.

강영숙(姜英淑)의 「서쪽에 흐르는 불투명한 바다」(『파라21』 2004년 여름호)는 고속철과 국제공항, 이국의 지하철이 소설의 전경에 투명하게 흐르고 있어 흥미롭습니다. 소설의 화자 '나'는 다국적 전자회사의 영업부 중견사원입니다. 어머니로부터 "평생을 싸돌아다닐 팔자"라는 말을 들은 자답게 고속도로며 국제공항이 그의 주된 일터입니다. 웬만한 국제공항을 능가하는 포스트모던 건축물, 고속철 역사 또한 최근 일터에 추가되었겠습니다. "모닝커피를 마시고 나면 사무실에서 나와 공항으로 가거나 고속도로 위에 있는 날이 많았다. 늘 적당한 안개가 끼어 있고 씨멘트 냄새가 진동하는 곳, 폴폴 나는 새들이 있고 멀리 섬이 보이는 공항전용도로를 나는 특히 좋아한다" 말고도 드골 공항에서 인천으로 돌아오는 국제선 비행기 안의 풍경은 서사의 경제를 의도적으로 무시하려는 듯 시시콜콜 기내 멘트까지 중계되기도 합니다. 물론 이 시시콜콜함에 이유가 없는 것은 아닙니다. 입사동기로 십수년을 함께 일해온 여자 동료 K가 느닷없이 공항으로 마중나오겠다고 했던 겁니다. "마침내 K와 나는 오래 지속된 냉랭한 관계를 깨고 도킹이란 걸 하게 된 것이다. 같은 회사에 십년 넘게 다니면서도 이런 순간을 상상한 적이 없는 걸 보면 우린 서로에게 호감이 없었거나 대단히 냉담했다. 내가 이혼했다는 것 때문에 K의 도전정신이 고취된 것인지도 모른다." 냉랭함이 느닷없는 기대감의 급습으로 온도를 바꾸어가는 과정, 그 달뜸의 역설적 표현이 시시콜콜함의 정체일 수 있겠습니다. 그런데 시종 인물의 감정선에 최소한의 역치(閾値)만을 주면서 고속철이며 공항, 지하철, 그리고 공단 주변의 차가운 풍경을 그 자체 주제처럼 전경화하는 이 소설에서 이러한 낭만적 연애의 틈입은 애당초 차단되어 있다고 봐야 할 것입니다.

사태를 정리해보면 이렇습니다. 가령, "웅웅거리는 공항 소음. 얼마나 많이 들었던 소린가. 그 옛날 미래에 대한 기대로 가슴이 뻐근했던 때로 돌아간 기분이었다." K에 대한 기대감이 없지 않은 대로, 공항이 소설화자 '나'의 정신적 모태처럼 이야기되고 있지 않은가요. 이것뿐만이 아닙니다. '나'란 인간이 그리워하는 목소리 또한 엉뚱합니다. 서울 지하철 승강장에서 안내방송을 듣고 있다가, "나는 갑자기 중국 상하이 지하철에서 들었던 중성적인 느낌의 안내방송이 그리워졌다. (…) 감정이 섞여 있지 않았으나 부드러웠고 문장 또한 명료했다. 그 목소리를 듣고 있으면 저절로 리듬이 생겨났고, 다른 여타의 자극에 대해 나를 보호할 여유가 생겼다." 이 또한 모태의 안정감을 상기시키는군요. "평생을 싸돌아다닐 팔자"라고 하고 말기엔 상당히 고상합니다. 그런데 조금 생각을 끌어보면 '나'란 인간을 꼭 유난스럽다고 할 수 있을까 싶습니다. 공항이나 이국의 지하철이란 으레 그런 공간이 아닐까요. 국제공항의 손에 잡히지 않는 거대함과 치밀하게 기획된 실용적인 미에서 기술문명의 근원적 제약을 읽어냈던 이는 김우창이었던가요. 그는 「국제공항: 포스트모더니즘의 상황에 대한 명상」이란 글에서 "시카고 공항의 무한한 편리함, 거의 삶 자체에 대응하는 전체성"이란 현실과의 진정한 관련을 은폐하는 포스트모더니즘적 기호놀이일 가능성을 통찰합니다. 그런데 그 통찰의 수용과는 별도로, "거의 삶 자체에 대응하는 전체성"까지는 아니더라도 국제공항이란 공간이 현대적 삶의 상징계에서 거의 최상위 계단에 올라 있는 것만은 분명한 것 같습니다. 또한 인류학자 마르크 오제는 공항이나 기차역, 호텔 등의 공간을 '비(非)장소'로 개념화해서 거주가 아닌 통과, 일시적 정체성으로부터 '초근대'를 살아가는 현대인의 조건을 찾아내기도 했습니다. 유목민적 가치나 디아스포라가 현대성의 중요한 국면으로 새롭게 논의되는 것도 비슷한 맥락이겠지요. 어머니가 예언한 팔자와는 무관하게 소설화자 '나'를 포함해서 제법 많은 사람들이 공항 같은 '비장소'에서 편안해질 수밖에 없는 시대로 진입해버렸다고 하는 게 옳겠습니다.

　그런데 이러한 이야기는 사회학적인 진단에 속할 수밖에 없지 않겠습니까. 우리의 관심은 작가 강영숙의 고유한 '묘사'에 있습니다. "웅웅거리는 공항 소음. 얼마나 많이 들었던 소린가." "그 목소리를 듣고 있으면 저절로 리듬이 생겨났고, 다른 여타의 자극에 대해 나를 보호할 여유가 생겼다." 간명하지만 '나'란 인물의 '비장소'에 대한 친화를 드러내는 데 모자람이 없습니다. 특히 두번째 인용 대목은 '중성적인 느낌'에 대한 유다른 집착과 함께 (기실 강영숙의 문체가 지향하고 있는 지점이 중성이 아닌가 하는 느낌입니다만) 근사한 메트로폴리탄인 양하지만 사실은 보잘것없는 '나'의 잔뜩 웅크린, 측은하기까지 한 내면을 산뜻하게 뒤집어 보여줍니다. 소설에 그려진 바, 마흔을 앞둔 이혼남인 '나'란 인물에게는 실다운 인간관계가 없습니다. "널 따라서 외국에 한번 나가보면 좋겠다"던 어머니는 꽃놀이 버스가 전복되어 이제 이세상 사람이 아니며 5년 전 이혼한 아내와의 사이에는 아이도 없습니다. 하니 이렇다 할 생활이란 게 있을 수 없습니다. 직장동료 K와의 냉랭함을 가장한, 혹은 냉랭함 그 자체일 수 있는 묘한 관계만이 미미한 긴장으로 부유하고 있습니다. 어쨌든 그런 '나'의 삶이란 타자나 여타의 자극에 폐쇄적일 수밖에 없겠습니다. 현대적 삶의 휘황한 상징물들이 기호(記號)의 자리에서 교환되는 익명의 광장, 국제공항의 웅웅거리는 소음은 축축하고 너저분한 삶의 아우성들과는 전혀 다른 자리에서 소설화자 '나'를 위로했겠군요. 이국의 지하철역에서 들려오는 안내방송의 중성적인 목소리 역시 그러했을 테지요. 그러나 여기서 멈춘다면 현대 메트로폴리탄의 한 상투형일 뿐 소설적 탐구랄 것까지는 없겠습니다. 당연히 강영숙은 뻔한 배경일 법한 곳에서 어떤 소동을 찾아내는데, 그 냉연하고 비관적인 소동의 제시가 간단치 않은 인간의 몸부림 앞으로 우리를 데려갑니다. 그리고 그다음에, 우리는 공항의 소음이며 상하이 지하철 안내방송의 중성과 다시 마주서게 됩니다.

나이는 두살 밑, 입사동기이자 출장 파트너인 K란 여성이 소동의 중심에 있습니다. 어떤 인물인가. 출장길 고속도로, K가 운전대를 잡고 '나'는 잠에 빠져 있습니다. 어느 순간 눈을 떠보니 차는 반대편 차선에서 역주행을 하고 있습니다. 뒷날 K의 해명인즉, "같이 죽으려구요". 무릎이 살짝살짝 보이는 옆트임 스커트를 입고는 외국 바이어들과의 미팅 자리에서 다리를 벌린 채 졸기도 합니다. 친구를 협박하는 유부남을 묻어버리겠다며 하는 말, "우선 좋은 삽을 사야겠어. 친구를 위해서라면 그 정도는 해야죠?" 입사동기이나 직급은 높은 '나'에게 커피 심부름 시키기는 예사. 회사 회식자리에서 옆자리의 상사에게 큰소리로 외치는 말, "차장님, 언제 비 오는 날 출장길에 저랑 동행하실래요. 같이 가서 제가 화장실에 간 사이에 제 음료수에 뭘 넣으세요. 그리고 빗줄기가 좀 거세지면 절 강간하세요." 그리고 바로 이 회식자리가 끝나고 집으로 돌아온 '나'에게 술 취한 K에게서 전화가 걸려옵니다. "저녁을 사겠다며 개인적으로 한번 만나고 싶다고, 중요한 회의 중에 졸아서 미안하다고 했다. (…) 며칠 후 있을 파리 출장 때 나를 마중하러 공항에 나와 있겠다며, 비행기 편과 도착 시간을 이메일로 보내달라고 했다." 이러한 분열증이란 프로이트의 자리에서 본다면 꼼짝없는 정신질환으로서 개인적 무의식의 억압 차원으로 돌아가겠지만 들뢰즈와 가따리에게는 정치경제학 혹은 물리학의 자리에서 그 욕망의 생산, 변형이 긍정적으로 이야기되어야 하는 것이겠지요. 그거야 어쨌든 이런 인물이 소설에 자주 외부의 시선을 제공한다는 점 역시 기억해둘 만한 사실이겠습니다. 하고 보면, 강영숙은 유독 이런 인물의 제시에 문학적 강점을 보이는 작가이기도 합니다. 작가가 낸 두 소설집 『흔들리다』와 『날마다 축제』를 'K들'의 이야기로 읽을 수도 있다고 저는 생각합니다. 그러나 그 K들은 매번 다른 연기술과 분장으로 세상의 외부를 대면케 하는 벼락같은 한순간을 마련하거니와, 이번 작품에서 기대하는 궁극의 소동 역시 이에 닿아 있기를 바라는 것이겠지요. 한데 소설화자 '나'가 K를 보는 시선은 당연히 속물스럽고, 그만큼 정상적이라 하겠지만 모호하기도 합니다. 그 모호함이 끝장을 보는 소동이 있으니, 공항에서의 도킹 프로젝트가 K의 건망증(혹은 의도적인 무시라도 상관없겠군요) 탓에 일방적인 착각으로 끝난 뒤, 여느때와 다름없는 두 사람의 공단지역 출장길에서입니다. '나'는 이번 출장길에서 K의 복장이나 이런저런 행동이 전과 같지 않다고 생각합니다. "K는 확실히 뭔가 변했다." 버버리 향수를 잔뜩 뿌린 일본 상사 직원과의 미팅이 일찍 끝난 뒤, K는 '나'를 먼저 역으로 보내고는 어딘가로 갑니다. K보다 적어도 스무 살은 위인 일본 상사 직원과 말입니다. 뒤를 따라가보니 철조망이 있고 군사경계선 표지가 있는 바닷가입니다. "나는 서쪽에서 흐르는 불투명한 바다를 봤고 물새들을 봤으며 넓디넓은 갯벌을 봤다. 두 사람은 깔깔거리고 웃기도 했고 빙글빙글 돌기도 했다. K가 바다를 향해 뭐라고 외치는데 처음에는 잘 들리지 않았지만 나중엔 그 소리가 들렸다. 오겡끼데스까. 오겡끼데스까." 참 기묘한 소동입니다. 아무래도 K의 대답을 직접 들어봐야 할 것 같습니다. 지독한 버버리 향수 냄새와 함께 기차에 오른 K에게 살의를 느끼며 '나'는 참았던 말을 토해냅니다. "내가 너, 고속도로에서 역주행할 때부터 알아봤어./K가 고개를 돌려 한참을 날 쳐다봤다. 그리고 다시 고개를 돌리고는 말했다./나한텐 어디나 누구나, 다 똑같아요." 그것, 참. 멋진 한방입니다. 오기 따위는 느껴지지 않습니다. 오히려 슬픔이라 해야겠습니다.

　연애하고 결혼하고, 내것 네것에 금을 긋고, 상식에 벗어나지 않는 말을 하고, 예의를 지키며 우리는 살아갑니다. 다치지 않기 위해서입니다. 분열증에 걸리지 않으려면 별수 있겠습니까. 그러나 'K들'이 불투명한 바닷가에서 '오겡끼데스까'를 깔깔거리며 외치는 걸 본 다음에는 사정이 조금 다르지 않겠습니까. K의 다리 굵기가 아주 조금 다르다는 걸 알아차리는 데 십수년이 걸린 것처럼, 사람 사이의 건너기 힘든 심연을 엿본 이들에게 더이상의 투명한 금 긋기는 없습니다. '어디나 누구나, 다 똑같다'는 말은 '오겡끼데스까'만큼 헛소리이기도 하지만 그런 헛소리 없이 삶과 대면할 방도는 없겠습니다. 있다면 공항의 웅웅거리는 소음이거나 상하이 지하철의 안내방송 정도겠지요. "이 목소리에 대해서 말하자면 할 말이 많다. 그동안 너무나 듣고 싶었던 이 음성. 나는 허공에 대고 손을 흔들었다." 이 중성적인 목소리 뒤로 숨어드는 것 말입니다. 같은 계절에 발표된 작가의 다른 소설 「자이언트의 시대」(『문학동네』 2004년 여름호)는 자전소설이란 이름을 달고 그 아픈 헛소리들을 한데 모아 푸닥거리 한판을 벌이고 있기도 하군요. 불쑥 드는 생각입니다만, 흔히 이야기되는 강영숙 소설의 환상이나 그로테스크는, 이번 소설에서 보이는 꽉 짜인 묘사체 문장의 거부와 함께 그 전체에서 한국소설의 '타자'가 되려는 야심찬 도전인지도 모르겠습니다.

2. 속도와 그림자

윤성희(尹成姬)의 「유턴 지점에 보물지도를 묻다」(『거기, 당신?』, 문학동네 2004)는 참으로 경쾌합니다. 문장의 속도, 서사의 속도 때문인데 계속 질주, 질주합니다. 압축을 동반한 속도의 대단한 위력은 삼대의 이야기 정도는 가볍게 갈무리하며 인물의 너저분한 전사(前史) 따위는 몇문장이면 족합니다. 그렇다면 건너뛰는가. 그렇지도 않습니다. 압축과 속도는 무척 정교하여 씌어진 문장은 그 몇배의 씌어지지 않은 이야기를 그림자로 숨겨 지니고 있습니다.

한 예를 볼까요. 12월 31일 자정을 기준으로 앞뒤 30분에 태어난——아버지는 새해 첫아이에게 주는 병원의 혜택을 노리지만 30분씩 빗나가고 맙니다——쌍둥이 자매는 카펫이며 보도블록의 색깔 밟기 놀이를 하며 자랍니다. 붉은색, 초록색 중 한쪽만 밟기로 규칙을 정해두고 어길 때마다 스티커를 붙여 열살이 되는 해, 이긴 쪽이 언니가 되기로 한 겁니다. "버스정류장 앞에 새로운 보도블록이 깔렸다. 하필이면 붉은색 벽돌이었다. 언니는 그 길을 걸을 때마다 붉은 벽돌을 밟지 않도록 조심했다. 두 팔을 벌리고 보도블록 가장자리를 따라 조심스럽게 걷는 언니는 체조선수 같았다. 자장면 배달하던 오토바이가 속도를 줄이지 못하고 달려들 때도 언니는 그렇게 두 팔을 벌리고 있었다. 나는 혼자 초등학교에 입학했다." 언니의 죽음을 전하는 방식입니다. 보물지도 찾기의 일행이 될 Q와 W를 만나는 장면도 마찬가지입니다. 아버지가 죽자 소설화자 '나'는 다니던 여행사를 그만두고 아버지의 주검이 발견된 부산행 새마을호 5호 차량 25번 좌석을 끊고는 서울과 부산을 오갑니다. "이봐요, 안 자고 있다는 거 다 알아요. 얼른 자리 바꿔주세요. 내 말이 끝나자마자 Q가 픽, 하고 웃었다. 덩치에 어울리지 않게 Q의 양볼이 붉어졌다. 우리는 삶은 달걀을 사서 두 개씩 나눠 먹었다. Q는 사이다를 마시고는 트림을 했다. 다른 사람 앞에서 트림을 해본 적이 없다고 내가 말하자 Q는 마시던 사이다를 주면서 말했다. 마셔요. 그리고 한번 해보세요. 나는 사이다를 남김 없이 마시고 아주 길게 트림을 했다. 앞자리에 앉은 남자가 뒤돌아보았다. 시원했다. 나는 Q와 친구가 되었다."

전직 지하철 기관사 Q는 열차로 뛰어든 한 여자의 눈을 상처로 가지고 있고, 24시간 찜질방에서 청소를 하는 W는 기구한 출생내력 탓에 늘 있는 듯 없는 듯 유령 같은 존재로 살아온 인물이지만 Q가 잠시 맡아 운영하고 있는 중국집 주방보조로 취직하는 인생유전을 '나'가 아무런 자의식 없이 받아들이는 것처럼, Q나 W 모두 그들을 휩쓸고가는 세상의 속도를 온몸으로 그저 받아내며 앞으로 달려가고 있습니다. 작가는 이들의 삶이 지닌 무거운 그림자를 오히려 문장이며 서사의 속도가 되도록 만들고 있습니다. 또한 이 와중에 가벼운 우연과 거기서 마구 가지를 뻗은 유전(流

轉)의 행로는 인과의 율(律)을 하나하나 쌓아가며 처음과 중간과 끝을 공작하는 서사의 관행에 대한 만만찮은 야유를 숨기고 있는 듯도 합니다. 우연히 고스톱 판에 끼여든 가출한 여고생이 지도를 꺼내 보이며 보물찾기 여행을 제안했을 때, 세 사람이 밤을 새워 내린 결론 역시 그렇습니다. "다음날 내가 내린 결론은 이거였다. 거짓말을 믿는다고 해서 세상이 망하지는 않지. Q가 내린 결론은 이랬다. 진짜 보물이 나오면 사등분해야 해. W는 우리 둘의 얼굴을 천천히 살펴본 다음에 말했다. 우리 셋은 지금 몹시 심심해." 그러니까 이건 심각한 얼굴들에 대한 비판이겠습니다. 그게 한국소설의 얼굴이든 한국사람의 얼굴이든 말입니다. '보물찾기'야말로 소설이 속이고, 인생이라는 담론이 속여온 유구한 구호 아니겠습니까. 물론 그 속이고 속는 미망의 숨바꼭질은 가볍게 내던져버릴 수 있는 놀이가 아닙니다. 근대소설은 그런 보물찾기가 애당초 불가능하다는 지점에서 씌어지는 것이고, 그럼에도 다시 무언가를 찾아 길을 떠날 수밖에 없는 스스로의 운명을 소설적 아이러니로 담아내는 것이니까요. 하지만 이러한 본질찾기의 형식은 또 얼마나 자주 끌리세가 되어 우리를 억눌러왔나요. 그냥 이런저런 전제 없이 삶을 투명하게 받아적고 싶은 욕망이 유턴 지점에 보물지도를 묻고 돌아오는 윤성희의 이 경쾌하고 슬픈 그림자놀이의 정체는 아닐까, 그런 생각이 들기도 합니다.

이 경우 얼마나 잘 받아적는가가 문제가 될 겁니다. 그림자도 유머도 함께 담으면서, 가급적 빨라야겠지요. 삶의 속도를 받아내려면 말입니다. 짐짓 유아적 투명함도 필요할 터입니다. 알파벳으로 된 익명의 이름이 주는 자유도 누려야 하겠고요. 이번 작품에서 작가는 상당한 정도로 자신의 목표에 도달한 것 같습니다. 만두가게를 열고, 그럭저럭 장사가 되어 작은 아파트 네 채와 소형차 네 대로 재산을 불리게 되었다는 보물찾기 이후의 후일담은 그러나 적절한 받아적기의 한계를 벗어나버린 것은 아닌지 우려되기도 합니다. 왜냐하면 삶이 불러주지 않는 이야기를 작가가 적을 수 있는 권리는 없는 거니까요. 그건 지금 윤성희의 이 새로운 소설쓰기와 독자가 벌이는 아슬아슬한 게임의 양보할 수 없는 규칙 아니겠습니까. 후일담이 끝난 자리에서 정작 정말 괜찮은 받아적기가 나오는 걸 봐서도 그렇습니다.

"여주휴게소에서 어묵을 한 그릇 사 먹었다. 국물을 마시다 말고 나는 내게 말했다. 생일 축하해. 휴게소 벽에 걸려 있는 시계가 12시 30분에서 31분으로 넘어가고 있었다." 이건 유치함이 아닙니다. 이 정신없는 세상에서 우리가 누려야만 하는 당연한 정복(淨福)의 순간입니다. 그리고 작가가 삶으로부터 받아적지 못했다면 누리기 힘든 것이기도 합니다. 작가의 유사한 가편 「잘 가, 또 보자」(같은 책)에 이은 이 산뜻한 실험이 앞으로 어떤 행보를 보일지 기대됩니다. 한국소설은 근사한 지도 한장을 손에 쥐게 될지도 모르겠습니다.

— 『문학사상』 2004년 8월호

'황야를 떠도는 전인류의 통곡과 우수'를 생각하며

◾

이인화

1

벌써 2000이라는 숫자가 익숙하다. 00년이라고 쓰면서도 자연스럽다. 이진법의 세계가 더 빠른 속도와 더 많은 영토를 얻어갈 것은 이미 충분히 예상한 일이었고, 그밖에 우리 일상은 늘 그래왔듯 떠들썩하거나 지지부진한 가운데 큰 변화는 없다. 달력 장사가 특별히 더 큰돈을 벌었다는 소문도 들은 바 없다. 다만 어떤 사람들에게는, 달력의 축제가 지난 100년의 아픈 역사를 실존의 자리까지 포함한 다양한 층위에서 돌이키는 성찰의 장(場)이 되지 못하고 기왕의 그늘에 '신자유주의'라는 불패(不敗)의 신화를 참담하게 각인시킨 그들만의 마당으로 비치기도 했을 것이다. 그러나 실제 사회적 힘이나 담론의 영향력에서 상당한 약진이 예상되었으되, 그 속도나 파괴력까지는 정확히 점치지 못한 부분이 없었던 것은 아니다. 바로 '시민'이다. 한반도의 새 천년은 '시민'과 함께 시작되었다고 해도 지나치지 않을 정도로 최근 두달 사이에 '시민'은 단숨에 '혁명적'으로 솟구쳐올랐다. 그러나 들끓는 양상에서 '정치'라는 거품을 걷어내고 보면 이 '시민'의 솟구침은 민주화운동과 한국 근대의 역사성을 얼마나 자각적이며 반성적으로 품고 있는 것일까. 기왕의 민주화운동이 안팎의 문제로 인해 무장해제된 허허벌판의 상황에서 자발성과 헌신성에 기초하여 가능한 역량을 모으고 이길 수 있는 싸움을 구성해낸 초기 시민운동 그룹의 고투에 대해서는 누구나 고개를 숙일 것이다. 그러나 시민운동은 이제 그들의 고투와 헌신에 의해서 막 시작되었을 뿐이다. '시민'의 내포와 외연부터 새롭게 되짚어보는 역사적 정체성의 성찰이 거듭 되풀이되지 않는다면 제도의 포섭을 견디며 실질적으로 운동의 토대를 구축하고 운동을 확산해나가기 어려울지도 모른다. 말할 것도 없이 시민운동은 체제 내적 운동이다. 이것은 이중의 모순을 감당해야 한다는 말이기도 하다. 자본 속에서 자본의 폭력적 속도에 제동을 걸고 끊임없이 대안을 살아야 하는 싸움이 쉬울 이치가 없다. 그러니 우리가 지금 보고 있는 '시민'의 솟구침은 아직 '시민'의 것이 아니기 쉽다. 그러나 여기에 가슴 뭉클한 역사의 진전이 있음은 명백하다. 31년 전에 발표되었던 「시민문학론」의 선지적 혜안이 새삼 돋보이는 계절을 우리는 살고 있다.

20세기에도 그러했지만 새 천년에도 인간의 삶은 숭고하거나 순결하지 못할 것이다. 시궁창에 버려진 냄새나는 욕망들, 문학은 언제나 거기에서 시작한다. 문학은 인간학이되 전면적이고 근본적인 인간학이기 때문이다. 한갓 '자의식'의 언어들이 소중한 것도 이 때문이다. '골목길'의 언어들이 중요한 것도 이 때문이다. 「소지」의 작가 이창동 감독이 만든 00년 0시의 아름답고 힘든 「박하사탕」을 내가 가슴에 간직하고픈 것도 그것이 더럽고 누추한 우리들의 이야기였기 때문이다. 다행스럽게도 달력의 축제는 「박하사탕」에서도 시작되고 있었다.

2

21세기의 초봄까지 읽힐 요량으로 20세기의 겨울에 발간한 문예지들에서나 양 세기에 걸친 이 계절의 창작물들에서도 특별히 과장된 목소리는 없고, 그래서 아직은 십진법의 셈에 익숙한 사람들을 안심시킨다. 다만 다음과 같은 웅변은 '그'를 위해서도 '자의식의 동굴에서 헤매는 상처의 언어들'을 위해서도 기억해두지 않으면 안되리라.

우리는 사람들의 생활이 전지구적 차원에서 재조직되면서 극도의 불확실성이 지배하는 과도기를 살고 있다. 모든 지식인 담론들이 갑론을박의 과정성에서 헤매고 있는 지금, 문학은 세계화의 기로에 서 있는 사람들에게 흔들리지 않는 지점을 보여주어야 한다. 그것은 어쩌면 인류의 보다 근원적인 기억, 『시경』이 담고 있는 가장 행복했던 시대의 꿈일 것이다. 나는 이런 희미하지만 버릴 수 없는 예감 때문에 이 소설을 썼다. 「채련기」의 작가가 팍스 몽골리아의 세계 속에 발견한 황야와 연밥 따던 아내의 기억을 대비시키기. 지금 들짐승들처럼 황야를 떠도는 전인류의 통곡과 우수를 알레고리로 표현하기. 이것이 아니라면 소설은 있어서 무엇하겠는가. (이인화, 「채련기 주석(採蓮記註釋)」 '작가의 말', 『문학사상』 2000년 1월호)

『문학사상』 2000년 1월호에 실린 이인화의 단편 「채련기 주석」(「시인의 별」, 『하늘꽃』, 동방미디어 2002)은 일견 이색적인 작품이다. 제목도 그렇지만 글의 구성 역시 모두 일곱 개의 주석으로 되어 있다. 영락없이 문헌연구자의 논문 형식이다. 게다가 "안현(安顯)은 고려 충렬왕 때 사람이다. 일찍 아버지를 여의고……"로 시작되는 서두는 이 작품이 주석의 외양을 취하며 동시에 옛이야기체, 그것도 전(傳)의 형식을 차용하고 있음을 아주 분명하게 드러내고 있다.──이에 대해서는 작가의 명쾌한 언급이 있다. "저의 작품 「시인의 별」(부제: 채련기 주석 일곱 개)은 사마천의 사기 열전 문체, 사전체(史傳體)를 모방하여 씌어졌습니다. 세상에서 가장 낡고 촌스러운 이 사전체 문장과 탈현대적인 주석으로서의 글쓰기를 조화시키기. 이것은 유치하나마 흔들리지 않는 하나의 지점을 찾아보려는 고심 참담한 모색의 산물입니다."(「가장 인간다운 지점을 찾아서──제24회 이상문학상 수상 소감」, 『문학사상』 2000년 2월호)──물론 방법론에 대한 작가의 자각적 언급이 아니더라도 이런 글쓰기 방법에 놀랄 이유란 없다. 소설이라고 하는 장르의 '제국주의적' 속성에 대해서는 이미 다음과 같은 진단까지 나와 있는 상황이기 때문이다.

> 소설이 소설 자체의 목적을 위해 묘사, 서술, 드라마, 에쎄이, 주석, 독백, 담화를 사용하지 못하게 방해하는 것은 아무것도 없다. 소설이 우화, 이야기, 교훈담, 목가, 연대기, 옛날이야기, 서사시가 되는 것을 어떤 것도 방해하지 않고 그것도 차례이거나 동시에이거나 소설 마음대로인 것이다. (마르트 로베르 지음, 김치수·이윤옥 옮김 『기원의 소설, 소설의 기원』, 문학과지성사 1999, 13면)

그러니 문제는 이런 글쓰기 방식이 '유치하나마 흔들리지 않는 하나의 지점'이든 무엇이든 참으로 깊은 지점에서 우리 삶의 고심과 참담을 미학적으로 형상화해내고 있는가를 점검해보는 일일 것이다. 조금이라도 언어의 갱신을 통한 인간학의 갱신과 심화가 있다면 우리가 한편의 단편소설을 기릴 이유로는 충분하기 때문이다.

그리 놀랄 일은 아니라고 했지만, '사전체 문장과 탈현대적 주석을 조화시'켜 한편의 소설을 엮어내는 작가의 솜씨는 실로 유려하고 참신하다.

작가는 1997년 터키의 한 도서관에서 발견된 17세기의 필사본, 그 안에 들어 있는 '고려인 비칙치(서기) 안의 이야기' 한편에서 출발하여(인용에 따르면, 작가는 이러한 사실을 최근의 일본 학술지에서 접한 듯하다) 『고려사』의 한 대목을 실낱같은 단서로 해서 고려 충렬왕 때의 실존 인물 안현과 필사본 속의 안서기를 동일인물로 상정하는 대담한 상상력을 펼친다. 그리하여 '고려인 비칙치 안의 이야기'에 간단한 내용 설명만 있을 뿐인 안서기의 「채련기(採蓮記)」라는 글을 '아주 다른 그물망'으로 해석해 나간다. 소설 속에 '필자'로 맨얼굴을 내밀고 있는 작가의 설명대로 '이 글은 결국 실제로는 존재하지 않는 「채련기」의 주석, 상상의 원본에 대한 상상적인 주석 작업'인 셈이다. 작가가 맨얼굴을 드러낸 채 소설을 쓰고 만드는 과정을 소설화함으로써 소설이라는 글쓰기와 작가 자신에 대한 미학적 자의식을 드러내는 창작 방법은 특별하지 않다. 그러나 「채련기 주석」에서 맨얼굴의 '필자'는 소설가이며 동시에 문헌주석가이다. 문헌주석이란 상당한 학문적 연마와 인문학적 상상력 없이는 가능하지 않은 일이다. 여러번의 답사와 치밀한 자료 섭렵을 거쳐 완성한 『초원의 향기』의 작가이며 동시에 『한국 근대문학 일반 이론 서설』을 저술한 국문학 연구자 이인화가 아니라면 생심을 내어보기 어려운 영역이 아닐 수 없다. 바로 그랬기에 700여년의 시간을 거슬러 고려조의 한 불우한 시인의 삶이 재구성될 수 있었다. 서로 다른 문헌 속의 안현과 안서기를 동일인물로 상정하는 작가의 상상력을 두고 앞에서 '대담한'이란 표현을 쓴 바 있지만, 이 대담한 상상력 속에 들어 있는 '대단한' 학문적 온축을 우리라고 짐작하지 못할 바는 아니다. 그렇게, 문헌 속의 몇구절을 붙잡고 몽골 치하 고려조, 팍스 몽골리아의 만주 벌판까지 소설의 시공을 열어가는 작가의 상상력은 어느만큼의 지적 즐거움을 안겨주기에 충분했다.

그리고 당연히도 이러한 상상력이 당시의 정치와 풍속에 대한 장악 없이 소설의 마당에 펼쳐질 수는 없는 일이다. 이 점에서도 작가는 상당하다. '세계화의 기로에 서 있는' 오늘에 대한 알레고리로 이 소설이 씌어졌음을 작가가 밝히고 있기도 하지만, 그런 맥락에서 선택된 것으로 짐작되는 '차운시(次韻詩)' 대목이라든지 벽란도에서 열린 안현의 환송연 장면, 뜨겁게 달군 자갈로 들쥐를 요리하는 유목민의 절박한 섭생서껀 뜨르르하게 꿰뚫고 있는 듯한 팍스 몽골리아의 세부 실상들은 이 소설에 상당한 실감을 불어넣고 있다. 부러 차용했다고 하는 사전체의 문장 역시 만만하지 않다. 강퍅하다고까지 느껴질 정도로 감상의 유로(流路)를 단호하게 끊어버린 문장들은 필요한 대목에만 비유나 수사(修辭)의 자리를 내어주면서 힘있게 운용되고 있어 소설 전체의 비장미와 잘 어울린다. 그리하여 역사의 과도기를 살았던 한 불우한 식자(識者)의 운명이 '시대의 심연, 그 깊은 혼돈 속'에서 아주 비장하게 재구성된다.

그러나 불행히도 「채련기 주석」의 즐거운 독서는 여기서 그쳐야 한다. 아니, 그렇게 작가와 작품이 강박한다. 왜 그런가? '무언가 이상하다. 무언가 잘못되어 있다.' 그런 혐의가 '즐거운' 독서의 끝자락에서 몽개몽개 피어오른다. 황당한 느낌조차 든다. 무얼까. 그래, 비장미다. 이 세련된 현대적 역사소설의 비장미, 그 속에 들어 있는 우렁찬 계몽의 목소리가 문제다.

'작가의 말'로 돌아가보자. 「채련기」의 작가가 팍스 몽골리아의 세계 속에 발견한 황야와 연밥 따던 아내의 기억을 대비시키기. 지금 들짐승들처럼 황야를 떠도는 전인류의 통곡과 우수를 알레고리로 표현하기. 이것이 아니라면 소설은 있어서 무엇하겠는가.' 그런데 이 비장하기 이를 데 없는 목소리는 '작가의 말'이라는 파라 텍스트 속에서만 울리는 것이 아니라, 당연히도 작의(作意)의 실현인 작품 속에 있다. 문제는 작품 속에서 울려퍼지는 그 목소리가 거의 날것이라는 점이다. 그 날것의 목소리는 얇디얇은 텍스트의 우의성 위에서 익사의 운명도 모르는 채 낡은 세계관과 좁은 자의식에 갇힌 불쌍한 문사들을 내려다보며 우렁차다. 작가의 부연 설명이 없더라도 이 작품의 우의성은 뚜렷한데, 너무 단순하고 투명해서 이런 얇은 우의도 소설의 우의랄 수 있는지 고개가 갸우뚱거려질 뿐이다. 주인공 안현이 살았던 고려 충렬왕 때는 원(元)나라가 동아시아의 패권을 장악하고 있던 '팍스 몽골리아의 세계'였다고 한다. 그렇다면 이를 통해 작가가 전지구적 차원에서 삶의 표준화가 강제되고 있는 지금—이곳 '팍스 아메리카나의 세계'를 우의하고 있음은 삼척동자도 알 수 있는 일이다. 대청도의 역참 관리라는 비참한 벼슬을 얻어 떠나는 안현의 환송연 자리에서 친구 조숙창과 이세화가 건네는 다음과 같은 위로 겸 충고의 변은 이 소설의 우의성이 얼마나 얇은 차원에서 구성되고 있는지를 잘 보여준다.

　　"잠치다이(站赤: 역참 관리) 노릇이 좋지는 않지만 대청도는 꽤 큰 섬일세. 몽골인들도 자주 드나들지. 이 기회에 낚시나 하면서 몽골말을 배우는 것이 어떻겠나. 자네의 시재(詩才)를 왜 모르겠나만…… 세상이 변했어."
　　이세화가 끼여들며 조숙창을 거들었다.
　　"정말이야. 이젠 몽골말을 잘해야 벼슬길이 열린다네. 사해(四海)가 한 지붕 아래 있다지 않은가. 천하의 땅이란 땅은 모두 원나라라네. 토지는 광대하고 사람은 한량없고 물산은 넘쳐나니 천지가 개벽한 이래로 이런 나라는 처음이라구."(「채련기 주석」, 『문학사상』 2000년 1월호, 202~203면)

　'몽골'이 다른 '무엇'으로 바뀌 읽히는 데는 전혀 시간이 필요치 않다. 생각을 지연시켜, 그 지연 속에서 다른 언어, 다른 상상력의 물꼬를 열어가는 아무런 반성적 계기도 없다. 물론 말할 수 있을 것이다. 이것은 단순한 우의가 아니라 삶의 원형(原型), 역사의 원형에 대한 탐구라고. '황야를 떠도는 전인류의 통곡과 우수', 『시경』의 저 행복했던 시간이 끝장난 후 영원히 반복되고야 말 생의 조건에 대한 밑그림의 일부라고. 작가는 정말 그렇게 생각하고 있는 것이, 다음과 같이 말해놓고 있기 때문이다. 그리고 이 대목은 비장하기 이를 데 없는 작가의 핵심 전언이기도 하다.

어느 시대 어느 나라에도 불우한 식자(識者)들은 있다. 갑자기 열린 새 시대 속에 전통적인 문인 집단들이 소멸되고 그들을 대신할 신흥 사대부들은 아직 출현하지 않았던 과도기. 낡은 교육제도의 관성에 의해 만들어졌으되 새 시대의 물결에 적응하지 못하고 익사해버렸던 무수한 지식인들. 그러나 그뿐이었을까. 어쩌면 안현은 그렇게 무의미하게 스러져버리지 않고 시대의 심연, 그 깊은 혼돈 속으로 내려가 자기 운명의 의미를 알아내려고 하지 않았을까. 그래서 저 「채련기」와 같은 글을 남기지 않았을까. (200면)

근대에 와서 이루어낸 역사의 진전 따위는 무화시켜버리려는 완강한 원형 사관에 시비를 걸고 싶은 마음이 없는 것은 아니지만, 이것은 그 자체로 광활한 역사의 시공에서 문학이라는 인간학의 영토를 찾아내는 하나의 날카로운 통찰임에 분명하다. '그 깊은 혼돈 속으로 내려가 자기 운명의 의미를 알아내려고 하지 않았을까' 하는 문장에는 골목길 시궁창에 고개를 처박고서야 겨우 시작할 수 있는 '문학'의 비루한 운명조차 어려 있다. 그러나 '자기 운명의 의미'에 대한 탐구가 상당한 미적 체험으로 제시되지 않는다면 이를 일러 좋은 '소설'이라 할 수 있을까. 물론 「채련기 주석」에 미적 체험을 통해 삶을 반성시키는 지점이 없는 것은 아니다. 어찌 보면 안현과 안서기를 동일인물로 상정하는 대담한 상상력과 그 상상력을 700여년 전의 시공에 펼쳐 한 불우한 문사의 파탄을 시대정신의 역광 속에 형상화해낸 자체가 어느정도의 미적 체험을 우리에게 안겨주고 있는지도 모른다. 또한 몽골 황자(皇子) 이아치에게 아내를 빼앗기고 겨우 목숨만 건진 안현이 퇴락한 처갓집에서 일년여 만에 몸을 일으켜 아내의 방을 찾는 다음과 같은 대목은 일견, 한 인간이 부닥친 절망의 벽을 실감나게 그리고 있다.

안현은 비틀거리며 아내의 방에 들어갔다. 그사이 여러 차례 도둑이 들었는지 방 안은 무척이나 황폐했다. 떨리는 손으로 방 안의 쓰레기를 휘젓는데 부서진 버들고리짝이 있었다. 그 속에서 아내의 버선 한 짝을 찾은 안현은 눈을 감았다. 얼굴을 버선에 갖다대고 아내의 그리운 살 냄새와 땀 냄새를 맡아보려 했다. 그러나 거기엔 아무 냄새도 나지 않았다. (212면)

그러나 이러한 대목조차 자세히 들여다보면 관념 우위의 형상화에 지나지 않는 것처럼 보인다. '버선 한 짝'의 상상력이 많이 낯익기 때문이다. 그럴 법한 지점에서, 손에 잡은 언어를 버리고 더 나아가지 않는다면 그를 일러 문학언어, 상상력의 갱신이라고 말할 수는 없겠기 때문이다.
작가는 당연히 이의를 제기할 것이다. 「채련기 주석」이란 '낡고 촌스러운 사전체 문장과 탈현대적 주석으로서의 글쓰기를 조화시키'려는 '고심참담한 모색의 산물'이라고. '현대의 전사(前史)'로 쓴 역사소설 『영원한 제국』과 『초원의 향기』의 작가 이인화, 그는 「나의 문학적 자서전」(『문학사상』 2000년 2월호)에서 다음과 같이 자신의 글쓰기 전략을 요약해 밝히고 있다.

『내가 누구인지 말할 수 있는 자는 누구인가』는 '내면의 고백'에서 출발한 한국의 순수문학, 한국문학의 근대성에 대한 도전이었다. (…) 근대를 넘어선 소설, 포스트모더니즘 소설은 누구도 내가 누구라고 고백할 내면을 가질 수 없다는 선언으로 시작되어야 했다. (…)『영원한 제국』은 첫 소설의 문제의식을 더 밀고 가 소설가라는 지위를 포기하고 스스로 이야기꾼의 자리로 내려온 역사소설이었다. 나는 이런 자기 격하를 통해 이전까지 우리의 역사소설이 가졌던 사담(史談)적 한계를 돌파하고자 했다. 즉, (…) 이야기꾼의 자율성과 구성력으로 가장 새로운 형태의 현대적 플롯에 담겨진 역사소설을 쓰는 것이다. 이같은 창작 방법은 생생한 당대의 감각으로 재현된 현대의 전사(前史)로서의 역사소설을 성립시킬 수 있는 것이다. (89면)

이미 알고 있는 이야기지만, 비평가이며 문학연구자인 류철균을 한 사람의 작가(엄밀히 말하면, 기왕의 작가 개념을 해체하고 재구축한 이야기꾼)로 재탄생시킨 문제의식의 깊이와 대담함은 그 자체로 높이 평가되어야 하며, 더 좋기로는 비평적 담론의 장에서 정치한 토론의 대상이 되어야 한다. 그러나 아쉽게도 그렇게 되지 못했다. 산발적인 비판이 없었던 것은 아니지만 대체로 90년대 비평계는 이인화를 외면했다고 보는 것이 옳다. 그런 가운데 이인화는 스스로를 비장하게 고립시키며 자신의 방법론을 온몸으로 밀고 나갔다. 그렇게 해서 그는 이제 근대성 탐구의 결산에 이르고 있는 모양이다. 「나의 문학적 자서전」은 다음처럼 이어진다.

1997년 나는 세번째 소설『인간의 길』1·2·3권을 발표했다. 이것은 한국현대사에서 박정희란 무엇인가라는 질문에 대한 대답으로, 나의 근대성에 대한 탐구를 결산한 작품이다. 허구의 인물 '허정훈'을 통해 보통명사로서의 박정희가 갖는 한국 특유의 근대화 혁명이 내장한 우리 근대성의 웅숭깊은 내면을 그려보고 싶었다. 이것은 한 인간의 운명이 시대의 운명과 얽혀듦으로 하여 발생하는 거대한 벽화가 될 것이다. 나는 톨스토이의『전쟁과 평화』에 필적하는 대하 장편소설을 기획

했고 성(聖)과 속(俗), 선과 악이 공존하는 중후장대하고 복합적인 인생을 그리고 싶었다. (89~90면)

고백할 '내면'의 부정과 해체에서 출발했던 그의 탐구가 결산의 지점에서 '허정훈-박정희'를 통해 '근대성의 웅숭깊은 내면'과 만나는 모습은 보는 이에게 착잡한 감상을 불러일으킨다. 물론 그가 여기서 말하는 '내면'은 '한국의 순수문학'이 자신의 미학적 근거로 삼아온 그런 '내면'은 아닐 테지만 말이다.

그러니까 다시 문제는 이인화의 소설 안팎에서 비장하게 울려퍼지고 있는 계몽의 목소리다. 그는 근대성의 탐구, 그래서는 그것의 극복을 위해 소설, 아니 '이야기꾼의 자율성과 구성력으로 가장 새로운 형태의 현대적 플롯에 담겨진 역사소설'을 쓰고 있는 것이다. 그의 이런 야심찬 기획이 겨냥하고 있는 것은 물을 것도 없이 '내면의 고백'이 '자아의 발견'이라는 명목으로 수용되고 있는 저 염상섭, 김동인 이후의 한국 근대소설 전부다. 그에 따르면 그것은 극복되어야 하는 것이다. 왜 그런가? 그것은 이인화가 보기에 근대의 패러다임으로는 지금-이곳 한국인의 삶을 제대로 밝힐 수 없기 때문이다. 더 나아가 '세계화의 기로에 서 있는 사람들에게 흔들리지 않는 지점을' 보여줄 수 없기 때문이다. 더 비장하게는 '지금 들짐승들처럼 황야를 떠도는 전인류의 통곡과 우수'를 표현할 길이 없기 때문이다. '문단에서나 통하는 나긋나긋한 문학이어서는 안되며 실생활을 헤쳐나가는 박력을 가진 문학이어야 한다. 열심히 사는 사람들에게 인생은, 어떻게 살아가는 것이 좋으냐를 가르쳐주는 문학이어야(「나의 문학적 자서전」 90면) 하기 때문이다.

3

이제 조금 분명해졌다. 그는 가르치고 싶은 것이다. 그에게 소설은 그러니까, 그 가르침, 계몽의 장이었던 것이다. 불우한 고려조 문사 안현이 무한 고독 속에서 스스로의 운명과 대면해가는 그 비장한 '진짜 내면'이나 박정희라는 인물에 내장된 '우리 근대성의 웅숭깊은 내면'은 모르면서 고백체가 불러낸 '가짜 내면'을 붙잡고 주체의 미망과 씨름하고 있는 문단용 나긋나긋한 문학을 자신의 '소설'을 통해, 그 소설에 대한 독자들의 호응을 통해 가르치고 싶은 것이다. 그러니 그는 비장할 수밖에 없고 비장해야 한다. 비장한 계몽의 목소리가 작품 안팎에서 울려퍼져야 하는 것이다.

나로선 이 계몽의 문학을 이인화가 자신의 자각적 방법론 속에서 밀고 나가는 것에 대해 달리 뭐라고 하고 싶지 않다. 그는 내가 하려는 말을 이미 알고 있을 것이고 나의 비평적 근거는 그가 이미 떠나고 극복해버린 지점이니까. 나는 아직도 이야기꾼으로 스스로를 격하시키지 못한 소설가들, 그들이 기억의 '외딴방' 그 '외진 골목'에서 힘겹게 끄집어내 들려주는 그 내면의 고백들, 거기에서 출발한 '한국의 순수문학'을 사랑하니까. 다만 누구나 알고 있는 다음과 같은 사실을 지적하는 데서 그치기로 한다. 모든 문학은 마침내 '계몽'일진대, '과연 이 세계는 살 만한가' 하는 질문에 이르지 않는 문학은 없기 때문이다. 그러나, 좋은 문학은 '계몽'하지 않음으로써 '계몽'한다. 또 한 가지 더. '이것이 아니라면 소설은 있어서 무엇하겠는가'에 서린 그의 독선, 그 비장만은 거두어달라고 말하고 싶다. 그것이 아니어도 소설은 있어야 한다. 아니, 내가 아는 소설은 언제나 그런 비장이나 독선과 싸우면서 우리의 삶을 반성시켜온 것이니까. 그는 너무 멀리 가버렸다.

—『작가』 2000년 봄호

고향 없는 세대의 언어를 위하여

전성태 소설집 『매향』

1

전성태(全成太)의 첫 소설집 『매향』(실천문학사 1999)은 보기 드문 적공(積功)의 문학이다. 풍성한 한국어의 성찬을 거느린 정확한 문장들은 작가의 오랜 연마를 느끼게 하기에 충분하다. 자연과 삶의 구석구석에 드리우는 눈길의 진득함은 농촌생활의 작은 삽화들에서 인간사의 단면을 적출해내는 탄탄한 구성력으로 튼실하게 전화되어 있다. 1990년대 들어와 여러모로 심하게 도전받고 있는 한국소설의 리얼리즘 전통을 답답할 정도로 잇고 있는 모습도 시류의 저편에서 문학과 사람살이의 긴 호흡을 담아내려는 쉽지 않은 미덕이다. 이 미덕은 김유정으로부터 이문구에 이르는 걸진 해학의 언어로부터, 황석영의 초기 단편들을 방불케 하는 견고한 서정의 리얼리즘까지 한국 근·현대 소설의 빛나는 전통에 고개숙여 세례받은 겸손과 적공의 우보(牛步)인 것처럼 보인다.

그러나 다른 한편, 한국소설이 그간 이루어온 근대적 자의식의 성장과 세련이 그의 작품에 어떻게 반영되었는지를 묻고 싶은 것도 사실이다. 여기서 근대적 자의식이란 거칠게 말해, 자본제적 삶의 양식에 대한 인식의 심화와 함께 언어의 현실 반영성(지시성)에 대해 부분적이든 전면적이든 회의(懷疑)의 시간을 가져온 한국소설의 자기이해라고 해도 좋을 것이다. 이론의 차원에서는 리얼리즘과 모더니즘의 관계를 여러 차원에서 엄밀히 점검할 수 있는 것이겠지만, 우리가 그간 한국소설의 작품 현실에서 경험한 바로는 모더니즘의 미적 자의식과 리얼리즘의 전통 사이에는 넘을 수 없는 벽이 존재했던 것은 아닌 듯싶다. 오히려 작품 현실에서라면 그 둘 사이는 어느정도 열려 있었던 것이 아닐까. 자본제에 대한 인식의 보편화·심화와 함께, 이러한 영향의 과정이 한국소설의 근대적 자의식을 성장시키고 세련시킨 측면을 인정한다면, 우리는 당연히 전성태에게 이문구의 『우리 동네』나 황석영의 「삼포 가는 길」과는 다른 그 무엇을 요구할 수밖에 없는 것이다. 그리고 전성태의 이번 소설집은 이런 질문을 자연스레 제기시킬 만큼 앞세대의 리얼리즘 전통에 충실하다. 이것은 성과이면서, 동시에 미달일 수 있다.

2

그러면, 작가 전성태는 한국소설의 리얼리즘 전통을 어떤 지점에서 이해하고 내면화한 것일까. 『매향』의 성과와 미달을 말하기 위해서는 이에 대한 탐구가 필요하다.

작품집 첫머리에 실린 「길」은 떠돌이 공사판 노동자와 함바집 여자, 신산스런 삶의 곡절을 지닌 두 남녀가 서로의 상처를 보듬어안고 새로운 삶의 터전을 찾아가는 이야기다. 그들이 찾아가는 곳은 산골마을에서부터 도 십리 오솔길을 걸어올라야 당도하는 빈 절터, '절골'이다. 작품집 해설을 쓴 방민호의 지적처럼 「삼포 가는 길」의 영달과 백화를 떠올리게 만드는 이 여로는 그런데, '기억을 버리고 덜어내기 위한' 여로다.

> 말이 십리 오솔길이지 인적이 처음 닿는 길이나 다름없었다. (…) 언제부턴가 둘 사이엔 말이 뚝 끊겨 있었다. 여자는 이 고된 길이야말로 세상의 발소리로부터 자신을 지켜주리라 믿었다. 사내는 사내대로 어디를 가나 고향 같은 걸 변변하게 한번 가져보지 못한 원을 이제야 풀 것 같았다. (「길」 15면)

세상의 발소리로부터 자신을 지키고 싶을 정도로 상처투성이의 삶을 산 사람들이라면 돌이키는 것, 기억은 당연히 피하고 싶은 일일 수밖에 없다. 그러나 피하려고 하면 더 집요하게 자신을 주장하는 게 기억인 것. 그러므로 기억은 기억하면서 버릴 수밖에 없는 것인지도 모른다. 암자를 보수한 새 거처에 누워 여자가 사내에게 아버지에 얽힌 옛일을 이야기하는 대목이 바로 그렇다.

> 안타깝게도, 너무도 피곤했던 사내는 여자의 따분한 이야기를 다 듣지 못하고 코를 골았다. 처음에 여자는 섭섭했으나 이내 차라리 잘된 일인지도 모른다고 생각했다. 사내의 의욕에 찬 말들이 일말의 부담을 안겨주었듯이 여자 자신이 하나씩 버리고 있는 옛 기억도 사내에게 부담이 될지 모른다는 생각이 들었던 것이다. (같은 글, 17면)

그러고 보면, 기억을 말하는 것이 기억을 하나씩 덜어내고 버리는 일이라는 생각, 이것이 작가 전성태가 삶을 문학화하는 지점이 아닐까. 젊어 죽은 자식을 가슴에 묻고 살아가는 폐광촌 여인숙 할멈(「매향」), 가난과 싸우다 폐병에 목숨을 넘기고 만 농촌 노총각의 쓸쓸한 장례 풍경(「닭 몰이」), 가슴의 한을 노래로 풀고 살았던 간척지 마을의 미친 여자 정애

(「가수」), 태풍 피해를 가장하여 작은 밑천이라도 마련해보려는 촌구석의 반건달(「태풍이 오는 계절」) 등 하나같이 세상의 주변부로 한껏 밀려나버린 사람들에 대한 따뜻한 관심과 동류의식은 전성태 소설이 리얼리즘을 받아들이고 내면화하는 천성의 바탕이다. 그리고 이 바탕의 마음으로부터 작가가 찾으려는 것은 주변부 인생들의 고단한 기억들을 세상과 소통시키는 말길이다. 그러나 이 말길의 제대로 된 구축은 '기억의 감상화'와 싸우지 않고서는 가능하지 않다. 이문구의 걸진 언어나, 황석영의 근육질 서정이 '기억의 감상화'를 이겨낸 리얼리즘의 승리에 다름아니라고 한다면 전성태가 자신의 문학을 한국소설의 리얼리즘 전통에 잇대는 고리 또한 바로 이 지점인 것 같다. 그것은 기억을 말하며 기억을 덜어내는 말길을 찾는 일이다.

그렇게 해서 "무단히 가슴을 싸하게 훑어내리던 기억들도 일껏 길어놓고 보면 정작 자신은 더없이 덤덤해져 있기 일쑤였다"는 표제작 「매향」 속의 할멈이 "쉬 잊는 것도 벌받을 일이제만, 잊을 사람을 가슴에 묻어두는 것도 죄다"고 스스로를 다스리며 20년 넘게 간직해온 아들의 마지막 흔적, 주민등록증을 연탄불 위에 태워버리는 장면은 전성태가 한국소설의 리얼리즘 전통을 이해하고 내면화하는 근본적 태도를 이룬다. 감상화의 함정과 싸우면서 쓰리고 무거운 기억들과 거리를 확보하려는 이러한 태도는 전성태의 소설에서 황석영적 전통과 이문구적 전통을 공존하게 만든다. 그리고 그것은 비애와 해학을 하나의 시선으로 감당하려는 전성태의 창작 방법으로 이어진다. 하여, 「길」에서 두드러지는 황석영적 리얼리즘과 「태풍이 오는 계절」에서 전면화되어 있는 이문구적 리얼리즘은 서로 다른 작품 속에 별개의 소설문법으로 있는 것이 아니라, 하나의 작품 속에 공존한다. 예컨대 등단작 「닭몰이」의 도입부에는 닭을 붙잡으려는 한판 야단법석이 질펀한 입담 속에 그려져 있다.

276

뭣 하는 것이여, 시방! 기다렜다가 알 받아낼랑가?

저 영감탱이는 이 험한 데가 턱 괴고 아기 재롱 받아내는 아랫목쯤
이나 되는 줄 아는 모양이다. 진호는 와락 신경질이 난다. 그는 닭을
움켜쥘 기세로 손을 뻗었다. 꼬꼬댁! 닭이 날갯죽지로 사방에 어찌나
활개를 쳐놓고 내빼는지 횟가루 같은 먼지만 풀풀 일어난다.(113면)

닭몰이의 이 야단법석은 그런데, 폐병을 앓다 자진한 친구의 방에 소
독용 처방으로 씨암탉을 넣기 위한 서글픈 행동이었음이 드러난다. 이런
시침떼기는 박구장의 지휘 아래 진호와 종수 두 친구가 치르는 쓸쓸한 장
례식 풍경 속으로 틈만 나면 비집고 들어오는 마유 다방 오양의 한마디,
"후계자 오빠. 낼 저녁엔 아나고회 한 접시 하러 부두에 꼭 가기야"에서
도 그런 것처럼 비애와 해학의 계산된 공존, 병치(倂置)다. 그러나 이 계
산된 병치로부터 깊고 서늘한 미학적 긴장이 빚어지지는 못한 것 같다.
친구를 보냈지만, 계속 살아가야 하는 자들의 비애를 우정을 숨긴 몇마디
입담 속에 간추리고 있는 「닭몰이」의 결말은 소박하다. 가난과 병에 지고
만 한 젊은이의 죽음은 농촌 현실과 관련해서도, 계속 살아가야 하는 자
들의 내면과 관련해서도 그다지 새로운 국면의 제시에 이르지 못한 인상
이다. 이는 비애와 해학이 보다 복합적인 리듬 속에서 서로를 물고 들어
가지 못한 때문이다. 그리고 이런 점은 전성태의 다른 작품들에서도 비슷
하게 나타난다. 전성태의 소설이 상당한 구성력에도 불구하고 종국에는
농촌 현실의 그만그만한 삽화처럼 느껴지는 것도 그래서다. 이는 그의 리
얼리즘이 아직 자신만의 고유한 현실과 방법에 이르지 못했다는 이야기
이기도 하다. 「길」의 사내와 여자도, 「매향」의 할멈도, 「유자 향기」의 기
섭도, 「가수」의 정애도 다 그러한데, 앞세대 리얼리즘 전통 속에 무수히
등장했던 인물들이 아닌가. 전성태의 농촌은 과연 이문구의 「우리 동네」
연작이 그려 보였던 풍성한 인간학의 마당, 대체할 수 없는 사회사의 무

대가 될 수 있을 것인가. 전성태가 앞세대의 전통에 충실하면 할수록 이런 질문들은 하나의 벽으로 그를 가로막을 수밖에 없을 것이다. 바로 그렇기에 전성태는 비애와 해학을 운용하는 그만의 현실을 가지지 않으면 안되고, 비애와 해학의 긴장은 그 현실에서 나오는 절실한 방법이 되지 않으면 안되는 것이다. 그렇다면 전성태만의 현실은 어디에 있는가.

3

전성태의 소설에서 농촌 공간, 혹은 고향은 앞세대의 그것과 같은 것일 수 없다. 이제, 삶의 공간으로서 농촌/도시의 구분은 의미가 없다. 향토어의 자리 또한 앞세대의 그것과 다르다. 그러므로 전성태가 농촌 현실을 '기억'의 언어로 묘사하고 재현하려 한다면 여기에는 역설적인 의미에서의 자기기만이 불가피하다. 이 경우, 1969년 전남 고흥 태생이라는 작가 전성태의 연대기는 무력한 것이다. 이문구가 『관촌수필』을 쓸 때도, 원형으로서의 '관촌'은 기억 속에만 존재하는 것이었다. 황석영의 「삼포 가는 길」 역시 '없는' 삼포행이었다. 그러나 이들의 경우는 바로 그 부재하는 여로가 '낭만적 아이러니'를 이룸으로써 소설은 씌어질 수 있었다. 그러나 전성태의 세대에게는 처음부터 그런 여로란 없다. 전성태의 세대에게 고향이나 농촌은 실체가 아니라 기의 없는 기표다. 그러므로 자기기만 속에서 이중의 부정이 감행되지 않으면 안된다. '없는' 삼포를 향해 떠날 수 있었던 세대와 아예 떠남 자체가 봉쇄되어 있는 세대의 차이, 이에 대한 자의식을 날카롭게 벼리지 않는다면 「길」의 두 남녀처럼 진공의 여로에서 헤맬 수밖에 없을 것이다.

전성태만의 현실은 그러므로, 존재하지도 않는 고향의 삶과 언어를 그리움 속에서 환기하려는 스스로의 자의식과 싸울 때만 조금씩 얻어질 수

278

있는 것이다. 그러자면 앞세대가 누렸던 문학의 행복을 잊어야 하는지도 모른다. 이제 다시는 「삼포 가는 길」은, 『우리 동네』나 『관촌수필』은 씌어질 수 없다. 그리고 그럴 필요도 없다. 전성태의 첫 소설집 『매향』은 이러한 생각을 강력하게 환기시킬 만큼 문제적이다. 이 소설집의 성취를 따지는 일은 따라서, 문학사적 과제에 속한다. 더딘 적공의 언어에 경의를 표한다.

— 『작가』 1999년 겨울호

실존의 글쓰기, 목숨의 글쓰기

■

김인숙 소설집 『유리 구두』 · 이혜경 소설집 『그 집 앞』

1

『문학과사회』(1998년 여름호) 소설 총평란은 '여성적 글쓰기'를 형태론적으로 문제화하여 '여성적 글쓰기'에 대한 비평적 사유의 공간을 새롭게연 인상적인 자리였다. '여성적 글쓰기'의 존재 여부를 의심할 바 없는 현상으로 놓고 주제론적으로 접근해들어갈 때, 우리의 손에 쥐여지는 것이여성성의 반복된 비평적 확인이나 여성의 소외, 그 미만한 양상과 해결의 지난한 전망 등임은 이미 여러차례 본 바 있다. 물론 이러한 접근과 그에 따른 비평적 해석의 수확이 중요하지 않은 것은 아니다. 여성으로 사는 문제, 사실은 여기서 많은 여성작가의 소설이 그 바탕의 충동과 현실을 얻고 있기 때문이다. 그리고 그것이 인간으로 사는 문제를 더 깊고 복잡한 자리에서 펼치는 계기가 될 때, 문학적 논의로서는 충분히 유효한자리를 얻게도 되는 것이다.

그러나 이러한 주제론적 접근은 대개, 여성소설의 전언들이 왜 그러한자리에서 그러한 내용으로 품어졌는지를 분석하고 해석하는 데서 자기

소임을 그치고 만다. 우리의 궁금증은 아직 다 풀리지 않았는데도 말이다. 그 궁금증이란 가령 이런 것들이다. '여성적 글쓰기'라는 게 정말 있기나 한 걸까(그러면 왜 '남성적 글쓰기'라는 말은 쓰지 않는 것일까). 있다고 하더라도 글쓰기의 한 층위로서 그런 정도는 늘 존재했던 것인데, 90년대의 시대성이 '여성적 글쓰기'를 새삼 부추기고 부각시킨 것은 아닐까. 아니, 혹 그런 말이 꼭 필요해서 쓰기로 한다면, 글쓰기의 어떤 특성들이 '여성적'이라는 관형어를 불러들이는 걸까. 물론 그 특성은 내용에서도 오고 형태에서도 오겠지만, 그 내용은 대개 짐작 가능한 반면 형태는 어떻게 특성화할 수 있단 말인가. 섬세한 문체라고 할 것인가(좋은 소설은 대개 섬세한 문체로 씌어진다). 큰 이야기의 실종이라고 할 것인가(좋은 문학에서라면 파업 전야의 비장함이나 잠에 먹힌 한 인간 내면의 지지부진함이나 그 이야기의 외적 볼륨으로 우열이 따져지지는 않는다). 쉽지 않은 줄은 잘 알지만, 바로 그렇기 때문에라도 이러한 물음은 진지하고 끈질기게 제출되어야 한다. 그래서는 내용(전언)과 형태(소설문법) 양쪽을 견뎌내는 여성소설의 특성이 밝혀진다면 그 자체 한국소설의 풍요를 도울 것이다.

지금 내 앞에는 김인숙·이혜경, 두 여성작가의 소설집이 놓여 있다. 『유리 구두』(창작과비평사 1998)와 『그 집 앞』(민음사 1998). 한 가지 사실만은 분명해 보였다. 비평적 독서의 자리에서라면, '여성적 글쓰기'에 대한 문제의식 없이 이 두 소설집을 읽는 것은 적어도 지금—이곳의 문학 정황에서는 가능하지 않다는 점. 그랬기에 나도 앞의 글에 관심이 갔던 것이리라. 그러나 바로 그 순간, 『유리 구두』와 『그 집 앞』의 작가들이 나에게 말을 걸어왔다. '나는 그냥 썼다. 쓰지 않으면 안되었기에 썼다. 여성이어서도 썼지만, 한 실존으로서 한 목숨으로서 썼'라고. 그래 그럴지도 모른다. 여성적 글쓰기 따위는 없을지도 모른다. 나는 일단, 사다리를 버리기로 했다.

2

  작가는 왜 쓰는가. 아니 『유리 구두』의 작가 김인숙(金仁淑)은 왜 쓰는
가. 이 질문은 그러나, 내가 김인숙에게 던지는 것이 아니다. 작가 자신
『유리 구두』 안에서 곤혹과 고통을 견디며 묻고 있는 질문이다. 그리고
이 자문(自問)이, 아니 더 정확히는 거의 임계점에 이른 듯한 이 자문의
강도가 그의 두번째 소설집 『칼날과 사랑』(창작과비평사 1993)과 이번 소설
집 『유리 구두』 사이에 희미한 사선을 새겨넣고 있다. '희미한 사선'이라
고 말할 수밖에 없는 것은, 『유리 구두』에서 보이는 작가의 변모가 그전
의 '김인숙적인 것'을 버림으로써 이루어진 게 아니라 그것을 품고자 하
나 품어지지 않는, 안타까운 모순 위에서 이루어지고 있기 때문이다. 그
리고 이러한 사정을 이해하는 데 도움이 되는 게 그 '희미한 사선'의 오른
쪽 사면에 고갯마루(김민기의 노랫말처럼 이 고갯마루에서 '길은 다시
다른 봉우리로' 이어지는 것이리라. 그 고갯마루에서 다시 시작되는 길,
그 길을 타박타박 걸어온 게 『유리 구두』가 아닐까)처럼 놓여 있는 중편
「먼길」(1995)이다. 그러니까 김인숙의 『유리 구두』 이야기는 「먼길」에서
부터 시작되지 않으면 안된다.
  '고갯마루'라고 다소 막연한 비유를 써서 말했지만, 정작 「먼길」이란
무엇인가. 혹 상처를 내면화하는 시선의 성숙, 그러니까 다만 폭력적이고
지지부진하기만 한 게 아니라 그 치유(망각이거나 소멸이기 쉽겠지만)까
지도 그 속에 품고 있는 시간의 궤멸적인 리듬에 자신의 걸음을 타박타박
얹어놓는 담담한 수락의 행보가 아닐까. 그것은 그리 어렵지도 않은 소설
의 전언에서도 확인되지만 무엇보다 저 심해의 바닥에 배를 붙이고 있는
듯한 문장의 고요한 리듬에서 느껴지는 것이다. 그런데 어찌 보면 이러한
수락 혹은 수긍이란 전혀 대단할 것도 없는 게, 누구나 그렇게 살고 있으

며 다른 방법은 없기 때문이다. 그런 것을 낯선 땅 이국에서 헤매는 세 명의 불쌍한 영혼을 내세워 굳이 입증할 필요가 어디 있는가. 있다. 김인숙이라면. 아니 저 80년대의 상처와 싸워온 작가들이라면.

광주, 교정을 점령한 사복경찰들, 물가에 심어진 나무같이 흔들리지 않기, 죽음과 죽임들, 존재 이전, 프레스와 손가락, 고문과 정신분열, 비겁과 강철, 사적 유물론, 사상투쟁, 승리와 패배 그리고 현실 사회주의의 붕괴, 불신과 환멸, 반성과 청산, 먹고살기, 결혼과 이혼, 포스트모더니즘, 가상현실, 역사의 종언…… 숱한 환유를 가지고 있을 이들 시대의 표지들이란 사실 얼마나 엄연히 현실로 존재했고 또 존재할 것인가. 이 가운데는 당장의 긴급성 때문에 긴 배려를 남길 수 없는 것도 많았는데 대개는 그 긴급성이 다였다. 그만큼 절실했다. 그러나 조금 더 긴 시간의 호흡에서 본다면 80년대니 90년대니 하는 게 뭐 그리 특별한 삶의 공간일 수는 없을 것이다. 그전과 그후에도 크게 달라질 게 없는 인간 운명의 보편성(조금은 좁혀서 근대인의 조건, 모더니티 따위를 말할 수도 있을 것이다)에 비한다면 더욱 그렇다. 그러니까 80년대의 경험을 절대화해놓고 좌절과 환멸 혹은 반성과 비판을 감상화하는(대개는 감상 극복을 목표로 하는 것이겠지만) 작업은 좋은 문학의 몫이 아니다. 좋은 문학에서라면, 도저히 어쩔 수 없는 자기(혹은 자기 세대) 체험의 절대성을 뜨악하게 밀어내는 노력이 우선이고 먼저다. 왜냐하면 그 뜨악한(혹은 괴로운) 밀어냄만이 타자(他者)를 들여 세상의 저 미칠 것 같은 모순 위로 자신의 문학을 데려갈 것이기 때문이다.

일방적인 가해자나 피해자는 있을 수 없다는 것, 억울함이나 자기연민 따위는 씨도 먹힐 수 없다는 것, 그 어떤 황금도 녹여버리는 저 시간의 궤멸적인 리듬을 받아들이는 것, 곧잘 폭력으로 자신의 존재를 주장하고야 마는 인간 선의(善意)의 아이러니를 인정하는 것, 그래서는 선의와 악마성 사이의 그 종이 한장을 놓고 몸부림치는 것——세상 사람들은 이미 다 알고 있는 이런 삶의 기본 조건과 자신의 그 대단한 '절대 환멸'을 대결시키지 않고서도 소설과 시가 가능하다고 생각한 사람은 없었겠지만, 그러나 알다시피 한국문학에서의 상황은 그렇게 근사하게 전개되지 않았다. 특히 '붕괴' 이후가 그러하였다. 이른바 '후일담'이 그러하였다. 바로 이런 상황이었기에 김인숙의 「먼길」은 돋보였다.

「먼길」은 좌절과 상처의 이야기이되 그 좌절과 상처의 연원을 물어 그것의 치유로 급하게 물길을 돌리는 것이 아니라, 좌절과 상처를 저마다의 가슴에 파묻는 방법, 그러니까 시간과 맞서는 불쌍한 인간 실존 쪽으로 소설의 물꼬를 열어감으로써 80년대의 좌절과 상처가 인간 운명의 심연으로 흘러갈 수로를 마련하였던 것이다.

이렇게 말하는 것이 『칼날과 사랑』이나 『함께 걷는 길』(1989) 혹은 장편 『'79~'80 겨울에서 봄 사이』(1987) 등에서 김인숙이 이룬 현실주의의 성취(물론 그 한계를 포함한)를 낮추려는 뜻이 아님은 물론이다. 김인숙이 「함께 걷는 길」(1988)이나 「하나 되는 날」(1988) 「작은 공장」(1990) 등에서 보여준 노동소설의 성과는 지금 싯점에서 보아도 그 세목이나 전망의 현실주의가 튼실하다. 전교조 싸움이라는 윤리적 결단에서 빚어진 감당키 어려운 일상의 파장을 그린 「당신」(1992)이나 고만고만한 소시민이면 그 누구도 비켜갈 수 없는 일상의 위기를 다룬 「관리인 차씨」(1990) 「양수리 가는 길」(1992) 등은 이야기 구성의 힘과 섬세한 심리묘사에서 김인숙의 장인적(匠人的) 자리를 새삼 확인시켜준 것이기도 했다.

그런데 「먼길」을 분수령으로 하여 그 이전과 이후(『유리 구두』) 사이에는 희미하기는 하지만 동시에 뚜렷한 차이가 존재한다. 그리고 그 차이를 빚는 것은 글쓰기의 자의식이다. 쉽게 말하면, 나는 왜 쓰는가 하는 자문의 소설 내적 개입이다. 나는 지금 「먼길」 이전 김인숙의 소설에 이 자의식이 없었다는 얘기를 하려는 게 아니다. 그런 일은 가능하지도 않다. 그러나 '나는 왜 쓰는가' 하는 글쓰기의 자의식이 소설의 구성원리 속으로 밀고들어온 것은 「먼길」을 고비로 하여 『유리 구두』에 와서였다. 「먼길」이전 김인숙에게 중요했던 것이 '무엇을' 쓰는가였다면, 「먼길」을 고비로 『유리 구두』에 이르면 '왜' 쓰는가, 다르게 말한다면 나는 왜 쓰지 않으면 안되는가 하는 질문이 소설의 처음과 끝을 붙잡고 자신의 존재를 입증하려는 형국인 것이다. 그리고 이러한 변화의 이면에는 그 연원을 따지지 않고 상처를 품어안는 자세, 안팎을 두루 자신있게 관여하던 시선의 패기가 안으로 안으로 숙어들며 생겨나는 겸허한 깊이(타자의 승인), 그래서는 글쓰기를 통해 자신의 인간됨 혹은 영혼을 입증하려는(다른 방식으로는 어떻게 해도 입증이 어렵다는 절망이 여기에는 담겨 있다) 새로운 오기 등이 있다.

이제 『유리 구두』 속으로 들어갈 때다. 거칠게 특징짓는다면 소설집 『유리 구두』의 서사원리는 '지금/그 시절(그때)'의 대립 속에 있다. 그런데 인상적인 것은 그 대립을 낳은 게 생활세계의 구체적인 세력들이나 외부의 그 무엇이 아니라는 점이다. 그러면 무언가. 그냥 시간이며 세월이다. 아니면 시간이 흐르도록 방치한 '나 자신'이다. 그러니 당연하게도 대부분의 진술은 밖을 향하지 않고 안으로 안으로 흘러들어 사념이 되거나 독백이 된다. 그리고 문장은 그 고개숙임만큼 부드럽다. 다음은 그 한 예다.

지난 십년, 아니 벌써 십오년…… 내 삶은 바로 그런 것이었습니다. 괜찮아, 괜찮아. 아직은 괜찮은 거야. 뻘흙처럼 질척거리는 이 삶, 그러나 곧 나타날 거야. 황금다리……

그랬습니다. 그래서 한때는 괜찮은 적도 있었지요. 진창에 빠졌다고 생각할 때마다 나는 그것과 맞바꿀 희망을 알고 있었던 겁니다. 수렁은 달콤했지요. 진창도, 함정도 괜찮습니다. 더 깊은 곳으로, 더욱더 깊은 곳으로 내려갈 때마다 나는 보았으니까요. 저 먼곳에 찬란히 빛날 황금다리…… 그 세상을, 그 희망을…… (「풍경(風磬)」, 96~97면)

이 한없이 느릿느릿한 사념의 독백은 그런데 「먼길」을 넘어 간신히 붙잡은 글쓰기의 근거, '지금/그 시절'의 대립까지도 지우려고 한다. 그래서는 허무·죽음이 얼굴을 내민다.

불행히도 벌써 짐작하셨겠지만, 나는 이제 수렁을 건너지 아니합니다. 나는 이제 스스로 수렁을 건너지 아니하고 수렁에 빠진 내 몸을 가만히 놓아둘 뿐입니다. 흘러가라고, 가다가 가다가 어느 곳에선가 멈추라고…… 그런데 설마 그렇게 가다가 만나는 황금다리가 있다면, 그것은 혹여 인생의 끝은 아닌지, 죽음은 아닌지…… (같은 글, 97면)

최근 여성적 글쓰기의 한 특징으로 짐작되는 '죽음'이나 '허무'에 대한 응시는 그러나, 다행히도(이 '다행'은 내 생각일 뿐이지만) 김인숙에게서는 길게 지속되지 않는다. 오히려 그의 이번 소설집은 바로 그 허무의 침윤으로부터 자신을 지켜내려는 안간힘이다. 그리고 그 안간힘은 매번 배반당하면서도 '지금/그 시절'의 대립 위에 수렁의 상상력을 밀어올린다.

광장을 잃어버린 자의 거래 없는 쎅스(허무) 앞에서 외치는 "사랑해, 너를 사랑해. 쎅스 말고도 아직 가능성이 있는 게 있어. 그건 사랑이야, 사랑이라구!" 소리는 물론 말이 되어 나오지도 않지만, 현실에서도 그 길은 막힌다. 그러나 바로 그 막다른 길의 담벼락에서 우리가 보는 것은 거래하는 쎅스의 길이기는커녕, 짝짝이발과 유리 구두의 연기된 만남, 그 꿈의 비밀이다(「유리 구두」). 어둠과 고독이 햇살과 자전거의 꿈을 불러들이는 「그 여자의 자전거」에서도 사정은 마찬가지다. 한갓 '남자' 따위 때문에 그 여자는 자전거와 함께 뒹굴며 상처투성이가 되어야 했던가. 아니다. 자전거야말로 진행하는 것. 끊임없이 페달을 밟고 나아가지 않으면 균형을 잃고 쓰러지는 것. 눈을 감으면 죽을 수도 있는 것. 그리움이든 무엇이든 포기하지 말아야 할 그 무엇이 남아 있으리라는, 저 밑바닥의 한 줌 희망의 흔적에 비한다면 '힘센 수말 같은 남자' '지독한 쎅스' 따위는 언제든 버릴 수 있는 것. "오직 혼자서만 타게 되어 있는 자전거, 절대로 남을 그리워할 필요가 없는 자전거" 그 절망의 표지가, 메말라 쩍쩍 갈라 진 그리움의 바닥으로 누군가를 데려가는 역설의 꿈은 그래서 아름답다. 어린시절 여왕나비로 나비의 춤을 춘 적이 있던 한 여자의 절망적인 춤바 람(「나비의 춤」)이나, 이제 더는 그림을 그리지 않는 '그림 그리는 여자'의 절망적 자기방기(「그림 그리는 여자」)가 비록 처참하게 망가졌을망정 그 꿈 의 처녀지로 스스로를 돌려세우려는 안간힘에서도 우리는 김인숙의 안타 깝지만 아름다운 상상력을 본다. 그것이 안타까운 것은 늘 되풀이되는 현 실의 배반 때문이지만 자기 실존의 근거, 다시 말해 글쓰기의 근거를 어 디 세상 밖에서가 아니라 비록 지지부진하다 할지라도 자신의 내부에서 길 어올리려는 자기탐구의 성실성 때문에 그 안타까움은 아름답기도 하다.

그러나 '지금/그 시절'의 대립을 종결된 것으로, 그리하여 배반을 더이 상 어쩔 수 없는 참혹의 상태에 두지 않고 한줌 희망의 물길에 시선을 남 겨두는 『유리 구두』의 안타까운 몸짓은 다르게는 감상적 낭만성이라 비 판받을 수도 있으리라. '지금/그 시절'의 대립구도 자체부터 그렇게 비판 받을 수도 있으리라. 좀더 철저히, 인간의 선의를 좌절시키는 악의 현실 속으로 들어가라고 말할 수도 있으리라. 그러나 그러기엔 저 「상실의 계 절」(1983)에서부터 『'79~'80 겨울에서 봄 사이』 『칼날과 사랑』을 거쳐 이 제 먼길에 들어선 김인숙의 지속적인 고투, 그 글쓰기의 성실성이 너무 빛나지 않는가. 『유리 구두』란 그 먼길의 도상에서 새삼 진흙투성이 운동 화를 털며 묻는 질문이 아닌가. 나는 누구인가. 나는 왜 쓰는가. 글쓰기 말고 내 삶은 없는가. 그러고 보면 '유리 구두' '자전거' '그림'이니 하는 게 다 그 질문을 성립시키기 위해 김인숙이 자신의 몸에서 떼어낸 것이 아니고 무엇이란 말인가.

3

이혜경(李惠敬) 소설의 미학적 우수성이나 작품 속에서 가족(혹은 그 속의 여성)이라는 테마가 갖는 비중과 의미에 대해서라면 새삼 재론이 필요없을 줄로 안다(『그 집 앞』(민음사 1998)의 해설로 씌어진 우찬제의 평문 「고독한 공생」은 이혜경의 소설에 대해서라면 거의 모든 것을 말해 놓은 것처럼 보인다). 그러나 한 작가의 이러한 공인된 자리는 어느 면, 선입견을 형성하면서 독자의 눈을 가리기도 하는 것 같다. 이럴 때는 눈을 질끈 감고 작품 속으로 그냥 들어갈 필요도 있다.

그렇게 들어간 이번의 독서에서 내가 놀란 것은 이혜경의 소설이 품고 있는 깊은 유머다. 가령 다음과 같은 대목이다.

오늘 소희를 때렸다. 친구들과의 모임에서 소희가 나섰다. 번번이 타일렀는데 납죽납죽 술잔을 받아 마시더니…… 집에 들어와서 지적했더니 말대꾸했다. 나도 모르게 때렸다. 지금은 밤, 소희는 내 곁에서 오그리고 잠들어 있다. 소희는 모를 것이다. 저를 때리는 내 손길이 사랑이었음을…… 제 행동을 단정하게 단련시켜 저를 빛나게 하려는 것임을. (「그늘바람꽃」, 18면)

스스로를 '남편 잡아먹은 년'이라고 생각하며 사는 혼자된 여성이 있다. 소희라는 그 여성은 표준체중표를 들이밀어도 자꾸만 자신을 뚱뚱하다고 여긴다. 이렇게 말한다. "우리 남편, 죽었어요. 저처럼 밥만 축내는 여자 만나서 고생만 하다 갔어요." 이 여성이 이렇게 된 연유가 죽은 남편이 써놓은 위의 일기에 있다. 소희, 그녀는 억압적인 아버지가 그어놓은 선 안에서 맹한 유치원생처럼 컸다. '버진'이 무슨 뜻인지도 모르는 여대생이 그녀였다. 그녀보다 여덟살이나 많은 남편은 성실하고 반듯한 사람이었는데, 그 반듯한 성실이 그녀에게는 악몽이었다. 남편은 결혼 전 처가에서 받은 수모를 되갚기라도 하려는 듯, '귀엽게 자라서 제멋대로인' 소희를 자기 식으로 길들이기 시작했다. "집 안의 모든 물건은 정해진 자리에 놓여야 했고 소희는 남편 앞에서 무릎을 꿇고 앉아야 했어. 여자가 살이 찌면 돼지비계 냄새가 나는 것 같다는 남편의 말에 소희는 먹는 즐거움을 잃었어." 그러나 이런 정도는 다른 사람들 앞에서와 둘만일 때 사이의 그 표변하는 이중성에 비하면 견딜 만한 것인지도 몰랐다. 그것은 공포였다. 그러다 돌연 병들어 죽은 남편. 그 남편이 쓴 일기장을 소희의 권유로 역시 혼자 사는 시장통 닭집 여자 효임이 보게 되고, 그 한 대목이 위의 인용이다.

그러니까, 우리는 지금 '귀엽게 자라서 제멋대로인' 아내를 가르쳐 인간 구실을 하게 만들고야 말겠다는, 한 반듯한 남편의 내면을 들여다보고 있는 셈이다. 그런데 중학생 수준의 단순하고 투명한 문장으로 되어 있는 이 일기문은, 바로 그 단순성과 투명함으로 우리를 전율케 한다. 일기문의 단어 하나하나에는 자신의 판단과 행동에 한점 회의도 없는, 한 '반듯하고 성실한' 인간의 폭력적 단순성이 섬뜩하게 담겨 있다. '소희가 나섰다' '번번이 타일렀는데' '지적했더니 말대꾸했다' '나도 모르게 때렸다' '지금은 밤' '모를 것이다. 내 손길이 사랑이었음을' 등. 우리가 실소하는 것은, 이들 문장의 낯익은 천박성 때문이다. 그 천박한, 문장 사이의 연결 때문이다. '지금은 밤'이라고 하며 자신의 마음을 가라앉히고는, 사랑과 빛남을 말하는 저 저열한 '문학' 때문이다. 그러나 그 실소보다 먼저 우리를 사로잡는 감정은 없었던 것일까. 아니, 아마 동시였을지도 모른다. 그것은 전율이다. 일기문 속의 '나'가 나일 수도 있으리라는, 아니 나라는 끔찍한 인식.

일기를 읽던 효임의 입에서 저절로 내뱉어진 말이 '썩을놈'이었고, 효임이 '죽은 남편의 제단 앞에 납작 엎드린 소희를 일으켜 걷게 하겠노라고' 결심하고, 그 결심을 실행에 옮겨보지만「그늘바람꽃」이라는 이 대단한 소설은 그런 결심 따위를 하나의 아이러니로 만들어버리면서 더 깊은 유머(전율) 속으로 우리를 데려간다. 남편의 폭력에 길든 소희가 그 폭력을 즐기고 있었다는 것, 사랑의 약자를 만났을 때 잊었다는 듯 그 '배운 폭력'을 휘둘렀다는 것, 심지어는 효임조차도 예외가 아니었다는 것. 정도의 차이는 있을지언정 효임에게도 오빠라는, 그와 닮은 꼴의 노예적 사랑의 끈이 있었다는 것. 그래서인지「그늘바람꽃」의 마지막 장면은 이상한 환함, 이상한 긍정 속에 있다.

　가만, 장씨가 가다 말고 왜 저렇게 말뚝처럼 서 있지? 저런, 드디어 나타나시는군. 으이그, 저 웬수, 다 저녁때 아예 꽃으로 피어났군. 저 환한 분홍빛 옷이라니. 비극은 끝나고 이젠 사랑의 예감에 부푼 여인으로 태어났다 이거지. 저 말갛게 씻긴 얼굴을 보면 장씨의 일편단심도 이해가 가. (31면)

나는 여기서 상갓집에 켜진 '귤빛 조등'의 희미한 환함, 그 이상한 잔치 분위기를 느낀다. 아니, 나는 여기서 작가 이혜경의 깊은 '목숨론'을 본다. 목숨이란 무엇인가. 생명이기도 하지만, 살아 있기 위한 힘의 바탕이 되는 것이기도 하다. 이혜경은 이 '살아 있기 위한 힘의 바탕이 되는 것'이라면 그것이 무엇이든 그 깊은 바닥에서는 긍정하는 사람처럼 보인다. 명편『길 위의 집』에 나오는 저 유명한 대목, "너, 너, 너. 조용히 해, 조용히 해, 이 개새끼들아!"가 사실은 깊은 연민에서 비롯된 것임을, 그래서는 작가가 보는 것이 그 개새끼들(남성들)의 폭력이기보다는 목숨들의 안타까운 미망(迷妄)임을 우리는 느낀 바 있지만, 이번 소설집『그 집 앞』에 오면 그 연민의 목숨론은 한층 더 섬세하게 숱한 삶 속으로 스며들고 있는 것처럼 보인다.

이 점은 이혜경의 소설들에 자주 등장하는 닮은꼴의 운명에서도 확인된다. 「그늘바람꽃」의 효임과 소희가 그러하지만, 「노래하는 여자 노래하지 않는 여자」의 '나'(박미정)와 경미언니('나'의 이복 큰언니도 여기에 겹친다), 「그 집 앞」의 '나'와 시어머니(어머니와 큰어머니의 운명도 여기에 겹친다), 「어스름녘」의 한내댁과 사돈(딸과 손녀의 운명도 여기에 겹친다) 들에서처럼 서로를 밀어내는 듯 보였던 관계들이 사실은 같은 목숨의 안간힘에 의해 이어져 있음을, 그래서는 그 연민의 연대가 화해의 어스름을 이루는 풍경들이 그러하다. 그런데 놀랍게도 이 닮은꼴들은 우리 저마다의 삶이 그러한 것처럼 전혀 동어반복이 아니다. 다 새삼스럽다. 그것은 예컨대, 한밤중에 문희·윤정희·남정임 등 여배우의 한복 입은 사진을 오려내며 지옥 같은 집안에서의 탈출을 꿈꾸는 「노래하는 여자 노래하지 않는 여자」의 이복 큰언니의 모습이나, 일력을 찢어 지화(紙花)를 만들어놓고는 무심히 '상여꽃 같네'라고 내뱉는 한내댁의 손녀 진희(「어스름녘」)에게서 보듯 저마다의 삶, 그 구석구석에 숨어 있는 서늘한 시적 순간들을 작가가 귀기 서린 눈으로 붙잡아냈기 때문이다.

그리고 이 연민의 목숨론은 탄생과 죽음을 하나의 고리로 잇는 작가의 눈에 의해 더욱더 강화되는데, 연기(緣起)하는 목숨의 질서를 받아들이려 하는 작가의 눈은 그와 동시에, 찰나와 억겁을 하나의 시간 차원에서 보려 하면서 도저한 깊이에 닿는다. 「가을빛」에 나오는 다음의 독백은 그러니까 일상의 언어이기 어렵다.

아가야, 늬 외할아버지 가신다는구나. 늬 할아버지, 겁 많아서 그 먼 길 어찌 혼자 가신다니. 네가 오고 늬 외할아버지가 가는구나⋯⋯

(107면)

어떤 깨달음조차 내비치는 이런 구절들은 「가을빛」을 위시하여 「귀로」 「떠나가는 배」에 숱하다. 그렇다면 이혜경에게서 가족이라는 화두, 그 속에서 여성으로 사는 문제는 놓을 수 없는 것일망정, 그로부터 작가가 진정 건지고자 하는 삶의 진경은 무엇인가. 나에겐 아무래도 그것이 연민의 목숨론, 거기에 깃들인 수다한 설움이 아닌가 싶은 것이다. 그것이 이혜경에겐 문학인 것이고, 혹 거기에 문학이 짐이 되기라도 한다면, 그 문학조차 놓을 심산은 아닌가 싶은 것이다.

이제 말을 맺어야 할 때다. 보는 것마다 거기에 서린 길고 긴 앞뒤의 시간을 보아야 한다면, 그 시간의 설움을 보아야 한다면 그때마다 소설이 그것을 담을 그릇이 될 수 있을 것인가. 그 '봄'은 이제 더 많이 시장통 닭집 효임이나 소희, 목욕탕 때밀이 경미언니의 수다를 불러들여야 하지 않을까. 그러지 않고 「가을빛」의 주문(呪文)이나 「귀로」의 시(詩)가 자꾸 이혜경을 당긴다면, 우리는 자주 작가의 침묵을 견뎌야 할지도 모른다. '소설'이란 장르는 기껏 거죽의 이야기로나 숨을 쉴 뿐, 그리 대단한 그릇이 아닐지도 모르기 때문인데, 이혜경의 깊이는 그러다보면 침묵과 여백으로만 가지 않을까. 우리는 더 자주, 이혜경의 글을 보고 싶은 것이다.

— 『창작과비평』 1998년 가을호

지난 연대를 향한 문학의 증언

■

방현석 장편 『십년간』 · 박완서 장편 『그 산이 정말 거기 있었을까』

1

방현석은 장편 『십년간』 1 · 2(실천문학사 1995) 이전에 모두 다섯 편의 작품을 발표했다. 그것들을 창작집으로 묶어 내놓은 게 『내일을 여는 집』(창작과비평사 1991)이다. 여기에 실린 작품들 중 「내딛는 첫발은」(1988)은 단편이고 「새벽 출정」(1989) 「내일을 여는 집」(1990) 「지옥선의 사람들」(1990) 「또 하나의 선택」(1991)은 중편이다. 하나하나 작품을 열거해보니 각각의 작품들이 발표될 때마다 남다른 주목을 받았다는 사실이 새삼 되새겨진다. 과작임에도, 노동현장의 삶을 소설로 보여주는 뚜벅뚜벅한 발걸음을 위의 작품 목록에서 다시 읽을 수 있다. '80년대'라는 표현을 하나의 정신으로 이해할 때, 「쇳물처럼」의 정화진도 있긴 하지만 방현석에 와서 좀더 분명하게 80년대 노동문학은 소설의 육체를 지니게 되었다. 돌아보면, 박노해의 시집 『노동의 새벽』은 노동문학이 단지 소재로서 노동현실을 다루는 문학이 아니라 인간해방이라는 근본적인 과제를 제기하고 풀어내는 전면적 실천의 영역에서 씌어지고 읽히는 것임을 보여준 바 있다. 그러므로 방현석의 첫 작품 「내딛는 첫발은」이 발표되었을 때, 당연히도 우리는 멀리는 전태일의 죽음으로부터 80년 5월 광주항쟁과 『노동의 새벽』을 생생한 이념으로 하고 있는 '노동문학'의 역사성을 떠올리지 않을 수 없었다. 이 진행하는 역사성을 감당하면서 노동현장의 투쟁하는 일상을 그려낸 것이 방현석의 문학이었다. 방현석은 그의 작품들에서 그 투쟁이 좁게는 작업장 단위의 패배로 귀결될 수밖에 없는 경우에도 연대의 힘을 확인하고 쌓아가는 작은 계기들을 놓치지 않음으로써 긴 희망에 오늘의 패배를 넘겨주는 의연한 낙관을 전해주었다. 그런데 이런 전언들을 누구나 고개를 끄덕일 수 있는 사람들의 이야기로 형상화해낸 데 방현석의 작가적 역량이 있었다. 가령 한 해고노동자의 복직투쟁을 다룬 중편 「내일을 여는 집」에서, 다시 봉제공장에 나가게 된 아내를 대신하여 젖먹이 딸을 어린이집에서 데려오는 해고노동자 성만의 긴 귀가길 발걸음을 복직투쟁의 지친 내면에 한발한발 겹쳐놓은 대목의 섬세함은, 노동문학이 어떤 이념의 선취에 의해서가 아니라, 사람살이의 소외와 연대를 생활세계의 연관 속에서 붙잡아 드러내는 깊고 따뜻한 시선에 의해 씌어지는 것임을 확인시켜주었다. 그리고 시시콜콜할 때는 더없이 시시콜콜하게 공장과 밥상의 세목들을 이야기하다가도 긴 희망 속에 그 세세한 이야기를 건네주어야 할 때는 묵묵히 금방 건네주고 마는 시선과 문장의 호흡에서 조급함 없이 노동현장의 살고 싸우는 이야기를 풀어내는 방현석의 산문정신을 읽을 수 있었던 것도 창작집 『내일을 여는 집』의 잊히지 않는 성과로 내겐 남아 있다.

그런만큼 방현석의 신작 장편 『십년간』의 출간은 반가운 일이다. 그간 작품 발표의 공백이 얼마간 있었던 터라 더 그렇다. 91년의 첫 창작집 이후 그가 침묵하는 동안에도 좋은 작가들이 쓴 좋은 작품들은 끊이지 않았지만, 한편에서는 『내일을 여는 집』이 이루려고 했던 세계를 괄호 속에 넣어두려는 분위기가 강하게 있었던 것도 사실이다. 거죽의 빠른 바뀜에 올라타고는 80년대를 길게 관통해온 역사의 열정을 해묵은 것으로 만들려는 일부의 유행 앞에서 작가 방현석은 무슨 생각을 하고 있었던 것일까. 『십년간』은 그가 전태일의 죽음에서 그 시대성을 만들어간 70년대로부터 다시 시작하려 한다는 것을 보여주고 있어 인상적이다. 그러니까 그는 지금 80년대가 아니라 70년대의 10년간을 돌이키려고 한다. 여기서 그의 문제의식은 군더더기 없이 분명하다. 80년대를 제대로 말하기 위해서는 70년대를 다시 보아야 한다는 것이다. 너무도 당연히 그 두 연대는 희망과 좌절이 교차하는 노동의 역사로 이어져 있는데, 우리는 혹 그 엄연한 사실을 너무 쉽게 잊고 있는 것은 아닌가. 해서는, 마치 오늘 우리가 지난 80년대를 저편의 이야기로 넘겨 잊으려고 하는 것처럼 세상의 바뀜만을 자꾸 이야기하고 있는 것은 아닌가. 방현석의 『십년간』은 이런 질문들을 우리의 것으로 만들어준다.

『십년간』에서 방현석은 70년대의 10년간이 바로 자신들의 20대 10년간이 되는 젊은이들의 삶을 이야기한다. 어린시절을 함께 보낸 동향의 친구들이지만 20대의 문턱에 들어섰을 때 이들은 이미 제각기 삶의 굴절들을 지닌 채 다른 삶의 행로 위에 서 있었다. 작가는 이 각기 다른 굴절과 행로에 골고루 시선을 나누면서 이들이 껴안고 있는 고민들을 하나하나 따라간다. 많이는 사랑과 우정이, 더러는 경쟁과 오해가 이들 사이에 교차하지만 열정과 희망을 갖고 세상과 맞서나가는 데서 이들 젊은 삶들은 언제나 하나의 운명 속에 있다. 그런데 이 하나의 운명은 그들이 공유하고 있는 젊음에서도 오지만 시대와 역사에서도 온다. 그리고 시대와 역사는 연대하는 삶이, 희망의 이름으로 이루는 것이다. 작가는 이 점을 놓치지 않으려 한다. 그래서는 이들 젊음이 이루려 하는 것들이 시대와 역사 속에서 하나하나의 숨결을 만들어갈 수밖에 없는 것임을 보여주려 한다.

열넷의 나이에 고향집을 떠나 서울에서 요꼬공장의 함빠(월급 없는 미숙련 시다)로 고달픈 노동자 생활을 시작했던 완수가 노동운동가로 성장해

나가는 모습을 그려가는 데서 특히 작가의 이런 마음은 섬세한 성취를 보인다. 완수가 일하는 요꼬공장의 생생하고 치밀한 묘사와 완수의 자취방을 소설의 숨어 있는 중심공간으로 설정한 것이 이 섬세한 성취를 뒷받침하고 있다. 물론 완수의 요꼬공장만이 아니라 순분의 곡절 많은 행로와 함께 작가가 보여준 버스차장과 섬유노동자들의 일터에 대한 묘사 역시 놀랍도록 충실해서 꼭 그때의 그 자리로 우리를 데려다놓은 것 같다. 그러나 이런 현장의 이야기만이라면 『십년간』은 70년대 노동현실의 부분적인 재현에 그쳤을 것이다. 『십년간』을 각기 다른 삶의 행로 위에 서 있는 젊은이들의 세세한 우정의 이야기가 되게 하면서, 그를 통해 자칫 관념적 진술이 되기 쉬운 70년대의 시대성을 소설이 주는 구체성 속에서 느껴볼 수 있게 한 것은 서울 변두리 성수동 공장지대에서 다시 십오분 거리에 있던 완수의 방이다. 완수와 함께 하계에서 어린시절부터 '엉뚱한 삼총사'로 불렸던 준호와 석우, 그리고 이들 삼총사의 맑은 연정의 대상이었던 순분. 이들이 서울 생활에서 자주 우정을 나누던 곳은 요꼬 노동자 완수의 군자동 자취방이었다. 방의 주인인 완수가 없을 때도 무시로 드나들어 몸을 누이던 곳. 빨치산이었던 아버지와 어머니의 죽음, 그리고 그 죽음을 주도했던 이찬만 집안과 그 아들 이서익에 대한 적개심으로 깊은 마음의 상처를 키워온 준호가 이서익네 작은집에서 식모생활을 하고 있는 순분의 이야기로 완수와 다툰 곳도 그렇게 들른 그 방이었다. 다음날 그 방을 나서 완수의 공장까지 함께 새벽길을 걸어갈 때 완수가 건넨 말을 준호는 잊을 수 있을까. 통금해제 싸이렌을 뒤로하고 걸었던, 그 방에서 완수의 공장에 이르는 그 겨울의 새벽길을 잊을 수 있을까.

"넌 큰 상처 하나를 가지고 있음으로 해서 작은 상처들을 입지 않고 있는지도 몰라. 그러나 작아 보일지 모르지만 더 아플지도 모를 수없이 작은 상처를 입어가며 살아가는 사람들도 많아. 순분이도 그렇고 나도 그런지 몰라…… 어쨌든 너는 네가 들어가고 싶어했던 대학도 들어갔어. 순분이는 여전히 국졸일 따름이고……"(1권 52면)

이 평범하지만 깊은 진실에 감싸이면서 완수의 방은 이들의 긴 우정이 머물며 서로를 세워가는 거처가 된다. 준호, 석우, 순분이 그들의 상처와 희망을 다스리던 이 방은 완수가 성수동 공장지대를 떠나지 않는 것처럼 소설 『십년간』을 떠나지 않는다. 그래서는 미영과 금옥, 명자가 완수와 함께 민주노조운동의 전선에서 싸우는 모습을 지켜보는 숨은 시선이 된다.

그러나 정말 이상하게도, 준호는 그 겨울의 새벽길을 잊은 것일까. 완수의 방을 떠나 대학 교정으로 돌아가기만 하면 준호에게선 좀체 그 나이의 젊음에 마땅한 목소리를 들을 수가 없다. 그의 자의식은 과장되고 굳어 있어 평상의 실감을 많이 잃고 있다. 자세히 읽어보면 준호의 삶의 궤적은 이찬만에서 이서익으로 대를 잇는 한 재벌가를 한국 현대사의 모순을 심화시킨 지배계층의 한 전형으로 소설 속에 설정해놓으려는 도식에 의해 강요된 흔적이 짙다. 이것이 도식이고 강요인 것은, 두 집안의 대립관계가 구체를 지속 못하고 현실성 없는 우연들을 자꾸 개입시키고 마는 데서 그러하다. 소설 속에 삶의 이야기로 녹아들지 못한 이 대립관계는 그래서 작가가 의도했을 총체성의 지향을 오히려 훼손해버리고 만 것 같다. 더 많이 보여주기나 도식적 전형의 설정이 소설의 총체성과는 무관하다는 것을 작가가 모를 리 없었을 텐데 이 점은 정말 안타깝다. 나중에 가선 서익에게 농락당한 순분의 삶마저 비현실적으로 느껴질 만큼 이 도식의 개입은 『십년간』의 많은 성취를 해쳤다. 그러나 완수의 작은 방 하나로도 너끈히 방현석은 70년대의 10년간을 소설화함으로써 우리의 기억을 연장시켜 그 시절의 희망과 상처에 가닿게 해주었다.

방현석에게는 80년대야말로 자신의 순정한 열정이 자각적으로, 20대의 젊음과 함께 있는 곳이다. 한 젊은이가 자신의 삶을 던져넣을 가치와 윤리를 찾은 시기라고 할 수 있을 것이다. 그러니 그 80년대의 가치가 훼손되면 될수록 80년대를 증언하고자 하는 작가 방현석의 마음은 커졌을 것이다. 그러나 그럴수록 그는 뒤로 한걸음 물러서야 한다고 생각하고 『십년간』을 썼다. 그리고 이 물러섬이 80년대를 오늘의 삶에 잇는 길고 오랜 희망의 뿌리를 확인하는 일과 겹쳐지려 한다는 점에서 방현석의 『십년간』은 일부의 조급한 후일담 문학에 대한 비판이 되고 있다. 70년대의 젊은이들은 어디서 자신의 희망을 세웠을까. 그들이 사랑과 상처를 묻은 곳은 어디일까. 그 지점을 찾아 들어가보면 다시 그 새벽길의 작은 목소리 앞에 80년대와 씨름하고 있는 오늘의 우리를 마주세울 수 있지 않을까. "내가 말하고 싶었던 건 상처받고 있는 게 너뿐만 아니라 우리 모두란 것이야."(1권 52면) 그 '우리 모두'란 70년대니 80년대니 하는 연대 구분을 삶의 역사로 담담하게 잇고 있는 긴 희망의 초상일 것이다.

2

박완서(朴婉緖)의 신작 장편 『그 산이 정말 거기 있었을까』(웅진출판 1995)에 실린 '작가의 말'을 보면 미완인 채 끝냈던 앞의 작품 『그 많던 싱아는 누가 다 먹었을까』(웅진출판 1992)를 이번의 작품으로 완결짓는다고 되어 있다. 그리고 표지에는 '소설로 그린 자화상─성년의 나날들'이란 부제가 붙어 있다. 그러니 이제 우리는 1부와 2부 두권으로 나뉘어 묶인 박완서의 '자전소설'을 하나 가지게 된 셈이다. 다만 여기서 '자전소설'이라는 규정에는 약간의 첨언이 있어야 할 것 같다. 보통 자전소설이라 하면, 작가의 자전적 이력이 서사의 토대가 되고 여기에 작가의 상상력에 의한 소설적 변용이 가해져 이루어진 것을 일컫는다. 그리고 이 경우 상상력에 의한 소설적 변용의 폭은 소설로서의 더 나은 성취를 이루는 쪽으로 어느정도 열려 있다고 생각된다. 그러나 『나목』이나 「엄마의 말뚝」 연작 등에서 작가의 체험을 상당한 근사치의 사실로 담아 소설화해서 보여주었던 박완서인만큼 『그 많던 싱아는 누가 다 먹었을까』와 『그 산이 정말 거기 있었을까』를 특별히 자전소설로 나누어 쓰고 읽는 일은 소설적 상상력과 기억의 관계를 새삼 되짚어보게 만든다. 어떤 자서전도 기억의 변용 없이는 불가능하다고 한다면, 문제는 진실을 어떻게 현상하느냐일 것이다. 『나목』과 「엄마의 말뚝」 연작에서 우리가 받은 감동은 더이상 그럴 수 없을 것 같은 사실감에서도 왔지만 더 깊이에서는 그 사실감의 축적 너머에 있는 인간 진실의 빛에서 왔다. 그런데 바로 이 진실의 빛이란 작가의 상상력이 자신의 기억을 찾고 기억에 맞서는 절실함 속에서 아주 힘들게 빚어진 것이다. 그래서 이 진실만이 작가 박완서의 고유한 몫이 된다. 그러니 어떤 경우, 자서전이 글쓰기의 목표로 주어진다고 하더라도 작가 박완서는 소설을 쓸 수밖에 없다. 그러고는 작은 글씨로 부제를 적어놓을 것이다. '소설로 그린 자화상'이라고. 우리는 그것을 '박완서의 자전소설'이라고 부르겠지만 『나목』이나 「엄마의 말뚝」 연작 옆에 점선을 희미하게 긋는 일일 뿐 별 의미는 없다. 자화상을 겨냥한다고 해서 그 기억과의 싸움이 더 깊은 데까지 더 아프게 들어갈 것이라고 짐작하기도 어렵고 그 반대로 생각하기도 어렵다. 다만 기억의 상상적 변용을 제어하려는 또 하나의 상상력이 다른 소설을 쓸 때보다 더 분명히 작동하리라는 점은 지적할 수 있으리라. 다른 어떤 작가에게도 해당될 수 있을 이 이야기는 그러나 기억과의 싸움에서 건져올린 묘사의 문장에서 한치도 물러서지 않는 박완서의 문학에 가장 많이 적용될 거라고 나는 생각한다.

1부에 해당하는 『그 많던 싱아는 누가 다 먹었을까』는 작가인 '나'가 고향인 개성 인근 박적골에서 유년기를 보내고, 서울 문밖 현저동에서의 국민학교와 고녀시절을 거쳐, 대학에 입학한 바로 그해 6·25를 맞는 스무살 나이 때까지의 이야기를 담고 있다. 그뒤에 바로 이어져 1·4후퇴 때부터 휴전을 앞둔 53년까지의 전쟁기간을 20대 초반 성년의 나이로 겪는 이야기가 2부에 해당하는 『그 산이 정말 거기 있었을까』이다. 자전소설 전체의 흐름을 읽기 위해 1부의 줄거리를 요약해보기로 하자.

세살 때 아버지를 여읜 어린 '나'를 키운 것은 할아버지와 박적골의 자연이었다. 아버지가 돌아가시자 어머니는 서울에서 아이들을 교육시켜야 한다며 오빠를 데리고 서울로 분가해 나갔다. '나' 역시 국민학교에 입학할 나이가 되자 어머니를 따라 박적골을 떠나 서울 문밖 현저동으로 갔다. 어머니의 삯바느질로 살아가는 세 식구의 가난한 셋방살이가 시작된 것이다. 해방을 맞은 것은 경성에 소개령이 내려 다시 박적골로 와 있던 고녀 이학년 무렵이었다. 오빠의 결혼식은 해방을 두어 달 앞둔 초여름에 치러졌다. 다시 서울 생활이 시작되었지만 올케는 새로 장만한 신문로 집의 신방에도 들어와보지 못하고 폐결핵으로 세상을 떠났다. 해방정국의 혼란 속에서 오빠는 좌익활동에 빠져들고 오빠를 깊이 존경하던 '나'도 이에 영향을 받았다. 오빠는 재혼과 함께 가장의 자리로 돌아오고 경기도 고양군의 한 중학교에 교사로 취직했다. '나'는 서울대 문리대 국문과에 입학했다. 집안의 안정과 함께 이제 스무살 청춘의 화려한 개화만이 남아 있는 듯했다. 유월 중순경에 대학 입학식이 있었다. 그리고 그 며칠 뒤가 6·25였다. 피난을 못 가고 인공치하에서 3개월을 보냈다. 오빠는 의용군으로 끌려갔다. 그리고 어느날 갑자기 9·28 수복이었다. 인공치하의 부역 혐의로 이곳저곳 끌려다니며 짐승의 시간을 겪었다. 그러나 세상은 또 바뀌고 있었다. 1·4후퇴가 시작된 것이다. 그때 의용군에 끌려갔던 오빠가 돌아왔다. 그러나 오빠는 예전의 그 똑똑하고 준수한 오빠가 아니었다. 넋이 빠진 폐인이 되어 있었다. 피해망상에 사로잡힌 오빠는 피난을 가야 한다는 강박관념에만 빠져 있었다. 도민증을 구하기 위해 예전의 시골학교로 간 오빠는 오발사고로 다리에 관통상을 입고 만다. 더이상 어쩔 수 없는 상황에서, 처음 서울 생활을 시작한 현저동 산동네를 가짜 피난지로 삼아 다시 세상이 바뀌기를 기다린다.

이러한 소설의 흐름에서 우리는, 일제 말기에서 해방공간을 거쳐 6·25로 이어지는 한국 현대사의 파란과 곡절이 '나'와 '나의 가족'의 삶에 고스란히 넘어와, 그 세월의 신산이 그대로 소설서사의 뼈대가 되고 있음을 확인할 수 있다. 그러나 그 서사의 속살은 철저히 박완서만의 것인, 작가의 기억이다.

1부의 압권은 고향 박적골의 들판에 지천으로 피어 있던 싱아와 먹을 것을 싸서 건네주던 할아버지 베수건의 시척지근한 냄새로 대표되는 행복했던 유년공간의 기억에 있다. 환희뿐 아니라 비애까지도 자연으로부터 왔던 그 낙원의 묘사는 정말 폭발적이어서 다르게는 어디에서도 볼 수 있을 것 같지 않을 정도다. 작가 자신이 가장 환상적인 놀이터로 기억하는 뒷간의 묘사나 여름날 만나는 소나기를 저만치 앞벌에서 쳐들어오는 군대로 알고 있는 시골 아이들이 한껏 달아나다 마침내 소나기의 장막을 온몸으로 맞고 마는 대목에 오면 더이상 없을 낙원의 기억을 글로 읽는 행운 앞에서 전율하게 된다. 이 낙원의 기억이 현저동 산동네의 누추의 기억과 뚜렷이 대비되면서 작가의 유년기는 끝난다. 할아버지의 보호막도 더이상 없다. 기다리고 있는 것은 늘 뒤틀린 형태로만 드러나는 어머니의 자식애와 맞서야 하는, 질기고 긴 신경전의 세월이다. 1부는 그래서 유년의 낙원을 지나 세상의 어둡고 눅진한 질서에 눈떠가는 한 소녀의 섬세한 성장소설이 되고 있다. 여기에 더해 "40년대에서 50년대로 들어서기까지의 사회상, 풍속, 인심 등은 이미 자료로서 정형화된 것보다 자상하고 진실된 인간적 증언을 하고자" 했다는 작가의 말이 얼마나 그 세목에서 풍성하게 실현되었는지를 보는 즐거움에 이르면 자전소설의 1부는 자화상을 넘는 한 시대의 세밀화로 다가온다.

이번에 발표된 2부 『그 산이 정말 거기 있었을까』는 1·4후퇴 때의 현저동 피난생활에서부터 휴전 무렵까지를 20대 성년의 나이에 겪은 이야기다. 내밀한 마음의 결까지 건져올리는 기억의 철저함과 세태풍속의 치밀한 복원은 1부의 그것과 다름없지만 그 겪음의 주체가 처한 상황은 사뭇 다르다. 2부의 처음에 나오는 현저동의 피난생활에서 상황의 변화는 극명하게 드러난다. 환자인 오빠와 어머니 그리고 어린 두 조카가 빈집의 방 안에 덜렁 앉아 있게 되자 이제 이들을 책임져야 할 사람은 올케와 '나'임이 명백해졌다. 이제 더이상 오빠는 집안의 중심이 아니었다. 육체의 망가짐보다 더하게 오빠는 정신적으로 무너져 있었다. 올케와 '나'는 빈집을 뒤져 먹을 것을 구할 수밖에 없었다. 도둑질이고 치욕이었다. 그러나 어쩔 수 없었다. 담을 넘어간 빈집에서 올케가 머리를 '나'의 목덜미에 묻고 "소리가 없어서 더욱 태산 같은 울음"을 울었을 때, 이 울음은 이제 그들이 발을 디딘 짐승의 시간을 향한 한없는 절규였다. 이제 '나'는 짐승의 시간 앞에 어느새 성년이 되어 서 있었다. 이 비극적으로 강요된 성년식은 물론 전쟁이라는 상황에서 온 것이지만 '나'를 더 깊이 괴롭힌 것은 오빠의 전락과 그 전락을 맹목의 육친애로 덮고 있는 어머니의 집착이었다. 소설 전체에서 어머니에 대한 '나'의 애증은 복류하는 시선이 되어 모든 상황의 증언을 감싸고 있다. 『그 산이 정말 거기 있었을까』가 전쟁의 상황에 대한 더없이 뛰어난 증언의 문학이면서도 그 바닥에서는 늘 '자화상'이 될 수밖에 없는 것은 바로 이 복류하는 시선 때문으로 보인다. 그 애증의 시선이란 '나'의 이기(利己), '나'의 욕망과 싸우는 숨어 있는 전선에 다름아니기에 그렇다.

다시 전황의 변화에 따라 어머니와 오빠를 남기고 올케와 둘이서 떠난 북으로의 피난길에서 폐허가 다 된 마을을 지나다 막 부풀기 시작한 목련 꽃봉오리를 보는 장면이 나온다. 이 대목은 『그 산이 정말 거기 있었을까』가 얼마나 깊은 마음의 이야기인지를, 그래서는 얼마나 깊은 기억의 문학인지를 절정의 언어로 보여준다. 인용해본다.

목련나무였다. 아직은 단단한 겉껍질이 부드러워 보일 정도의 변화였지만 이 나무가 봄 기운만 느꼈다 하면 얼마나 걷잡을 수 없이 부풀어오르리라는 걸 알고 있었다. 그 미친 듯한 개화를 보지 않아도 본 듯하면서 나도 모르게 어머, 애가 미쳤나봐, 하는 비명이 새어나왔다. 그러나 실은 나무를 의인화한 게 아니라 내가 나무가 된 거였다. 내가 나무가 되어 긴긴 겨울잠에서 눈뜨면서 바라본, 너무나 참혹한 인간이 저지른 미친 짓에 대한 경악의 소리였다. (86면)

"내가 나무가 된" 마음은 박적골에서의 유년기에 자연의 일부가 되어 뛰놀던 그 마음일 것이다. 그 어린 생명의 마음을 따라 환각에 감싸인 상황의 비극이 너무도 시리게 포착되어 있다. 연전에 발표된 작가의 명편 「환각의 나비」의 마지막 장면을 기억하는 사람이라면 이렇듯 자꾸만 터져나오는 박완서 문학의 비경이 어디까지 이어질지 자못 궁금한 마음이 들 수밖에 없을 것이다. 그러나 작가는 참혹의 기억만을 묘사하지는 않는다. 짐승의 시간 속에서도 깊은 인정과 자존의 마음을 작가는 깊이 기억했다가 증언한다. 그중, 한 할머니의 장례를 위해 도끼로 대문짝을 떼어내서는 온종일 걸려 손수 관을 짠 현저동 인민위원회 위원장 강씨의 이야기는 인정과 자존이 하나의 마음이며 그 마음이 다른 폐허의 마음들을 움직이게 할 수 있음을 섬세하게 복원해 보여줌으로써 참혹의 세월도 어쩌지 못한 기억의 훈기를 오늘의 우리에게 감동적으로 전한다.

이남호가 해설에서 지적한 대로 "가장 치밀하고 풍성하게 기록된, 한 개인의 삶의 역사"이며 또한 "가장 진실되게 씌어진 20세기 한국의 생활풍속사"로 기념될 이 2부작 자전소설의 끝에서 우리는 '나'의 깊은 통곡을 본다. 신행을 온 날이었다. 어머니는 빨래터로 가고 없었다. 사촌동생을 통해, 딸을 시집보내고 난 뒤 터져나왔던 어머니의 통곡을 전해들은 다음이었다.

격렬하고 난폭한 통곡이 온몸을 뒤흔들었다. 찌꺼기도 안 남게 다 울어버리기까지는 온종일이 걸렸다. (306면)

정말 작가는 남김없이 울었다. 그 통곡을 견디며, 기억하고 증언해준 작가에게 고마움을 전하고 싶다.

—『창작과비평』 1996년 봄호

어떤 세월과의 교신

■

정지아 소설집 『행복』

정지아(鄭智我) 소설집 『행복』(창비 2004)의 중심인물들은 거개가 현재의 삶에서 의미를 찾지 못하고 스스로의 내면에 유폐된 채 고여 있다. 그들의 현재는 이미 오래전에 소진되어버린 미래, 그 폐사지(廢寺地) 위에 버려져 있다. 혹 그 적요한 폐사지에 영혼을 두드리는 빗방울의 시원한 난타와 청명한 가을하늘의 갑작스런 열림(30면)이 아득한 희망이나 위안의 행복한 기원(起源)으로 남아 있을지라도 그들은 거기에 다시 가닿지 못한다. 「행복」의 화자는 말한다. "최후의 순간까지 남겨놓고 싶었던 것인지, 아니면 그곳에서조차 어떤 희망이나 위안도 얻지 못할 것을 두려워했던 것인지는 알 수 없다."(32면) 「미스터 존」의 화자가 들려주는 진술도 있다. "나는 행위하지도 욕망하지도 사고하지도 않고 다만 부유할 따름이므로, 이곳의 모든 것들은 언제나 낯설다. 그것들은 나의 기억이 되지 않는다."(82면) 그밖에도 많은 인용이 가능할 것이다. 그러나 그보다는 '행복'이라는 제목의 소설집에서 '행복'은 찾아볼 수 없다고 말하는 편이 더 빠르겠다.

물론 계속해서 "말라붙은 우물의 깊은 바닥"을 보는 일 따위에 무심해져버린 「그리스 광장」의 화자가 "나는 집에서 길을 잃었다"(136면)고 말하고, 「승리의 날개」에서 "구멍 뚫린 내 마음의 바닥"(169면)이 되풀이 이야기될 때, 우리는 이 내면의 어둠이 실존적 성찰의 자리에서 제시되고 있다는 걸 안다. 그것은 삶의 충일한 의미를 가로막거나 불가능하게 하는 현실의 모순과 피폐를 음화로 지니고 있다. 또 거기에는 미미하기에 간곡한 열림의 모색과 발견도 있다. 그러나 그 전체에서 삶의 활력이나 전망 (딱히 역사적 전망이 아니어도 좋다)과는 심하게 단절된 바닥의 시선이 집요하달 정도로 소설을 지배하고 있는 것은 별개의 문제로 남는다. 그리고 여기에서 질문이 솟는다. 이 시선은 어디에서 온 것인가.

이 질문의 입구와 출구에 표제작 「행복」이 있다. 아버지의 회수를 맞아 준비한 동해안 여행. 고등학교 교사인 여성화자 '나'의 일인칭시점으로 아버지와 어머니, 그리고 남편이 함께한 단출한 가족여행을 기술하고 있는 「행복」에서 소설적 긴장과 감동은 일차적으로 이 여행의 숨은 동반자가 우리 현대사의 비극적 시간이라는 데서 온다. 남로당 전남도당 소속이었고 박정희정권 때 사상범으로 십여년간 복역한 아버지, 남부군 출신의 어머니. 작가의 첫 장편 『빨치산의 딸』(실천문학사 1990)이 곧장 떠오르는 대목이지만, 「행복」은 그 역사의 존재감에 기대기보다는 비정한 시간의 흐름을 승인하면서 성숙한 소설적 거리를 지켜내기 위해 애쓴다. 그 소설적 노력은 예컨대, 부재하는 행복의 징표로서의 가족사진에 대한 화자의 메마른 시선을 일방적으로 전경화하지 않고 일상의 자잘한 희락(喜樂)을 지키고 모아내려는 남편의 평범하지만 실다운 태도에 그것을 되비추고 조회하는 쉽지 않은 균형 같은 데 섬세하게 살아 있다. 부모님의 생애 역시 역사의 무게나 고난의 심도를 직접적으로 기술하는 대신, 답답할 정도로 강퍅과 완고를 드러내는 여로의 에피쏘드들을 조금씩 쌓아가며 혁명의 젊음과 생물학적 늙음이 인간적 위엄과 모종의 비애로 착잡하게 교차하는 지점을 힘들여 찾아낸다. 해서는, 그 착잡을 받아적고 있는 화자인 딸의 시선은 시종 흔들리며 질문과 회의를 쏟아낸다. 그리하여 그것은 행복의 거소로서의 가족의 의미에 대한 오래된 질문이면서 거기에 겹쳐진 지난한 역사적 도전과 좌절, 그리고 그 모두를 껴안고 승패 없는 인간의 깊이에 이른 늙은 부모의 초상을 통해 오늘의 삶을 그 전체에서 묻고 뒤흔드는 자리가 될 수 있었다. 그러나 아쉽게도 이 지점에서 「행복」은 끈질기지 못했다. 그 끈질기지 못함은 여로의 끝에서 부모님의 생애를 "배롱나무 전설"이나 "〔도달 불가능한〕 유토피아를 향한 멈출 수 없는 마라톤"으로 조급하게 전유하고 그에 비겨 "도대체 내게는 그런 소망이 있기나 한 것인지"(66면) 빠르게 자문하고 마는 대목에서 특히 안타까운 국면을 드러낸다. 이러한 성마른 타협은 전체 여로의 진득한 풍경과도 어울리지 않거니와 사태의 복잡한 연관을 끈질기게 추적하면서 그 포착하기 힘든 움직임의 진실을, 고통스럽지만 현실의 모순 속에 남겨두는 진정한 소설적 질문의 방식이 아니다. 그것은 상투적 비유에 투항하는 사유의 중단이기 쉽다. 배롱나무 전설이나 추상적 유토피아를 이해의 가운데 두는 순간, 부모님의 생애를 채워온 시간의 역사성은 한껏 뒤로 물러나고 아득한 마음의 지평만이 남을 뿐이다. 수다한 굴곡은 있었지만 '후평 후퇴' 이후에도 역사의 진전은 있었고, 부모님 역시 침침한 눈과 귀일망정 신문이며 뉴스를 놓지 않은 채 그 이후의 세월을 살아냈고, 여전히 살고 있다. 그것은 가령, "혁명가답게 넘헌티 신세 안 지고 똑바로 사는 것도 통일운동에 일조허는 것이여"(61면) 같은 아버지의 일갈에서 특히 생생하다. 혹은 동일 인물임에 분명한 「민들레 화분」의 늙은 아버지가 시골 아파트 경비원으로 일하며 겪는 자존심의 수난과 그 의연한 처리에 더욱 뚜렷하다. 이는 '지나간 미래'로 현재를 끝없이 유보해나가는 유토피아의 책략이나 배롱나무 전설의 그것처럼 소망 그 자체의 절대적인 무게로 무화시킬 수 없는 현실의 아름다움이자 위엄이다. '행복'에 대한 화자의 오래된 이물감을 이해하면서도 화자의 내면에 드리운 어둠의 농도가 조금은 걷혔으면 싶은 것도 그래서다. 교사가 된 첫해 가을, 문예반 학생들과 함께 맞닥뜨린 진전사 폐사지의 그 맑은 풍경은 화자의 자조——"그러나 그 한순간의 경험이 아이들의 삶을 바꿔놓을 수는 없었고, 나 역시 조금 색다른 선생 정도에 지나지 않는다는 것을 깨닫는 데는 별로 긴 시간이 필요하지 않았다"(31면)——처럼 그렇게 미미한 것일 수 없다. 그것은 어머니에게 운포나 후평이 그러한 것처럼, 언젠가 산동네 골목에서 내민 남편의 넓고 따뜻한 등이 그러한 것처럼 유보할 수 없는 행복의 현재여야 한다. 그 지속과 펼침의 당연한 좌절과 시련을 위계 없는 등거리의 시점에서 포착하는 순간, '가족사진'의 참된 역사성이 추구되지 않겠는가. 그러나 이러한 아쉬움은 기실 "어머니를 끝내 버티게 해준 그 무언가를 나로서는 도무지 짐작조차 할 수 없었다"(65면)고 안타깝게 토로하는 대목에서 드러나는 것처럼, 화자 혹은 화자의 세대가 어머니의 시간에 대해 갖춰야 하는 역사의 예의를 생각한다면 아직은 더 유보해두어야 할 숙제인지도 모른다. 머나먼 이국땅, 시간의 열외 지대에 웅크린 채 정보기관에서 겪었던 자기모멸의 기억을 휘발시키며 살아가는 「미스터 존」의 주인공이 마침내 하숙집 주인과의 희미한 교신에 이르기까지 서로간 삼엄한 예의와 배려의 시간이 필요했던 것처럼, 「승리의 날개」나 「고욤나무」에서 드러나는 작은 열림의 순간들이 저마다의 심해(深海)에 대한 오랜 긍정의 수고를 요구했던 것처럼, 「행복」은 다만 "도무지 짐작조차 할 수 없"는 어떤 세월과의 교신에 이르기 위한 조심스런 첫걸음이며 지극한 낮춤이었을 것이다. 적어도 작가 정지아에게는. 『빨치산의 딸』은 이제 씌어지기 시작한 셈이다.

—『창작과비평』 2004년 가을호

부재하는 것들의 호명

■

김성동 장편 『꿈』

김성동(金聖東)의 장편소설 『꿈』 앞에는 『만다라』가 있는가. 그렇다. 그러나 보다는 미완의 장편 『국수』가 있다. 이 경우 『만다라』는 불교가 아니라 젊음의 호명이며 『국수』는 문체로 몸 바꾼 조선적 사유의 정화다. 기억난다. 노창(老娼)의 낡은 칫솔처럼 성긴 음모 위로 무너지듯 이층을 만들고는, 신새벽, 피안행 차표를 찢고 사람들 속으로 달려가는 법운의 뒷모습이. 타들어가는 목마름이. 기억난다. 장엄한 조선어의 만다라, 『국수』. 그 유장한 사유의 바다가. 그것은 오로지 문장이었으며, 마침내 문체였다. 미완일 수밖에 없었겠다. 그리고 그 모두에 일이관지하는 통주저음, 중음신의 피리소리가 있었다. 그리하여 다시, 미완의 장편 『풍적(風笛)』. 적고 보니 이 모든 게 아득하다.

그게 다 꿈이란다. "장엄염불 한자락을 마친 다음 쳤던 한망치 소리가 끝나기 전에 꾸었던 꿈인 것이었다. 목타는 그리움으로 숨막히는 청춘의 한 세월이 흘러가버린 것이었다."(『꿈』, 326면) 그래, 『꿈』은 무엇인가.

『삼국유사』의 조신 설화에 기댔다고는 하지만, 창작의 계기 이상이라고 보기는 어렵다. "꿈인가 하면 꿈이 아니요 꿈이 아닌가 하면 꿈이 아닌 것 또한 아니니" 모든 망상과 번뇌를 끊고 마음의 법으로 돌아가자는 불교철학의 번안이 『꿈』이 아닌 것도 마찬가지다. 용어 자체가 애당초 성립되지 않지만, 『꿈』은 불교소설이 아니다. 작품 속의 무수한 불교용어들이 빚어내는 시공의 그림은 그럼 무언가. 선문답과 불교철학의 장강대하는? 그것들은 이렇게 말해도 된다면, 김성동 문학의 오랜 중음신들이다. 『꿈』에서 그 중음신들이 맡은 역할은 풍경이다. 아름다움이라는, 부재하는 가상의 풍경이다. 일일이 호명되고 발견된 풍경이다. 능현이라는 젊은 수좌의 타는 갈증과 미혹을 극도의 비애 속에서 구성하기 위한 언어적 인공조형이다. 그것들은 그것들 자체로 존재한다. 조금 과격하게 말하면 그것들은 기의 없는 기표다. 그러니까 '저쑵다'는 '부처님께 절하다'가 아니며, '석(釋)치다'는 '아침저녁 예불 때 종을 치다'가 아니다. 저쑵다는 그냥 저쑵다이며 그 음가(音價)와 문자의 형상이 다다. 작가가 찾고 기억하고 빚어낸 그 많은 조선어들(제물엣깁, 꼭두서니빛, 달린옷, 갑선무지개, 그리고 산천초목과 하해어별의 그 숱한 이름들……)과 함께 그것들은 끊어질 듯 이어지고, 조으는 듯 출렁이는 『꿈』의 문장들 '속'에만 있다. 아니다. 『꿈』의 문장들에 '속'은 없다. 속 없는 거죽, 끊어질 듯 이어지는 표면만이 있을 뿐이다.

그러니 다시, 불교용어와 조선어의 문장들은 그것 자체로 존재하며 아무것도 이야기하지 않는다. 당연히 처음과 중간과 끝을 거느린 서사가 있을 수 없다. 능현이 여자대학생 보리를 만나 방장산 불가득굴의 꿈같은 시간에 이르기까지, '사족'의 참담한 이별을 확인하기까지 만남과 헤어짐의 엄연한 이야기가 있지 않냐고 반문한 사람이 있을까. 그러나 그 모든 이야기는 기껏해야 미칠 듯한 여자사람의 살내음 속에 얼굴을 파묻고 '시심마(是甚麽)'의 화두를 참구하는 한순간의 풍경일 뿐이며, 여기에 시간은 없다. 시간이 없는 곳에 서사가 있을 이치가 없다. 시간의 부재는 그럴듯함의 서사를 위반하고 현실과 꿈의 경계를 흐릿하게 놓아두는 소설의 구성에도 확연하다. 구체적으로는 능현의 기억 속에서 처리되고 있는 여자대학생의 이야기가 시종 소설이 진행되고 있는 현재의 시간을 몰각하게 만들고 바로 그만큼 현실감의 근거를 아득하게 만들어버리는 점을 지적할 수 있겠다. '능현'이라고 주어를 쓰고는 그 다음 문장에서 '그 젊은 수좌는' 하고 마치 다른 사람을 보고 있는 것처럼 인물을 향한 시선의 거리와 시간을 차별화하는 작가의 호흡에서도 이를 확인할 수 있겠다.

그렇다면 고쳐 말해야 될지도 모르겠다. 『꿈』에는 시간이 없는 것이 아니라 여러 차원의 시간이 있다고 말이다. 겹쳐지고 겹쳐지는 시간들, 그러나 마찬가지다. 단선적인 현실의 시간이 쫓겨나고 그럴듯함의 서사가 허물어지기는. 그 대신 무량수의 시간을 짊어진 불교용어와 조선어의 바다가 소설을 삼켜버리기는. 나는 그것이 아름다움이라는 부재하는 가상의 풍경이라 말했거니와, 무상을 설하는 『꿈』의 그 어떤 심오한 언설보다 더 깊고 절실하게, 부재하는 것들을 호명하는 극도의 긴장을 통해 인간이라는 한 우주, 보편과 영원에 대한 사유로 우리를 고양시키는 소설적 책략이라고 생각한다.

능현과 보리의 봉별기, 그 환한 통속이라니. 장강대하로 굽이치는 불교적 사유, 그 심오함이라니. 어디에 있었던가. 불교용어와 조선어의 바다, 그 탐미라니. 그 탐미의 무심한 병렬이라니. 그 탐미의 한가득 채워지지 않을 욕망이라니. 다시 한번, 『꿈』은 불교소설이 아니다. 하냥 소설이다. 소설이되, 처음과 끝이 하나의 문장인 전위소설이다. 무엇의 전위인가. 진선(眞善)을 아우르는 활동하는 무, 그 총체로서의 아름다움을 호명할 줄 모르는 모든 '과학' 소설에 대한 전위다. 그러니 빨치산이다. 작가는 우우우— 군호를 보내고 있다. 들리지 않는가. 잠들지 않을 수 있을까.

—『문학동네』 2001년 가을호

진실을 향한 쉼없는 탐구

■

이청준 소설집 『그곳을 다시 잊어야 했다』

「축제」나 「서편제—남도 사람 1」 「선학동 나그네」 등으로 이청준(李淸俊)의 소설세계를 처음 접한 젊은 세대의 독자들도 적지 않으리라 짐작된다. 알다시피 세 편 모두 임권택 감독에 의해 영화로 만들어져 크게 화제가 된 바 있다. 이 경우, 죽음조차 환한 축제의 마당으로 감싸안은 한국인의 전통적 심성의 대지나 한(恨)을 또다른 한으로 씻어가는 한국적 정한(情恨)의 세계에 대한 그윽하고 웅숭깊은 시선으로 이청준 문학의 성취와 영토를 한정한대도 그리 탓할 일은 아니다. 한의 육화이자 한의 씻김이기도 한 남도소리에 대한 작가의 유다른 애정과 관심을 특별히 기억해두는 것과 함께 말이다. 그러나 2007년 이창동 감독에 의해 「밀양」으로 영화화된 작가의 다른 소설 「벌레 이야기」는 그 「서편제」들의 세계와 얼마나 먼가. 가해자와 피해자 사이의 용서의 문제가 신의 자리에 대한 근본적인 회의 속에서 펼쳐지는 「벌레 이야기」는 가히 도스또예프스끼적 세계의 현전이라 할 만큼 인간 윤리의 심연을 묻고 되묻는 치열한 관념과 정신의 드라마가 아니었는가.

이미 많은 이들이 지적한 사실이기도 하지만, 1965년 등단작 「퇴원」부터 반세기 가까이 이어져온 이청준 소설세계가 한두 마디 비평적 언설로 환원되지 않는 것은 그 때문이다. 「눈길」로 대표되는 고향 혹은 가난에 대한 원죄의식이나 「매잡이」 「줄광대」 등 장인의 세계에 대한 현대적 탐구가 거기에 있는가 하면, 권력과 이데올로기의 현상학을 해부하는 집요하고 치열한 지적 심문의 소설적 계보는 「소문의 벽」 『당신들의 천국』 등에서 뛰어난 문학적 성취를 보인 바 있다. 존재의 온전한 표현으로서 말의 타락과 소리의 해방적 가능성을 대비적으로 추구한 『잃어버린 말을 찾아서』 연작 또한 단순한 현실반영의 차원을 넘어 인간과 세계의 훼손을 적극적으로 타개해나온 이청준 문학의 오랜 화두를 잘 보여준다. 그러나 무엇보다 이청준의 소설은 '소문의 벽'을 허물고 사실 혹은 진실의 존재를 찾아가는 집요한 회의와 추적의 과정 그 자체였다. 작가 자신 이를 두고 "진실은 진실화 과정 속에 있다"는 말을 했거니와 이 '진실화 과정'이 바로 이청준에겐 소설이요, '소설질'이었던 셈이다. 이 '진실화 과정'은 달리 말하자면 이청준 문학의 지속성과 끊임없는 자기갱신의 근거라고도 할 수 있을 것이다.

신작 소설집 『그곳을 다시 잊어야 했다』(열림원 2007)에서 작가는 그 자신 평생을 걸고 추구해온 진실에 대한 탐문이 여전히 하나의 도정에 있음을 지극히 낮은 목소리로 들려주고 있다. 번잡한 소설적 장치와 과시적 수사학을 전혀 찾아볼 수 없는 그 낮고 담백한 목소리는 세상사 난문과 씨름해온 그간의 문학적 치열성을 새삼 돌아보게 하면서 이청준 문학이 이른 평명한 깊이를 수묵화의 여백처럼 느끼게 만든다.

가령 표제작 「그곳을 다시 잊어야 했다」의 경우, 소설화자 재승씨가 유년기에 목도했던 6·25 전란기의 혼돈스런 체험은 기왕의 이청준 소설에 여러차례 등장한 바 있다. '전짓불 앞의 심문'으로 이야기되는 그 공포스런 상황은 어둠속에 있는 심문관이 들이댄 전짓불을 향해 자신의 정체성을 고백하도록 강요받는 절체절명의 순간을 일컫는다. 인간이 만든 권력과 이데올로기가 인간을 억압하고 파괴하는 그 참혹한 배반의 시간 앞에서 「소문의 벽」의 주인공 박준은 미쳐갈 수밖에 없었다. 「그곳을 다시 잊어야 했다」에서 재승씨의 외종형수나 마을의 위원장 어른이 마지막 처형의 순간에 이르러서도 자신의 진심과는 다르게 "공화국 만세!" 혹은 "대한민국 만세!"를 외쳐야 했던 상황도 이와 다르지 않다. 그것은 죽음의 순간에 강요된 가장 가혹하고 비열한 '전짓불의 심문'이 아니었겠는가. 또한 재승씨의 외가 가족들 가운데 유일하게 살아남은 외종형이 염소 한 쌍을 데리고 깊은 산속으로 종적을 감춰버린 이야기는 작가의 이전 작품 「전짓불 앞의 방백(傍白)—가위 밑 그림의 음화와 양화·2」에도 나오는 중요한 삽화이기도 하거니와, 이청준 소설이 자신의 문학적 화두를 지속적으로 곱씹고 되씹으며 손쉬운 해답의 유혹을 거절하고 있는 뚜렷한 예라 할 것이다. 이청준 문학이 여전히 진실을 향한 회의와 탐문의 도상에 있음을 새삼 확인하게 되는 대목이다.

그러면서 당연히도 이청준 소설은 매번 그 반복되는 질문의 구조를 세심하게 조정하면서 새로운 해답의 지평을 모색한다는 점 역시 「그곳을 다시 잊어야 했다」는 잘 보여준다. 해서, 어린시절 일제의 노예교육을 피해 옛 소련 연해주로 떠났다가 천신만고의 세월을 겪고 지금은 우즈베끼스딴 공화국 사람으로 살아가고 있는 화자의 형 일승씨의 슬픈 귀국담을 통해 작가가 제기하고 있는 또다른 질문은 이청준 문학이 쉼없이 열어온 '진실화 과정'의 새로운 국면이 언제라도 만만찮은 성찰의 깊이를 선사한다는 점을 입증하기에 모자람이 없다. 일승씨는 '대한민국'을 외치는 붉은 악마들의 물결에서 붉은 혁명의 구호를 복창하고 만세를 부르던 지난날 자신의 모습을 떠올리고 서둘러 우즈베끼스딴으로 돌아갈 수밖에 없었던 것인데, 이 지점에서 우리는 소련땅에서 살아남기 위해 조국을 잊어야 했던 일승씨의 삶을 어떻게 이해해야 할 것인가. 이 경우, 이청준 문학이 품어온 평생의 화두이기도 한 '전짓불 앞의 심문'은 진실/허위의 이

분법적 대립을 넘어서서 역사의 횡포에 맞선 한 개인의 인간적 존엄을 더 없이 착잡한 어조로 묻고 있는 것은 아닌가. 어느 누구도 일승씨의 선택을 비난할 수 없기에 그것은 더욱 그러하다. 소설의 마지막, 동생 재승씨가 형 일승씨를 대신해 '대한민국'을 외치고 허공을 향해 '삿대질'을 하는 장면이 말할 수 없이 감동적인 것도 그 때문이다. 그 '대한민국'과 '삿대질'의 물결에 일승씨의 동참을 호소하기는 쉽다. 그러나 그것이 일승씨의 몫이 아님을 아프게 수락하는 태도야말로 역사의 횡포를 비판하는 인간적 위엄일 수 있음을 이청준 문학은 깊은 비감 속에 웅변한다. 그것은 한갓 체념이나 패배의 몸짓이 아니라 역사의 횡포를 감내하며 이겨나가는 더없이 성숙한 자리다. 역동적인 응원의 몸짓을 두고 굳이 '삿대질'로 표현한 작가의 함의를 다시 한번 곱씹어보지 않을 수 없다.

자신을 내팽개친 조국일망정 평생 그 기억과 향수를 버리지 못하고 살았던 백년 전 멕시코 에네켄 농장 한인 노동자의 삶을 돌아보고 있는 「태평양 항로의 문주란 설화」 역시 비슷한 맥락에서 읽힐 수 있는 작품인데, 이 소설을 탄생시킨 두 가지 선행하는 기억의 존재는 이청준 소설쓰기의 구조를 보여주는 한 핵심이기도 해서 특히 인상적이다. 1968년 멕시코 올림픽 무렵 에네켄 농장 이민 일세대 할머니의 인터뷰에 관한 기억이 그 하나고, 임진왜란 당시 일본으로 끌려간 많은 조선 양민들이 일본의 노예시장을 거쳐 세계 각지로 팔려나갔다는 충격적인 사실을 알게 된 70년대 중반의 한 삽화가 선행 기억의 다른 하나다. 이 두 가지 기억의 오랜 저작(咀嚼)과 숙성을 기다린 묵힘은 천천히 에두르며 사태의 진실을 향해 한발한발 나아가는 이청준 소설의 모습 바로 그것이다. 그 오랜 저작과 묵힘이 마침내 멕시코 바닷가 문주란 꽃씨가 기나긴 항해 끝에 제주도 바닷가에 닿는 상상력의 절실함과 만날 때 "우리에게 그 나라라는 게 대체 무엇이었으며, 무엇이어야 하는지"(231면) 하는 물음은 역사의 광포한 질주 속에 버려진 개인의 상처와 침묵을 감싸는 설화가 되고 문학이 된다.

「조물주의 그림」에는 자연이 연출하는 압도적인 풍경에 절망하고, 다시 거기에 인간이 끼여들어 완성하는 비극의 영상에 더 깊이 절망했던 영화감독 Y의 이야기가 나온다. Y감독에게 그 영상은 영원히 찍을 수 없는 화두로 남아 있다. 그러나 이청준 문학을 꾸준히 읽어온 독자라면 그 Y감독이 작가 자신이기도 하다는 것을 짐작하기 어렵지 않다. 하고 보면, 이청준 문학은 출발부터 그 '비극적 영상'과의 정면대결을 피한 적이 없지 않았는가. 고난과 파행의 한국 현대사가 던져놓은 숱한 난문들과 씨름하며 이청준 문학이 그려온 인간과 세계의 진실은 이미 그 자체 '비극적 영상'을 품어안은 것인지도 모른다. 그러나 언제든 자신의 최대치에서 다시 시작해온 작가의 지난 문학적 궤적이 그러한 것처럼, 이청준 문학의 자기부정과 자기심화는 여전히 진행형의 과제로 스스로를 독려하고 있으리라.

―『서평문화』 2008년 봄호

그리고 삶은 계속된다

■

함정임 소설집 『동행』

대학에서 김소진을 만나 친구가 되었을 때, 나는 이 친구가 장차 나의 자랑이 되리라고는 생각지 못했다. 그는 평범했다. 별 소리도 내지 않아서 여럿 속에선 있는 듯 없는 듯했다. 한동안 뜸하게밖엔 만나지 못했다. 그가 먼저 소식을 전해주었는데, 1991년 정초 신춘문예 소설 당선작 「쥐잡기」를 통해서였다. 그때 이후로 나는 그가 소설집을 묶을 때마다 조금씩 참여했다(나는 출판사 편집부에서 일하고 있다). 그가 갑자기 세상을 뜨는 바람에 마지막 소설집은 그 없이, 동료 소설가이기도 한 그의 반려자 함정임(咸貞任) 씨와 함께 만들기도 했다. 첫번째 소설집 『열린 사회와 그 적들』을 낸 그해 1993년 현충일 날, 두 사람은 김윤식 교수를 주례로 모시고 결혼식을 올렸다. 소설의 허구가 거의 개입하지 않은, 이번 소설집 『동행』(강 1998)의 표제작에 다음과 같이 등장하는 맨목소리의 주인공이 바로 그분이다.

"정임아, 힘을 내거라. 슬퍼하지 말거라. 우리도 잠시 이곳에 왔다가 가는 것뿐이다. 다만 김소진이란 친구가 좀더 빨리 가는 것뿐이다. 이

제 우리는 김소진이란 친구가 우리와 함께 있었지, 하고 추억하며 살아갈 뿐이다."(31면)

두 사람의 첫 창작집에는 모두 김윤식 교수의 작가론이 더없는 애정과 통찰로 출발선의 숨을 감싸고 있거니와, 단순한 비평가-작가의 관계 이상이었음을 나는 안다. 김소진의 죽음이 점차 움직일 수 없는 사실로 되고 있을 때, 김선생은 마지막으로 병실을 찾으셨다. 그 전날 함정임 씨는 선생의 방문을 남편 김소진에게 알렸고, 그도 이번에는 피하지 못했다. 당일날 아침 그는 아내에게 머리를 빗겨달라고 했고, 면도를 했다. 뼈만 남은 몸으로 겨우 버티고 앉아 선생을 병실에서 모시던 그 연극 같던 몇 분간. "성아무개란 작가는 병원에 조금 있다 나오더니 '이인실'인지 뭔지를 뚝딱 써냈대. 김소진 씨도 나오거든 병원 이야기 좀 풀어내시지." 김소진은 얼굴 근육을 조금 움직였을 뿐 숙인 시선은 그대로였다. 부끄러움으로 뼈를 덮고 있는 모습이었다. 그 옆에 얇은 종잇장처럼 떨며 서 있던 한 여인. 저 그림자 같은 얇은 몸이 아내이고 어머니이고 보호자라니. 그 이상한 삼각형을 보며 나는 고개를 돌려 눈물을 삼켰는데, 삶의 엄숙함이여. '땅 위의 삶이란 누구나 잠시 다녀가는 것. 좀더 빨리 가고 늦게 가는 게 있을 뿐.' 병원 로비에서 받아든 이 말이 그 여인에게 위로가 되었을까. 나는 모른다. 다만 나는 그 여인이 그 4월의 한 날로부터 소설「동행」의 글쓰기로 나오기까지 선생의 존재가 얼마나 큰 힘이 되었는지를 조금 알 뿐이다. 떠난 김소진의 아내고 남은 아이의 어미이지만 그와 동시에 그녀는 작가였다. 이 점을 알게 모르게 일깨운 것이 김선생님의 존재가 아니었을까. 아니 더 정확히는 단편「광장으로 가는 길」(1990)을 쓰게 만들었던 넘치는 자의식, '문학'의 존재가 아니었을까.

말해버릴 수 있다면, 세상에는 많은 슬픔이 존재한다. 하나같이 끔찍할 수도 있다. 심지어는 그냥 가만있어도 슬픔은 온다. 왜 이런 일들이 일어나는 것일까. 많은 해답의 체계가 있는 줄 안다. 그러나 그쪽엔 눈길 한 번 주지 않고 혼자 물을 수밖에 없다고 생각하는 사람들도 있다. 그리고 그들에겐 안타깝게도 해답 같은 것은 없다. 다만 물을 수 있을 뿐. 아마 그런 부류에 소설을 쓰는 사람도 끼여 있을 것이다. 그런데 그 자리가 다른 어떤 자리보다 더 가혹하다거나 더 영광스럽다고 할 수 있을까. 그렇지는 않을 것이다. 다만 그들의 운명일 뿐. 함정임 씨가 그러하였다.

4월에 김소진을 묻고 함정임 씨는 아이와 함께 어머니와 형제들이 있는 경주로 내려갔다. 문단의 선배이자 솔출판사의 대표이기도 한 임우기 씨는 휴직 아닌 휴직 처리로 배려해주었다. 뛰어난 작가를 잃은 문단의 슬픔과 허탈은 컸다. 평소 김소진이 존경하던 김성동 선생은 비문으로 그의 넋을 기렸다. 친구 안찬수의 시 「거기 하늘은 아름다운가」는 많은 이의 가슴을 쳤다. 김소진 자신이 편집위원이기도 했던 『한국문학』에서는 기왕의 기획을 비우고 여름호에 추도 지면을 마련했다. 다른 문예지들에서는 가을호에 지면을 내었다.

한 문예지 편집자로부터 함정임 씨의 경주 연락처를 묻는 전화를 받은 것이 5월이었던가 6월이었던가. 그 며칠 뒤, 경주에서 전화가 왔다. 너무 가냘파 잘 들리지 않았다. 나만 목소리를 높였다. "소진씨 작가특집을 하는데, 왜 그 작가가 쓰는 자전소설란 있잖아, 그걸 나에게 부탁해왔어……" 무엇을, 어떻게 쓴단 말인가. 그러나 그들이 옳았다. 함정임 씨는 6월 초 김소진의 사십구재 준비를 위해 올라왔고 솔출판사에도 복귀했다. 총수(總數)에는 변화가 생겼지만, 집과 방은 그대로였다. 태형이는 다시 유치원에 갔고 소진이 어머님은 손자를 보살피면서 며느리의 귀가를 기다렸다. 일주일에 두세번 퇴근길에 함정임 씨가 모는 '경기 4푸' 차에 편승, 자유로를 달려 집으로 가는 것도 전과 같았다. 어쩔 수 없이 내가 앉는 자리는 바뀌었지만, 말이 없을 때 볼륨을 높여 듣는 음악은 그대로였다. 여러번 듣다보니 어떤 노래는 귀에 익기까지 했다. '하늘의 문을 두드린다' 뭐 그런 노래도 알게 되었다. 여름 휴가 때는 이웃사촌이라고 우리 가족을 싣고 경주 구경도 시켜주었다. 덕분에 잠자리떼 난무하는 석양의 감은사지에도 서보았다. 태평양에 섞이는 동해도 보았다.

그리고 8월 언제인가, 읽어보라고 무언가를 주었다. '동행'이라고 씌어 있었다. '어둠 속의 대화'라고도 적혀 있었다. 언제 어디에서 썼던 것일까. 그 자리에서는 읽을 수 없었다. 몇군데 오타가 있었다. 잘 안 쓰던 연필을 꺼내 교정을 보았다. 거기에는 다음과 같은 문장도 있었다.

그날, 어떻게 저녁이 오고 밤을 맞았는지, 기억할 수 없다. 다만 벽이 갈라지듯 세상이 쪼개지듯 쩡! 하는 소리만이 귀에 선연히 남아 있을 뿐이다.

새벽이 되자 그의 혼은 한 마리 새가 되어 어둔 허공 속으로 날아갔다. (38면)

문장이 이렇게 아름다워도 되는 것일까. 그날 그 새벽, 옆 진찰실에서 자고 있던 나를 진정석이 급하게 깨웠었지. 친구랍시고 멍한 눈으로 보았던 그 죽음의 순간. 그때 두 누이와 아내는 크게 울었는데, 『이야기, 떨어지는 가면』(1992) 『밤은 말한다』(1996), 이미 이렇게 두 권의 뛰어난 소설집을 가지고 있는 작가 함정임 씨는 그 시간들을 소설이라는 이름으로 돌이키고 있었다. 이게 그녀의 운명인 것일까. 다 실명(實名)이었고 소설의 허구는 숨어 있는지 잘 보이지 않았다. 그렇다면 여기, 이 「동행」 속에 씌어 있는 게 다 이젠 움직일 수 없는 현실이란 말인가. 소설 장르가 건네주는 허구의 옷도 이 경우에는 무력한 것인가. 소설 「동행」은 허구와 현실 사이에서 승패가 없는 싸움을 벌이고 있었다.

원고를 돌려주는 자리에서 나는 자꾸만 목이 탔고 무슨 말인가 해야 할 것 같았다. 술 생각이 간절했다. "욕봤소." 이럴 때 정말 '말은 슬픈 것

320

인가.' "김선생님이 병실에 들어오셨던 그 장면은 없네." 이렇게 아는 체를 하려다 나는 말았다. "아버지는 물거품처럼 사라졌다. 물거품, 그것은 나의 첫사랑이었다"(「첫사랑」, 『이야기, 떨어지는 가면』)에서 시작된 그녀의 소설 쓰기, 그 '악마와의 힘겨운 한판 승부'가 이제 다시 시작되고 있었기 때문이다. 모르긴 하지만 그 싸움은 전면전이 아닐 수 없을 것이다. 자신의 슬픔조차 뒤흔들고 조롱하지 않는다면 그 싸움은 애당초 성립되지 않을 것이다. 그래선지 나에겐 「동행」 속의 다음 장면이 숨은 허구처럼 느껴졌다.

"니가 해줘!"
내가 얼른 말뜻을 알아듣지 못하자 그는 펜을 달라는 시늉을 했다. 펜을 손에 쥐여주었다. 그는 손끝에 힘을 주지 못해 글씨를 이루지 못했다.
"구상, 거의, 다, 했어……"
그는 할딱거리면서 또릿또릿 한자 한자 힘주어 말했다. 그동안 그는 서른다섯 해를 아우르느라 너무 바빴는지 한꺼번에 서른다섯 해를 살아버린 듯 몹시 피로해 보였다. 나는 백지에 그가 한 말을 써 그에게 보여주었다. 바로 그거야! 라는 듯 그는 고개를 끄덕였다. (37면)

병상에서 김소진이 그 무렵 막 연재를 시작한 아내의 첫 장편 『그림자 호텔』을 걱정했던 것도 사실이고 "니가 해줘!"라며 가장(家長)의 짐과 다 가지 못한 소설가의 길을 사랑하는 아내의 손에 얹어준 것도 사실일 것이다. 그러나 "니가 해줘!"는 소설가 함정임 씨의 내면이 불러들인 자신의 목소리인지도 모른다. 김소진의 구상까지 얹어, 아비 없이 큰 한 소녀의 자의식을 아들 가진 여인의 자리에서 혼자 소설적으로 성숙시키는 일. 이 점의 자각이야말로 죽음과 맞서는 작가 함정임의 운명적 방법론이 아니었을까. '동행'이라는 제목에 담긴 저 육중한 무게는 그러니까, 개인 함정임과 작가 함정임이 나누어가짐으로써 겨우 견뎌낼 수 있을 것이다.

다시 계절이 바뀌고 저만치 겨울나무들이 다가오고 있었다. "목과 다리, 그리고 팔이 잘려 나간 채 몸통만으로 버티고" 선 "얼굴 없는 여인의 육체" 그 토르쏘 앞에서 그토록 부정하고 싶었던 어머니의 길, 여성의 길을 온몸 깊숙이 받아들였던 게 '겨울 여행'에서였던가(「겨울 여행」, 『이야기, 떨어지는 가면』). 함정임 씨는 그 겨울의 초입에 두 편의 작품을 연이어 건네주었다. 「동행」 때보다 적긴 했지만 역시 오타가 보였다. "그 기다란 손가락으로 교정지 속의 오자(誤字)를 보이는 대로 쭉쭉 잡아내던"(「열애」, 『밤은 말한다』) 사람이 아니었던가. 나는 다시 연필을 꺼내 조심스럽게 교정을 보았다. 먼저 건네받은 것이 「내 마음의 석양」이었다. 나는 다음 대목에서 잠시 멈추었다.

아이는 말을 하는 쪽이나 듣는 쪽이나 쓸쓸한 표정으로 각자 창밖만을 바라보는 두 노인 사이에 끼여 네살배기 아이치고는 자못 심각한 표정으로 잠자코 앉아 막 벗어나려는 경주역사를 똑똑히 바라보고 있었다.(…) 글자판을 헤아리고 있는가 싶었는데 그게 아닌가보았다.(…) 아이는 고개를 길게 빼고는 누군가 거기 미처 빠져나오지 않은 사람이 있기라도 한 듯 텅 빈 개찰구 쪽을 끝까지 응시했다.(45면)

그러고 보니 이처럼 '부재'하는 무엇이 소설 곳곳을 채우고 있었다. 동탑과 서탑, 두개의 탑신이 남아 있는 절터에서 소설의 화자는 없는 탑을 보고 있었다. 있는 두 탑과 없는 한 탑이 모여 '세개의 탑'을 이루고 있는 곳. 거기에선 "아, 바람소리!"라는 탄성도, 없는 사람의 것이었다. 그러나 탑, 바람소리, 허공에서 그 '부재'를 어루만지는 장면보다 더 강하게 나의 눈을 붙잡은 것은 아이의 빈 응시를 묘사하는 앞의 인용 대목이었다. 아마도 이 소설의 화자는 탑이나 바람소리보다 더 많은 시간을 이 아이와

322

함께 있어야 하리라. 노을 따위가 탑을 물들이는 줄도 모르고 아이의 눈밑 상처와 씨름을 해야 하리라. 기림사 대숲에서는 바람이 울고 감은사지 벌판에서는 잠자리떼 어지러이 흐르겠지만 자동차 질주하는 신도시의 새벽이면 어두운 부엌에 불을 켜 쌀을 안치고 학교 갈 아이의 옷을 챙겨야 하리라. 그렇게 졸린 아이의 등을 밀다, 아주 문득 '등대의 남자'(김소진 「파애」, 『고아떤 뺑덕어멈』)를 불쑥 커버린 아이의 어깨 너머로 보게도 되리라. 소년이 되고 청년이 될 아이의 쉬는 눈은 문득문득 다시 "거기 미처 빠져나오지 않은 사람"을 응시하리라. 하루하루의 생활과 일. "불타오를 듯 빛나는 탑신(塔身)"도, "석양과 함께 온데간데없이 사라지는 바다" 따위도 없는 그 밋밋한 생활과 일의 시간이 아니라면, 어디서도 '나'는 존재하지 않는다. 함정임 씨는 이제 일상으로의 복귀를 준비하고 있었고, 나는 「내 마음의 석양」에서 그것을 조금 감지했다. 그리고 그 복귀는 작가의 길로의 복귀이기도 했다.

그리고 「말은 슬프다」. 나는 조금 반가웠는데, '미경'이라는 이름의 다른 사람이 등장하는 소설이어서였다. 작가 내면의 그림자일 벌판 위의 여자나 사내와는 다른, 이러저러한 사연 가진 다른 사람이 거기 있었다. "벌판 위에선 돌에 새겨진 역사적 흔적도, 가슴에 웅크린 아픈 사연도 한군데 머물지 않고 흐를 뿐이었다. 그런데도 나는 마치 받아낼 빚이라도 있는 사람처럼 당당히 벌판으로 들어서곤 하는 것이었다." 이런 근사한 문장이 꼭 소설에 있어야 되는 걸까. "주저하지 말아라. 너의 생명을, 너의 호흡을, 너의 숨소리를 억누르지 말아라. 한번쯤 너의 폐쇄된 내면을, 답답한 울타리를 부수고 나와라. 그리고 세상을 다시 마주해봐라. 푸른 하늘 아래 너는 존재하고 있다." 이런 어색한 편지를 꼭 읽어야 되는 걸까. 나도 이젠 제법 말 많은 독자의 자리로 나와 있었다. 그보다는 다음 대목의 말들이 내겐 슬픔이었고 소설이었다.

"오늘 아침 신문 기사를 읽고 전화를 했어요. 많이 망설였지만, 안할
수가 없었어요. 실례가 되는 줄 알면서도…… 용서해주세요."
나는 띄엄띄엄 옮기는 여자의 말소리를 이어 듣다가 돌연히 용서해
달라는 말에 아닌 밤중에 불씨가 튄 듯 깜짝 놀랐다. (60면)

'용서'라는 말을 뱉으면서까지 하지 않으면 안되는 전화가 벌판 아닌
도시에는 있다. 전화벨이 울릴 때마다 불에 덴 것처럼 뜨끔뜨끔 놀라고
'용서'라는 말에 깜짝 놀라는 사람도 도시에는 있다. 그런 도시에는 새벽
이면 신문이 배달되고, "나는 배달된 신문을 무심히 넘기다가 나에 대한
기사를 발견하고는 이것이 정녕 나에게 일어난 일인가를 끈질기게 되물
으며 읽고 또 읽는" 사람도 있게 마련이다. 그리고 그 신문의 다른 한켠엔
어김없이 '빗길의 교통사고' 소식도 실려 있을 것이다. 슬픔 곁에 슬픔을
세워 슬픔을 더는 일 따위는 가능하지도 않겠지만, 삶에는 또 별다른 위
안의 방식이 없는 것도 사실일 것이다. 그래서 다음과 같이 적어놓는 작
가의 말은 슬프다.

그때 빗길 두 가족 참사로 인해 내 머릿속은 또 한번 혼란에 빠졌다.
나 이외의 다른 사람들이 겪고 있을 무한 슬픔이 내 슬픔과 나란히 느
껴졌다. 그리고 한달여 시간이 흘렀고, 나는 그때 그 사람들, 그들의
슬픔을 잊었다. (62면)

그래서는 철원네의 목소리를 불러들여 그 목소리에 자신의 문체를 내
어준 「그리운 백마」에 오면 다만 한편의 소설이 있을 뿐이었다. "이 씨를
말릴 함경도 종자들……" 「쥐 잡기」의 작가 김소진이 거기 아무렇게나
호명되고 있었다. 바람 부는 벌판에 놓여 있던 그 외로운 항아리(「오래된
항아리」, 『이야기, 떨어지는 가면』)로부터, 신접살림 한켠을 우두커니 차지하

324

고 있던 어머니의 항아리(「병신 손가락」, 『밤은 말한다』)를 기억하는 독자라면 「그리운 백마」에 다시 등장하는 '암갈색 항아리'가 반갑지 않을 수 없을 것이다. 김소진이 결혼 직후 발표한 「파애」는 아내의 소설세계에 대한, 그 낯선 항아리에 대한 문학적 응전이었다. 결국 김소진은 자신의 항아리 이야기를 눈부신 소설로 남겨놓고 갔다. 「눈사람 속의 검은 항아리」. 항아리를 가운데 둔 이 부부 작가의 소설적 대화는 이제 끝나고 만 것일까. 그렇지 않다고, 작가 함정임 씨는 말하고 있었다.

결국은 언어와 자의식으로 귀결되는 것이겠지만, 바로 그 때문에도 소설은 가면과 이야기를 필요로 한다. 그 가면과 이야기 속으로 나 아닌 너, 나인 너가 넘나드는 것. 거기에 소설쓰기의 덫과 출구가 놓여 있다면, 함정임 씨는 누구보다 이 점에 자각적인 작가가 아닐까. 그러나 그 자각의 성숙에는 운명의 개입이 필요했고 그중 하나가 김소진과의 만남과 헤어짐이었다.

「동행」부터 「그리운 백마」까지 네 편의 소설이 모였을 때는, 다시 아무렇지도 않게 찾아온 봄의 문턱이었다. 1998년 4월 22일은 김소진의 1주기가 되는 날. 이러저러한 의논이 있었지만 두 권의 책을 만들기로 했다. 하나는 김소진의 유고 산문집. 원고를 정리할 수 있는 사람은 함정임 씨밖에 없었다. 정말 소중한 원고들이었다. 김소진이 첫 창작집과 두번째 창작집을 냈고 그의 아내가 편집부장으로 있는 솔출판사에서 이 책의 간행을 맡기로 했다. 다른 하나는 함정임 씨의 소설집. 「동행」「내 마음의 석양」「말은 슬프다」「그리운 백마」이 네 편의 신작 외에 함정임 씨는 네 편의 소설을 더 내놓았다. 두번째 창작집(1996년 9월)을 묶은 후에 발표했던 「둥근 식탁」한 편과 그 두번째 창작집에 실린 세 편의 소설, 「열애」「행복」「병신 손가락」이 그것들이었다. 김소진과의 만남, 사랑, 결혼, 생활이 그 네 편 소설의 몸을 이루고 있었다. 이견이 있을 수 없었다. 김소진의 세번째, 네번째(마지막) 창작집을 냈고, 그의 선후배 친구들이 일하고 있는 강출판사에서 이 일을 맡기로 했다. 창작집의 제목은 '동행'으로 하기로 했다. 그 책이 바로 이 책이다.

유고 산문집 뒤에는 김소진의 문우이며 동료였던 최재봉 형의 발문이 붙어 있다. 훔쳐보니, 최근에 개봉된 한 영화의 제목이 첫 문장에 놓여 있었다. 마침 나도 그 영화를 보았던 터라 그 말을 옮겨오고 싶었다. 그 영화는 희망에 관한 영화였다. 나는 이 어설픈 글의 제목에 그 말을 옮긴다.

— 함정임 소설집 『동행』(강 1998)

334

소설의 고독

초판 1쇄 발행/2008년 6월 30일
초판 3쇄 발행/2012년 2월 16일

지은이/정홍수
펴낸이/강일우
책임편집/박신규
펴낸곳/(주)창비
등록/1986년 8월 5일 제85호
주소/413-120 경기도 파주시 회동길 184
전화/031-955-3333
팩시밀리/영업 031-955-3399 · 편집 031-955-3400
홈페이지/www.changbi.com
전자우편/literat@changbi.com

ⓒ 정홍수 2008
ISBN 978-89-364-6328-1 03810